CLASSICS
— 中国书籍编译馆 —

契诃夫中短篇小说选集

[俄] 契诃夫 —— 著

傅文宝 —— 译

中国书籍出版社
China Book Press

安东·巴甫洛维奇·契诃夫的创作

安东·巴甫洛维奇·契诃夫（1860—1904）的创作是19世纪末至20世纪初俄罗斯文坛上最为重要和最具代表意义的现象之一。他的作品使俄罗斯经典散文的辉煌时期得以圆满收官。

在25年的写作生涯中，契诃夫创作了近900部各种各样的作品。他多才多艺，集散文家和戏剧家之天赋于一身。契诃夫在俄罗斯文坛是以"新体材式样"而著称的大师。他的短篇小说和中篇小说虽然篇幅相对不大，但是生活题材挑选精当，艺术表现新颖幽默。情节的偶然性和结尾的开放性逐渐成为契诃夫散文的一项创作原则，尤其是在他创作的成熟期。很自然，契诃夫始终没写出一部长篇小说，是因为大型文学形式与他的抒情才华不相适应。无怪乎列夫·托尔斯泰说，"契诃夫是写散文的普希金"，这不仅是对作家创作的极高评价，而且是对他艺术世界特别富有诗意的清楚意识。

契诃夫攻读的是医学专业，毕业于莫斯科大学医学系，当过实习医生。这并不单纯是他人生经历中的一个事实——这使得在作家对待文学创作的态度上所表现出的首先是一种心愿，不是责难人、教训人，而是理解人、同情人。因为一个医生所渴望的正是理解病人、帮助病人。医生的形象经常出现在作家的一些作品中。

契诃夫的文学活动伊始是与幽默文学作品直接相连的。还在念大学一年级时，他就在《蜻蜓》杂志上发表了短篇小说《给有学问的邻居的信》，这是他在报刊上发表的处女作。在发表早期作品时，他最常用的是笔名"安托舍·契洪捷"。他的短篇小说慢慢有了名气。1883年，在给哥哥亚历山大的信里，他写道："我渐渐受到欢迎并已读到过对自己的评论。"

契诃夫的早期作品常常突破消遣文学的框框。与荒诞、可笑的偶然事件同时出现的，往往是人的生活的真实情景，是人的心灵的如实写照。契诃夫的创作成了俄罗斯文学传统中小人物题材的发展新阶段。他们往往是一群卑微的、渺小的、丧失了自尊感的人。1883年《小官吏之死》中的主人公便是这样一种人。可以注意一下小说的题目——这不是一般人的死，而是小官吏的死。作者还让自己的主人公姓了一个意味深长的姓——怯尔威压科夫。一件微不足道的小事——他在剧场里打了个喷嚏，喷着了坐在他前面的一位将军的秃顶，却在小官吏的意识里一步步发展到灾难的程度。将军的举止是完全正常的，然而怯尔威压科夫却无法理解，他总觉得大人物的行为中隐藏着让他上当的陷阱。在小说的末尾，事件出现了意想不到的转折："他迷迷糊糊回到家里，也不脱制服，倒在长沙发上，就……死了。"仅此一点就表现出契诃夫是刻画艺术细节的大师。怯尔威压科夫死了，还没脱制服——证明他官阶属性的衣服，这一手法是非常独特的。

1883年的短篇小说《胖子和瘦子》，故事篇幅虽小，容量却很大，而且浓度极高。在他早期作品中，契诃夫已经在践行着他于1889年寄给哥哥亚历山大的一封信里所总结的原则："简洁是才华的姊妹。"世所公认的大师契诃夫善于"长事短叙"。一件普普通通的小事——两个同班同学在车站上的会面——就鲜明地折射出主人公的性格。在小说的开头，那见面时的欢乐和狂喜，那对童年愉快而又开心的回忆，让两人兴奋不已："两个朋友一连亲吻了三下，接着两眼盯着对方，泪水汪汪。"然而眨眼之间却出现了可怕的变化：瘦子得知儿时的同班同学平步青云，已经官至三品。老朋友见面时的那种由衷的、纯真的欢乐，霎时间变成了一个人的阿谀奉承、妄自菲薄，以及另一个人的轻蔑嫌恶、疏远冷漠。仿佛有一条看不见的鸿沟将两个朋友生生隔开，将他们分置于人生不同的阶梯之上。可见，作者的立场跟在《小官吏之死》中的立场颇为相似，他在更大程度上所厌恶的正是位于社会最底层的微不足道的小官吏。

早年契诃夫的艺术技巧，表现在他所运用的描写手法的谱系非常宽广。比如说,在小说《变色龙》(1884年)里,运用的手法就是那些"会说话的姓氏"：那位警督就姓着与俗语动词"头脑发昏"音近的姓氏"窝囚没脑夫"，而被狗咬了手指的那位工匠的姓则是跟猪猡发出的声音相关的"哼噜精"。当窝囚没脑夫得知小狗是将军家的以后，他说道："它说不定还是条名贵犬呢，要是每个蠢猪都用烟卷儿烫它鼻子，用不多久不就给糟蹋啦……狗可是娇贵玩意儿……"

小说的题目本身就具有象征意义：变色龙本来就是能改变身体颜色的蜥蜴。因此窝囚没脑夫也能随着小狗所属主人的变化而改变对狗和人的态度。契诃夫是艺术细节描写的高手，这种细节在《变色龙》里便是衣服：窝囚没脑夫由于害怕忽而觉得天热，忽而又觉得天冷；他忽而要人帮他脱下那件新大衣，忽而又要人帮他穿上。而脱下新大衣，警督也就只剩下了旧制服；那旧制服的颜色当然与新大衣是有所不同的，尽管差别不会很大，但是象征意义却很明显，因而可以说，窝囚没脑夫原本就是个实实在在的变色龙，不断改变着自己的颜色。

一篇篇短小的故事充分证明,契诃夫善于截取一个个不大的场景，淋漓尽致地表现出那个时代人们的生活环境。他能够冷眼参透生活的实质，直笔再现生活中的典型。19世纪80年代生活中的典型现象还表现在《普里施逼耶夫士官》(1885年)中。普里施逼耶夫士官是个专制警察当局的忠实走卒、自愿的告密者，对百姓态度粗鲁专横的旧制度的卫道士。普里施逼耶夫卖力地维护旧秩序，却又受到法律的惩罚，幽默与讽刺集此主人公于一身，就连他的姓氏也是讽刺旧制度的象征。

嘲讽小官吏、警察如同哈巴狗的同时，年轻的契诃夫常常公开表示对百姓真诚的好感。如《苦闷》(1886年)中的车夫姚纳就被塑造成为一个感情丰富而又强烈的人。儿子死后，他承受着极大的痛苦。姚纳的"苦闷浩茫，无边无涯"，一旦他的"胸膛爆裂，苦闷喷涌而出，那它似乎能淹没整个世界……"然而，成千上万的行人中间，就没有一个愿意听听老人家说一说自己的巨大痛苦。唯有细心的作者同情自己的主人公，而且还要求读者一道思索他的命运。

随着岁月的流逝，契诃夫的创作也在慢慢改变。作家创作的转折点是19世纪80年代末。接替幽默讽刺小说风格的是充满抒情色彩、细微心理描写、契诃夫所特有的忧愁的作品。瞿秋白写道：契诃夫"却弹出当代的'心曲'。读者遇着他的文境，总要沉着地细想方才觉得'时代的缺憾'，——他的作品和现实生活吻合，然而能使读者想起：'是这样，是这样！那又怎么办呢？'"《无聊的经历》（1988年）就是这一类作品的典型。在这部中篇小说里，作者特别注重描写主人公内心深处的感受，老教授身处市民气息浓厚的家庭中而倍感孤独，并试图从复杂的悲剧状态中找到出路，作家在作品中还首次触及了主人公出走寻求新生活的主题。

19世纪90年代，自萨哈林之行后，契诃夫继续关注现实生活中的一个重要问题，也就是知识分子与人民的命运问题。

如在悲剧性的《六号病房》（1892年）里，沉溺于宣扬人应完全听从命运的斯多葛派哲学的医生拉金，受同事陷害而被关进了疯子所住的病房后，才认识到必须反抗践踏人性尊严的现实，最后付出了生命的代价。而恐怖的警察制度的牺牲品、精神病人格罗莫夫的话语中，则可以感受到主人公们对光明未来的期待："美好的时代一定会到来！就算我说得很庸俗，您可以笑话，可是新生活的朝霞必将光芒四射，真理必将胜利，我们也会有出头的那一天！"

在稍后的散文里，契诃夫常常转而描绘那些渐渐变成环境牺牲品的人们——出现了一种固定的套话"被环境坑害了"。被黑暗社会环境坑害了的形象，首先是《套中人》（1898年）里的别里科夫，当然，他同时也是摧残新事物的社会环境的象征。在短篇小说《套中人》里，作者笔下的主人公发出了"再这样活下去可不行！"的呐喊。"被环境坑害了"的另一实例便是契诃夫最有名的一篇小说《姚内奇》（1898年）里的主人公。在不长的篇幅里小说充分展示了主人公的整个生活，而且表现了他内心曾经有过的全部高尚品格的沦丧。这首先是图尔金年轻女儿的爱情，这爱情有些幼稚可笑，但却感人而真诚，尽管也是不幸的。岁月慢慢逝去，斯塔尔采夫渐渐过上了富裕的物质生活。这在契诃夫的笔下是以人物出行方式的变化展示给读者的：起先他出行靠的是双腿，后来他有了两驾马车，接着又换成了挂铃铛的三驾马车。他慢慢变成了一座庄园、城里几处房产的主人，可与此同时却逐渐丧失了他原先所具有的优秀品格。他的嗜好，与岁月俱进的唯一嗜好，渐渐地变成了攒钱发财："他还有一种消遣，不知不觉养成了习惯，那就是每天晚上掏衣兜儿，清点行医挣来的钞票……"他的日子过得枯燥无味，什么也提不起他的兴趣。在整个这段时间内，对叶卡捷琳娜·伊万诺芙娜的爱情原来是他唯一的乐趣。可是，末了回忆起她来，斯塔尔采夫却毫无惋惜之情。每当说到图尔金一家，他就问："你们这是在说哪个图尔金家呀？是说闺女会弹钢琴的那一家吗？"完全可以认为，"被环境坑害了"那句话说的就是斯塔尔采夫。

市侩习气的体现者在小说中原指图尔金一家，看起来有文化素养而又有精神追求的一家人，实际上毫无才华、机敏可言，对生活也没有真正的兴趣。在小说的开头，契诃夫便以调侃的笔调既描述了薇拉·彼得罗芙娜毫无才气的创作，也描绘了伊万·彼得罗维奇那年复一年翻来覆去的几句笑话，还描绘了科季克砸夯似的钢琴演奏。然而，在小说的末尾，这些人物被表现成另一副模样：他们被令人感动的爱情、人道依恋的温暖团结在一起，而这些品格在斯塔尔采夫身上却已丧失殆尽了。

在契诃夫的晚期散文中，爱情被看作是唯一的价值，它能够提振人的心志而不至流于平庸和鄙俗，使生活充满意义。《带小狗的女士》（1898年）反映的正是这一主题。疗养地的一段风流韵事原来是一种真挚而又炽烈的情感，因而这爱情在改变着德米特里·德米特里奇·古罗夫，展现着他内心美好的东西。从周围生活中他所感受到的是格格不入，而当他拿定主意给所认识的官吏讲述自己的感受时，他遇到的却是不理解。鄙俗的象征便是古罗夫所听到的对他所谈爱情的回答："方才您说的对，那鲟鱼肉是有点腐臭味儿！"而小说《带小狗的女士》则充满了抒情色彩，契诃夫式的心理描写艺术在其中得到了充分的展现，这尤其清晰地表现在小说的结尾。两个主人公都意识到，恋爱中的幸福对于他们来说是件不可能的事情，他们就该"躲躲藏藏、瞒天过海、两地分居、久不谋面"。他们觉得，他们能够找到办法，能够摆脱沉重的枷锁，同时他们也意识到，找到出路是不可能的。小说结尾是开放性的。此种类型的结尾，是契诃夫创造的，被称为"契诃夫式的结尾"，成了作家的一大贡献，不仅是对俄罗斯文学，而且是对世界文学。

契诃夫在其绝笔《新娘》（1903年）中，再次表现了离家出走、寻求"光明未来"的主题，从而为自己一生的创作进行了总结，体现了作家契诃夫对"光明未来"的无限向往和对社会生活即将发生转折的高度敏感。

契诃夫的第一部作品被译成中文是在1907年，这就是短篇小说《黑衣修士》。1911年革命之后，契诃夫作品的译本开始不断出现。契诃夫作品的中文翻译工作由于"五四"革命运动而开展得格外火热。

郭沫若先生在他1944年所写的《契珂夫在东方》一文中写道："契珂夫在东方很受人爱好。……他的作品和风格很合乎东方人的口味。"郭沫若先生将契诃夫与鲁迅相提并论："鲁迅的作品与作风和契诃夫的极其相似，简直可以说是孪生的兄弟。假使契珂夫的作品是'人类无声的悲哀的音乐'，鲁迅的作品至少可以说是中国的无声的悲哀的音乐。他们都是平庸的灵魂的写实主义。庸人的类似宿命的无聊生活使他们感觉悲哀，沉痛，甚至失望。"同时郭沫若又强调："但两人都相信着'进步'。……故虽失望，而未至绝望。在刻骨的悲悯中未忘却一丝的希望。"

  为纪念契诃夫诞辰 155 周年，在中国出版了他一些最为著名的书函。在前往萨哈林旅行期间，契诃夫到过中国，瑷珲县，阿穆尔河对岸，与布拉戈维申斯克市隔江相望。

娜·叶·特罗普金娜

于伏尔加格勒国立社会师范大学

2015 年 5 月

目　录

安东·巴甫洛维奇·契诃夫的创作__001

高兴事儿__001
胜利者的喜悦__004
小官吏之死__008
胖子和瘦子__012
变色龙__015
假　面__019
牡　蛎__025
靴　子__030
预谋犯__035
普里施逼耶夫士官__040
灾　祸__045
苦　闷__051
风　波__058
小玩笑__066
歌　女__071

演说家__077

万　卡__081

乞　丐__086

彩　票__092

美好的结局__097

渴　睡__102

打　赌__108

风骚女人__115

六号病房__142

大学生__197

语文教师__201

脖子上的安娜__225

带阁楼的房子__238

套中人__257

醋　栗__271

谈爱情__282

姚内奇__291

带小狗的女士__312

新　娘__330

译后记__350

高兴事儿

已是午夜十二点。

米嘉·库尔达罗夫蓬头散发、兴高采烈地闯进爹娘的住所，快步流星地在各个房间里来回走动起来。爹娘已经睡下。妹妹躺在被窝里读到了长篇小说的最后一页。上中学的两个弟弟睡着了。

"你打哪儿来呀？"爹娘惊异地问道。"你怎么啦？"

"啊呀，别问了！我怎么也没想到！没有，我怎么也没想到！这……这甚至叫人难以相信！"

米嘉哈哈大笑起来，一屁股坐到圈椅上，乐得连站都站不住了。

"这真叫人难以相信！你们都想象不到！你们看看吧！"

妹妹一骨碌跳下床来，披上毯子，走到哥哥跟前。上中学的两个弟弟也被吵醒了。

"你怎么啦？你脸色很难看哪！"

"我这是高兴的，老娘啊！现在全俄罗斯都知道我啦！全俄罗斯呀！过去光是你们知道这世上有个十四品文官德米特里·库尔达罗夫，可现在全俄罗斯都知道啦！老娘啊！啊，天哪！"

米嘉腾地跳了起来，在各个房间来回跑了一阵儿，接着又坐了下来。

"到底出什么事儿啦？说清楚些呀！"

"你们活得就像野兽，报纸不看，根本不留意宣传报道，可报纸上有那么值得注意的东西！一有什么事儿，马上全都让人知道，什么也隐瞒不住！我太幸运了！啊，上帝呀！要知道，只有名人才能上报哇，可这儿突然把我给登上啦！"

"你说什么呀？哪儿呢？"

老爹的脸一下变得煞白。老娘朝圣像看了一眼，在胸前画了个十字。两个上中学的弟弟跳下床来，就穿着刚才睡觉时穿的短睡衣，凑到哥哥跟前。

"真的！把我给登上啦！现在我的事儿全俄罗斯都知道啦！您哪，老娘啊，把这份报纸收好留做纪念吧！咱们时不时拿出来念念。你们看看吧！"

米嘉说着从衣兜里掏出一份报纸，递给老爹，伸手指了指用蓝铅笔圈出来的地方。

"快念！"

老爹戴上眼镜。

"快念哪！"

老娘朝圣像看了一眼，在胸前画了个十字。老爹清了清嗓子，念了起来：

"12月29日，晚11时，十四品文官德米特里·库尔达罗夫……"

"看见吧，看见吧？往下！"

"……十四品文官德米特里·库尔达罗夫，从小勃隆纳街科吉星大厦里的啤酒馆出来，并处于醉酒状态……"

"这是我跟谢苗·彼得罗维奇……都详详细细地写着呢！接着念！往下！听着！"

"……并处于醉酒状态，脚下一滑，摔到停在这里的一辆出租马车的马肚之下，赶车的是尤赫诺夫县杜雷金娜村的农民，叫伊万·德罗托夫。受惊的马迈过库尔达罗夫，拉着雪橇从他身上碾了过去，雪橇上坐的是莫斯科二等商人斯捷潘·卢科夫。雪橇沿街疾驰，后来被几个管院子的人拦下。库尔达罗夫起先不省人事，被送往警察段，由医生做了检查。他后脑勺所受的撞击……"

"这是我磕在了车辕上,老爹。往下!您往下念哪!"

"……他后脑勺所受的撞击,属于轻度创伤。事情经过做了笔录。为受伤者提供了医疗救护……"

"吩咐给后脑勺做凉水冷敷。现在看到了吧?啊?这就对喽!现在全俄罗斯都传开啦!拿来吧!"

米嘉一把抓过报纸,折叠起来,塞进衣兜。

"我赶紧去马卡罗夫家,让他们看看……还得给伊万尼茨基一家人看看,再给纳塔莉娅·伊万诺芙娜、阿尼西姆·瓦西里奇……赶紧跑呢!再见喽!"

米嘉连忙戴上有帽徽的制帽,欢欢喜喜、高高兴兴地奔出门外。

1883 年

胜利者的喜悦

——一个退休十四品文官的叙说

谢肉节^①那周的星期五，大家都到阿列克谢·伊万内奇·柯祖林家去吃发面薄饼。柯祖林您不认识；对您来说，他也许微不足道、毫无价值；而对于我们这种像家雀儿一样无力高飞的人，他可就算伟大、万能、聪明绝顶了。去他那儿的，老实说，都是他的一些崇拜者。我也跟着老爹去了。

薄饼烙得好极了，简直没法给您形容出来，敬爱的先生：暄暄和和、软软乎乎、焦黄焦黄的。你只要拿起一张，鬼知道是咋回事儿，抹上滚烫的黄油，吃下去——另一张自个儿就会往你嘴里钻。用作配料、点缀和调味的有酸奶油、鲜鱼子、鲑鱼片、碎干酪。葡萄酒、伏特加酒可就海了去了。吃完了薄饼喝鲟鱼汤，喝完了鲟鱼汤又尝浇汁山鸡。一个个都噇得肚子鼓鼓的，我老爹甚至偷偷解开了肚子前面的纽扣，为了不让人瞧见这自由放任作风，于是蒙上了餐巾。阿列克谢·伊万内奇呢，作为我们的上司，怎么做都可以，他解开了坎肩和衬衫。酒足饭饱之后，人们都没离座，征得上司的同意，点上雪茄，聊起天来。我们听，而阿列克谢·伊万内奇大人讲。话题越来越多地带有幽默性

---

① 大斋前的一周，在此周内可以吃肉，吃薄饼，跳舞作乐；大斋时都得守斋。这是斯拉夫民族送冬迎春的传统。

质，与谢肉节相关……上司天南海北地一通海侃，显然想卖弄俏皮。我不知道他有没有说些可笑的事情，只记得老爹时时刻刻都在捅着我的肋间，说：

"乐啊！"

我就张开嘴巴，哈哈大笑。有一次甚至笑得突然尖叫了一声，引起了众人对我的注意。

"没啥，没啥！"老爹悄声说道。"好样的！他在瞧着你乐呢……这很好；说不定啊，真的会给你个文书助理啥的干干呢！"

"是啊！"柯祖林，我们的上司，喷着烟雾，喘着粗气，随口说道。"现在我们有薄饼嚼，有最新鲜的鱼子吃，有细皮嫩肉的老婆亲。而我的几个闺女那么美貌，不用说你们这帮温顺的家伙，就连那些公爵伯爵的都神魂颠倒，朝思暮想呢。而宅子呢？嘿－嘿－嘿……这就对了嘛！你们也一样，都甭抱怨，也甭叹息，只要没活到头！啥情况都会发生，而且啥变化都会出现……你现在，比方说，微不足道，无名小卒，芝麻粒儿……兴许是颗葡萄干儿，还有点值得咂摸的滋味儿呢——那谁知道哇？没准儿日后啊，那啥……人的命运会突然改变的！啥事儿都会发生！"

阿列克谢·伊万内奇沉默了一会儿，摇了摇头，继续说道。

"那么从前呢，从前又咋样！啊？我的天哪！你简直都不敢相信自己的记性。脚上没有靴子，身上只有一条破烂裤子，提心吊胆，战战兢兢……挣一卢布，常常要干两个礼拜的活儿。而且这一卢布也不好好给你，不！而是揉成一团，往你脸上一扔：馕饭去！人人都能掐死你，伤害你，给你当头一棒……人人都能让你下不来台……你正要去禀报，你瞧着吧，可门口有条小狗蹲着呢。你走到小狗身边，就摸摸爪子，摸摸爪子。对不起啦，你心想，就白过啦。早上好吧！可小狗冲着你：呜－呜－呜……看门人就用胳膊肘朝你——轻轻一碰！而你要对他说：'零钱没有，伊万·波塔佩奇！……对不起啦！'让我吃苦头最多和挨骂最多的，就是这条熏白鲑，就是这条……鳄鱼！

正是这个温顺的家伙，库里岑①！"

说着，阿列克谢·伊万内奇指了指坐在我老爹身边的一个弯腰驼背的小老头儿。小老头儿眨巴着一双疲倦的小眼睛，面带厌恶的神情抽着雪茄。他平日从不抽烟，若是上司让他抽支雪茄，那他总认为却之不恭。看到冲着他的手指，他羞愧万分，如坐针毡。

"我吃了许多苦头，都怪这温顺的家伙！"柯祖林接着说道。"因为我最初落到了他的手下。把我这温顺顺顺、普普通通、毫不起眼的小东西往他那儿一领，让我往他桌旁一坐。接着他就折磨起我来了……一张口，就是一把锋利的尖刀；一抬眼，就是一颗射进胸膛的子弹。现在他看起来像条蛆虫、像个叫花子一样可怜，可从前那个威风哪！涅普顿，海神②！天都能给你捅漏了！他折磨我可是时日不短哪！我又替他抄写，又给他跑腿买小馅饼，修蘸水笔，送他老丈母娘去看戏。处处讨他欢心。闻鼻烟也学会了！是啊……可样样都是为了他……不行，我心想，我得经常随身带着鼻烟壶防备他万一要用才是呀。库里岑，记得吗？有一天，我那过世的老娘来找他，央求准她儿子，就是我，两天假，去姑妈家分遗产。他冲我老娘那一通数落，眼珠子瞪得那个圆，嗓门儿扯得那个大呀：'可你儿子是条懒虫，可你儿子是个吃白食的，你以为不是啊，蠢货，等着瞧吧！……法庭，他说，会审判他的！'我老娘回到家就卧床不起，吓得大病了一场，当时差点儿没死了……"

阿列克谢·伊万内奇掏出手绢擦了擦眼睛，接着一口喝干了一杯葡萄酒。

"还打算让我娶他闺女呢，可我那时……幸好，得了热病，在医院躺了半年。这就是从前的事儿！这就是从前人过的日子！而现在呢？呸！现在我……我在他之上……他送我的老丈人去看戏，他给

---

① 此姓氏取自俄语词"母鸡的"，俄语俗语"母鸡的儿子（女儿）"意为"兔崽子"。此姓含贬义。
② 罗马神话中的海神，相当于希腊神话中的波塞冬。

我递鼻烟壶,而他自己抽雪茄。嘿-嘿-嘿……我给他往生活里撒胡椒面儿……撒胡椒面儿!库里岑!!"

"您有何吩咐?"库里岑一面站起来,挺直腰板,一面问道。

"来段悲剧!"

"是!"

库里岑挺直身子,皱起眉头,举起一只胳膊,做出鬼脸,用沙哑的、破锣似的嗓子唱道:

"死去吧,不忠的女人!我要喝-喝你的血!!"

我们笑得前仰后合。

"库里岑!把这块撒胡椒面儿的面包给吃了!"

吃得饱饱的库里岑拿起一大块黑麦面包,撒上胡椒面儿,在一片大笑声中咀嚼着。

"啥变化都可能发生,"柯祖林继续说道。"坐下,库里岑!等会儿我们起身散席,再给唱一段……当年是你,而现在是我……是啊……老娘就这么过世了……是啊……"

柯祖林站起身来,晃了两晃……

"我呢——不吱声,因为年岁小,不起眼儿……一帮折磨人的东西……一帮暴徒……而现在因此我……嘿-嘿-嘿……欸,你!你!跟你说话呢,没长小胡子的!"

说着,柯祖林用手指了指我老爹这边。

"围着桌子转几圈,学学小公鸡叫!"

我老爹微微一笑,快活得飞红了脸,围着桌子小步跑了起来。我跟在他身后。

"喔-喔-喔!"我们爷儿俩亮开嗓门儿叫了起来,脚下跑得更欢了。

我一面跑,一面想:

"这文书助理我当定喽!"

1883 年

小官吏之死

一个非常好的夜晚，一个同样非常好的庶务官，伊万·德米特里奇·怯尔威压科夫[1]，坐在池座的第二排，手举望远镜，观赏着《科尔涅维利的钟声》[2]。他观赏着，心里感到无比的惬意。可是忽然间……故事里常常遇到这"可是忽然间"。作者们没错：生活中的意外实在太多了！可是忽然间，他额头一皱，眼睛一翻，呼吸屏住了……他把望远镜一挪，腰一弯，接着就……啊嚏！！！打了个喷嚏，正如您所看到的。打喷嚏嘛，什么人打，在哪儿打，都不是不准许。庄稼汉打喷嚏，警察局长打喷嚏，有时就连枢密大臣[3]也打喷嚏。人人都会打喷嚏。怯尔威压科夫一点儿也没觉得难为情，掏出小手绢擦了擦，并且，像个有礼貌的人，朝四下扫了一眼：他这一声喷嚏惊扰了谁没有？这一眼可扫得他慌了神。他看见，坐在他前面第一排的一个小老头儿，正用一只手套使劲儿地擦着自己的秃顶和脖子，嘴里还嘟囔着什么。这小老头儿呢，怯尔威压科夫认出来，他是主管交通部的文职将军[4]布里扎洛夫。

"我喷了他一身！"怯尔威压科夫心想。"虽不是我的上司，是别人的，可还是怪不得劲儿的。得赔个不是才好。"

---

[1] 姓氏"怯尔威压科夫"中的"怯尔威压克"，意为"软体虫"、"卑下的人"。
[2] 法国作曲家普朗盖特（1847—1903）的一出轻喜剧。
[3] 三品文官，按帝俄时期的官阶制度，文武官员分十四品，最低为十四品。
[4] 三品或四品文官。

怯尔威压科夫干咳了两声,探身向前,凑到将军的耳边,低声说道:

"对不起,大人,我喷了您一身……我没在意……"

"没关系……没关系……"

"看在上帝的份儿上,请原谅。我……我可不是故意的!"

"哎呀,请坐吧!让人听戏!"

怯尔威压科夫觉着不好意思,尴尬地笑了笑,又看起戏来。他看是看,可是那种惬意的感觉再也没有了。他心里七上八下地敲起了小鼓。幕间休息的时候,他走向布里扎洛夫,在他身边来回蹭了好一阵儿,这才鼓起勇气,上前嗫嚅道:

"我喷了您一身,大人……对不起……我可……不是……"

"哎呀,算了吧……我都忘了,可您老提那一段儿!"将军说着,不耐烦地撇了撇嘴。

"忘了,可眼里还带着火气呢,"怯尔威压科夫一面心想,一面疑虑不安地瞟着将军。"连话都不愿说了。得向他解释清楚,我绝不是故意的……这是自然规律。要不然还以为我是有意啐他的呢。现在不这么想,过后会这么想的!……"

回到家里,怯尔威压科夫对妻子讲了自己失态的事儿。妻子呢,他觉得,也过于不拿这当回事儿了;她刚刚还吃了一惊来着,可后来一听布里扎洛夫是"别人的",就把心放下了。

"不管怎样,你还是跑一趟赔个不是的好,"她说。"人家会想,你在大庭广众之中连个规矩都不懂!"

"说的是呢!我赔过不是的,可他……有点儿叫人奇怪的是……一句有用的话没说。不过当时也没工夫说话。"

第二天,怯尔威压科夫换了套新制服,理过发,去找布里扎洛夫解释了……一进将军的接待室,他就看见那里有许多求见者,而在求见者当中也看见了将军本人。他已经开始接待来访了。询问过几个求见者之后,将军抬起眼睛,也看了看怯尔威压科夫。

"昨天在"阿卡迪亚①"剧场,要是您能记起来的话,大人,"庶务官开口禀报说,"我不是打了个喷嚏嘛,还……无意中喷了……对不……"

"多大点事儿啊……天晓得!您有什么事?"说着,将军转脸问下一个求见者。

"话都不愿说了!"怯尔威压科夫想了想,脸上越来越没了血色。"还在生气呢,可见……不行,这可不能马马虎虎就算了……我得向他解释清楚……"

等将军结束了同最后一位求见者的谈话、起身往里面的豪华套房走去时,怯尔威压科夫一步追了上去,张口叽咕道:

"大人!既然我斗胆前来打搅大人,说明正是出于一种心情,可以说,是悔过之心哪!……不是故意的,大人您是知道的呀!"

将军哭笑不得,把手一挥。

"您简直是开玩笑,阁下!"说着,推门走进里间,不见了。

"这哪是开玩笑啊?"怯尔威压科夫心想。"连半点儿开玩笑的意思也没有哇!还将军呢,这点事儿都闹不清!既然如此,我就不来给这装模作样的家伙赔礼了!见他的鬼去!给他写封信,路我可不跑了!真的,不跑了!"

回家的路上,怯尔威压科夫心里这么琢磨。给将军的信,他却没写出来。想啊,想啊,说什么也想不出这信该如何写。只好转天再去当面解释了。

"我昨天来打扰过大人,"当将军抬起眼睛疑惑不解地望着他时,他喃喃地说道,"不像您说的那样是来开玩笑的。我几次赔礼道歉,都是因为打喷嚏的时候,喷着您了呀……要说开玩笑,我连想都没想过。我敢开玩笑吗?我们要是开玩笑的话,那么对大人物的敬意,

---

① 地名。此地位于伯罗奔尼撒半岛,与世隔绝,居民过着牧歌式的生活。古希腊罗马田园诗将其描绘成世外桃源。帝俄时期公园里夏季露天剧场常用的名字。

可见得……就一点儿也不会有了……"

"滚开！！"将军突然大喝一声，脸色铁青，浑身直抖。

"怎么啦？"怯尔威压科夫低声问道，惊呆了。

"滚开！！"将军跺起双脚，又吼了一声。

怯尔威压科夫的肚子里仿佛什么东西被吓掉了下来。他什么也看不清，什么也听不见，退向门口，来到街上，一步一步地往前蹭去……他迷迷糊糊回到家里，也不脱制服，往长沙发上一倒，就……死了。

1883 年

胖子和瘦子

在尼古拉铁路①的车站上,有两个朋友相遇了:一个胖,一个瘦。胖子刚在车站上用过餐,他的两片嘴唇油滋滋的,闪闪发亮,像是两颗熟透的樱桃。他满身飘溢着赫雷斯酒②和代代花茶的芳香。而瘦子刚下火车,肩上扛着、背上背着一只只箱子、包袱和硬纸盒。他浑身散发着火腿肠和咖啡渣的气味。他身后不时探出一个长下巴的瘦瘦的女人——他妻子,还有一个眯着一只眼的高个子中学生——他儿子。

"波尔菲里!"胖子一见瘦子,激动地喊道。"是你吗?我亲爱的!可有年头儿没见喽!"

"老天爷呀!"瘦子惊异道。"米沙!小时候的哥们儿!你打哪儿冒出来的?"

两个朋友一连亲吻了三下,接着两眼盯着对方,泪水汪汪。两人又是喜来又是惊。

"我亲爱的!"亲吻过以后,瘦子开口说道。"真没想到!真是想不到的事儿!欸,倒是好好瞧瞧我呀!还是从前那样的帅哥!还是那么精神和时尚!哎呀,你,天哪!欸,你倒是怎样哪?发财啦?成家了吧?我已经成家了,就像你看到的……这就是我太太,路易

---

① 莫斯科至彼得堡的铁路,以沙皇尼古拉一世的名字命名。
② 西班牙产的一种烈性白葡萄酒。

莎,娘家姓万岑巴赫①……路德宗②教徒……这是我儿子,纳法奈尔,中学三年级学生。纳法尼亚③,这是我小时候的哥们儿!中学是一起念的!"

纳法奈尔寻思了片刻,摘下帽子。

"中学是一起念的!"瘦子接着说。"还记得大伙儿是怎么逗你的吗?都叫你外号赫洛斯特拉特④,因为你用香烟把公家的书烧了个窟窿。管我叫厄菲阿尔特⑤,因为我爱挑拨离间。嘿-嘿……那时候咱们都是孩子嘛!别害怕,纳法尼亚!挨他近点儿……这位呢,是我太太,娘家姓万岑巴赫……路德宗教徒。"

纳法奈尔寻思了片刻,躲到父亲的身后。

"欸,近来怎样,哥们儿?"胖子兴奋不已地望着朋友,问道。"有差事干吧?升官了吗?"

"有,我亲爱的!八品官,已经晋升一年多了,还得过圣斯坦尼斯拉夫勋章呢。薪水不高……咳,随它去吧!太太教教音乐,我私下用木料做些烟盒。好极了,烟盒!一卢布一个我卖。谁要是一下买十个八个的或者更多,我就给他,知道吗,打折。日子马马虎虎过得去。当差呢,知道吗,原本是在厅里,现在调到这儿当科长了,同一个部门……往后就在这儿供事了。欸,你怎样啦?恐怕都五品了吧?啊?"

"不,我亲爱的,再往高里提点儿,"胖子说道。"我已经升到三品啦……两枚勋章了,都有。"

瘦子顿时脸色煞白,目瞪口呆,不过很快又极不自然地咧开大嘴

---

① 德意志人的姓氏。
② 路德宗是基督教(新教)主要宗派之一,形成于德意志,是以马丁·路德(Martin Luther,1483—1546)宗教思想为依据的各教会的总称。因其强调"因信称义"的教义,故亦称信义宗。
③ 纳法奈尔的昵称。
④ 古希腊人,为了出名,他于公元前356年焚烧了古代艺术的优秀作品——阿泰密斯神庙。
⑤ 古希腊人,公元前5世纪,背叛同胞,引导波斯军队入侵自己的国家。

笑了起来。让人觉得，他的脸上和眼里火星四溅。他的人则蜷缩起来，弯腰拱背，矮了半截儿……他那些箱子，包袱和盒子也缩作一团，皱眉蹙额……妻子的长下巴拉得更长；纳法奈尔站得笔直，扣好了制服上所有的纽扣。

"大人，下官……不胜荣幸！童年时代的，可以说，朋友，转眼就成达官贵人了！嘻－嘻……"

"咳，得了吧！"胖子皱起眉头。"怎么用这种腔调说话呢？咱俩打小就是哥们儿，何必来官场上那一套！"

"饶了我吧……您说哪去啦……"瘦子嘻嘻嘻地笑了起来，身子缩得越发厉害。"多承大人关照……如蒙甘霖嘉澍……这是，大人，下官的犬子，纳法奈尔……贱内路易莎，路德宗教徒，在某种程度上……"

胖子本想反驳几句，可是瘦子脸上显露出来的那么一副毕恭毕敬、虚情假意和低三下四的酸劲儿，让三品文官心里感到一阵恶心。他扭过脸去，伸手告辞了。

瘦子握了握他的三根手指头，深深地鞠了一躬，妻子靦然而笑。纳法奈尔咔嚓一个立正，把制帽也甩掉了。一家三口又是喜来又是惊。

1883 年

变色龙

穿过集市广场，走来一位警督，窝囚没脑夫①，身穿一件新大衣，手拎一个小包袱。他身后跟着一位棕红色头发的警士，两手捧着个筛箩，筛箩里堆尖儿地盛着没收来的醋栗。四下里一片寂静，广场上空无一人。一家家小店铺和小酒馆那敞开的大门，就像一只只眼睛望着这世界，无精打采，又像一张张大嘴等着喂食，饥饿难挨；它们附近就连讨饭的都没有。

"那你就咬人，混账东西？"窝囚没脑夫忽然听见有人叫喊。"伙计们，别放跑它！如今不许咬人了！快逮住！哎哟……哎哟！"

传来一阵狗的尖叫声。窝囚没脑夫循声望去，只见从商人皮丘金的木柴场里窜出一条狗来，三条腿一蹦一跳，边跑边回头张望。它的后面紧跟着追出一个人来，身穿浆洗过的花布衬衫，外套一件敞着怀的坎肩儿。他追着追着，身体向前一纵，扑向地面，一把逮住那狗的后腿。又传来一阵狗的尖叫声，还听得一声叫喊："别撒手！"各家小店铺里，探出一张张睡眼惺忪的面孔。不大一会儿，木柴场附近，仿佛从地下钻出来似的，聚集了一大群人。

"好像是闹事，长官！……"警士说。

窝囚没脑夫向左来了个九十度转身，朝着人群大步走了过去。就在木柴场的大门口，他看见，站着上述那位外套一件敞怀坎肩儿的人，

---

① 此姓氏含"昏头昏脑""糊里糊涂"之意。

举着右手,把一只血淋淋的手指伸给大伙儿看。他那带有几分醉意的脸上仿佛写着"回头我扒了你的皮,混蛋!"就连那根手指头也带有一种胜利的预兆。这人呢,窝囚没脑夫认出是首饰匠哼噜精[①]。人群的中央,地上坐着肇事者——一只嘴巴尖尖的、背上带块黄斑的白毛小灵猩犬[②],叉着前腿,浑身发抖。它那泪汪汪的眼睛里一副忧虑和恐惧的神情。

"因为啥事啊这儿?"窝囚没脑夫一面往人群里挤,一面问。"为啥在这儿呀?你举着手指头是干啥呀?……谁在吵吵啊?"

"我走得好好的,长官,没招谁没惹谁……"哼噜精将嘴巴凑着空拳干咳了几声,开口说道。"跟米特里·米特里奇正谈木柴生意呢,这混账东西无缘无故突然就朝我这指头来了一口……请您原谅我说话直,我是靠手艺吃饭的……我干的是精细活儿。让他们赔我钱,因为——我这手指头弄不好一个礼拜都动不了劲儿……再说了,长官,法律上也没这一条,说被畜生祸害了得忍着呀……要是哪条狗都咬人,那最好就别活在这世上了……"

"哼!……好啊……"窝囚没脑夫厉声说道,一面干咳着,一面抽动着眉头。"好啊……谁家的狗啊?这事儿我不会就这么丢下不管的。我要让你们瞧瞧把狗放出来会咋样!是该注意这种不肯服从法令的先生们了!等罚了他混蛋的款,他就会给我尝到把狗和别的畜生放出来乱跑的滋味了!我非给他娘的一点儿厉害瞧瞧!……叶尔德林,"警督扭头对警士说,"你去查查这是谁家的狗,做个笔录!狗得整死。别磨叽!它指定是条疯狗……这是谁家的狗啊?问你们呢!"

"这,好像,是日加洛夫将军家的!"人群里有个人说。

"日加洛夫将军家的?嗯!……来,叶尔德林,快帮我把大衣脱了……了不得,天真热!看样子要下雨……只是有一点我整不明白,

---

① 此姓氏含跟猪样地哼哼和像猪拱嘴似的丑陋之意。
② 一种嘴尖、腿细而善跑的猎犬。

它咋就能把你咬着了呢?"窝囚没脑夫转身问哼噜精,"难不成它还够得着你的手?它一个小不点儿,可瞧你一条五大三粗的汉子!你大概是用小钉子把指头捅咕破了,然后就想出了一个敲竹杠的鬼主意。你这家伙……可是出了名儿的!我可知道你们这帮鬼东西!"

"他呀,长官,拿自个儿卷的纸烟烫狗的鼻子找乐儿。狗呢,也不傻,吧唧给了他一口……一个没正形儿的人,长官!"

"瞎说,独眼龙!你没看见,凭啥瞎咧咧呀?长官是明白人,他老知道谁是瞎说,谁像当着上帝面一样凭良心……我要瞎说,任治安法官咋评判。他法律条文上有说法……现如今人人平等了……本人的兄弟就是宪兵队的……不瞒你们说……"

"少废话!"

"不,这不是将军家的……"警士凝神沉思道,"将军家没有这样的。他养的多数是猎禽犬……"

"你这情况确实了解吗?"

"确实,长官!"

"不说我自己也知道。将军养的可是一色儿的名贵犬,纯种犬。再看这一条——鬼知道是啥玩意儿!要毛色没毛色,要模样没模样……整个儿一个劣等品种……就这种狗还有人养哪?!你们脑子都哪去啦?这种狗要在彼得堡或者莫斯科给逮住,你们知道会咋样吗?那地方才不管啥法不法呢,立马就——别喘气儿了!你呀,哼噜精,受苦啦,这事儿可不能就这么马马虎虎拉倒了……需要教训教训!是时候了……"

"说不定还真是将军家的呢,"警士一面想,一面喃喃自语道。"它脸上又没写着……前两天还在他家院儿里见过这么一条呢。"

"还用说嘛,将军家的!"人群里有个人说道。

"嗯!……来,叶尔德林老弟,帮我把大衣穿上……好像刮风了……冷飕飕的……你带上它去将军家问问。就说,是我找到送来的……再说一下,别再把它放到街上来了……它说不定还是条名贵犬呢。要是每个蠢猪都用烟卷儿烫它鼻子,用不多久不就给糟蹋啦……狗可是种娇贵玩意儿……你呀,笨蛋,把手放下!别老把你那根指头傻举着!都是你自己的不是!……"

"将军的厨子来了,问问他……哎,普罗霍尔!亲爱的,你过来一下!看看这狗……是你们的吗?"

"亏你想得出!这种狗我们自来就没养过!"

"那就问都甭多问了,"窝囚没脑夫说,"它是条野狗。那就甭多说了……既说了是野狗,那就是野狗……敲死就结了。"

"这不是我们的,"普罗霍尔接着说。"这是将军他兄弟的,他刚来不几天。我们将军不稀罕灵猩犬。他兄弟可稀罕了……"

"敢是他老人家的兄弟来啦?弗拉基米尔·伊万内奇?"窝囚没脑夫问,满脸漾出动情的笑容。"你瞧瞧,天哪!可我还不知道呢!来住些日子吧?"

"住些日子……"

"你瞧瞧,天哪……他老可掂着兄弟了……可我还不知道呢!那么说,这是他老兄弟的小狗儿喽?太高兴了……把它带走吧……小狗儿不赖……真机灵……照这家伙的手指头吧唧就是一口!哈-哈-哈!欸,你哆嗦个啥呀?呜-呜……呜-呜……在生气呢,小机灵鬼儿……这小狗东西……"

普罗霍尔唤过小狗,领着它离开了木柴场……人群冲着哼噜精一阵哈哈大笑。

"我会来收拾你的!"窝囚没脑夫威吓道。说完,便掩着大衣衣襟,顺着集市广场径自走了。

1884 年

假　面

Ｘ公共俱乐部里，为了募捐而常常举办假面舞会，或者如当地女士们所称的化装舞会。

已是午夜十二点。几位不跳舞的知识分子（他们一共五人），没戴面具，坐在阅览室里一张大桌子旁边，把鼻子和胡子往报纸后面一藏，在读报、打盹和——用京都报纸驻当地的记者、一位思想非常开放的先生的话说——"思考"。

从公用大厅里传来卡德里尔舞曲《小旋转》的乐声。门口，不时有侍者跑过，脚下地板踏得咕咚山响，手里杯盘碰得丁零当啷。而阅览室里却是雅雀无声。

"这儿看来更舒适些！"突然响起一个低沉、喑哑的声音，这声音倒像是从小火炉里传出来的。"快上这儿来！这儿，伙伴们！"

门敞开了，阅览室里走进一位粗壮敦实的男人，身穿马车夫的号衣，头戴插着孔雀翎毛的帽子，脸上罩着面具。他身后跟进来两位戴面具的女士和一个端着托盘的侍者。托盘上放着一个盛有烈性甜酒的大肚玻璃瓶、两三瓶红酒和几只杯子。

"这儿来！这儿也会凉快一些。"男人说道，"把托盘搁桌上……请坐，小姐们！热乌普里阿利亚特里蒙特朗①！你们，几位先生，挪

---

① 此句是用俄文字母拼出的一句"外国话"，其中"热乌普里"是法语的"请你们（jie vous prie）……"，后半句是胡诌出来的几个词。

动挪动……别在这儿了!"

男人身子轻轻一晃,随手从桌上拂去几本杂志。

"搁这儿!你们,读者先生们,挪动挪动;现在没工夫研究报纸和政治……快扔了吧!"

"我倒想请你们小声点儿。"一位知识分子通过眼镜上方看了看戴面具的人,说道,"这里是阅览室,不是小吃部……这里不是喝酒的地方。"

"为啥不是地方?桌子摇晃还是天花板会塌下来咋的?奇怪!不过……没工夫废话!都快把报纸扔了……你们已经看过一会儿,也就够了;本来就聪明得很了,再说会把眼睛弄坏的,最主要的是——我不愿意,没啥好说的。"

侍者将托盘放到桌上,接着把餐巾往胳膊肘上一搭,站到门旁。女士们立刻动手斟起了红酒。

"咋就有这样的聪明人,竟然觉得报纸比这些酒还好呢。"帽插孔雀翎毛的男人一面给自己倒着烈性甜酒,一面说道。"可依我看哪,你们,尊敬的先生们,喜欢看报,是因为你们没钱买酒喝。我说的对吗?哈-哈!……看报!那好,上面写的是啥呀?戴眼镜的先生!你们在读啥新闻呢?哈-哈!咳,就放下吧!你就别装模作样啦!还是来喝两杯吧!"

帽插孔雀翎毛的男人欠起身来,从戴眼镜的先生手里夺下报纸。那人气得脸上白一阵,红一阵的,惊异地望了望其余几个知识分子,那些人也望了望他。

"您忘乎所以了,先生!"他突然火冒三丈。"您把阅览室当成了小酒馆,您竟敢胡作非为,夺人手里的报纸!我不允许!您不知道是跟谁在打交道,先生!我是银行行长热斯佳科夫!"

"我才不管你是啥热斯佳科夫呢!你那报纸就该这么抬举……"

男人随手捡起报纸,欻欻几下将它撕成了碎片。

"诸位先生,这倒是怎么回事呀?"热斯佳科夫不知所措地嘟囔道。

"这倒奇了怪了,这……这简直是见了鬼了……"

"他老动火了,"男人笑了起来。"啊哟,哎呀,可吓死人了!两腿都直打哆嗦。是这么回事儿,尊敬的先生们!说正经的吧,我不想跟你们扯些没用的……因为我想一个人跟小姐们待在这儿,并且想在这儿给自己找点儿乐,所以请你们别拒拦,请出去。请吧!别列布欣先生,滚犊子吧!皱啥嘴脸哪?我说了,滚,那就快滚!给我麻利点儿,要不当心点儿,弄不好,可别挨揍啊!"

"怎么叫弄不好挨揍呢?"监护法院①的司库别列布欣涨红着脸、耸了耸肩膀问道。"我简直弄不明白……一个无赖闯到这儿,就……突然发生这样的事!"

"无赖这词儿是啥意思?"帽插孔雀翎毛的男人怒吼道,一拳砸在桌面上,震得托盘上的杯子跳了起来。"你冲谁说话呢?你以为我戴着面具,你冲我就啥话都能说啦?真是个尖辣子!出去,我既说了!银行行长,趁早滚!统统滚犊子,滚得一个犊子不剩!马上滚,滚犊子!"

"咱们这就走着瞧!"热斯佳科夫说,他激动得连眼镜片都冒出了汗珠。"我要给您点儿厉害瞧瞧!欸,把值班主任叫到这儿来!"

过了片刻,进来一位外衣翻领上有条浅蓝色小绶带的个头矮小的红发主任,跳舞跳得气喘吁吁的。

"请您出去!"他开口道。"这里不是喝酒的地方!请去小卖部!"

"你这是从哪儿冒出来的?"戴面具的男人问道。"我叫你了吗?"

"请不要你你你的,请出去!"

"听着,兄弟:给你一分钟的时限……既然你是主任和头面人物,那么就把这群演戏的小丑给架出去。我的小姐们可不喜欢这里有外人……她们难为情,而我花钱就是想让她们尽显自然本色。"

---

① 1775—1917年间俄国城市对商人、市民、手工业者的财产实行保护的机关,由市长领导。

"显然这恣意妄为的家伙不明白他不是在牲口棚里！"热斯佳科夫吼道。"把叶夫斯特拉特·斯皮里多内奇叫来！"

"叶夫斯特拉特·斯皮里多内奇！"满俱乐部里响起了呼喊声。"叶夫斯特拉特·斯皮里多内奇在哪儿呢？"

叶夫斯特拉特·斯皮里多内奇，一位身穿警察制服的老头儿，应声而至。

"请您从这里出去！"他瞪着两只可怕的眼睛、颤动着染过的髭须，声音嘶哑地说道。

"可真吓人哪！"男人说着，开心得哈哈大笑起来。"真的，吓死人了！常有这种可怕的事儿，让我遭天打雷劈吧！小胡子倒像公猫胡子，眼睛都瞪出来了……嘿－嘿－嘿……"

"请别废话！"叶夫斯特拉特·斯皮里多内奇声嘶力竭地吼道，浑身颤抖起来。"滚出去！不然我叫人把你拖出去！"

阅览室里响起一阵难以想象的嘈杂声。叶夫斯特拉特·斯皮里多内奇涨得满脸通红，跺着两脚在喊叫。热斯佳科夫在喊叫。别列布欣在喊叫。所有的知识分子都在喊叫，可是他们所有人的声音往往都被戴着面具的男人那低沉的、浑厚的、喑哑的男低音压倒了。舞会因为一片混乱而中断，人群从大厅里纷纷涌向阅览室。

叶夫斯特拉特·斯皮里多内奇为了显示威风，叫来了在俱乐部执勤的所有警察，坐下书写记录。

"写吧，写吧，"戴面具的人用一根指头给他指着笔尖，说，"现在我这可怜人儿咋地了啊？我这可怜人儿哟！你们为啥祸害我这孤苦伶仃的人儿啊？哈－哈！欸，咋样？笔录写完了吗？都签字了吗？好，现在你们瞧瞧！一……二……三！！"

男人站了起来，全身上下挺得笔直，一把扯下面具。他露出自己那张醉醺醺的面孔，看了看大伙儿，欣赏着所造成的效果，一屁股坐到圈椅上，高兴得哈哈大笑起来。而他所造成的印象还真非同寻常。所有的知识分子都手足无措，面面相觑，脸色煞白，有两个还挠了挠后脑勺。叶夫斯特拉特·斯皮里多内奇清了清嗓子，像个无意中做了一件大蠢事的人。

众人认出这好惹事的家伙是当地的百万富翁、工厂主、世袭荣誉公民皮亚季果罗夫，此人以喜欢胡闹、行善和——正如地方通讯里不止一次地说过的——热爱教育事业而出名。

"咋样，你们走是不走？"皮亚季果罗夫沉默了片刻之后，问道。

知识分子们默然无语、蹑手蹑脚地走出了阅览室，皮亚季果罗夫随后锁上了门。

"你可是知道他是皮亚季果罗夫的呀！"过了片刻，叶夫斯特拉特·斯皮里多内奇摇着往阅览室送酒的侍者的肩膀，嗓音嘶哑地小声说。"你咋不吱声呢？"

"也没让吱声哪！"

"没让吱声！……我把你个犊子关上一个月，到时候你就知道'没让吱声'了。滚！！你们倒好，诸位先生，"他转身对知识分子们说。"造了反了！就不能离开阅览室十分钟啊！现在你们就去收拾这乱局吧。哎呀，先生们，先生们哪……我可不喜欢，真的！"

知识分子们满俱乐部转悠起来，一个个垂头丧气，心绪不宁，面带愧色，交头接耳，仿佛预感到什么不祥之兆……他们的妻子和女儿得知皮亚季果罗夫"被得罪了"，并且发了火，都安静下来，各自回了家。晚会停止了。

两点钟，从阅览室里走出了皮亚季果罗夫；他喝得烂醉，摇摇晃晃，站立不稳。他走进大厅，坐到乐队旁边，在音乐声中打起盹来，然后忧伤地垂下脑袋，打起了呼噜。

"别吹呀拉的啦！"头儿们向乐师们摆手招呼道。"嘘！……叶果尔·尼内奇睡啦。"

"请问要不要把您送回家呀，叶尔·尼内奇？"别列布欣躬身凑到百万富翁的耳边，问道。

皮亚季果罗夫把嘴唇撮成仿佛要吹掉嘴巴上的苍蝇那样。

"请问要不要送您回家呀,"别列布欣又问了一遍,"要不让他们备车?"

"啊?哪个?你……你要干啥?"

"送回家呀……该睡觉觉啦……"

"回-回家倒是想……送-送吧!"

别列布欣美得喜笑颜开,动手搀扶皮亚季果罗夫。朝他奔过来的还有其他知识分子,大伙儿高兴地微笑着,扶起世袭荣誉公民并小心翼翼地送往轻便马车那边。

"可要知道,能如此捉弄一大帮人的只有演员、天才,"热斯佳科夫一面扶他上车,一面开心地说。"着实让我吃了一惊,叶果尔·尼内奇!直到现在我还想笑呢……哈-哈……而我们呢,还真动了肝火,瞎折腾!哈-哈……您信吗?就是在剧院里哪回也没这样笑过……滑稽极了!我一辈子都会记住这难忘之夜的!"

送走皮亚季果罗夫之后,知识分子们快活起来,一个个把心放下了。

"临别时还向我伸过手来呢,"热斯佳科夫非常满意地说。"也就是说,没什么,没生气……"

"愿上帝保佑吧!"叶夫斯特拉特·斯皮里多内奇舒了口气。"一个恶棍,卑鄙无耻的家伙,可要知道,又是个行善的人……没辙!……"

1884 年

牡　蛎

　　我不用太费劲,就能详详细细地回忆起一个阴雨绵绵的秋天的黄昏。我随父亲站在莫斯科市里的一条行人熙来攘往的大街上,觉得我渐渐被一种奇怪的疾病所控制。疼痛的感觉一点儿也没有,可是我的两条腿却渐渐发软,有话堵在嗓子眼儿里说不出来,脑袋有气无力地歪向一边……看来,我马上就会倒下,失去知觉。

　　要是我这会儿进了医院,大夫们准会在我的牌子上写下:Fames[①]——医学教科书里都没有的一种疾病。

　　挨着我在人行道上站着的是我的生身父亲,身穿一件夏季的旧外套,头戴一顶露出棉花团的花呢小布帽,脚蹬一双又大又沉的胶皮鞋。一个讲虚荣的人,生怕别人看见他那穿胶皮鞋的脚上没袜子,便往小腿上套了一副旧靴筒。

　　这可怜的、傻呵呵的怪人身上那件式样还算有些时髦的外套越破越脏,我对他的爱也就越深越强。五个月前,他来到京城,想找个公文事务方面的差事干干。五个月来,他成天满世界转悠,求点活儿干,直到今天才下定决心上街来讨饭……

　　我们的对面,是一栋三层的大楼房,挂着蓝色的招牌:"旅店"。我的脑袋有气无力地歪向后方和侧面,因而我不由自主地朝上望着旅店那一扇扇灯火通明的玻璃窗。窗户里闪动着人影。可以看见一架奥

---

①　拉丁文:饥饿。

开斯特里翁琴的右侧，两幅石印油画、几盏吊灯……盯着一扇窗户望去，我看见一个发白的斑点。这斑点一动不动，它那直线条的轮廓从暗褐色的总背景中清晰地凸显出来。我睁眼细看，才看出那是一块白色的牌子。上面有字，可是究竟写的是什么，却看不清楚……

有半个小时光景，我的眼睛一直盯着那块牌子。它那雪白的颜色始终吸引着我的目光，仿佛对我的脑子施加着催眠术。我极力想读出上面的字来，可是我的努力却徒然无果。

那奇怪的疾病终于发挥出自己的威力。

辚辚的轻便马车声在我听来就像轰隆隆的滚雷，从街上的臭气里我能分辨出无数种气味，旅店的灯火和街上的路灯在我眼里就像光耀夺目的闪电。我的五种感官的机能全都处于亢进状态，捕捉能力异乎寻常。我开始看到往常从没见过的东西。

"牡蛎[①]……"我看清了牌子上的字。

好奇怪的字眼儿啊！我在世上活了整整八年零三个月，可我一次也没听说过这个词儿。它是什么意思呢？这是不是旅店老板的姓氏呢？可要知道姓氏招牌一般是挂在门口，而不是挂在室内墙上的呀！

"爸爸，什么叫牡蛎呀？"我使劲儿把脸转向父亲，声音嘶哑地问道。

我父亲没有听见。他正凝视着熙来攘往的人群，目送着每一个路过的行人……从他的眼神里我看得出，他想对路过的人们说些什么，但是令人痛苦的话语就像沉重的秤砣挂在他那颤抖着的唇边，怎么也吐不出来。在一位行人的身后他甚至迈出了一步，并且碰了碰他的衣袖，可是等那人一回头，他却说了声"对不起"，一脸的尴尬，慢慢地退了回来。

"爸爸，什么叫牡蛎呀？"我又问了一遍。

[①] 也叫蚝、海蛎子，一种海洋软体动物，可食，有强肝解毒、补肾壮阳、软坚散结之功效。

"是一种动物……生活在大海里……"

我立刻想象起这从没见过的海洋动物的模样。它应该是介于鱼和虾之间的一种东西。既然它是海生的,那用它自然就能熬出加胡椒和桂叶的非常鲜美的热汤、加脆骨的鱼片酸辣汤、虾仁浇汁、加洋姜的凉菜……我在脑子里活灵活现地想象着人们从市场上拎回这种动物,很快把它收拾干净,很快塞进瓦罐……快,快,因为人人都想吃……想吃得不得了! 厨房里飘出一股股熬鱼汤和虾汤的香味儿。

我感觉到,这一股股香味儿刺激得我的上颚和鼻孔直痒痒,它还渐渐地控制了我的全身……旅店、父亲、白牌子、我的衣袖——一切都散发着这种香味儿。香味浓烈得让我不禁咀嚼起来。我一边嚼,一边咽,仿佛我的嘴里真的有块海生动物似的……

我的两腿因我体验到的满足感而慢慢弯曲起来,为了不致跌倒,我抓住父亲的衣袖,紧紧地偎依在他那湿漉漉的夏季外套上。父亲不住地颤抖着,瑟缩着。他冷啊……

"爸爸,牡蛎是素菜,还是荤菜呀?"我问道。

"它们一般都生着吃……"父亲说。"它们都带壳儿,像乌龟,不过……壳儿是分两半的。"

那香味儿顿时不再让我觉得浑身舒服,接着幻觉渐渐破灭了……现在我全明白了!

"多脏的东西,"我喃喃自语道。"多脏的东西呀!"

牡蛎原来就是这玩意儿啊! 我想象着这动物就跟青蛙似的。青蛙蹲在壳儿里面,瞪着两只亮晶晶的大眼睛从那儿朝外望着,不停地鼓动着它那可恶的下巴颏。我想象着人们从市场上拎回的这带壳儿动物的模样:长着一副大夹子、两只亮晶晶的眼睛、一身粘乎乎的癞皮……孩子们见了都躲得远远的,而厨娘则厌恶地皱着眉头,捏着一只大夹子,把它放到盘子里,端进餐厅。成年人抓起来就吃……生吞活嚼,连同眼睛、牙齿、爪子! 而这动物则一面吱吱直叫,一面拼命夹住人的嘴唇……

我皱着眉头，可是……可是我的牙齿怎么就嚼起来了呢？这动物可恶、可憎、可怕，可我却在吃着它，狼吞虎咽，怕的是尝出它的滋味，辨出它的气息。一只吃完了，可我又看到第二只、第三只的亮晶晶的眼睛……我把这些也都给吃了……最后，我就吃餐巾、碟子、父亲的胶鞋、白色的招牌……我吃着只要是让我眼睛所看到的东西，因为我觉得，只有吃了东西，我的病才会好转。牡蛎那两只瞪着的可怕的眼睛，叫人讨厌，我想起它们就浑身发抖，可我还是想吃！吃！

"给点儿牡蛎吧！给我点儿牡蛎吧！"从我的胸膛里不由自主地冒出一声声呼喊，我的双手也向前伸了出去。

"行行好吧，先生！"我这时听到父亲那低沉而沙哑的声音。"不好意思讨饭，可是，我的天哪，快挺不住啦！"

"给点儿牡蛎嘛！"我一面揪扯着父亲那外套的后襟，一面嚷嚷。

"你难道也吃牡蛎？才这么小小的年纪！"我听见身边有笑声。

我们的面前站着两位头戴大礼帽的先生，嘻嘻哈哈地望着我的脸。

"你，小不点儿，也吃牡蛎？真的吗？这倒有意思！你倒是怎么吃它呢？"

我记得，不知是谁的一只大手把我拖向灯火通明的旅店。不大一会儿工夫，我身边围聚了一大帮人，一个个好奇而又好笑地望着我。我坐在桌旁，吃着一种滑腻腻、咸津津、水渍渍而霉乎乎的东西。我狼吞虎咽，不嚼，不看，也不问我吃的是什么。我觉得，如果我睁开眼睛，那就一定会看见两只亮晶晶的眼睛，一对大夹子和满嘴的尖牙齿……

我突然嚼起一种坚硬的东西。只听得一阵嘎巴嘎巴的声音。

"哈哈！他连壳儿也吃！"人们取笑说，"小傻瓜，难道这也能吃吗？"

接着，我记得口渴得要命。我躺在自己的床上，怎么也无法入睡，因为我感到烧心，火烧火燎的嘴里还觉得有股怪味儿。我父亲在房间里从这头走到那头，手里不停地比画着。

"我好像着凉了,"他嘟囔道。"脑子里总有那么一种感觉……好像里面坐着个人似的……也许是因为我今天没……那个什么……没吃东西……我,说实话,是有点儿怪,脑子笨……看着那些先生为牡蛎一付就是十卢布,为什么我就不能走上前去向他们讨几卢布……借用一下呢?肯定会给的。"

天快亮的时候,我睡着了,我梦见一只带大夹子的青蛙蹲在贝壳儿里,挤眉弄眼。中午,我渴醒了,两眼寻找着父亲:他仍旧来回走着,做着手势。

1884 年

靴　子

钢琴调音师穆尔金，一个没留胡子的人，蜡黄的面孔，浅褐色的鼻子，耳朵里塞着棉花球，出得自己的房间，来到走廊上，声音颤颤巍巍地喊了一嗓子：

"谢苗！服务生！"

看他那惊慌的神色，你会以为他是被天花板上或墙壁上脱落的泥灰砸着了，或者刚才在自己的房间里见到了鬼魂。

"行行好吧，谢苗！"他一见朝他跑过来的服务生，嚷了起来。"这是怎么回事儿啊？我是风湿病患者，病人，可你还让我出门光着脚丫子！你怎么到现在还不给我把靴子拿来呀？靴子呢？"

谢苗走进穆尔金的房间，看了看他平常摆放擦干净的皮靴的地方，挠了挠后脑勺：靴子不见了。

"它们会在哪儿呢，该死的东西？"谢苗说。"晚上好像擦过放这儿了呀……嗯！……昨儿，说实话，是喝高了……可能放到别的房间去了。一点不错，阿法纳西·叶果雷奇，放到别的房间去了！靴子那么多，又喝得醉醺醺的，鬼才分得清它们呢，连自个儿是谁都不记得了……大概放到住隔壁的那位贵夫人……女演员的房间去了……"

"这下可好，我现在因为你还得去打扰人家贵夫人！真不像话，为这点儿小事还得惊动一位清白无故的女子！"

穆尔金一面叹气、清着嗓子，一面来到了隔壁房间的门前，小心翼翼地敲了敲门。

"谁呀？"片刻之后，传来一个女人的声音。

"是我呀！"穆尔金用凄楚的声调开口说道，拿着一副交际场上的男士同所爱慕的女士说话的腔调。"对不起，打扰了，太太，可我是个体弱多病、身患风湿的人……大夫们哪，太太，都嘱咐我，别让腿脚着了凉，再说我马上还得到将军夫人舍维利琴娜家去调钢琴呢。我总不能光着脚去她家呀！……"

"您倒是要什么呀？什么钢琴哪？"

"不是钢琴，太太，我要的是靴子！谢苗那个白痴把我的靴子擦好以后，错放到您的房间来了。劳您大驾，太太，把我的靴子递给我吧！"

只听见一阵衣裙的窸窣声、蹦下床的扑通声、趿拉便鞋的啪嗒声。一阵声响过后，房门开了条缝儿，接着一只女人的胖乎乎的小手往穆尔金的脚边扑通扔出一双靴子。调琴师道了声谢，提起靴子扭头就往自己房间走去。

"奇怪……"他一面穿着靴子，一面嘴里嘟囔。"似乎好像这不是右脚的靴子呀。这可是两只左脚的靴子呀！两只都是左脚的！喂，谢苗，这可不是我的靴子！我的靴子是带红色提靴耳子的，也不带补丁哪，可这是什么破玩意儿，连提靴耳子都没有！"

谢苗拎起靴子，转过来掉过去地看了好几遍，接着皱了起眉头。

"这是帕维尔·亚历山大雷奇的靴子……"他斜眼看着靴子，嘟囔道。

他左眼斜视。

"哪个帕维尔·亚历山大雷奇呀？"

"就是那个演员……每个礼拜二都上这儿来……大概是他把您的靴子当成自己的穿走了……我往她房间里，可见是放了两双：他的和您的。麻烦了！"

"那你快去给换回来呀！"

"说得轻巧！"谢苗冷笑道。"快去给换回来……我这会儿往哪里去逮他呀？他走了都个把钟头啦……你去大海里捞根针来试试！"

"他倒是家住哪儿啊？"

"那谁知道他呀！每个礼拜都上这儿来，可是家住哪儿——我们不知道。来了，住一宿，等下个礼拜二准来……"

"瞧你干的好事，蠢猪！那，我现在可怎么办哪！我该去将军夫人舍维利琴娜家啦，你这该死的！我的脚都给冻僵啦！"

"换回靴子也不难。您先把这双靴子穿上，穿到晚上，晚上去剧场……到那儿找演员布利斯塔诺夫……要是剧场您不愿跑，那就只好等到下礼拜二了。只有逢礼拜二他才来这儿……"

"可是这儿怎么两只都是左脚的靴子呢？"调琴师厌恶地拎起两只靴子，问道。

"他有什么就将就着穿什么……。不是穷嘛……一个演戏的上哪儿弄去呀？……'帕维尔·亚历山大雷奇，我说，瞧您这双靴子！纯粹丢人现眼！'可他却说：'你闭嘴，他说，就跟在屁股后头撵去吧！就穿着这双靴子，他说，我连伯爵和公爵都演过呢！'一帮怪人！一句话，戏子。我要是省长市长什么的，早把这帮戏子统统抓起来——送进大牢了。"

穆尔金不住地呼哧呼哧喘着粗气，龇牙咧嘴地使劲把两只左脚的靴子套到自己的脚上，接着一瘸一拐地去了将军夫人舍维利琴娜家。一整天他都在满城奔波、调琴，同时一整天他总觉得全世界都在盯着他的两脚，看见他脚上的靴子打着补丁，歪着后跟！除了精神上的痛苦，他还得忍受肉体上的折磨，因为他脚上磨出了泡。

晚上他去了剧场。上演的是《蓝胡子》。直到最后一幕启幕之前，还是托了一个吹长笛的熟人，他才被放进了后台。走进男化妆室，他赶上了所有的男演员都在场。有的在换行头，有的在抹油彩，有的在吸烟。蓝胡子同国王波别什站在一旁，在给他看一把左轮手枪。

"买下吧！"蓝胡子说。"是我自己在库尔斯克碰巧花了八卢布买下的,得,让给你,就六卢布吧……打得准极了!"

"小心点儿……可是上了子弹的!"

"我能见见布利斯塔诺夫吗?"走进来的调琴师问道。

"我就是!"蓝胡子朝他转过身来说,"您有何贵干?"

"对不起,先生,打扰了。"调琴师用央求的口气说道。"不过,请相信……我是个体弱多病的人,风湿病患者。大夫都嘱咐我,腿脚不能受凉……"

"您就直说有什么事吧?"

"您知道吗……"调琴师冲着蓝胡子继续说道。"那个……昨天您在商人布赫捷耶夫的出租公寓……六十四号房过夜来着……"

"欸,胡说什么呢!"国王冷笑了一声,说道,"六十四号是我太太住的!"

"是您太太呀?那我很高兴……"穆尔金微微一笑,说。"正是她,您的太太,亲手把您的靴子给我扔出来的……先生他,"调琴师指了指布利斯塔诺夫,"从她那儿走后,我才突然发现我的靴子不见了……知道吗,我就叫服务生,可服务生说:'我呀,先生,把您的靴子放到隔壁房间里了!'他弄错了,喝得醉醺醺的,把我的和您的,"穆尔金又转脸对布利斯塔诺夫说,"都放到六十四号了,而您离开先生他太太的时候,穿走的是我的……"

"您这倒是想干什么呀?"布利斯塔诺夫说着,把脸一沉。"到这儿造谣生事来了,是吧?"

"绝无此意!上帝保佑!您没明白我的意思……知道我是为什么而来的吗?是为那双靴子。您是在六十四房号间过的夜不是?"

"什么时候?"

"昨天夜里呀。"

"您在那儿看见我啦?"

"没有,倒是没看见,"穆尔金很难为情地回答道。"我倒是没看见,不过您的靴子却是您太太给我扔出来的……把这错当成我的了……"

"那么您，先生，凭什么就肯定是这种情况呢？我把自己搁一边不说吧，可您这是在侮辱一个女人，而且是当着她丈夫的面哪！"

后台顿时就像炸开了锅。国王波别什、受了侮辱的丈夫，一下子涨得满脸通红，用尽全身气力，一拳砸向桌面，把隔壁化妆室里的两个女演员吓得晕了过去。

"你也真相信？"蓝胡子冲他嚷道，"你真相信这下流无耻的东西？哎哟！我要像宰条狗似的宰了他，你愿意吗？愿意吗？我用他的肉来煎牛排！我要把他剁成肉泥！"

于是，所有的人，凡是当晚在夏日剧场附近的城市公园里散步的，眼下都在讲述，他们看见第四幕启幕之前，从剧场那边顺着林荫大道飞奔过一个光脚的人，面孔蜡黄，两眼惊恐万分。他身后有个人在追赶。这人身穿蓝胡子的服装，一手握着把左轮手枪。往后发生了什么——谁也没有看见。人们只知道，穆尔金自从认识了布利斯塔诺夫以后，两个礼拜一直卧床不起，并且在"我是个体弱多病的人，风湿病患者"之后又添了一句"我是个受了伤的人。"

1885 年

预谋犯

　　法院侦查员的面前站着一个身量矮小、异常瘦弱的庄稼人，穿着粗花布衬衫和打补丁的裤子。他那张毛发浓重而麻点遍布的面孔和那双藏在耷拉的浓眉之后而勉强看得出来的眼睛，带有一种忧郁而冷酷的神情。头上一大团已经很久未曾梳理的乱发，使他越发显得蜘蛛般的冷酷。他光着两只脚。

　　"丹尼斯·格里戈里耶夫！"侦查员开口道，"走近些，回答我的问题。这个七月的七号，铁路巡道工伊万·谢苗诺夫·阿金福夫早上沿线巡查时，在一百四十一俄里处，碰见你在拧固定铁轨的螺丝帽。就是它，这颗螺丝帽！……连同这颗螺丝帽他也扣押了你。事情是这样的吗？"

　　"啥？"

　　"整个事情是像阿金福夫说的那样吗？"

　　"当然，有这事。"

　　"好的；那么，你拧螺丝帽干什么？"

　　"啥？"

　　"你别老'啥啥'的，回答问题！你拧螺丝帽干什么用？"

　　"要没用，就不拧了。"丹尼斯瞟着天花板，声音嘶哑地说。

　　"你要这螺丝帽到底干什么用？"

　　"螺丝帽吗？俺们拿螺丝帽做坠子……"

　　"俺们是谁？"

"俺们,老百姓呗……克利莫沃镇的庄稼人。"

"听着,老兄,你别给我装傻充愣,要说清楚些。别在这儿胡扯什么坠子不坠子的!"

"我生来也没胡扯过,现在咋就胡扯了呢?"丹尼斯眨巴着眼睛,嘟囔道。"难道,大人,没坠子能行吗?你要是用小鱼或是曲蟮装上钩子,没坠子它能沉底吗?还我胡扯呢……"丹尼斯讥讽地微笑道。"要是漂在水上头,它,就是小鱼食儿,有个屁用!鲈鱼、梭鱼、江鳕从来都往水底下扎。小鱼食儿要是飘在水上头,那它除非等赤梢鱼来咬,就是这也少见。俺们河里可没有赤梢鱼,这种鱼喜欢宽敞地儿。"

"你跟我们扯赤梢鱼干什么?"

"啥?不是您自个儿问的吗?俺们那儿连地主老爷也是这么钓鱼的呀。三岁娃娃都不会不用坠子去钓鱼的。当然,也有不懂行的,嘿,他没坠子也去钓。傻狍子可不管你规矩不规矩。"

"那么你是说,你拧下这螺丝帽为的就是拿它做坠子喽?"

"要不做啥呢?又不能拿来打羊拐子[①]!"

"可是做坠子你可以拿铅块、子弹头、小钉子什么的嘛。"

"铅块在路上可捡不着,得花钱买。小钉子不管用。比螺丝帽再好的坠子找都没处找……又重又有眼儿。"

"真会装傻充愣!好像昨天刚出娘胎或者从天上掉下似的。难道你这笨脑瓜不知道拧下螺丝帽会造成什么后果吗?要不是巡道工照看,那么火车就会脱轨,人会丧命的!你会要人命的!"

"千万别,大人!为啥要人命哪?难不成俺们是异教徒还是啥恶棍咋的?谢天谢地,好老爷,一辈子过来了,别说要人命,这种事想都没想过呀……发发慈悲吧,圣母啊……您说啥呢!"

"那照你说,因为什么才发生翻车事故的呢?只要拧下三两只螺丝帽,马上就会让你翻车的!"

---

① 一种游戏,用一块蹄腕骨打远处的蹄腕骨,打中者得胜。

丹尼斯冷冷一笑，眯着眼睛，不相信地望着侦查员。

"拉倒吧！多少年来全村的人都在拧螺丝帽，而且，上帝保佑，也没出过事，这会儿就翻车了？人被害死了？要是俺把钢轨偷走，或者，比方说，把根木头横在道上，喏，那兴许会掀翻火车，要不……呸！不就一颗螺丝帽嘛！"

"你可要明白，螺丝帽是用来把钢轨固定在枕木上的！"

"这俺们懂……俺们又不挨个全拧下来……留着呢……俺们干事不是没脑子……俺们懂……"

丹尼斯打了个哈欠，给嘴巴画了个十字。

"去年这里有趟车出了轨，"侦查员说。"现在明白为什么……"

"请问，您说啥？"

"我说，现在明白去年有趟车出轨是因为什么了……我明白了！"

"要你们文化人，就是为了明白事理的，俺们的大善人哪……老天爷知道，该让谁懂事理……您这一下就闹明白啥是啥了，可那巡道工是个庄稼汉，啥也不懂，揪住脖领子，拖了就走……你倒是先闹明白，然后再拖人哪！俗话说，种地的人，连脑袋也是种地的……也请给记上，大人，他扇了俺俩大嘴巴子，还照俺胸口擂了一拳呢。"

"在你家搜查的时候，还搜出一颗螺丝帽……这一颗你是在哪个地方和什么时候拧下来的？"

"您是说小红箱子下面放的那个吧？"

"我不知道它在你家是放哪里的，只知道搜到了它。你什么时候把它拧下来的？"

"俺可没拧，它是伊格纳什卡，独眼龙谢苗的儿子给俺的。俺说的是小箱子下面的那个，在外面爬犁上的那个是俺跟米特罗凡一起拧下的。"

"跟哪个米特罗凡？"

"跟米特罗凡·彼得罗夫……难道没听说过？在俺们村里织渔网卖给老爷们的那个。就这种螺丝帽他要的可多了。每一张网哪，你数

037

数吧，得用十个八个的……"

"听着……惩治条例第一千零八十一条规定，凡蓄意损坏铁路、可能对沿该线运行的车辆造成危害之行为，且肇事者知道其后果可能造成不幸者……听明白吗？知道！而你不可能不知道拧掉螺丝帽会导致什么后果……应判处流放服苦役。"

"当然，您知道得更清楚……俺们是些愚民……俺们能真的懂吗？"

"你全都懂！你这是撒谎，装的！"

"干啥装呢？您不信，可村里问去呀……没有坠子只能钓欧鳇，那比鲍鱼差多了，可就它没有坠子也不咬你的钩啊。"

"你再给说说赤梢鱼吧！"侦查员笑着说。

"赤梢鱼俺们这旮旯可没有……俺们有时用蛾子当鱼食儿，把没坠子的钓线放在水面上，咬钩的只有圆鳍雅罗鱼，就是有也少见。"

"欸，住嘴吧……"

开始沉默。丹尼斯不时倒着两脚，望着蒙绿呢子的桌子，一个劲儿地眨巴着眼睛，仿佛眼前看到的不是呢子，而是太阳。侦查员飞快地写着什么。

"俺可以走了吗？"丹尼斯沉默了一会儿，问道。

"不。我得把你关起来，再送监牢。"

丹尼斯不再眨眼，稍稍抬起他那两道浓眉，困惑不解地望着当官的。

"咋的，咋还要送监牢呢？大人！俺可没工夫，俺得去赶集呀；还得跟叶果尔去讨三卢布的猪油钱呢……"

"住嘴，别打岔。"

"送监牢……要是犯了事儿，送就送了，可是没犯事儿呀……近来你活得好着呢……为啥呀？既没偷盗，好像，又没干架……要是您怀疑我欠税，大人，那您可别信村长的……您去找常委先生问问……他那人，就是说村长，丧尽天良……"

"住嘴！"

"俺本来也说啥呀……"丹尼斯嘟囔道。"村长算错了还是咋的，这俺哪怕起誓都行……俺们哥仨：库兹马·格里戈里耶夫，就是说，伊戈尔·格里戈里耶夫和我，丹尼斯·格里戈里耶夫……"

"你在妨碍我……欸，谢苗！"侦查员喊道，"把他带走！"

"俺们哥仨，"丹尼斯嘟囔道，这时两个健壮的士兵架起他就带出了审讯室。"兄弟不能替兄弟担责任……库兹马不缴，那你丹尼斯负责任……还法官呢！俺将军老爷过世了，愿他早升天堂，要不有你们法官瞧的……案子要会断，不能瞎判……哪怕使鞭子抽也罢，可得因为犯了案，得凭良心……"

1885 年

普里施逼耶夫士官

"普里施逼耶夫①士官！你被指控今年九月三号以言语和行动侮辱了县警日金、乡长阿利亚波夫、村警叶菲莫夫、见证人伊万诺夫和加甫里洛夫，还有六个农民，而且前三人受你侮辱是在他们执行公务期间。你承认自己有罪吗？"

普里施逼耶夫，眉头深锁，面色阴沉，两手下垂紧贴着裤缝，用沙哑、沉闷的嗓音把每个字咬得清清楚楚，就像下口令似的回答道：

"大人，治安法官先生！按照法律的所有条款，有理由让双方陈述各种情况。有罪的不是我，而是所有其他人。本案的发生，都是因为一具死尸，愿他早升天堂。我三号那天跟老婆安菲萨正走着呢，慢慢悠悠，光明正大，我一看——岸上站着一堆杂七杂八的人。人们聚集在这儿凭的是什么充分的权利呀？我问，干什么呀？难道法律上说了百姓能成群结伙游逛了吗？我喊了一声：散开！接着就动手推开人群，让他们各回各家，吩咐村警掐着脖领子赶……"

"对不起，你既不是警察，也不是村长，难道驱散人群是你的事吗？"

"不是他的！不是他的！"审判室各个角落都有人在喊。"被他折腾得日子没法过了，大人！都十五年了我们忍了他！自打他复员回乡，简直都想从村里逃走。把大伙儿折腾苦啦！"

---

① 此姓氏含"使人压抑"和"让人受折磨"之意。

"正是如此，大人！"证人村长说。"全村的人都叫苦连天。跟他同村日子简直没法过！带着圣像去各家祈祷①也好，办个喜事也罢，或者，比方说，出点儿啥意外，哪里他都要叫喊，嚷嚷，总要整出个秩序来。小孩儿被他揪耳朵，娘儿们被他盯梢，为的是不出啥事儿，倒像是谁家的老公公似的……前些天又挨家挨户地跑，吩咐不准唱歌，不准点灯。说是没有准许唱歌的这种法律条文。"

"请等等，您还来得及提供证词，"治安法官说，"现在让普里施逼耶夫接着讲。接着讲吧，普里施逼耶夫！"

"是！"士官声音嘶哑地答应道。"您，大人，说驱赶人群不是我的事……那好……要是闹事呢？可以让老百姓胡来是怎么的？这法律上哪一条写着可以由着老百姓胡来？我可不能准许。我要是不来赶他们罚他们，那谁会来呀？真正的规矩谁也不懂，全村就我一个，可以说，大人，懂得怎样对付普通百姓，而且，大人，我什么都能懂。我不是土包子，我是士官，退役的给养员，在华沙当过差，在司令部，后来呢，您知道，完全退伍以后，进了消防队，再后来，因为体弱多病离开了消防队，接着在一所古文初中当了两年门卫……什么规矩我都懂。可庄稼汉是普通百姓，他们什么也不懂，应当听我的，因为这也是为他们好。就拿本案来说吧……我是赶人了，可岸边沙地上还有一具淹死人的尸首呢。有什么特殊理由，我要问，它要在这儿停着呢？难道这成体统么？警察怎么就眼看着不管呢？你，我说，警官，为什么不向上司报告呢？这淹死者兴许是投河自尽的，可这案子还兴许带点儿充军西伯利亚的味道呢。兴许这是桩刑事杀人案哪……可县里的警察日金却满不在乎，只顾抽他的烟。'你们这咱儿, 他说，咋还有这么个指手画脚的呢？他这是，他说，从哪儿冒出来的？难道没他，他说，我们就不知道该咋办啦？'要这么说，我说，你个笨蛋还真不知道，要不怎么在这儿站着不闻不问呢。'我呀，他说，昨天

---

① 在某些宗教节日里，教堂神职人员带着圣像往各家去祷告。

就报告县警察局长了。'为什么，我问，是报告县警察局长呢？凭法典上哪一条啊？难道这样的案子，像淹死人的，或者勒死人的等等此类的，——难道这样的案子县警察局长都能办？现在，我说，案子是刑事的，民事的……在这种情况下，我说，得赶紧送个急件给侦察员先生和法官们……而且打头里你就该，我说，拟个初步调查记录报送治安法官先生。可他，那位县警，一直听着，还一直在笑。那些乡下人也是。人人都在笑，大人。我可以为我的供词起誓。这位也笑过，还有这位，日金也笑过。你们，我说，咧着嘴笑啥呀？县警就说了：'治安法官哪，他说，这种案子不受理。'我一听这话就气不打一处来。警官，这话可是你说的？"士官转脸问县警日金。

"说过的。"

"大伙儿都听见你这话当众是怎么说的：'治安法官这种案子不受理。'大伙儿都听见你这话是怎么……我呢，大人，一听就来火了，我甚至都吓坏了。再说一遍，我说，把刚才你说的，混账东西，再说一遍！他又把这话……我就走到他跟前。你怎能这样，我说，说治安法官先生呢？你，身为警察，竟然反对政府？啊？那你，我说，知不知道，要是治安法官先生愿意的话，单凭这句话就能问你个政治行为不可靠的罪，把你送进省宪兵局。你可知道，我说，单凭这种政治言论治安法官就能把你撵到什么地方去吗？可乡长说：'治安法官哪，他说，对超出权限范围的案子啥也定不了。只有一些小案子才归他审呢。'就这么说的，大伙儿都听见的……怎么，我说，你敢蔑视政府啊？哼，我说，少跟我开玩笑，不然，老兄，没你的好。常有的事，在华沙当兵或者在古文初中当门卫的时候，一听到这种不当言论，马上就瞅街上，看有没有宪兵：'快来，我说，这儿，老总，'——就一五一十地向他报告。可在这乡下，跟谁说去呀？……我心里可窝火了。眼看着如今的人无法无天，想干什么干什么，心里可受不了，我一抡胳膊，就……当然，不算重，就这样，对，轻轻拍了一下，让他再不敢说大人那样的话……县警替会长抱不平。所以我连县警也……就打了起来……有些冒火了，大人，哼，可是不打两下也不行哪。要是不给蠢人来两下，那你心里也别扭。特别是，既然为了办案……既然出了乱子……"

"对不起！出乱子有人管。这种事归县警、村长、村警……"

"一个警察不能样样都管得过来，再说了，我懂的警察又不懂……"

"可你要明白，这不是你的事！"

"怎么呢？这怎么不是我的事呢？奇怪了……人家在胡闹，还不是我的事！我该怎么办哪，夸奖他们，是吗？他们这不在向您告状，说我不准唱歌嘛……那歌里有什么好东西呀？放着正事不干，他们把那些歌……而且还养成了大晚上点灯坐着的习气。应该上床睡觉，可他们却说说笑笑，没完没了。我都给记下来了！"

"你都记了些什么呀？"

"谁点灯坐着。"

普里施逼耶夫从衣兜儿里掏出一张油脂麻花的小纸片儿，戴上眼镜，念了起来……

"经常点灯坐着的农民有：伊万·普罗霍罗夫、萨瓦·米基佛罗夫、彼得·彼得罗夫。士兵的老婆舒斯特罗娃，寡妇，伤风败俗，跟谢苗·基斯洛夫姘居。伊格纳特·斯维尔乔克搞巫术，他老婆玛芙拉是巫婆，每天深更半夜出门偷挤别人家的奶牛。"

"够了！"法官说，接着开始讯问证人。

普里施逼耶夫士官把眼镜往脑门上一推，吃惊地瞅着治安法官：法官显然不站在他这一边。他那双瞪圆了的眼睛闪闪发亮，鼻子尖儿涨得通红通红。他瞅瞅法官，又瞅瞅证人，怎么也弄不明白，治安法官为啥如此激动，审判室的各个角落里为啥忽而传出低声的抱怨，忽而又响起压抑的笑声。他弄不明白的还有那个判决：刑拘一个月！

"为什么？！"他大惑不解地把两手一摊，说。"凭什么条文嘛？"

这下他才明白，世道变了，在这世上无论如何没法活了。他心里充满了忧郁和沮丧。可是刚走出审判室,看见一群扎堆议论的乡下人,他就习惯性地——这习惯他已经没法克制了——两手一垂,直挺挺地一站,扯开那嘶哑的嗓子,怒气冲冲地喝道:

"老乡们,散开!别成群结伙的!各回各家去!"

1885 年

灾　祸

车工格里戈里·彼得罗夫,一向以手艺极为出色的匠人,同时又以最不务正业的男人而闻名整个加尔钦乡,此刻正赶着马车送他生病的老伴儿去地方自治局医院。他要赶车走三十来俄里[①]地,可是路况非常糟糕,连官家的邮差都难以应付,就更别提像车工格里戈里这样的懒鬼了。迎面刮着一阵阵刺骨的寒风。举目四望,到处飞旋着一团团雪雾,让人分不清这雪是落自天上还是刮自地下。由于雪雾弥漫,既看不见田野,又看不见电线杆,也看不见树林。每当一阵特别猛烈的大风朝格里戈里袭来,往往连眼前的车辕都看不见。年老力衰的母马一步一挪走得十分吃力。它的全部力气都用在抽脖子摆脑袋,抽拔深陷雪窝里的四蹄了。车工急着赶路。他在赶车人的座位上很不舒服地颠簸着,不时地扬起鞭子抽打着马背。

"你呀,玛特寥娜,别哭啦……"他嘟囔道。"再忍一小会儿。医院哪,上帝保佑,只要一到,眨眼工夫你那,这个啥……巴维尔·伊万内奇就会给你药水点点,要不叫人给你把血放放,再不,兴许会发善心用酒精啥的给你擦擦,这事儿就那啥……腰就不疼了。巴维尔·伊万内奇会尽力的……嘴里会嚷嚷一阵,两脚也会跺几下,可也会真使劲儿的……老爷人可好了,可和气了,愿上帝保佑他结结实实……过会儿呀,俺们一到,他准头一个从自己屋里奔出来,张口就数落个

[①] 俄国采用米制前的长度单位,1俄里等于1.06公里。

没完。'怎么啦？怎么弄成这样啦？'他会扯着脖子嚷嚷。'怎不及时来呀？我是条狗还是怎么的，该当成天围着你们这帮鬼东西团团转哪？怎么早上不来呀？滚！给我滚得远远的。明天再来吧！'俺就说：'大夫老爷呀！巴维尔·伊万内奇！大人哪！'你倒是走啊，真该死，鬼东西！驾！"

车工啪啪地抽打着老马，看也不看老婆子一眼，只顾接着喃喃自语道：

"'大人哪！真的，苍天在上……凭良心说，俺动身的时候，天才麻麻亮。这哪能说到就到呢？这老天……俺的圣母啊……不是一生气给刮了这么场暴风雪嘛。您老也看见了……就算种货好些的马，它也不出了门，而俺那马，您老也看见了，哪是马呀，丢人现眼哪！'巴维尔·伊万内奇把眉头一皱，就嚷起来：'我知道你们这帮东西！什么时候你们都有说头儿！特别是你，格里什卡[①]！我早就知道你是什么玩意儿了！怕又是进了四五趟小酒馆吧？'俺对他说：'大人哪！俺是啥混蛋还是咋的，要不是个没心肝的？老婆子都快归天了，快咽气了，俺哪能跑酒馆呢？您老说哪儿去啦，饶了俺吧！真该死，这些鬼酒馆！'听俺一说，巴维尔·伊万内奇就叫人把你往医院里抬。俺扑通一声就跪下……'巴维尔·伊万内奇！大人哪！俺们对您老感激不尽哪！您老原谅俺们这些傻瓜，一帮该死的东西，您老多包涵包涵俺们庄稼人吧！俺们该当给撵得远远的，可您老还是在替俺们操心，脚上都给雪粘满啦！'巴维尔·伊万内奇把眼这么一瞪，像是要揍俺，说：'现在扑通跪下啦，你这笨蛋，还不如当初就别灌那黄汤，疼疼老婆子呢！抽你就应当！'——'的确，该抽，巴维尔·伊万内奇，让俺遭天打雷轰，该抽！可您是俺们的大恩人，俺的亲爹，咋能不给您老磕头呢？大人哪！说句真心话……苍天在上，要是说瞎话，您老往俺脸上啐：只要俺家玛特廖娜，这个啥，病一好，能像个平常

---

① 格里戈里的昵称。

人似的，您老让干啥，俺一定替您老干！烟盒，您老想要，用卡累利阿桦木①做……槌球、地滚球，俺能车出最洋气的来……啥事儿都替您老办到！一戈比不收您老的！在莫斯科这么个烟盒要卖您老四卢布呢，可俺一戈比不收。'大夫一听就笑起来，说：'嗯，行了，行了……知道了！只可惜你是个酒鬼呀……'俺哪，老婆子，知道咋跟老爷们打交道。没俺说不上话的老爷。只要老天保佑咱不迷路。瞧这雪暴刮的！两只眼睛都给眯住了。"

车工唠唠叨叨说个没完。他满嘴胡言乱语都是下意识的，只不过是想多少排解一下自己心里的郁闷。嘴里说的话固然很多，可心里的想法和疑虑就更加多了。灾祸突然从天而降，直到现在他也没缓过神来，恢复平静，琢磨明白。从前他日子过得平平静静，就像处于醉酒以后的那种昏昏沉沉的状态，既无愁苦，也无欢乐，可是突然之间，现在他心里感到一阵阵剧烈的痛楚，逍遥自在的懒汉和酒鬼无缘无故就变成手脚不闲、事事操心甚至战风斗雪的大忙人了。

车工记得，灾祸是从昨天晚上开始的。昨天晚上回家，照例喝得醉醺醺的，而且按老习惯张口就骂，挥拳就打，可是老婆子那样看了自己的冤家一眼，就像过去从来没见过似的。平时，她那双老眼的神情总是受苦受难、百依百顺的，就像一条动不动挨打、时不时挨饿的老狗，可是现在她那目光却显得严峻而又呆滞，就像圣坛上的圣徒或者快要咽气的人。这奇怪的、不祥的眼神便是灾祸的开始。吓傻了的车工向邻居央告来一匹老马，此刻正在送老婆子前往医院，指望巴维尔·伊万内奇用点儿药粉和药膏就能帮老婆子恢复先前那副眼神呢。

"你呀，玛特廖娜，那啥……"他叽咕道。"巴维尔·伊万内奇要是问，俺打过你没有，你就说：从来没！俺往后再不打你了。俺发誓。你以为俺打你是因为生气呀？就随手拍两下，不为啥。俺舍不得你。换了别人是不会心疼的，俺这不在送……挺上心嘛。这雪暴刮呀，

---

① 一种纹理极美的名贵桦木。

刮呀！老天爷呀，随你刮吧！只求上帝保佑别迷路。咋样，腰还疼吗？玛特廖娜，你咋不说话呀？俺问你咧：腰疼吗？"

他觉得奇怪，老婆子的脸上雪花总也不化，更奇怪的是，她那张脸本身不知怎么拉得特长，气色白里透灰、灰里夹黄，变得严厉而又严肃。

"唉，真是傻娘儿们！"车工嘟囔道。"俺跟你说心里话呢，苍天在上……可你，那啥……唉，真是傻娘儿们！一生气，俺就不拉你去找巴维尔·伊万内奇了！"

车工放松缰绳，犹豫不决。回头看看老婆子他又不敢：可怕！问她话听不到回答也可怕。最后，为了弄个明白，他头也不回地伸手摸了摸她那冰冷的手。拉起来的那只手落下去的时候就像是杆马鞭子。

"死了，这么说。麻烦了！"

车工泣涕涟涟。与其说他是惋惜，倒不如说是懊丧。他心想：这世上的一切来得真快呀！他的灾祸才刚开始，现成的结局就等着了。他还没来及跟老婆子好好过几天日子，对她说说心里话，疼疼她，她就死了。他们俩一起生活了四十年，可要知道这四十年过得稀里糊涂，就像是在云里雾里一样。喝酒、吵架、受穷，就没觉着是在过日子。就像跟他车工成心作对似的，正当他觉得自己疼爱老婆子、没她老婆子就没法过日子、觉得自己非常对不住她老婆子的时候，她老婆子却突然死了。

"她可是讨过饭的呀！"车工回忆道。"是俺自己打发她去向人讨饭的，麻烦了！她呀，傻娘儿们，再活上十来年就好啦，要不恐怕会以为俺当真是那副德行呢。俺的天哪，俺这是去啥鬼地方哪？现在该做的不是看病，而是办丧事呀。掉头吧！"

车工把雪橇掉过头来，使尽力气抽打着老马。路况每时每刻都在变化，变得越来越糟。车辙现在已经完全看不见了。雪橇偶尔撞上一棵小枞树，黑糊糊的东西划破车工的手，在他眼前一晃而过，接着视野之内又是白茫茫一片，风旋雪转。

"从头再活一遍就好啦……"车工心想。

他想起,四十年前马特廖娜年轻、漂亮、活泼,出身大户人家。父母把女儿许配给他,是图他有一手绝活。过好日子的条件一样不差,只可惜他成家之后就像是喝得烂醉如泥,一头倒在炉台①之上,至今也没醒过。婚礼他倒还记得,可是婚后如何——打死他也记不起了,无非喝酒、睡觉、吵架。就这样白白地过了四十年。

白茫茫的雪雾开始渐渐发灰。黄昏慢慢降临了。

"俺这是去哪儿呀?"车工突然想起来。"办丧事呀应该,可俺还往医院……糊涂了好像!"

车工再次掉转马头,又抽起马来。老马使尽全身力气,打着响鼻,一溜小跑。车工一鞭接一鞭地抽打着它的脊背……身后只听得一种咕咚咕咚的响声,他就是不回头看,心里也明白,那是死者的脑袋磕碰雪橇的声音。天色越来越暗,风越刮越冷,越刮越紧……

"从头再活一遍就好啦……"车工心想。"工具置备套新的,生活多揽一些,钞票交给老婆子……对呀!"

想着想着,忽然他失手丢掉了缰绳。他东摸西找,想捡起来,可怎么也抓不住;两手不能动换……

"横竖一样……"他心想。"老马自己会走,认路。现在睡会儿也罢……过会儿又是下葬又是祭祷的,先躺会儿也好。"

车工闭上眼睛,打起瞌睡。没过一会儿,他听得母马停了下来。他睁开眼睛,只见面前是个黑糊糊的东西,像是小木屋,又像是大草垛……

他本该从雪橇里爬出来,弄清是怎么回事,可是他昏昏沉沉,全身懒得动弹:宁可冻死,也不动窝……于是他安安稳稳地慢慢睡着了。

一觉醒来,他已躺在一个四面油漆过的大房间里。窗户里透进几道明亮的阳光。车工见身边站着好些人,头一件事就是想表现自己稳

---

① 做饭、烤面包的俄式大炉子,在乡村,炉顶上还可以躺人。

重、懂事。

"做个安魂弥撒吧，父老乡亲们，给老婆子！"他说。"神父最好告诉一声……"

"哎呀，得了，得了！躺你的吧！"有人打断他。

"天哪！巴维尔·伊万内奇！"车工一见身边的大夫，便惊诧道。"大人！恩人哪！"

他想蹦起来，给医生扑通跪下磕个响头，可是觉得手脚都不听他使唤。

"大人哪！俺的腿哪去啦？胳膊呢？"

"胳膊和腿就别再想啦……给你冻坏啦！欸，欸……你哭啥呀？活过来，就谢天谢地吧！恐怕六旬有了吧，你够本啦！"

"灾祸啊！……大人，灾祸啊真是！您大人大量，宽恕俺吧！再活五六年才好啊……"

"为什么？"

"那马是人家的，得还哪……老婆子得安葬哪……可这世上的一切来得太快啦！大人哪！巴维尔·伊万内奇！用卡累利阿桦木做的小烟盒最好！槌球俺一定给车出来……"

大夫摆了摆手，走出病房。好好一个车工——交待了。

1885 年

苦　闷

我的愁苦向谁去诉说？……

暮色苍茫。湿漉漉的鹅毛大雪慢悠悠地飘飞在刚刚点亮的路灯四周，软绵绵地洒落在屋顶、马背、肩膀、帽子上，积下薄薄的一层。车夫姚纳·波塔波夫满身雪白，像个幽灵。他弯下腰，一直弯到活人没法再弯的地步，坐在车夫座上，一动也不动。就是整个雪堆塌下来，压到他身上，恐怕他也不会觉得有必要把身上的积雪抖掉……他那可怜的小马同样全身雪白，一动也不动。它那木呆呆、干瘪瘪的体形和棍棒般直挺挺的细腿，就是近看也像一戈比一块的马形蜜糖饼。它也许是在想着心思。谁被迫离开了犁耙，离开了看惯的平淡景象，被抛到这里，被抛进这光怪陆离的灯火、无休无止的喧闹和熙来攘往的人群交织的旋涡，它就不能不思念……

　　姚纳和他那可怜的小马停在原地没动，已经很久了。他们打车店出来的时候还是午前，可一直就没开张。然而眼看着城市上空夜幕正徐徐落下。光线微弱的街灯渐渐变得通明闪亮，人来车往的街头也越来越显得喧闹而杂乱。

　　"赶车的，去维堡①！"姚纳听见有人在喊。"赶车的！"

　　姚纳打了个激灵，透过粘满雪花的睫毛望去，只见是一位军人，

---

① 彼得堡市的一个区的名称。

身穿带尖顶风帽的军大衣。

"去维堡!"军人又喊了一声,"你睡着了是怎么的?去维堡!"

姚纳抖了抖缰绳,表示同意。这一抖,立时从马背和他的肩头落下一片片的积雪……军人坐上了雪橇。车夫吧嗒了两下嘴唇①,像天鹅似的伸了伸脖子,欠了欠身子,接着与其说是需要,不如说是习惯性地挥了一下马鞭。可怜的小马也把脖子一伸,弯起它那棍棒般的细腿,犹豫不决地挪动了脚步……

"往哪儿挤呀,该死的!"刚走几步,姚纳就听得黑糊糊的熙来攘往的人群中传来叫骂声。"鬼催着去哪儿啊?靠右——!"

"你连车都不会赶!靠右啊!"军人生气道。

一个赶着轿式马车的车夫破口大骂;一位横穿马路、肩膀撞上马头的行人恶狠狠地瞪着两眼,掸着衣袖上的雪。姚纳在车夫座上移来挪去,如坐针毡,像中了邪似的胳膊肘左捅右杵,眼睛东瞅西瞧,似乎弄不明白他这是在什么地方,为什么会在这里。

"全是这样一些混蛋!"军人挖苦道。"一个劲儿地想跟你撞,要不就往马蹄下面钻。他们这是串通好的。"

姚纳回头看了看乘客,动了动嘴唇……显然他有话想说,可是喉咙里却没吐出一个字来,发出的只是一阵嘶哑的声音。

"什么?"军人问道。

姚纳苦笑笑,喉咙里使了使劲儿,声音沙哑地说:

"俺的呀,军爷,那啥……儿子这礼拜死啦。"

"嗯!……他怎么就死了呢?"

姚纳把整个上身都转向乘客,说道:

"那谁知道啊?兴许是发疟子吧……在医院躺了三天就死了……天意啊。"

"拐弯儿,死鬼!"黑暗中有人喊道。"眼瞎了是怎的,老狗?

---

① 催动马的信号。

睁眼看着点儿!"

"快走,快走……"乘客说,"照这样,我们就是天亮也到不了啊。赶快点儿吧!"

车夫又伸了伸脖子,欠了欠身子,吃力而不失优美地挥起了鞭子。然后又几次回头看看乘客,可乘客早已闭上眼睛,显然不愿再听了。把客人送到维堡以后,他将雪橇停在了一家小酒馆的旁边,在车夫座上把腰一弯,又一动不动了……湿漉漉的雪花又染得他和那可怜的小马满身是白。过了一个钟头,又一个钟头……

人行道上,脚下扑通扑通地踩着雨鞋而嘴里哇啦哇啦互相吵骂着走过来三个年轻人:其中两个又高又瘦,第三个又矮又驼。

"赶车的,去警署桥!"驼子扯着破锅似的嗓子嚷道。"三个人……二十戈比银币!"

姚纳扯了扯缰绳,吧嗒了一下嘴唇。二十戈比这价钱虽不划算,可他也顾不上讨价了……一卢布也好,五戈比也罢,现在对他横竖一个样,只要有客拉就行啊……

年轻人推推搡搡、骂骂咧咧地走向雪橇,接着三人一窝蜂似的往座上挤。问题来了:哪两个坐,哪一个站呢?经过长时间的对骂、耍赖和数落,才做出决定:该站的是驼子,因为他最矮。

"欸,快赶哪!"驼子一面在雪橇上站稳脚跟,冲着姚纳的后脑勺喘着粗气,一面声音颤抖地催道。"使劲抽啊!瞧你这帽子,老兄!全彼得堡再找不出一顶更破的了……"

"嘿–嘿……嘿–嘿……"姚纳笑着说。"有啥戴啥吧……"

"欸,你,有啥戴啥的,快赶哪!这一路你就这样走啊?是吗?想挨揍啊?……"

"脑袋都快炸了……"一个大个子说。"昨天在杜克玛索夫家,我跟瓦西卡俩,把四瓶白兰地都给干了。"

"真闹不懂,胡诌干什么!"另一个大个子生气道。"尽胡诌,跟畜生似的。"

"胡诌天打五雷轰,真事儿……"

"这要是真事儿,虱子都会打喷嚏。"

"嘿-嘿!"姚纳轻声笑道。"开-开心的先生!"

"呸,见你的鬼!……"驼子忿忿地说道。"你走是不走啊,老不死的?有这样赶车的吗?抽它一鞭子呀!驾,鬼东西!驾!狠狠抽它呀!"

姚纳能感觉到自己背后那驼子身体的扭动和嗓音的颤抖。他能听见耳边响着冲他而来的咒骂声,能看到眼前有几个人,孤独感也就开始从他胸中渐渐消退了。驼子骂个不停,骂得奇巧古怪、不堪入耳,直骂得连咳带喘,上气不接下气。两个大个子聊起了一个叫娜杰日达·彼得罗芙娜的女人。姚纳不时回头瞅瞅他们。好容易等到一个短暂的间隙,他又回头瞅了一眼,嘟囔道:

"这礼拜呀,俺的……那啥……儿子死啦!"

"人人都要死的……"驼子咳了两声,一边擦嘴,一边叹道。"欸,快赶,快赶哪!我的妈呀,这么走下去我可实在受不了!他什么时候能把咱们送到哇?"

"那你给他提提神儿……给个脖儿溜!"

"老不死的,听见没?可要挨揍啦!……跟你们这种人客气,还不如两条腿走呢!……你听见没,老蛇精①?你拿我们的话当耳旁风是吧?"

于是姚纳与其说是感到,不如说是听到后脑勺儿啪地挨了一掌。

"嘿-嘿……"他笑道,"开-开心的先生们……上帝保佑,长命百岁!"

"赶车的,你有家小吗?"一个大个子问。

"俺?嘿-嘿……开-开心的先生们!如今哪,俺有个老伴儿,就是黄土……嘻-呵-呵……坟堆儿,就是说!你瞧,儿子呢,也

---

① 俄罗斯童话中生在山里的带翅膀的蛇身怪物,这里用作骂街话。

死了,可俺还活着……怪事儿,小鬼儿把门认错了……本当来找俺的,可它去了儿子家……"

接着,姚纳回过头去,想说说儿子是怎么死的。可这时驼子轻松地舒了口气说,谢天谢地,他们终于到了。姚纳收下二十戈比的银币,久久地望着三个游荡汉的背影慢慢消失在黑糊糊的门洞里。

他又落得孤身一人,他的身边又是一片寂静……刚刚平息不久的苦闷重又冒出头来,更猛烈地揪扯着他的心。姚纳的两眼惊慌而痛苦地扫视着街道两旁熙来攘往的人群:在这成千上万的行人中间,就找不出哪怕一个愿意听他倾诉的人吗?然而人群匆匆来去,既不理会他的人,也不理会他的苦闷……苦闷浩茫,无边无涯。一旦姚纳的胸膛爆裂,苦闷喷涌而出,那它似乎能将整个世界淹没,可是这苦闷却踪影全无。它竟然能藏匿于这样一个微不足道的小小躯壳之内,就是大白天打着灯笼也找不见它……

姚纳看见一个手拎韧皮编织包的管院子的仆人,就想着跟他搭讪搭讪。

"兄弟,这会儿啥时辰啦?"他问道。

"九点多了……你停在这儿干什么?快走开!"

姚纳赶着雪橇挪了几步,把腰一弯,又陷入了苦闷……向人诉说,他觉得已经无济于事。可是没过五分钟,他忽然挺起腰杆,晃了晃脑袋,仿佛感觉到一阵剧烈的疼痛,接着抖了抖缰绳……他实在忍受不住了。

"回车店,"他想,"回车店!"

可怜的小马仿佛领悟了他的心思,一溜儿小跑起来。约莫过了一个半钟头,姚纳已经坐在了一座脏乎乎的大炉子旁边。炉台上、地板上、长凳上,到处都是呼呼大睡的车夫。空气污浊而又憋闷……姚纳望着熟睡的人们,挠了挠脑袋,懊悔回来得太早了……

"连个燕麦钱都没挣上,"他自忖道。"就这也叫人苦闷。人哪,要是懂行呢……他自己有饭吃,马也有料嚼,啥时候心里都踏实……"

角落里爬起一个年轻的车夫,似醒非醒地干咳着,摸向一只水桶。

"想喝水了吧?"姚纳问道。

"那么就,喝!"

"没啥……随便喝吧……俺哪,兄弟呀,儿子死啦……听说了吧?就这礼拜,在医院里……灾祸呀!"

姚纳注意观察着他的话产生了什么效果,然而却没看到任何反应。年轻人把头一蒙,又睡着了。老人长吁短叹,挠着痒痒……那年轻人口渴想喝水,同样地,这老头儿苦闷想说话。他儿子死去快一个礼拜了,可他还没捞着跟人好好念叨念叨呢……需要有条有理、有板有眼地跟人念叨念叨……应该说说儿子是怎么得的病,怎么受的罪,临终时说了些什么,怎么死的……需要叙一叙殡葬情况和去医院取死者衣物的情形。乡下剩下个女儿阿尼西娅……她的情况也该唠一唠。是啊,他现在该唠的事儿还少吗?听的人应该会唉声叹气、边诉边哭的……要能跟老娘儿们唠唠就更好了。她们虽说糊涂,但是两句话一听就会号啕不止的。

"上马圈去瞧瞧吧,"姚纳心想。"睡觉啥时候都不晚……放心,有你睡够的时候……"

他穿上外衣,朝拴着他那匹马的马厩走去。他心里想的是燕麦、干草、天气……至于儿子,独自一人的时候,不能想……跟人唠唠还可以,要是独自想他,回忆他的模样儿,心里就觉得凄惨,受不了啊……

"嚼草哇?"姚纳看见马儿那亮闪闪的眼睛,便问道。"好,嚼吧,嚼吧……既然燕麦没挣到,咱就嚼草吧……是啊……赶车俺是嫌老喽……本该是儿子来的,不该是俺哪……他可是个地道的车把势呀……活着就好啦……"

姚纳沉默了一会儿,接着说道:

"是啊,老弟,马儿呀……库兹玛·姚纳没啦……归天啦……平白无故突然就死啦……眼下呀,比方说,你有个马驹子,你就是这马驹子的亲娘……突然间，比方说，这马驹子归天了……心疼哪，是吧？"

可怜的小马嚼着干草，听着，朝主人的两手喷着热气……

姚纳讲得入了神，就向它道出了心里所有的话……

1886 年

风　波

　　玛申卡·帕夫列茨卡娅，一个年纪轻轻的、刚刚念完贵族女中的学生，遛过弯儿以后回到她当家庭教师的库什京家，遇上了一场非同小可的风波。给她开门的看门人米哈伊洛情绪激动、面红耳赤，像煮熟的虾子。

　　楼上传来一阵叫喊声。

　　"大概是女东家歇斯底里发作……"玛申卡心想，"要不就是跟丈夫吵了一架……"

　　在前厅和走廊上，她都碰见了女仆。有个女仆还哭哭啼啼的。接着，玛申卡看见从她的房间里跑出个东家尼古拉·谢尔盖伊奇，他身量矮小，年纪还不算老，可脸上已经肌肉松弛，头顶秃了一大片。他的脸涨得通红，浑身上下都在哆嗦……他没发现家庭教师，跟家庭教师擦肩而过，一面扬起两只胳膊，一面嚷道：

　　"啊，这真可怕！真不知分寸！真是愚蠢，野蛮！卑鄙龌龊！"

　　玛申卡走进自己的房间，立时平生头一回极其强烈地体验到在高门大户食宿的那些寄人篱下、唯命是听的人们所十分熟悉的感觉。她的房间被人搜查了。女东家费多西亚·瓦西里耶芙娜，一个肩膀宽厚的胖女人，没戴头巾，高高的颧骨，黑黑的浓眉，隐隐的上唇绒毛，红红的双手，一副普通厨娘的容颜和做派，站在她的桌旁，往女红包里回放着毛线团、布头、纸片……显然，家庭教师的到来出乎她的意外，因为一回头看见了家庭教师那苍白而惊诧的面孔，她有点儿难

为情,支吾吾地说道:

"Pardon①,我……我不小心给弄撒了……衣袖挂的……"

还说了些什么以后,库什京娜太太走了出去,拖地长裙扫得地板沙沙作响。玛申卡惊诧不已地环视了一下自己的房间,莫名其妙,不知作何感想,吓得一耸肩膀,打了个寒战……费多西亚·瓦西里耶芙娜在她的包里翻找什么呢?如果真的如她所说是无意中被衣袖挂撒的,那么尼古拉·谢尔盖伊奇奔出房间的时候为什么那样满脸通红,那样激动不已呢?为什么书桌被拉开一个抽屉了呢?家庭教师平时存放硬币和旧邮票的储蓄盒被打开了。它被打开了,但却没能给锁上,不过划得锁上满是道道。书架、桌面和被褥——无不带有刚刚被搜查过的痕迹。连装衣物的筐子也是。衣物倒是叠放得整整齐齐,不过已不是玛申卡离家时的那个摆法。搜查可见是当真的,但这是干什么呢?因为什么呢?出了什么事了呢?玛申卡想起了情绪激动的门房、继续蔓延的风波、满面泪痕的女仆;这一切跟她房间里所发生的搜查是不是有关呢?她是不是被牵连进什么可怕的案件了呢?玛申卡吓得面无血色,周身发凉,一屁股坐到装着衣物的筐子上。

房间里走进来一个女仆。

"丽莎,你知道不知道,搜查我……这是什么意思呀?"家庭教师问她。

"太太丢了一枚价值两千的胸针……"丽莎说。

"是吗,可是为什么要搜查我呢?"

"每个人都被搜查过,小姐。我的东西也通通被搜查过……我们人人都让脱光了搜过身……可我,小姐,指天发誓……别说没拿他们的胸针,就连梳妆台也没靠近过。哪怕到警察局我也是这话。"

"可是……究竟为什么要搜查我呢?"家庭教师依然弄不明白。

"胸针,我说,被偷啦……太太本人亲手把所有东西都翻过了。

---

① 法语:对不起。

就连看门的米哈伊洛也没放过。纯粹是丢人现眼！尼古拉·谢尔盖伊奇就在一旁看着，像只母鸡似的咕哒咕哒哒乱叫唤。您呢，小姐，不必担心。在您这儿什么也没搜出来！既然不是您拿的胸针，那您就不用害怕。"

"可这，丽莎，卑鄙龌龊……有辱人格呀！"玛申卡说着，恨得喘不上气来。"要知道这是卑鄙龌龊，下流无耻！她有什么权利怀疑我，来翻我的东西？"

"您这不是在人屋檐下嘛，小姐呀，"丽莎叹道，"您虽说是位小姐，可还是……像个下人……这可不像住在亲爹亲妈家里呀……"

玛申卡扑倒在床上，伤心地大哭起来。从来还没人对她使用过这种强制手段，从来还没人像现在如此深深地羞辱她……她，一个有教养、重感情的姑娘，教师的闺女，竟然有人怀疑她偷窃，竟然像对待妓女似的对她进行搜查！比这更大的侮辱似乎连想都不敢想。而且，除了这委屈感之外，还有一种苦恼和恐惧感：眼下可怎么办？！她脑海里开始冒出各种各样的荒唐念头。既然能怀疑她偷窃，那么现在就能来抓她，把她衣服剥光了搜身，然后押着她游街，投进完全像塔拉卡诺娃公爵小姐①所蹲的那种又黑又冷的牢房，与老鼠和潮虫为伴。有谁会来为她打抱不平呢？她父母远在外省，想来看她都没有盘缠。在都城，她孑然一身，就像在荒漠里一样，举目无亲。人家可以想怎么摆布就怎么摆布她。

"赶紧去找所有的法官和辩护律师……"玛申卡战战兢兢地想道。"我要向他们解释清楚……我要发誓……他们会相信我不可能是小偷的！"

玛申卡想起她那衣筐里的床单下面有些甜食，这些甜食是她按照在女子中学养成的习惯吃饭时装进口袋带回自己房间的。她这一小小

---

① 塔拉卡诺娃公爵小姐年轻貌美，在叶卡捷琳娜二世当朝时，自称是先皇伊丽莎白的女儿，后被捕，死在牢房里。

的隐私已经为东家所知晓,想到这里,她脸上泛起了红晕,感到羞惭,由于这一切——恐惧、羞惭、屈辱,她的心怦怦地跳了起来,闹得她太阳穴疼,胳膊疼,小肚子深处也疼。

"请用饭喽!"有人招呼玛申卡。

"去还是不去呢?"

玛申卡理了理头发,用湿毛巾擦了擦眼睛,就去了餐厅。那里已经吃了起来……餐桌的一头坐着费多西亚·瓦西里耶芙娜,样子傲慢,面孔沉郁而严肃,另一头坐着尼古拉·谢尔盖伊奇。两旁坐着客人和孩子。上饭菜的是两个身穿燕尾服、手戴白手套的男仆。大家都知道,家里起了风波,女东家处于悲痛之中,因而都一声不吭。听得见的只是咀嚼声和叉勺磕碰盘子的叮当声。

开腔说话的是女东家本人。

"咱们第三道菜是什么呀?"她嗓音疲惫而痛苦地问一个男仆。

"Esturgeon a´larusse①。"仆人回答道。

"这,费妮亚,是我点的……"尼古拉·谢尔盖伊奇连忙说道。"想吃点儿鱼。你要是不喜欢,ma chére②,就叫他们别上。我这是随便……顺带……"

费多西亚·瓦西里耶芙娜不喜欢吃不是她自己点的东西,因而现在她的眼眶里充满了泪水。

"得啦,咱就别着急上火啦,"马米科夫,她的家庭医生,甜蜜蜜地说道,说着轻轻碰了碰她的胳膊,还同样甜蜜蜜地微笑着。"咱原本就够神经质的了。咱忘了那枚胸针吧!健康可不止两千哪!"

"我不是可惜那两千!"女东家回答,一颗硕大的泪珠顺着她的脸颊滚了下来。"让我生气的是事实本身!我容不得家里有贼。我不可惜,我什么也不可惜,可偷我的——这真是忘恩负义!竟然如此

---

① 法语:俄式鲟鱼。
② 法语:亲爱的。

报答我的善心……"

大家都低头看着自己的盘子，可是玛申卡觉得，听完女东家的一席话之后，人人都看了她一眼。一阵痉挛袭上她的喉头，她呜呜地哭了起来，用手绢捂住了面孔。

"Pardon，"她咕哝道。"我受不了了。头疼。走了。"

说着，她从桌旁站起身来，笨手笨脚的，碰得椅子山响，越发觉得难为情，快步跑了出去。

"天知道是怎么回事儿！"尼古拉·谢尔盖伊奇皱着眉头嘟囔道。"本来就不该去搜查她！这，说实在的……多不合适呀。"

"我也没说是她拿了胸针哪，"费多西亚·瓦西里耶芙娜说，"可是，难道你能替她担保吗？我呀，老实说，可不大相信这些穷书生。"

"说真的，费妮亚，不合适……对不起，费妮亚，可按照律法你是没有任何权力进行搜查的。"

"我不懂你们那些律法。我只知道我丢了一枚胸针，就这话。因此我要找到这枚胸针！"说着，她把叉子一扔，碰得盘子当的一响，两只眼睛里的怒火闪了一闪。"你们吃你们的，不要掺乎我的事儿！"

尼古拉·谢尔盖伊奇怯生生地耷拉下眼皮，叹息了一声。玛申卡这时回到自己的房里，一头扑倒在床上。她已经既不害怕，也不害臊，折磨着她的是一种强烈的愿望——前去抽那冷酷无情、傲慢无礼、愚不可及、得意扬扬的女人一记耳光。

她趴在床上，把脸埋在枕头里，心想，现在就去买只最贵的胸针，往那刚愎自用的娘儿们脸上扔过去，那该多解气呀。若是上天开眼，让费多西亚·瓦西里耶芙娜倾家荡产，沿街乞讨，领受领受贫穷和寄人篱下的全部悲惨，受尽屈辱的玛申卡再给她来点儿施舍，那该多解恨哪。啊，若能得到一大笔遗产，买辆带弹簧的四轮敞篷马车，叮叮当当地从她窗前驶过，让她羡慕羡慕去，那该多好哇！

可是这一切只是幻想，而实际上只有一个办法——尽早离开，再也不在这里多待一个钟头。丢掉差事，重又回到一无所有的父母身边,的确可怕,可是又有什么办法呢?玛申卡已经不能再见那女东家和自己的小房间了,她在这里觉得憋闷、可怕。被疾病和那假装的贵族派头折磨得疯疯癫癫的费多西亚·瓦西里耶芙娜,让玛申卡厌烦得无以复加,她仿佛觉得,世上的一切因为这个女人的存在而变得粗野和丑陋了。玛申卡从床上一骨碌跳起来,动手收拾起了行李。

"可以进来吗?"尼古拉·谢尔盖伊奇隔着房门问道;他来到房门跟前蹑手蹑脚,说话低声细气的,"可以吗?"

"进来吧。"

他跨过门槛,停在门边。他的两眼黯然无神,而他那通红的鼻尖却闪闪发亮。饭后他喝过啤酒,这从他的步态、从那绵软无力的胳膊上看得出来。

"这是干什么呀?"他指着筐子问道。

"收拾东西。对不起,尼古拉·谢尔盖伊奇,可我不能再在您家里久留了。我的自尊被这搜查深深地刺伤了!"

"我理解……只是您不必如此……何必呢?是搜查了,可您那个……因此您又会怎样呢?您不会因此而吃亏的。"

玛申卡没说话,继续收拾东西。尼古拉·谢尔盖伊奇默默地捻了一阵小胡子,好像盘算着还能说些什么,接着以献媚的口吻继续说道:

"我呢,当然,心里明白,不过做人应当宽容。你知道,我太太性子急躁,脾气古怪,不能苛求……"

玛申卡没有搭腔。

"既然您如此委屈,"尼古拉·谢尔盖伊奇接着说,"那好,我愿意给您赔礼。请原谅。"

玛申卡什么也没回答,只是将身子朝箱子弯得更低了。这位形容枯瘦、优柔寡断的人在家里简直什么也算不上。就连在仆人们的眼里他也只是个食客和多余人的角色;所以他的道歉分文不值。

"哼……不说话?您还嫌不够吗?那么我代太太道个歉。以太太的名义……她做得不得体,我承认,作为一个贵族……"

尼古拉·谢尔盖伊奇踱了几步,叹了口气,接着说道:

"您还要,可见,让我这里,心窝疼……您要让良心折磨我……"

"我知道,尼古拉·谢尔盖伊奇,您没错。"玛申卡一双泪汪汪的大眼睛直视着他的脸,说道,"您何必自寻苦恼呢?"

"当然……可是您还是那个……别走了……求您了。"

玛申卡摇了摇头。尼古拉·谢尔盖伊奇在窗户跟前站下,用手指不停地敲打起玻璃来。

"对我来说,这种误会简直是精神上的折磨。"他一口气说道。"怎么,我还要给您跪下,是吗?您的自尊受了伤害,于是您就哭哭啼啼,收拾东西要走。可要知道我也是有自尊的,您就不管不顾?是不是想要我对您说出做忏悔时也说不出的话来呢?想吗?听着,您是想要我承认至死也不会坦白承认的事情吗?"

玛申卡沉默不语。

"是我拿了妻子的胸针!"尼古拉·谢尔盖伊奇突口而出。"现在满意了吗?心满意足了吧?是的,是我……拿的……不过,当然,我寄希望于您的自重……看在上帝的份儿上,对谁也别说出一个字去,别漏了半点口风!"

玛申卡又惊又怕,手里不停地打点行装;她抓起自己的东西,揉成一团,胡乱塞进手提箱和衣筐。此时此刻,尼古拉·谢尔盖伊奇一番坦白以后,她连一分钟也不能待下去了,而且已经弄不明白从前她怎么能够在这样的人家住下来的。

"也没什么好奇怪的……"尼古拉·谢尔盖伊奇沉默了一会儿,继续说道。"寻常事件!我需要钱,可她……不给。要知道,这座宅子和所有这些家产都是我父亲攒下的,玛利亚·安德烈耶芙娜!所有这些都是我的,连胸针也是我母亲的,而且……全是我的!可她拿走了,霸占了一切……我总不能跟她打官司吧,您得承认……我求您,恳求您,请原谅,并且请留下吧。Tout comprendre, tout pardonner.①留下来吗?"

"不!"玛申卡说得很坚决,声音开始发抖。"请走开,求您了。"

"好,随您的便吧,"尼古拉·谢尔盖伊奇坐到手提箱旁的长凳上,叹了口气,说道。"我,说实话,喜欢那些还会感觉受到侮辱、还会蔑视他人的人。我真愿意永远坐在这里,看着您那怒气冲冲的面孔……那么说,不会留下喽?我理解……不这样也不应该……是的,当然……您一走就舒心了,可我这算个什么——走不得!……一步也走不出这地牢。倒是想去我们的某个田庄,可那儿到处都有跟我那婆娘一样的混蛋……管家啦、农艺师啦,让鬼把他们捉了去才好。一个劲儿地抵押,转手抵押……鱼不能打,草不能踩,树不能折。"

"尼古拉·谢尔盖伊奇!"从厅里传来费多西亚·瓦西里耶芙娜的声音。"阿格尼娅,去叫老爷!"

"那就不留啦?"尼古拉·谢尔盖伊奇问道,说着连忙站起身来,朝门口走去。"要不留下来吧,真的。晚上我也好来找您……聊聊天儿。啊?留下吧!您一走,整个宅子里就没一张人脸了。这很可怕的!"

尼古拉·谢尔盖伊奇那苍白、枯瘦的脸上一副哀求的神情,可是玛申卡摇了摇头,于是他把手一挥,走了出去。

过了半个钟头,玛申卡已经上路了。

1886 年

---

① 法语:理解一切,原谅一切。

小玩笑

一个晴朗的冬季的中午，天寒地冻，喀吧作响，挽着我胳膊的娜坚卡那双鬓的卷发和上唇的绒毛上都凝结着银白色的霜花。我们站在一座高山之上。从我们的脚下直到平地伸展着一面缓缓的斜坡，阳光照射其上就像照射在镜面上一样。我们身边有副包着鲜红色呢绒的小雪橇。

"咱们往下滑吧，娜杰日达·彼得罗芙娜！"我央求道，"就一次！我向您保证，咱们一定安然无恙，皮毛不伤。"

然而娜坚卡害怕。从她那双穿着小雨靴的脚下到冰雪覆盖的山底这整个空间，在她看来就像令人恐怖、深不可测的渊潭。只要她往下看上一眼，只要我提议坐上雪橇，她都会立时凉气倒抽，呼吸中断，要是她果真冒险一试，扎向深渊，那又将如何呢！她会死掉，会发疯！

"我求您啦！"我说，"不必害怕！您可要知道，这是怯懦、胆小！"

娜坚卡终于让步了，可我从她的神情中看出，她是冒着生命危险作出让步的。我将面无血色、浑身哆嗦的她扶上雪橇，一手搂着她，同她一道坠向无底深渊。

雪橇飞驰，像出膛的子弹。被劈开的空气拍击着脸颊，在耳边怒吼着、呼啸着，气恼得狠狠揪着头发，想把脑袋从肩上扯下来。人被疾风挤压得喘不上气来。活像是阎王亲自伸出魔爪并怒吼着把我们拖往地狱一样。两旁的物体化成一条长长的、急速奔跑的绦带……眨眼之间，于是觉得，——我们死定了！

"我爱您,娜佳!"我轻声说道。

雪橇开始跑得越来越慢,疾风呼呼的啸叫声和滑木的滑跑声已不那么可怕,呼吸不再屏住,我们终于来到山下。娜坚卡吓得半死。她面无血色,奄奄一息……我扶她站了起来。

"下次说什么也不滑了,"她说,瞪着一双充满恐惧的大眼睛望着我,"说到大天上去也不滑了!我差点儿没吓死!"

过了一会儿,她慢慢清醒过来,已在满腹狐疑地察看着我的眼睛:那五个字是我说的还是她在旋风的呼啸声中听出来的呢?而我站在她的身边,一面吸着烟卷,一面端详着自己的一只手套。

她挽起我的胳膊,接着我们在山边游玩了老半天。谜团看来让她心头难以平静。那几个字有人说过没有呢?有还是没有?有还是没有?这可是个关系到自尊、名誉、生活、幸福的问题。这问题非常重要,是世上最为重要的。娜坚卡急切地、忧郁地、用锐利的目光察看着我的脸,答话驴唇不对马嘴,等着我还会不会再说出那句话来。啊,她那可爱的脸蛋上的神情多么丰富、多么生动啊!我知道,她心里十分矛盾,她有话要说,有事要问,可是她找不到词儿,她不好意思,感到害怕,不断搅和着的还有一股喜悦之情……

"知道吗?"她眼也不抬地说道。

"什么?"我问。

"咱们……再滑一次吧。"

我们顺着阶梯吃力地爬上山顶。我又将面无血色、浑身颤抖的娜坚卡扶上雪橇,我们又在飞向可怕的深渊,耳边又响起疾风的呼啸和雪橇滑木发出的声音,又是在雪橇飞行中速度最快和声响最大的那一刻我轻声地说道:

"我爱您,娜坚卡!"

当雪橇慢慢停下来的时候,娜坚卡朝我们刚刚滑下来的山坡扫了一眼,然后久久地盯着我的脸庞,倾听着我那若无其事而缺乏热情的声音,于是她浑身上下,一切的一切,甚而她的手笼、风雪帽、她的

067

整个身躯都表现出极度的困惑。而且她的脸上分明流露出：

"到底怎么回事儿呢？是谁说的那句话呢？是他，还是我仿佛听到的呢？"

这谜团使她心烦，让她生气。可怜的小姑娘对我不理不睬，双眉紧锁，随时可能哇地哭出声来。

"咱们是不是该回家啦？"我问道。

"可我……我喜欢这滑行，"她红着脸说。"咱们是不是再滑一次呢？"

她嘴上说是"喜欢"这滑行，然而，当她往雪橇里坐下去的时候，跟前两次一样，吓得脸色煞白，浑身发抖，大气也不敢出。

我们在往山下滑第三次，于是我看到，她一直盯着我的脸，注视着我的嘴唇。而我用手绢捂住嘴唇，装着咳嗽，等我们滑到了半山腰，我从容地说出：

"我爱您，娜佳！"

结果，谜团依然是谜团！娜坚卡沉默不语，心里思忖着什么……我从冰场送她回家的一路上，她竭力走得慢一些，放慢脚步并一直等待着，看我是否还会对她说那句话。我也看得出来，她心里难受，她尽力克制着自己，免得说出：

"说这话的绝不可能是风！我也不希望说这话的是风！"

第二天早上，我收到一张便条："如果您今天去冰场，请顺路来招呼我一声。娜。"从此，我带着娜坚卡每天都去冰场，而且坐着雪橇往下滑的时候，我每次都轻声地说句同样的话：

"我爱您，娜佳！"

很快，娜坚卡便听惯了这句话，就像用惯了葡萄酒或者吗啡一样。她听不到这话，日子都没法过。从山上飞驰而下诚然仍旧恐惧，但是现在就这恐惧和危险却也给表白爱情的话语增添了特殊的魅力，因为那句话至今仍旧是个谜团，仍旧叫人心烦。嫌疑人依然是二者：我和风……二者之中是谁在向她表白爱情，她不知道，不过看来她已经觉得无所谓了；不管用什么杯盏喝酒，反正都一样，只求能入醉乡。

有天中午，我独自一人去了冰场；我混入人群之后，看见娜坚卡朝山脚走来，两眼四下寻找着我……接着，她怯生生地顺着阶梯向上走去……独自滑行是可怕的，啊，多么可怕！她脸色像积雪一样煞白，浑身像筛糠一样地发抖，她一步一步慢慢地走着，就像赴刑场一样，可还是走着，走着，头也不回，毅然决然。她显然最后决心一试：看我不在的时候，会不会听到那迷人的蜜语甜言？我看到，她脸色苍白，吓得大张着嘴巴，坐上雪橇，闭上眼睛，同人世诀别之后，离开了原地……"日日日日"……雪橇飞驰而下。娜坚卡有否听到那句话，我不得而知……我只看见，她从雪橇里爬起来时，已是疲惫不堪，体力不支了。根据她的神色可以看出，她自己也不知道她听到了什么没有。就在她向下滑行的时候，恐惧夺走了她的捕捉、辨别和理解声音的能力……

然而，转眼阳春三月来到了……太阳渐渐变得暖融融的，我们的冰山慢慢地变黑，失去自己的光泽，最后融化了。我们不再前去滑行。可怜的娜坚卡再也没地方听到那句话，而且再也没人说它，因为风声已然不再，而我正准备启程前往彼得堡——要去很久，想必是一去不返。

临行前一两天，黄昏时分，我坐在小花园里。这小花园与娜坚卡住的院子隔着一堵带尖刺的高板墙……天还相当冷，牲口粪下还有残雪，树木光秃秃的，但已飘逸着春天的气息，准备过夜的白嘴鸦哇哇地聒噪。我走到板墙跟前，隔着缝隙望了老半天。我看到娜坚卡走上门前的台阶，用那凄凉、忧郁的目光凝望着天空……春风吹拂着她那苍白、凄楚的脸蛋……它让娜坚卡想起了在山腰听见那五个字时冲着我们啸叫的风，于是她的面容变得越来越抑郁，顺着脸颊滚下一颗泪珠……接着，可怜的小姑娘伸出双臂，像是请求这风再次给她带来那句话。于是我，等得一阵柔风吹来，轻轻地说了一声：

"我爱您，娜佳！"

我的天哪，娜坚卡听了会如何呀！她突然一声大叫，满面笑容，伸开双臂迎着春风，喜出望外，乐不可支，真是漂亮。

而我却转身离去收拾行装了……

这已属陈年往事。如今娜坚卡已经出嫁，她是被迫出嫁还是自愿出嫁，这已无关紧要，反正是嫁给了贵族监护会的书记员，现在已经有了三个孩子。曾几何时我们一起去冰场滑冰和疾风给她刮来"我爱你，娜坚卡"那句话的情景一直没能忘怀；对于她，这是一生中最为幸福、最为动容和最为美好的回忆……

可我现在，当我已渐渐老去之时，已经弄不明白，我因何当初要说那话，为何要开那玩笑了……

1885 年

歌 女

有一天，当时帕莎年纪更轻，人更标致，嗓门儿更亮堂，在她别墅里的夹层上，坐着尼古拉·彼得罗维奇·柯尔帕科夫，一个追求她的人。天气闷热难当。柯尔帕科夫刚刚吃过午饭，喝了一整瓶低档的波尔图葡萄酒，心境不佳，浑身不爽。两人都觉得寂寞无聊，等着暑热减退之后再出去遛遛。

突然间，前厅里响起了门铃声。柯尔帕科夫因没穿礼服，趿着便鞋，腾地跳了起来，用询问的目光看了看帕莎。

"大概是邮差，要不，可能是女友。"歌女说道。

柯尔帕科夫倒不在乎见帕莎的女友和邮差，可是为了防备万一，他还是抱起自己的外衣，躲进了邻近的房间；而帕莎则跑下楼去开门了。让她非常惊奇的是，门口站着的不是邮差，也不是女友，而是一位陌生的女人，年轻、漂亮、服饰华丽，看来是位贵夫人。

陌生女人脸色苍白，气喘吁吁，像是刚刚爬了好几层楼似的。

"您有何贵干？"帕莎问道。

贵夫人没有立刻回答。她向前迈了一步，不慌不忙地环视了一下房间，带着一副累得或者难受得站不住的样子，坐了下来；接着她那两片毫无血色的嘴唇翕动了半天，竭力想把什么话给说出来。

"我丈夫在您这儿吗？"她抬起一双哭红的大眼睛望着帕莎，终于张口问道。

"什么丈夫啊？"帕莎小声问，突然吓得手脚冰凉。"什么丈夫啊？"

她又问了一遍，浑身哆嗦起来。

"我的丈夫……尼古拉·彼得罗维奇·柯尔帕科夫。"

"不……没有，太太……我……我什么丈夫也不认识。"

在沉默中过了片刻。陌生女人用手绢轻轻触碰了几下她那两片毫无血色的嘴唇，为了压住内心的激动，又一次次地屏着呼吸。而帕莎则像被钉在地上似的一动不动地立在她的面前，茫然失措而又心惊胆战地望着她。

"那么他，您是说，没在这里喽？"贵夫人问道，口气已经变得硬邦邦的，而且还带着有点儿奇怪的微笑。

"我……我不知道您所问的是谁？"

"卑鄙的女人，你真是，下流，龌龊……"陌生女人带着一副憎恨而厌恶的神情打量着帕莎，一口气说道。"就是，就是，你就是个卑鄙的女人！非常非常高兴，终于能当着你的面说出这话了！"

帕莎感到，她给这位一身穿黑、两眼冒火、手指又白又细的女士的印象，是个卑鄙、放荡的女人。于是她顿时为自己那胖胖的红脸蛋、鼻子上的雀斑和额头上那怎么也梳不上去的刘海儿害起臊来。她还觉得，假如她身条瘦溜，不施脂粉，也不剪刘海儿，那还可以让人看不出她不正经，站在这位素不相识、来历不明的女士面前也不至于如此害怕和羞惭了。

"我丈夫在哪儿？"女士接着问道。"其实，他在不在这里，我都无所谓，但是我得告诉你，盗用公款的事情被告发了，正在寻找尼古拉·彼得罗维奇……要逮捕他呢。这就是你们干出来的好事！"

贵夫人站起身来，十分焦急地在房间里来回走了一阵。帕莎望着她，吓得一时摸不着头脑。

"今天人家就要找到并且逮捕他，"贵夫人说着，抽噎起来。这抽噎声中带着屈辱和懊丧的味道。"我知道是谁把他弄到了这步田地的！卑鄙龌龊的东西！卖身的贱货、畜牲！（贵夫人厌恶地撇了撇嘴，皱了皱鼻子。）我没能耐……你听好了，下贱的女人！……我没能耐,你比我厉害，可是有人会站出来替我和我的孩子们说话的！苍天有眼！他公正无私！他会为我的每一滴眼泪，为我的每一个不眠之夜来惩罚你的！总有这么一天的，你会想起我来的！"

又是一阵沉默。贵夫人在房间里来回走着，绞着双手。而帕莎依然呆呆地、满腹狐疑地望着她，不明白她的来意，等着看她会有什么可怕的举动。

"我，夫人，什么也不知道！"她说了一句，便突然哭了起来。

"撒谎你！"贵夫人喊了一嗓子并恶狠狠地瞪了她一眼。"我全知道！我早就知道你们的勾当了！我知道，最近一个月他天天泡在你这里！"

"不错。那又怎样？这又能怎样？我这里客人来来往往多了，但是我谁也不强求。谁愿来谁来。"

"我告诉你：盗用公款的事情被告发了！他利用职权盗用了别人的钱财！为了你……这种货，他竟然去犯罪。你听着，"贵夫人在帕莎的面前收住脚步，用断然的口气说道。"你们不可能讲原则，你们活着就是为了坑人，这是你们的目的，但是也不能认为你们就堕落到了连一点人味儿都没有的地步！他是有家小的人……要是他被判刑，被流放，那我和孩子们就会饿死……你可要明白这一点！不过，还有一个办法能让他和我们避免倾家荡产和受人羞辱。如果我今天能交上九百卢布，那样人家就能放他一马。只要九百卢布！"

"什么九百卢布？"帕莎低声问道。"我……我不知道……我可没拿过……"

"我不是跟你要九百卢布……你没钱，再说我也不需要你的东西。我要的是别的……男人通常给你们这种货，都是送值钱的东西。你就把我丈夫送你的那些东西还给我！"

"夫人哪，您先生什么东西也没送过我呀！"帕莎尖叫起来，开始明白了。

"钱倒是哪去了呢？他花光了自己的、我的和别人的……这些钱统统都哪去了呢？听我说，我求您了！我刚才一着急生气，对您说了许多难听话，我这就给您赔礼道歉。您应当恨我，我明白，可是如果您能有点同情心的话，那就请设身处地为我想一想！求您了，把东西还给我吧！"

"哼……"帕莎说着，耸了耸肩膀。"我倒是没说的，可是，我保证，您先生什么也没给过我呀。请相信一个人的良心。不过，您说的也是，"歌女难为情起来。"您先生好像给我带来过两件小玩意儿。好吧，我还，要是您想要的话……"

帕莎拉开梳妆台的一个小抽屉，从里面拿出一只空心手镯和一只带颗红宝石的细戒指。

"给您吧！"她一面将这些东西递给来客，一面说道。

贵夫人的面孔刷地涨得通红，脸上的肌肉也抽动起来。她觉得受了侮辱。

"您给我的是些什么呀？"她说。"我不是来讨饭的。我是来讨回本来不属于您的东西的……讨回您利用自己的身份从我丈夫……从这个软弱、卑微的人身上榨去的东西……星期四那天，我看见您跟我丈夫去过码头，您戴的不是这种胸针和手镯。所以，您用不着在我面前假装清白！我最后求您一次：您给我东西还是不给？"

"您这人真是奇怪……"帕莎说，开始生气了。"我向您保证，从您家尼古拉·彼得罗维奇那里，除了这手镯和戒指，我任何东西没见过。您先生也就是给我带过几回甜馅儿饼。"

"甜馅儿饼……"陌生女人冷笑了一声，说，"家里孩子们没吃的，可这里倒有甜馅儿饼。您是说什么也不还东西喽？"

贵夫人不见答腔，就坐了下来，眼睛直愣愣地瞪着，心里在琢磨。

"现在该怎么办呢？"她喃喃自语道，"我要是弄不到九百卢布，那他就完了，我跟孩子们也完了。宰了这混账女人或者给她下跪还是怎么着？"

贵夫人把手绢往脸上一捂，号啕大哭起来。

"我求求您啦！"只听得她一边号啕大哭，一边说。"是您让我丈夫倾家荡产，误了他的前程哪，救救他吧……您可以不同情他，可是孩子们……孩子们呢……孩子们有什么罪过呀？"

帕莎想象到几个小孩子站在街头，饿得直哭，于是她自己也号啕大哭起来。

"我又能做些什么呢，太太？"她说。"您说我是个混账女人，让尼古拉·彼得罗维奇倾家荡产，可我要告诉您，苍天在上……我向您保证，您先生的任何好处我都没得过……我们这帮歌女当中，只是一个莫蒂有位阔佬养着，而我们几个都是勉强糊口度日。尼古拉·彼得罗维奇是位有教养、讲礼貌的人，所以我才接待他的。我们不能不接客呀。"

"我要的是东西！把东西给我拿出来！我哭哭啼啼……不顾脸面……好，我再给您跪下！来吧！"

帕莎吓得一声尖叫，两手直摇。她觉得，这位面无血色的漂亮贵夫人一直显得很庄重，就像是在演戏，她真的会给她跪下的，就是想用她的自尊和高贵来抬高自己，贬低一个歌女。

"好吧，我还您东西！"帕莎一边擦着眼泪，一边手忙脚乱地忙活起来。"给您。只不过它们不是尼古拉·彼得罗维奇的……它们是我从别的客人那里得来的。您请便吧……"

帕莎拉开抽屉柜最上面的一个抽屉，取出一枚镶钻石的胸针，一串珊瑚珠，几只戒指、一个手镯，统统递给了那位女士。

"您拿去吧，要是想要的话，只不过我从您丈夫那里什么好处也没得过。拿走吧，发财去吧！"被女士的下跪威胁所侮辱了的帕莎接着又说。"您既然是个贵族……是他的合法妻子，那就该把他拴在自己的身边。应当的！我可没他叫来，是他自己跑来的……"

贵夫人含着眼泪打量了一番递给她的东西，说：

"这还不全……这连五百卢布都不值。"

帕莎猛然一把接一把地从抽屉柜里又扔出一块金表、一只金烟盒

075

和几颗金扣子,扔完把双手一摊,说道:

"我这会儿什么也不剩了……哪怕您来搜!"

来客叹了口气,两手哆哆嗦嗦地把东西往小手绢里一裹,半句话没说,甚至连头也没点一下,转身就走了。

隔壁房间的门打开了,走出来是柯尔帕科夫。他脸色煞白,神经质地摇晃起脑袋。活像刚刚吞下一种非常苦的东西似的。他的眼里闪着泪花。

"您给我拿过什么东西来啦?"帕莎向他扑了过去。"什么时候,我请问您?"

"东西……不值一提呀这——还东西呢!"柯尔帕科夫脱口说道,摇了摇脑袋。"我的天哪!她在你面前哭哭啼啼,不顾脸面……"

"我问您:您给我拿过什么东西来啦?"帕莎嚷道。

"天哪,她,一个正派、自尊、纯洁的女人……竟然想下跪央求这……这么个娼妇!是我把她逼到这一步的!是我造的孽呀!"

他抱住脑袋,呻吟着说:

"不,我绝不能原谅自己这一点!不能原谅!你给我滚开……贱货!"他疾首蹙额地大声嚷道,一面后退,一面两手哆哆嗦嗦地推搡着帕莎。"她还想下跪呢,可这是给谁下跪呢?给你!啊,天哪!"

他急急忙忙穿上衣服,满心反感地躲闪着帕莎,奔向门口,出了大门。

帕莎倒在床上,放声大哭起来。这时她已经为自己一时冲动而给出去的东西感到惋惜,并且感到一肚子的委屈。她想起了三年前无缘无故被一个商人痛打的情形,于是哭得更响了。

1886 年

演说家

一天早上，安葬八品文官基里尔·伊万诺维奇·瓦维洛诺夫。他死于我国很常见的两种疾病：悍妇和酗酒。当送葬行列离开教堂前往墓地时，死者的一位同事，姓波普拉夫斯基的，坐上出租马车，就去找他的朋友格里戈里·彼得罗维奇·扎波依金了。这扎波依金虽说年轻，但已相当出名。他，诚如许多读者所知，有一种罕见的天赋，能在婚丧嫁娶、纪念庆典活动时做即兴演说。他任何时候都能演说：半睡不醒时、饥肠辘辘时、烂醉如泥时、高烧不退时。他的话语明快流畅、优柔平缓（像下水道里的流水）而又滔滔不绝。在他那演说家的肚子里，一串串的歪词儿可海了去了，比哪家小饭馆里的蟑螂都要多。他一张口总那么生动形象、洋洋洒洒，因而有时候，尤其在商贾们的婚礼上，要想让他打住，就非得请警察来帮忙不可。

"我呀，兄弟，找你来啦！"波普拉夫斯基赶上他在家，开口说道。"马上穿衣服，走人。我们一个同事死了，现在正送他归天，所以应该呀，兄弟，在送别之时给他胡诌几句……一切都指望你了。要是死了个小人物，我们也就不来麻烦你了，可那是个书记员……办公室的顶梁柱，在某种程度上。这种大人物下葬时要没人致辞，那可就难看了。"

"啊——，书记员！"扎波依金打了个哈欠。"是酒鬼吧？"

"是的，酒鬼。有发面薄饼、冷盘凉菜招待……车马费也少不了你的。走吧,热心人!到了墓地那边,你就像西塞罗[①]似的海侃一通,那就等着人们千恩万谢吧!"

扎波依金满口应承下来。他把头发弄乱,装出闷闷不乐的模样,跟着波普拉夫斯基一起出了门。

"我认识你们的书记员,"他一面上车,一面说,"滑头加骗子,愿他升天,这种人少见。"

"欸,格里沙,咒骂亡故之人可不好。"

"那是自然,aut mortuis nihil bene[②],可他毕竟是个骗子。"

两个朋友赶上了出殡行列,跟它会合到一处。抬灵柩的走得很慢,因此到达墓地之前他们得便往小饭馆跑了两三趟,为亡灵祈祷安息而小啜几口。

在墓地上做了安魂祷告。岳母、妻子和小姨子依从风俗习惯,哭了老半天。当棺材入穴时,妻子甚至喊了一声:"放我跟他去吧!"可她并没随丈夫而去,大概是想起了抚恤金。等到一切都安静下来,扎波依金跨步向前,扫视了大伙一眼,开口说道:

"能相信我们的眼睛和耳朵吗?这一口棺木,这一张张满是泪痕的脸庞,这一声声呻吟和哀号,不是一场噩梦吧?呜呼,这不是梦,眼睛也没有欺骗我们!就在不久以前,我们还看到他那么精神抖擞,像年轻人那么容光焕发而干净利落;就在不久以前,我们还眼看着他像只不知疲倦的蜜蜂把自己酿的花蜜往国家蜂房里运送。他……就是那人,现在变成了遗骸,化成了物质的幻影。铁面无情的死神向他按下了那只硬邦邦的大手,此时此刻,尽管他已届腰弯背驼之年,可依然精力充沛旺盛、前程灿烂似锦。实为一大无可弥补的损失!谁能为我们替代得了他呢?好官我们多的是,可普罗科菲·奥西佩奇却独一无二。他在内心深处忠于自己的诚信和职守,不遗余力,夜以继日,

---

[①] 古罗马演说家(前106—前43)。

[②] 为拉丁语谚语de mortuis aut bene,aut nihil(关于死者,要么好话多说,要么闭口不提)之误。

大公无私，刚正不阿……他十分鄙视那些极力有损公共利益而收买他的人,那些用诱人的生活福利企图引诱他背叛自己职责的人！是的，普罗科菲·奥西佩奇把他微薄的薪水分送给贫穷的同事,因此你们现在亲耳听见了受过他接济的那些孤儿寡母们的痛哭之声。忠于职守，一生行善的他，未曾享受过人生的乐趣，甚至放弃了天伦之乐；你们知道，至死他仍然是个单身汉！然而谁又能取代得了他这位同事呢？因为现在我能看见那张刮得干干净净、让人倍感亲切的面孔，带着和善的微笑冲着我们；因为现在我能听见他那温和的、轻柔而友好的声音。愿你安息，普罗科菲·奥西佩奇！安息吧，诚实、高尚的劳动者！"

扎波依金继续演说着，可听众却叽叽喳喳议论起来。演说倒让众人相当满意，也博得了众人的些许眼泪，不过演说里的许多地方让人觉得奇怪。这一,不明白为什么演说家把死者唤做普罗科菲·奥西佩奇,尽管他叫基里尔·伊万诺维奇。这二，人人都知道死者跟自己的结发妻子干了一辈子的仗，似乎不能算作单身汉；这三，他蓄着火红色的大胡子，生来就没刮过脸，因此也就不明白演说家为何说他脸是刮过的。听众一个个莫名其妙，面面相觑，不时耸耸肩膀。

"普罗科菲·奥西佩奇！"演说家望着墓穴，热情洋溢地继续说道。"你的脸庞并不漂亮，甚至丑陋不堪，你的脸色阴沉而又严厉，可我们大家都心里明白，在这可见的外壳之内搏动着一颗正直的、友爱的心！"

很快听众开始发现某种奇怪的东西也出现在了演说家本人的身上。他那两眼盯着一点，不安地倒退着，连他自己也耸起了肩膀。突然间，他停了下来，吃惊地张开嘴巴，转身对波普拉夫斯基说：

"听我说，他活着呢！"他惊恐地瞪着眼睛说道。

"谁活着啊？"

"普罗科菲·奥西佩奇呀！你看，他不站在墓碑旁边嘛！"

"他又没死！死的是基里尔·伊万内奇！"

"可是你自己说的，你们的书记员死了呀！"

"基里尔·伊万内奇就是书记员哪。你呀,怪物,搞混啦!普罗科菲·奥西佩奇呢,没错,过去曾经是我们的书记员,可两年前调到二科当科长去啦。"

"啊,鬼才弄得清你们的事!"

"怎么打住啦?接着侃哪,笨死了!"

扎波依金转向墓穴,依旧滔滔不绝地继续演说起来。在墓碑旁边站着的确实是普罗科菲·奥西佩奇,面孔刮得干干净净的老文官。他板着面孔,气呼呼地瞪着演说家。

"您这可真不该呀!"举行完葬礼之后,同扎波依金一起往回走的路上,官员们笑话说:"一个活人给你埋葬了。"

"这可不好啊,年轻人!"普罗科菲·奥西佩奇嘟囔道。"您的那些话说死人也许挺合适,可要是说活人啊,那只能是嘲讽了!哪有像您那样说话的?大公无私,刚正不阿,不受贿行贿!谈论活人,这话只能在嘲笑他的时候说。再说谁也没请您,阁下,来宣扬我的长相哪。并不漂亮,丑陋不堪,就算如此,可是何必拿我的面容当众展示呢?叫人难堪哪!"

1886 年

万　卡

万卡·茹科夫，一个九岁的小男孩儿，三个月前被送来跟鞋匠阿利亚欣当学徒。圣诞节前夜，他一宿没睡。等老板夫妻俩和帮工们出都去做节日晨祷以后，他从老板的柜橱里取出一瓶墨水，一支笔头生锈的蘸水笔，摊开一张皱皱巴巴的纸，写起信来。动笔之前，他几次战战兢兢地回头望望门口和窗户，瞟瞟两侧都有一溜榾柮搁架的色彩暗淡的圣像，若断若续地叹了口气。纸摊在长凳上，他自己就跪在长凳前。

"亲爱的爷爷，康斯坦丁·马卡雷奇！"他写道，"这就给你写封信。祝您圣诞快乐，并愿天主上帝保佑您万事如意。我又没爹，又没娘，我就剩你一个了。"

万卡把目光转向一扇黑糊糊的窗户，窗户里忽闪着他那支蜡烛的影子，于是他活灵活现地想象出在地主日瓦廖夫家当更夫的爷爷康斯坦丁·马卡雷奇的模样。这是个矮矮的、瘦瘦的，但手脚特别麻利而又特别好动的小老头儿，六十五岁上下，成天笑容满面，醉眼蒙眬的。白天他在下人的厨房里睡觉，或者跟厨娘们说笑，夜里严严实实裹件肥大的光板羊皮袄，围着庄园巡夜打更。他的身后，是低着脑袋随人来去的老母狗卡什坦卡和小公狗泥鳅。之所以给小公狗起这个外号，是因为它的毛色纯黑，体形细长，像只玄狐。这泥鳅非常恭顺温和。无论是对自家人还是外人，一概亲亲热热，可是名声却很不好。它那恭顺温和的背后，隐藏着极端的狡猾和阴险。哪条狗也不如它那么善于及时溜到身后照你腿肚子来上一口，钻进冷藏窖或者农夫家偷只鸡吃。它已经不止一次地被打断后腿，两三次被人吊起过，每个礼拜都要被人打个半死，可它总能死而复苏生。

这会儿，爷爷大概正站在大门口，眯起眼睛，望着乡村教堂那些红彤彤的窗户，跺着穿毡靴的双脚，跟仆人们说笑逗乐呢。他那副梆子系在腰间，时而举起双手轻轻一拍，时而冻得瑟缩一阵，像老年人那样嘻嘻地笑着，忽而掐把女仆，忽而拧把厨娘。

"鼻烟咱要不要闻一闻？"说着，他把鼻烟壶递到婆娘们面前。

婆娘们闻着鼻烟，打着喷嚏。爷爷乐不可支，开怀大笑，并且嚷道：

"快擦掉，冻上啦！"

有人拿鼻烟也让狗闻。卡什坦卡连声打着喷嚏，不住地挤着鼻子，满腹委屈地走开了。而泥鳅出于恭敬，强忍着不打喷嚏，摇晃着尾巴。天气好极了，空气平静、清爽而又新鲜。夜色虽暗，却也看得清整个村庄，屋顶上盖着皑皑白雪，烟囱里冒着缕缕轻烟，被寒霜染成银色的树木、雪堆。满天的星星快活地眨巴着眼睛，连银河也显得格外明亮，像是节前用雪擦洗过似的……

万卡叹了口气，用笔尖蘸了蘸墨水，继续写道：

"昨儿我挨打了。老板揪着头法（发）把我拖到外面，用做活的皮条狠抽了一顿，因为我给他们的小不点儿摇摇篮时不小心睡着了。这礼拜老板娘叫我刮鲱鱼，我打尾巴刮起，可她抓过鲱鱼就用鱼嘴往我脸上戳。帮工师傅老拿我开心，支使我去酒馆打酒，要我偷老板家的黄瓜，老板抄起啥就用啥打。吃的啥也没有。早上给点面包，中上稀粥，晚上也是面包，要说茶或菜汤，只有老板夫妻俩自个儿咕咚咕咚喝。睡觉叫我在过道里，他们的小不点儿一哭，我根本睡不了，要摇摇篮。亲爱的爷爷，行行好，把我从这儿领回家，去乡下吧，我再也受不了啦……我给你磕头，永远求上帝保佑，把我从这儿带走吧，要不死定啦……"

万卡撇了撇小嘴,用他那黑乎乎的小拳头揉了揉眼睛,抽搭了一下。

"我会给你搓烟叶,"他接着写道,"向上帝祷告,要是犯啥错儿,就狠命抽我。要是你觉得我能干的活儿没有,那就让我去给管家擦靴子,要不替费季卡给牧工打下手去。亲爱的爷爷,再也受不了啦,简直死路一条啦。本想靠两腿走着往乡下逃,可靴子没有啊,冻坏了我怕。等我长大,就为这也会养你的,谁的气也不让你受。你死了,我就为你的灵魂安息做祷告,就跟为我娘佩拉格娅祷告一个样。

"莫斯科城可大了。房子全是老爷们的,马也很多,可羊没有,狗也不凶。这里小孩儿不举着星星①四处跑,到唱诗班唱诗一个不许去,有一回我见过一家小店里窗子上有鱼钩卖,直接带着线,钓啥鱼的都有,很划算,还有那么一把钩子,就是一普特②重的鲇鱼也吃得住。还见过有的小店里卖的什么火枪都是仿老爷家的,怕是哪支都得百把卢布呢……各家肉店里都有松鸡,有沙鸡,有兔子,可它们是在啥地方打来的,店伙计都不说。

"亲爱的爷爷,等老爷家有挂小礼物的圣诞树的时候,你给我采个染成金色的核桃吧,往小绿箱子里收好。跟奥莉加·伊格纳季耶芙娜小姐要,就说,给万卡的。"

万卡抽搭着叹了口气,接着又两眼盯着窗户望起来。他想起,每年为老爷家进林子砍枞树的都是爷爷,而且总带着孙子。真是一段快活时光!爷爷美得清着嗓子嘎嘎响,严寒冻得草木也喀吧响。万卡学

---

① 圣诞节前夜,孩子们举着纸糊的星星状灯笼,四处跑着玩。
③ 俄国实行米制前的重量单位,1普特等于16.38公斤。

着他们，快活地张着小嘴叫嚷。通常，动手砍树之前，爷爷先抽上一袋旱烟，闻上半天鼻烟，逗弄一番冻僵的小万卡……一棵棵身披霜雪的小枞树都立在那儿一动不动，等待着，看它们当中谁该送死。不知从哪儿就突然蹿出一只野兔，在雪堆上箭也似的跑过……爷爷忍不住会大喊一声：

"逮住，逮住……逮住！咳，短尾巴鬼！"

爷爷把砍下的枞树扛回老爷家，然后大伙儿就动手装饰它……忙得最起劲的是小姐奥莉加·伊格纳季耶芙娜，万卡最喜欢的人。万卡的母亲佩拉格娅还活着在老爷家当佣人的时候，奥莉加·伊格纳季耶芙娜常拿糖果给万卡吃，闲得没事还教会了他读书、写字、从一数到百，甚至还教会了他跳卡德里尔舞。可是佩拉格娅过世以后，孤儿万卡就被打发到下人厨房里爷爷身边，接着又从那里送到莫斯科，给鞋匠阿利亚欣当学徒……

"快来吧，亲爱的爷爷，"万卡接着写道，"求求你啦，领我离开此地吧。你可怜可怜我这苦命的姑（孤）儿吧，要不我老挨大伙儿打，而且饿得要命，苦闷得没法说，老是哭。前儿个老板用楦头照脑袋就一下，我昏倒了，好容易才醒过来。没指望了我这日子，比哪条狗都不如啊……还有，向阿廖娜、小独眼叶果尔和赶车的问好，我的风琴可谁也别给啊。你永远的孙子万卡·茹科夫，亲爱的爷爷，快来吧。"

万卡把写得密密麻麻的纸叠成四折，装进头天花一戈比买来的信封里……想了一会儿，他蘸了蘸笔尖，写上了地址：

乡下爷爷收

然后，挠了挠脑袋，想了一想，又添上："康斯坦丁·马卡雷奇"。

他对没人来打扰他写信而感到满意，戴上帽子，也没披件小皮袄，只穿件衬衣就上街去了……

前一天他向肉铺的伙计们打听过，伙计们告诉他，信先丢进邮箱，从邮箱里再装上邮政的三驾马车，由喝得醉醺醺的车夫一路叮叮当当地赶着，被分送往全国各地。万卡跑到距离最近的一个邮箱旁边，将那封珍贵的书信塞进了邮箱……

他陶醉于幸福的期待之中，一小时后就呼呼地睡熟了……他梦见了炉灶。炉台上①坐着爷爷，垂着两只光脚丫子，在给厨娘们念信呢……炉子旁边，泥鳅转来转去，摇晃着尾巴……

1886

---

① 烧饭、烤面包用俄式大炉子；在乡村，炉顶上可以躺人。

乞 丐

"先生！请费心，关照关照一个不幸的挨饿人吧。三天没吃饭了……没一个住店的钢镚儿……我指天发誓！当了八年的乡村教师，因为地方自治局耍阴谋诡计丢了差事，成了告密的牺牲品。已经一年没职位了。"

律师斯克沃尔佐夫看了看求乞者那件灰蓝色的破大衣、那双矇眬的醉眼、脸颊上的两块红晕，他觉得以前在哪儿见过此人。

"现在有人愿意给我提供克卢日省的一个职位，"求告者继续说道，"可我却没有去那里的盘缠，请帮帮忙，劳您驾了！真不好意思求人，可……实在是家境所迫呀。"

斯克沃尔佐夫看了看他的胶鞋，那双胶鞋一只帮高，一只帮浅，于是突然想了起来。

"听我说，是前天吧，好像，我在花园街碰见过你，"他说，"可那时你告诉我，你不是乡村教师，而是被开除的大学生。记得吗？"

"不……不，不可能！"求告者难为情地嗫嚅道。"我是乡村教师，如果您乐意的话，可以拿证件给您看。"

"你就别撒谎了！你自称是大学生，甚至还跟我说了你被开除的原因。记得吗？"

斯克沃尔佐夫气得满脸通红，带着厌恶的神情从衣衫褴褛者身边走开了。

"这很卑鄙，先生！"他气呼呼地嚷道，"这是诈骗行为！我把你往警察局一送，让你见鬼去！你贫穷，挨饿，但是这不能成为你如此厚颜无耻地撒谎的理由！"

衣衫褴褛者抓住门上的把手，就像个被捉住的小偷，神色慌张地环视了一下接待室。

"我……我没撒谎哪……"他嘟囔道。"我可以把证件拿出来看。"

"谁相信你呀？"斯克沃尔佐夫继续生气地说。"利用社会对乡村教师和大学生的好感，这真下流、无耻、龌龊！可恶之极！"

斯克沃尔佐夫大发雷霆，毫不留情地申斥了求告人。衣衫褴褛者那无耻的谎言激起了他的厌弃和憎恶，伤害了他斯克沃尔佐夫十分满意和看重的自身品德：善良、敏感的心灵、对不幸人的同情；那谎言、利用别人仁慈的企图实在玷污了他真心实意给予穷人的那种施舍。衣衫褴褛者起先一个劲儿地辩白、赌咒、发誓，可是后来终于无言以对，被奚落得低下了脑袋。

"先生！"他把一只手按在胸口上，说，"确实，我……我撒了谎！我不是大学生，也不是乡村教师。这全都是瞎编的！我原先在俄罗斯合唱团供职，因为酗酒我被从那儿赶了出来。可我怎么办呢？苍天有眼，不撒谎不行哪！我要是照实说，谁也不会给我一个子儿的。要说实话，你就会没饭吃饿死，没处住冻死！您说的对，我明白，可是……我该怎么办呢？"

"怎么办？你问你该怎么办？"斯克沃尔佐夫一面走到他的近旁，一面喊道。"干活儿，就该这么办！要干活儿！"

"干活儿……这我自己也明白，可是哪里去找活儿呀？"

"废话！你年纪轻轻，没灾没病，身强力壮，随时都能找到活儿干，只要你乐意。可是你娇生惯养、好吃懒做、酗酒成性！瞧你满身酒气，像从酒缸里捞出来似的！你撒谎成癖，癖入骨髓，能做的就是讨吃喝和说瞎话。假如哪天你突然俯允低就了，那还得给你来个坐办公室、进俄罗斯合唱团、当台球记分员一类不出力只拿钱的工作！你就不能干点体力活儿吗？显然你不会去给人看门扫院子或者去工厂做工！因为你是有所追求的！"

"正如您所说，真的……"求告人说着，苦笑了一下。"我往哪里去找体力活儿呢？当店伙计吧，我已经晚了，因为做生意要从小学起；看门扫地吧，谁也不会要我，因为冲我指手画脚可不行……厂家招工呢，要懂手艺的，可我什么也不会。"

"胡说！你总能找到辩白的理由！你愿意不愿意去劈木柴呢？"

"我愿意啊，不过如今连真正的劈柴工还闲着没饭辙呢。"

"哼，所有的寄生虫都这么说。建议你干什么，你都会拒绝的。愿意不愿意就在我这儿劈木柴呢？"

"好吧，我劈……"

"那好，到时候看吧……好极了……等着瞧吧！"

斯克沃尔佐夫着忙起来，不无幸灾乐祸地搓了搓手，从厨房里叫出了女厨子。

"是这样，奥莉加，"他对女厨子说，"领这位先生去柴棚，让他劈会儿木柴。"

衣衫褴褛者耸了耸肩膀，仿佛没闹清是怎么回事似的，犹豫不决地跟着女厨子走了。从他的步态上可以看出，他之所以同意去劈木柴并不是因为饿着肚子并想挣点饭钱，而不过是出于自尊和羞惭，既然给人抓住了把柄。还可以看得出来，他喝酒喝得身体非常虚弱，病歪歪的，根本不想干活了。

斯克沃尔佐夫急急忙忙去了餐厅。在那里，从朝向院子的窗户里可以看见柴棚和外面发生的一切。斯克沃尔佐夫站在窗边，看着女厨子和衣衫褴褛者从后门来到院子里，踏着灰暗色的积雪走向柴棚。奥莉加气呼呼地打量着自己的伙伴，胳膊肘往两边一捅，打开了柴棚，恶狠狠地甩了一下门扇。

"大概我们打扰娘儿们喝咖啡了，"斯克沃尔佐夫心想。"真是个恶婆子！"

接着他看到，冒牌教师、冒牌大学生往木墩上一坐，两只拳头支着通红的脸颊，想起了心事。那婆娘往他脚边扔了一把斧头，恶狠狠地啐了一口，根据她嘴唇动作判断，张口骂起街来。衣衫褴褛者犹犹豫豫地拉过一根木柴，将它放在两腿之间，怯生生地照着它劈了一斧子。木柴摇晃起来，倒下了。衣衫褴褛者又把它拉过来，往冻僵的双手上哈了口气，又劈了一斧子，是那样的小心翼翼，仿佛害怕砍着自己的胶鞋或者砍掉手指似的。木柴又倒下了。

斯克沃尔佐夫的怒气已经平息，于是他开始觉得有点儿心疼和愧疚，因为是他逼得人家，一个娇生惯养、醉眼矇眬、或许还是病病歪歪的人，在寒冷的外边儿干粗活的。

"咳，没关系，让他去……"他一面从餐厅往书房走，一面暗忖道，"我这是为他好。"

过了一个钟头，奥莉加跑来禀报，木柴已经劈好了。

"喏，给他五十戈比，"斯克沃尔佐夫说。"他要是愿意，让他每个月的一号来劈木柴……活儿总是找得到的。"

一号，衣衫褴褛者来了，又挣了五十戈比，尽管只能勉勉强强能站立得住。从此他常常来院子里，而且每次都能为他找出活计；有时让他把积雪扒成雪堆，有时让他收拾柴棚，有时让他给地毯和床垫敲敲灰土。每次他都能得到劳动报酬二十到四十戈比，有一次甚至给他寄去几条旧裤子。

搬往另一处住房时，斯克沃尔佐夫把他雇来帮忙打理和运送家具。这一次，衣衫褴褛者没有醉意，脸色阴沉而寡言少语；他轻轻地扶着家具，低头跟在大车后面，甚至并没使劲装得精力充沛的样子，一直冻得缩着脖子，而当车把势笑话他游手好闲、虚弱无力和那件穿破的高档大衣时，他觉得很难为情。搬运完之后，斯克沃尔佐夫吩咐把他叫到自己的书房里。

"嘿，我看得出来，我的话对你发生了作用，"他说着，递给他一卢布："这是给你的工钱。我看得出来，你已不喝酒了，也不反对干点活儿。你叫什么名字？"

"卢什科夫。"

"我呢,卢什科夫,现在可以给你另一份工作,干净一些的活儿。你会抄抄写写吗?"

"会呀。"

"那么你就带着这封信明天去找我的同事,会从他那儿得到一份抄写的活儿。好好干,别再喝酒,别忘了我对你说的话。再见!"

斯克沃尔佐夫因把一个人领上了正路而感到非常满意,亲切地拍了拍卢什科夫的肩膀,甚至告别时还向他伸出了手。卢什科夫接过信函,走了,从此再没来过院子找活儿干。

过了两年。有一天,站在剧院的售票口旁付票款时,斯克沃尔佐夫看见身边有一位身材矮小的人,身穿一件带羔皮翻领的外衣,头戴一顶戴旧的海狗皮帽子。矮个儿人怯生生地请售票员给他一张顶层楼座的戏票,付了几枚五戈比的铜币。

"卢什科夫,是你呀?"斯克沃尔佐夫认出矮个儿人就是他从前的劈柴工。"欸,怎么样?干些什么活儿呢?过得好吧?"

"还行……如今在一位公证员那儿干,拿三十五卢布。"

"那么,谢天谢地。太好了!为你高兴。非常,非常高兴,卢什科夫!因为你在某种形式上是我的教子。因为是我把你往正路上推了一把。还记得我是如何责骂你的吗?你在我那儿差点没找条地缝钻下去。欸,谢谢,亲爱的,我的话你没忘记。"

"还真得感谢您,"卢什科夫说道。"我要是不去您那儿啊,恐怕直到现在还在自称教师和大学生呢。是啊,在您那儿得救了,跳出了陷坑。"

"非常,非常高兴。"

"谢谢您的金玉良言和活计。您当时说得好极了。我既感激您,也感激您的女厨子,愿上帝保佑这位心地善良、品德高尚的女人。您当时说得好极了,我对您应当感激一辈子,不过,说实话,救了我的是您的女厨子奥莉加。"

"这是怎么回事呢？"

"是这样。每次我一去您家劈木柴，她就骂开了：'哎呀，你个酒鬼呀！你这万恶的东西！你就不得好死！'然后就往我对面一坐，闷闷不乐，望着我的脸，边哭边抱怨：'你个不幸的人哪！在这世上你没快活日子过，可到了那边，酒鬼呀，还要下地狱挨火烤呢！你个倒霉鬼呀！'而且总是这种话，知道吗。她为我耗了多少心血，流了多少泪水，我都没法跟您说。可主要的，还替我劈木柴！要知道，我呀，老爷，在您家我一根木柴也没劈过，都是她劈的！为什么她救了我，为什么我看着她就变了样，而且酒也不再喝了呢，我无法跟您解释清楚。我只知道，耳听着她的那些话语，眼见着她的那些高尚行为，我心里发生了变化，她改造了我，所以这一点我永远也不会忘记。哎呀，该进场了，已经响铃了。"

卢什科夫鞠了一躬，向楼座走去。

1887 年

彩 票

伊万·德米特里奇，一个有中等收入的人，合家年均消费一千二百卢布，因而很满意自己的际遇。一天吃过晚饭，坐到长沙发上，读起报来。

"我今天忘记瞅一眼报纸了，"他妻子一面收拾桌子，一面说道。"你给看看，那儿有没有中奖号码表？"

"是的，有。"伊万·德米特里奇回答，"难道你的彩票没抵押出去吗？"

"没有，星期二我还提过利息呢。"

"多少号？"

"组号9499，票号26。"

"好嘞……咱们来看看……9499和26。"

伊万·德米特里奇一般不相信买彩票能中奖，换了别的时候，他说什么也不会去看中奖号码表，可现在一来闲着没事，二来报纸恰好就在眼前，他就用一只手指从上到下查起组号来。顿时，像是笑话他缺乏信心似的，就在顺数第二行，突然跃入他眼帘的数字正是9499！他还没看是什么票号，也没再核查一下，他就连忙把报纸往膝头一放，就像有人往他肚子上泼了一盆凉水，感到心口窝里一阵爽人的凉意：既痒酥酥，又慌兮兮，还甜丝丝的！

"玛莎，9499号有！"他闷声说道。

妻子望了望他那神色惊慌的面孔，知道他不是开玩笑。

"9499号？"她问道，说着脸色变得苍白，往桌上放下叠好的台布。

"对，对……真的有！"

"那票号呢？"

"哎呀,是啊！还有票号呢。不过,等一等……不着急。不,就这样！毕竟咱们的组号是有的！毕竟有，明白吗……"

伊万·德米特里奇望着妻子，笑得开心而又傻气，就像个小孩子，大人在给他看件极其好玩的东西一样。妻子也笑容满面：她也跟丈夫一样乐滋滋的，因为丈夫只读出了组号，而不急于查看中奖的票号。用可能走运的希望来折磨和刺激自己，竟令人如此的甜美舒畅而又心惊肉跳！

"咱们的组号有了，"伊万·德米特里奇沉默许久之后说道。"这就是说，咱们中奖是有可能的。即使只是可能，但是机会毕竟是有的！"

"欸，这会儿看哪。"

"等一等。还有时间扫兴失望呢。这是顺数第二行，就是说，奖金七万五。这不是钱，而是实力，是资本哪！要是我马上就看一眼表格，而那儿是——26！啊？听着，要是咱们真的中了奖，那会怎么着？"

夫妻俩笑了起来，接着默默地对视了很久。中奖的可能让他们冲昏了头脑。他们甚至想象不出、说不出他俩要这75000干些什么，买些什么，上哪儿去。他们一心只想着9499和75000这两个数字，在自己的想象里描绘着它们，而至于如此有可能中奖的本身，他们不知怎地倒没想得起来。

伊万·德米特里奇两手拿着报纸，从这角落到那角落地来回走了几趟，直到从最初的印象中平静下来，才开始慢慢地做起下一步的美梦。

"要是咱们中了奖，那会怎么着？"他说道。"这可是新生活的开始，是场剧变哪！彩票是你的，假如它是我的话，那我首先当然是花两万五购买一种类似庄园的不动产，两万用于一次性花销:新家具……旅行、还债等等。剩下的四万存银行吃利息……"

"是啊,庄园是好啊，"妻子一面坐下，把两手放到膝上，一面说道。

"在图拉或者奥尔洛夫省的什么地方……这一，别墅就可以免了，这二，多少还会有个进项。"

于是在他的脑海里美景接踵而至，一个比一个悦目、迷人，而且在所有这些美景里，他都看到自己不愁吃喝、心平气和、身强体壮，他心里感到温暖，甚至是热乎！瞧，他刚喝完一碟凉如冰块的杂拌汤，仰卧在小河旁那滚烫的沙地上或是花园里的椴树下……天热啊……小儿子和闺女在身边爬来爬去，在沙地上挖土坑，或者在草地上捉昆虫。他美美地打着瞌睡，诸事不想，全身心地感觉到，他不必去上班，无论今天、明天还是后天。等躺腻了，他就去草场或者树林里采蘑菇，要不就看农夫们用渔网打鱼。太阳下山时分，他拿起浴巾、肥皂，懒洋洋地前往浴房，在那里他不慌不忙地脱去衣服，用手搓摩半天那赤裸的胸膛，然后再下到水中。在水里，毛玻璃似的肥皂水浪圈附近游动着忙碌的小鱼，晃荡着绿色的水草。洗完澡喝碗奶茶、吃块奶油小甜面包……晚上散步或者跟邻居打文特。

"是啊，最好买座庄园，"妻子说，她也在憧憬着，而且从她的脸上可以看出，她被自己的思绪迷住了。

伊万·德米特里奇在心里暗自描绘阴雨绵绵的秋天，那冷飕飕的夜晚和那暖融融的小阳春。这时节需要特意在花园、菜园、河岸上多散散步，好好经一经冻，然后喝上一大杯伏特加白酒，就点儿用松蘑或茴香腌渍的酸黄瓜，接着——再来一杯。孩子们从菜园里跑回家，抱来胡萝卜、白萝卜，它们还带着新鲜的泥土芳香呢……然后往长沙发上一躺，悠哉悠哉地翻看一本什么画报，然后用画报把脸一盖，把坎肩一解，舒舒服服地打个盹儿……

十月小阳春过后，便是阴雨连绵的时节。白天黑夜地下雨，光秃秃的树木低头哭泣，北风潮湿而又寒冷。马啊、狗啊、鸡啊——全都浑身湿透、无精打采、缩头缩脑。散步没地方，出门出不成，整天只能在屋里从这角落到那角落地来回踱步，不时心情烦闷地望望阴沉的窗外。寂寞无聊！

伊万·德米特里奇收住脚步，看了看妻子。

"我啊,知道吗,玛莎,真想去国外。"他说。

于是他开始思考,最好深秋出国,去法国南部、意大利……印度!

"我也打算到国外去。"妻子说。"欸,看看票号吧!"

"别忙啊!再等等……"

他满屋子踱来踱去,继续思考着。他突然想了起来:妻子要是真的出国去,那怎么办?要想旅行痛快,那得一个人走,要么跟一帮女人一起走,一帮容易相处、无忧无虑、及时行乐的女人,而不是那种一路心里想着嘴里说着儿女、唉声叹气、害怕并不舍得花一戈比的娘儿们。伊万·德米特里奇想象起自己的妻子坐在车厢里,携带着许许多多的包袱、筐子、纸包;她在为什么而伤感,抱怨一路累得她头疼,说什么花掉了许多钱;时不时地跑车站打开水、买面包片、水……正餐她不可能吃,因为那样花钱多……

"要知道我每花一戈比她都要查个底儿掉的。"他瞥了妻子一眼,心里想道。"彩票是她的,又不是我的!再说她何必上国外去呢?她在那儿见过什么?会成天在旅店里坐着,还会把我拴住不放的……我可知道!"

因而他生平头一回注意到,他妻子衰老了,变丑了,浑身上下都沾上了厨房味儿,而他自己还年轻体壮、精力充沛,哪怕再婚一次也无妨。

"当然这都是些小事和蠢话,"他心想,"不过……她何必要去国外呢?她在那儿能懂什么?可真会去的……我想象得出……其实对于她,无论那不勒斯①,或是克林②,全都一样。她只会对我造成妨碍。我对她只能言听计从。我想象得出,一旦钱到手,她就会像老娘儿们那样加上六道锁……藏起来不让我知道……给自己的亲戚会来点儿周济,而对我一戈比都要算计。"

---

① 意大利城市,地中海最著名的风景胜地之一。比萨饼即发源于此。
② 俄国中部的普通城市。

伊万·德米特里奇想起了亲戚。所有这些兄弟姐妹、叔伯姑婶，一旦得知彩票中奖，就会找上门来，像叫花子似的缠着要钱，满脸堆笑，虚情假意。一帮可恶、可怜的家伙！要是给了他们，他们就会要了再要；可要是不给，他们就会咀咒谩骂、造谣中伤、盼你倒八辈子大霉。

伊万·德米特里奇想起了自己的亲属。他们的面目从前见了还关系不大，可现在却让他觉得可恶、可憎了。

"都是这样一些恶棍！"他想道。

就连妻子的面目也开始让人觉得可恶、可憎了。他心里对妻子涌起一股怨恨，于是他幸灾乐祸地想道：

"她对钱的事一窍不通，所以才很吝啬。她要是中了奖，也就会给我一百卢布，其余的——通通会锁起来的。"

于是他已经不是带着笑容，而是带着憎恨看着妻子。妻子也看了他一眼，眼神里也带着仇恨和怨愤。她心里有着自己的美好憧憬、自己的计划、自己的想象；她非常清楚丈夫在梦想着什么。她知道，谁会首先伸手来分享她的奖金。

"用别人的钱做起梦来痛快！"她的眼神在说，"不，你没有权利！"

丈夫明白了她的眼神；仇恨激荡在他的胸膛，为了气一气自己的妻子，他故意迅速地看了一眼报纸的第四版，欣喜万分地说道：

"组号9499，票号46！而不是26！"

希望和仇恨二者顿时消失了，因而伊万·德米特里奇和他的妻子立刻觉得，他们的房间昏暗、狭小而又低矮，觉得他们吃过的晚饭没有填饱肚子，只是堵在胃里，觉得夜晚漫长而又寂寞……

"鬼知道怎么回事儿，"伊万·德米特里奇一面耍起脾气，一面说。"走到哪里，哪里脚下都是纸片、碎屑、什么瓜皮果壳的。房间从来没人打扫！只好离家出走，让我彻底见鬼去。我这就走，在碰到的第一棵山杨树上吊死！"

1887 年

美好的结局

有一天，列车长斯特奇金不当班，家里坐着柳波芙·格里戈里耶芙娜，一个容貌端庄、体形肥硕的四十来岁的女士。她专干些说媒拉纤和许多别的通常只能咬耳朵的那些勾当。斯特奇金有点儿不好意思，不过依然跟平时那样，严肃、认真而又严厉。他满屋子踱来踱去，一面抽着雪茄，一面说：

"非常高兴认识您。谢苗·伊万诺维奇推荐您，是觉得您能帮我办件需要慎重对待、非常重要、关系到我一生幸福的事情。我呢，柳波芙·格里戈里耶芙娜，已经五十二岁，也就是说，已到很多人都儿女长大成人这么一种年龄段了。我的职位是稳固的。财产虽说没有许多，但是身边还养得起心爱的女人和孩子。告诉您吧，只能咱俩之间说，除了薪水，我在银行里还有一笔钱，那是因我生活节俭攒下的。我为人正派，滴酒不沾，日子过得中规中矩而又合情合理，因此能够给许多人作为榜样。可我所缺少的只是一样东西——自己的家园和生活的伴侣。因而我的日子过得就像个四处漂泊的匈牙利人，成天东奔西颠，毫无乐趣可言。我也没有个人好商量，要是有个头痛脑热，连个端茶送水的人都没有。除此而外，柳波芙·格里戈里耶芙娜，在社会上，成家立业的人比单身汉要有分量……我是有文化的人，手头有些钱，可要是从另一角度看，我又算什么人？孤飞雁，跟个苦行僧一模一样。因此,我非常希望伊古墨奈俄斯①牵线,也就是与一位般配的女子缔结合法婚姻。"

"好事啊!"媒婆舒了口气。

"我只身一人,在本市谁也不认识。既然所有的人我都不认识,我能去哪儿找伴侣,又能找谁呢?谢苗·伊万诺维奇劝我找这么一位女人帮帮忙,她应当是这方面的行家、其职业就关乎人们的幸福。所以我恳求您,柳波芙·格里戈里耶芙娜,玉成良缘。你在城里认识所有未婚女子,您不用费劲就能为我配个对子。"

"这可以……"

"您吃呀,请……"

媒婆以熟练的动作将酒杯送到嘴边,一饮而尽,连眉头都没皱一下。

"这可以。"她又说了一遍,"那您,尼古拉·尼古拉伊奇,想找个什么样的对象呢?"

"我吗?随缘吧。"

"那当然,这就是缘分的事儿。不过穿衣戴帽,各有所好哇。有人喜欢黑发女子,有人喜欢金发女郎。"

"您要知道,柳波芙·格里戈里耶芙娜……"斯特奇金深深地叹着气,说道,"我为人正派,性格刚强。对于我来说,美貌和总的长相是次要的,因为,您是知道的,脸蛋不能当饭吃,媳妇漂亮麻烦多。我是这么想的,女人主要的不在外表,而在内心,也就是说,只要她心眼好,品行正。您吃呀,请……媳妇若是长得胖胖的,那当然非常舒心,可这对于双方的命运并不太重要;主要的是头脑。说实在的,女人连头脑也不需要,因为有了头脑她会自命不凡,想入非非。没有文化如今可不行,这个自然,但是文化程度各不相同。如果媳妇会说

---

① 为"许墨奈俄斯"(古希腊神话中的婚姻之神)之误。此误应是对主人公自诩"受过教育的一类人"的讽刺。

法语和德语，各种语言张口就来，当然是好，非常好；可是这又有什么用，如果她连自己的钮扣掉了都不会钉的话？我是受过教育的一类人，跟卡尼捷林公爵一起，我敢说，就像现在跟您一起一个样，不过我有的是一种朴实性格。我需要姑娘也朴实些。最主要的是，要她跟我相敬如宾，并且觉得是我给她带来了幸福。"

"那当然。"

"那好，现在来谈谈名词①问题……有钱的女人我不要。我不允许自己干那种为金钱而结婚的龌龊事。我希望不是我捧媳妇的饭碗，而是她捧我的饭碗，要让她意识到。可是穷女人我也不要。我这人虽然也有些家产，虽然我娶媳妇不是因有所图，而是为了爱情，但是我也不能要个穷女人，因为，您是知道的，如今所有东西都在涨价，将来还要生儿育女呢。"

"也可以照着有陪嫁的找嘛。"媒婆说道。

"您吃呀，请……"

沉默了五分钟光景。媒婆叹了口气，瞟了列车长一眼。问道：

"欸，那个什么，老爷……单身的女人你不要吗？好货也是有的。有个法国女人，还有个希腊姑娘。挺值的。"

列车长想了想，说道：

"不，谢谢您。既蒙您如此垂青，那么现在请问：您为人张罗对象要收多少钱呢？"

"我收得不多。您给二十五卢布，照规矩外加一件衣料，也就谢了……有嫁妆的另算，这就是另一本账了。"

斯特奇金把双手往胸前一抄，沉思起来。想了一会儿，叹了口气，说道：

"这够贵啊……"

---

① 为"现实"之误。俄文的"名词"与"现实"两词词干部分同音。此误也应是对主人公自诩"有文化的人"的讽刺。

"一点儿也不贵,尼古拉·尼古拉伊奇!从前,婚事多的年头,有时要得是便宜些,可如今,我们才挣几个钱哪?平常月份要能挣两张二十五卢布,就谢天谢地了。再说,老爷,我们也不靠说媒发财。"

"哼!……难道说两张二十五卢布还少吗?"他问道。

"要说啊,是少了点儿!往年我们有时能挣一百呢。"

"哼!……我真没想到,干这种营生也能挣大钱。五十卢布!可不是每个男人都能挣得到的!您吃呀,请……"

媒婆一饮而尽,眉头皱都不皱一下。斯特奇金默默地将她从头到脚打量了一番,说道:

"五十卢布……这就是说,一年六百卢布……您吃呀,请……有这么多红利,知道吗,柳波芙·格里戈里耶芙娜,给自个儿配个对子也不难哪。"

"我啊,"媒婆笑了起来。"我老喽……"

"一点儿也不……您身段这么好,脸蛋又胖又白,还有其他等等。"

媒婆羞羞答答,斯特奇金也觉得不好意思,坐到她的身边。

"您还完全能够讨人喜欢的,"他说道。"要是您能找个丈夫,为人本本分分、规规矩矩、克勤克俭,那么有他的薪水,加上您的进项,您能够甚至很讨他喜欢,日子会过得和和美美的……"

"天晓得您在说些什么,尼古拉·尼古拉伊奇……"

"怎么啦?我一点儿也……"

沉默不语。斯特奇金使劲擤起了鼻涕,而媒婆则羞得满脸通红,接着羞答答地望着他,问道:

"那您一个月挣多少钱哪,尼古拉·尼古拉伊奇?"

"我吗?七十五卢布,不算奖金……另外,我们在蜡烛和兔子上也有进项。"

"你们还打猎呀?"

"不是,我们这一行里,兔子就是逃票的乘客。"

又在沉默中过了片刻。斯特奇金站起身来,接着激动不已地满房间踱了起来。

"我呢,年轻的妻子不要,"他说道,"我是上了年纪的人,所以我需要的是,好比像您这样的……规规矩矩、稳稳重重的……身段也要像您这样的……"

"天知道您在说些什么……"媒婆一面用手绢遮挡着绯红的面孔,一面嘻嘻嘻地笑了起来。

"这还用得着多考虑吗?您正合我心意,而且对于我,您的品质正合适。我为人正派,滴酒不沾,您要是喜欢我,那就……再好没有了!请允许我向您求婚吧!"

媒婆激动得眼泪夺眶而出,笑了起来,接着,为表示自己同意,跟斯特奇金碰了碰杯。

"那么呢,"心满意足的列车长说道,"现在请允许向您说明,我希望您如何待人接物,怎样持家度日……我这人向来严肃认真、规规矩矩,为人处事光明磊落,也希望我妻子同样严肃认真,要明白她的恩人和最重要的人是我。"

他坐了下去,深深叹了口气,便向自己的未婚妻说起了对家庭生活和为妻之道的看法。

1887 年

渴　睡

夜。小保姆瓦丽卡，十三四岁的女孩儿，一面摇着摇篮，一面隐约可闻地哼着：

好宝宝，睡觉觉，
我给宝宝哼调调……

神像之前，点着一盏绿色的小长明灯；房间里，从一角到另一角拉着一根绳子，绳子上挂着几块尿布和一条成年人的黑裤子。长明灯在天花板上映出一大块绿色的光斑，而尿布和裤子则将长长的阴影投向火炉、摇篮，投向瓦丽卡……每当长明灯的火光闪烁起来，光斑和阴影就有了生气，活动起来，好像被风刮的一样。闷热。一股菜汤和制靴皮革的气味。

婴儿在啼哭。他早已哭得声音嘶哑，筋疲力尽，但仍然在不停地哭喊，而且不知何时才会消停。而瓦丽卡困得两眼睁不开来，脑袋往下耷拉，脖子累得酸疼。她的眼皮和嘴唇都动弹不得，她仿佛觉得自己的脸蛋枯干了，麻木了，脑袋变小了，就像个大头针的针鼻儿似的。

"好宝宝，睡觉觉，"她哼唱道，"我给宝宝熬稀粥……"

小火炉，有只蟋蟀在嚁嚁地叫。隔壁房间里，东家和副工长阿法纳西在悠悠地打着呼噜……摇篮在哀怨地吱嘎作响，瓦丽卡自己在轻轻地哼唱——这一切汇成了一首夜间的催眠乐，若是躺在被窝里听着,那会舒服极了。可现在这乐声只会让人生气,令人痛苦,因为它让人昏昏欲睡,而睡觉是万万使不得的。要是瓦丽卡不小心睡着了,那么东家就会给她一顿臭揍。

小长明灯闪烁着。绿色的光斑和阴影活动起来,溜进瓦丽卡那半睁半闭、木然不动的眼睛,在她那半睡半醒的脑子里化成蒙眬的幻影。她看见一片片乌云在满天互相追逐着,像婴儿一样哭喊着。可是一下子刮起风来,乌云消散了,于是瓦丽卡看见一条宽阔的、盖满泥浆的马路;路上鱼贯行走着一长串载重车队,慢腾腾地蠕动着肩背行囊的人流,或向前或向后地来回奔跑着某种阴影;马路的两边,透过寒冷的茫茫雾气依稀可见森林的轮廓。突然间,肩背行囊和身拖黑影的行人纷纷躺倒在地上的泥浆里。"这是干啥?"瓦丽卡问道。"睡觉,睡觉!"有人回答她。于是他们纷纷酣然入睡,睡得很香,而路边的电线杆上那一根根电线上歇着乌鸦和喜鹊,像婴儿那样哭喊着,竭力想把他们唤醒。

"好宝宝,睡觉觉,我给宝宝哼调调……"瓦丽卡哼唱着,已经看见自己在一间昏暗、闷热的小木屋里了。

在地上翻滚着的是她过世的父亲叶菲姆·斯捷潘诺夫。她看不见父亲,但能听见父亲疼得在地上一边打滚,一边哼哼。父亲呢,如他自己所说,"疝气发作了",疼得连一句话也说不出来,只有往肚子里倒抽凉气和上下牙敲鼓似的打战的份儿……

"卜-卜-卜-卜……"

母亲佩拉格娅跑去庄园找老爷们,说叶菲姆要死了。她早就走了,这会儿她也该回来了。瓦丽卡躺在炉台上,没有睡,在听着父亲的"卜-卜-卜"。可是突然听见有人赶着马车驶近了小木屋。老爷们派来了一位年轻医生,他是从城里来老爷家串亲的。医生走进小木屋;黑暗中看不清他,但能听见他咳嗽和敲门的声音。

"点上灯吧。"他说。

"卜-卜-卜……"叶菲姆回应。

佩拉格娅奔向炉灶,寻找起放着火柴的碎陶片来。在沉默中过了片刻。医生在衣兜里摸了一阵，划着了自己的火柴。

"马上，老爷，马上，"佩拉格娅说着，奔出小木屋，过了一会儿，带回一小截儿蜡烛头。

叶菲姆的脸颊绯红，眼睛发亮，目光不知怎的特别锐利，就像叶菲姆看透了小木屋和医生似的。

"欸，干什么？你怎么想起来的？"医生朝他弯下身去，说，"嗯！你这病很久了吗？"

"瞧啥呀？走人吧，老爷，时候到啦……我活不成啦……"

"别胡说……能治好！"

"那就听您的吧，大人，我们感激不尽，不过我们明白……既然死神来了，那有啥好说的呢。"

医生替叶菲姆忙活了一刻来钟；然后站起身来，说：

"我一点儿办法没有……你得去医院，到那儿给你做个手术。马上就去……一定要去！天是晚了点儿，医院的人都睡了，但这没关系，我给你写个字条。听见没有？"

"老爷啊，可他坐啥去呀？"佩拉格娅说，"我们没有马呀。"

"没关系，我求求老爷，他们会借给你们马的。"

医生走了，蜡烛灭了，接着又响起了"卜－卜－卜……"过了半个钟头，有人赶着马车朝小木屋走来。这是老爷派来了一辆去医院的车。叶菲姆收拾了一下就走了……

可是眼看美好的、晴朗的早晨来到了。佩拉格娅不在家：她去医院打听叶菲姆的情况了。什么地方有个婴儿在啼哭，瓦丽卡听到有人模仿着她的声音在哼唱：

"好宝宝，睡觉觉，我给宝宝哼调调……"

佩拉格娅回来了；她画了个十字，小声说道：

"夜里给他复位了，可快到早晨的时候归天了……早升天堂，永远安息吧……都说，治晚了……本该早些的……"

瓦丽卡走进森林，在那儿啼哭，可是忽然有人给她后脑勺来了重重一掌,拍得她脑门儿"咚"的一声撞到桦树上。她抬起眼睛,看见站在面前的是东家,那鞋匠。

"你这是咋回事,没用的东西?"他说,"娃娃在哭,你却在睡觉?"

东家揪得她耳朵生疼,她摇了摇脑袋,晃着摇篮,哼着自己的小调。绿色的光斑、裤子和尿布的阴影动荡不定,向她眨巴着眼睛,很快重又控制了她的大脑。她又看见了满是泥浆的马路。背着行囊的人和影子四肢分开地躺着,呼呼大睡。瓦丽卡望着他们,渴睡得要命;她要是能舒舒服服地躺下去有多好,可母亲佩拉格娅正并排而行,催她快走。她俩正急急忙忙去城里当佣人。

"请给几个钱儿吧,看在基督的份上!"母亲向迎面走来的人央求道。"行行好吧,慈悲的先生们!"

"把孩子抱过来!"回答她的是一个熟悉的声音。"把孩子抱过来!"同一个声音重复了一遍,但已经生气而又粗暴了。"睡着了,小贱货!"

瓦丽卡一骨碌跳了起来,四下瞧了一眼,明白了是怎么回事:既没马路,也没佩拉格娅,也没迎面的来人,房子中央只站着个女东家,她是来给自己孩子喂奶的。就在膀大腰圆的女东家喂着、哄着孩子的时候,瓦丽卡站在一旁,望着她,等着她喂完。这时,窗外天色已经发蓝,天花板上的绿色光斑明显变淡。很快就要天亮了。

"抱走!"女东家一面扣着胸前衬衫上的纽扣,一面说。"他老哭,大概让毒眼看坏了[①]。"

瓦丽卡接过孩子,放进摇篮,又摇了起来。绿色的光斑和阴影渐渐消失,于是再没人溜进她的脑袋,让她昏昏沉沉了。可是依然渴睡,非常渴睡!瓦丽卡把头放到摇篮边上,晃着整个上身,想以此战胜睡意,可是眼皮还是睁不开,脑袋昏沉沉的。

"瓦丽卡,生炉子!"门外传来了东家的声音。

就是说,已经该起床干活了。瓦丽卡放下摇篮,奔向柴棚去抱劈

[①] 旧时的迷信,用恶毒的眼神看人,从而让人遭到不幸。

柴。她心里很高兴。

一跑一动,就不像坐着那么渴睡了。她抱来劈柴,生起炉子,觉得她那麻木的脸蛋慢慢舒展开来,思绪渐渐清楚了。

"瓦丽卡,点上茶炊!"女东家嚷道。

瓦丽卡劈起了小劈柴,可是刚把它们点着塞进茶炊,又听见吩咐道:"瓦丽卡,给东家把套鞋刷一刷!"

她坐到地上,一面刷着套鞋,一面心想,要是能把脑袋伸进一只又大又深的套鞋里打会盹儿该多好啊……刚这么一想,突然间套鞋就增长起来,膨大起来,占据了整个房间,瓦丽卡失手丢掉了刷子,可是立刻甩了甩脑袋,瞪起两眼,使劲盯着让东西别再长大,也别在她眼里晃动。

"瓦丽卡,把外面的楼梯刷洗一下,要不让来订货的见了怪难为情的!"

瓦丽卡刷洗楼梯,收拾房间,然后生另一只炉子,跑店铺。活儿多的是,没有一刻空闲。

可是再没有比站在厨房里的料理桌前、脚不挪窝儿地削土豆皮更辛苦的活儿了。脑袋一个劲儿地向桌面耷拉,土豆在眼里不住地晃动,刀子不时地脱手,而身边来回晃动着那一身肥肉、满脸怒气的女东家,她卷着袖子,说起话来嗓门儿震得人耳朵嗡嗡响。折磨人的还有侍候吃饭,缝缝补补,洗洗涮涮。时常恨不得什么也不顾,往地板上一趟,睡他一觉。

白天即将过去。望着窗外天色渐渐黑了下来,瓦丽卡揿着自己麻木的太阳穴,脸上露出了笑容,自己也不知道是因为什么。暮色抚爱着她那睁不开的双眼,许诺她很快就能美美地睡上一觉。晚上,东家家里来客人了。

"瓦丽卡,快烧茶!"女东家嚷道。

东家的茶炊很小,要让客人把茶喝够,得把茶炊烧上五六回。给客人上完茶,瓦丽卡得脚不挪窝儿地站上一个钟头,盯着客人,等着吩咐。

"瓦丽卡,快去买三瓶啤酒来!"

她转身就走,尽量跑得快些,以便赶走瞌睡。

"瓦丽卡,快去买趟伏特加!瓦丽卡,拔塞器在哪儿呢?瓦丽卡,把青鱼拾掇一下!"

可盼到客人终于走了;灯火熄灭了,东家上床睡下了。

"瓦丽卡,摇-摇娃娃!"传来最后一道指令。

小火炉里有只蟋蟀在喔喔地叫。天花板上的绿色光斑、裤子和尿布的阴影重又溜进了瓦尔卡那半睁半闭的眼睛,闪烁着,搅得她头昏脑涨。

"好宝宝,睡觉觉,"她哼唱着,"我给宝宝哼调调……"

可孩子号叫着,叫得声嘶力竭。瓦丽卡重又看见了马路、肩背行囊的人们、佩拉格娅、父亲叶菲姆。她什么事都明白,什么人都认得出,可是在半睡半醒中她怎么也弄不懂什么是束缚她手脚、压迫她和妨碍她生活的那股力量。她左顾右盼,寻找着这股力量,想摆脱它,可是找不到。终于,饱受折磨之后,她竭尽全部的精力和视力看着上方闪烁的绿色光斑,侧耳细听着孩子的号叫,找到了妨碍她生活的敌人。

这敌人便是这孩子。

她笑了。她觉得奇怪:从前她怎么就不能明白这么浅显的道理呢?绿色的光斑、阴影和蟋蟀似乎也在发笑,也觉得奇怪。

错误的认识死缠着瓦丽卡。她从方凳上站起身来,笑容满面,两眼眨也不眨,在房间里踱起步来。她想到她马上就要摆脱束缚她手脚的孩子,觉得心里舒服而又痒痒……掐死孩子,然后睡觉,睡觉,睡觉……

瓦丽卡笑着,使着眼色,用手指威吓着绿色的光斑,悄悄地走到摇篮旁边,向孩子俯下身去。掐死他之后,瓦丽卡很快往地板上一躺,高兴地笑着:她现在可以睡觉了。过了片刻,她已经酣然入睡,跟死人一样了……

1888 年

打　赌

一

　　一个黑蒙蒙的秋夜。老银行家在自己的书房里从一个角落踱到另一个角落，回忆着十五年前的秋天他所举办的一次晚会的情景。那次晚会来了许多有识之士，议论了许多有趣的问题，顺便谈到了死刑。来宾中有不少学者和记者，多数人对死刑持否定态度。他们认为这一惩戒方法已经过时，不适于信奉基督教的国家，而且也不道德。按他们当中一些人的看法，死刑应当普遍改为终身监禁。

　　"我不同意你们的意见，"银行家主人说道，"我既没尝过死刑也没尝过终身监禁的滋味，但如果可以作 apriori① 推断的话，那么，我以为，死刑要比终身监禁更道德，也更人道。死刑取人性命就在立时三刻，而终身监禁取人性命则要穷年累月。究竟哪个刽子手更人性些呢？是几分钟之内就让你一命呜呼的人，还是在许多年之内把你慢慢折磨而死的人呢？"

　　"二者同样不道德，"客人中有个人说道，"因为它们有着同一个目的——剥夺生命。国家不是上帝。它无权剥夺那种日后即使想去挽回也无法挽回的东西。"

　　来宾中间有一位律师，是个二十五六岁的年轻人。当人们征询他

---

① 拉丁语：一个假定。

的意见时,他说道:

"无论死刑,还是终身监禁,一样的不道德,可假如有人要我在死刑和终身监禁之间做出选择的话,那么我当然会选择后者。好死不如赖活着嘛。"

一场激烈的争论爆发了。银行家,当时比较年轻,也比较容易冲动,突然火冒三丈,一拳砸在桌子上,冲着年轻的律师嚷道:

"不对!我赌两百万,赌您在牢房里连五年都蹲不下来。"

"如果当真,"律师回道,"那么我打赌,不是蹲五年,而是十五年。"

"十五年?好嘞!"银行家叫道。"诸位先生,我押两百万!"

"同意!您押两百万,我押上我的自由!"律师说。

于是这荒唐无稽、毫无意义的赌竟然打成了!银行家当时钱财无数,娇生惯养,轻狂浮躁,因为打赌而异常高兴。用晚餐的时候他冲律师打趣道:

"清醒清醒吧,年轻人,为时还不晚。对我来说,两百万——小钱而已,而您可是拿您人生中三四年的美好年华在冒险。我说三四年,是因为您蹲不了更长的时间。同时不要忘记,自愿囚禁要比强制囚禁难熬得多。您随时有权出去享受自由的想法必将毁掉您在囚室里的整个生活。我替您可惜哟!"

就是现在,银行家还在从一个角落到另一个角落地迈着大步,回忆着这一切,并在反躬自问:

"打这赌干什么呀?律师失去十五年的人生,而我白扔两百万,这何苦呢?难道只是为了向人们证明死刑比终身监禁是坏还是好吗?哪儿跟哪儿呀?荒诞无稽而又毫无意义。就我而言,是饱食之人的任性;而从律师方面说,则是对金钱单纯的贪欲……"

接着,银行家回忆了上述晚会之后发生的事情。双方约定,律师将在银行家的后花园建的一排厢房里,在严密的监视之下度过自己的囚禁生活。双方约定,在十五年内律师将无权迈出厢房的门槛一步,无权看见活人,无权听见人声,也无权收取信件和报纸。他可以有一件乐器，可以读书，写信，喝酒和抽烟。同外部世界交往，根据约定，他只能一声不响，通过为此特设的一个小窗口。所需要的一切，书籍、乐谱、酒水等等，可以通过纸条获得，而且要多少给多少，但只能通过小窗口。合约还规定了务使监禁单独进行的各种条款和细节，并且要求律师坐满整整一十五年，自1870年11月14日12时起至1885年11月14日12时止。律师方面违反合约的任何企图，哪怕离合约期满仅仅两分钟，都将免除银行家向他支付两百万之义务。

在监禁的头一年里，根据律师那些简短的字条可以推断，他感到非常孤独和烦闷。他那厢房里，钢琴声白天黑夜响个不停！他拒绝喝酒和抽烟。酒，他写道，会勾起种种欲望，而望是囚徒的头号敌人；况且再没有比喝着美酒而见不着旁人更烦闷的事情了。而抽烟会污染他房间里的空气。头一年，给律师送的书籍大多是些轻松读物：扑所迷离的言情小说、刑事和幻想故事、各种喜剧等等。

第二年，厢房里的琴声就不响了，而律师在他那些字条里索要的全都是经典作家的作品。第五年，厢房里重又传出了乐曲声，而且囚徒还讨起酒来了。从小窗外监视他的那些人说，这一年他就是吃饭、喝酒，吃饱喝足就往铺上一躺，哈欠连天，气呼呼地自言自语。书他一本不读。有时他每天夜里都坐到桌旁写东西，一写就是很长时间，清晨又把写的东西统统撕成碎片。人们还不止一次地听见他哭泣过。

第六年的下半年，囚徒潜心研究起了语言、哲学和历史。他如饥似渴地研究起这些学科，因而银行家几乎都来不及为他订购书籍。在四年当中，按他的要求订购了将近六百册。在这潜心研究的时期内，银行家，顺便说一句，收到了囚徒的这样一封信："我亲爱的看守[①]！用六种语言给您写这几行字，请将它们给行家看看，让他们读一下。如果他们找不出一个错误，那么，求您了，请吩咐在园子里放上一枪。这枪声会告诉我，我的努力没有白费。各国各代的天才所操的虽是各

[①] 俄语中，"看守"同时有"践踏自由的人"之意。

种不同的语言，然而他们心中燃烧着的却是同一种火焰。啊，您不知道我的心灵此时此刻因我能理解他们而体验着何种超凡脱俗的幸福，可惜呀！"囚徒的愿望实现了，银行家命人在院子里放了两枪。

接着，第十年过后，律师一动不动地坐在桌旁，只读一本福音书。银行家也觉得奇怪，一个在四年内啃下六百本巨著的人，竟用了一年光景来阅读一本通俗易懂而又不算很厚的书。后来，福音书读完之后，所读的是宗教史和神学。

在监禁的最后两年里，囚徒阅读的书籍特别多，不加任何选择。他忽而从事自然科学研究，忽而索要拜伦或莎士比亚的作品。他常常传出这样一些字条，在字条上要求同时给他送上化学课本、医学教程、长篇小说、某篇哲学或神学论文。他的阅读就好像是他漂流在大海中的轮船碎块之间，为了自救而拼命地一会儿抓住这碎块，一会儿逮住那碎块似的。

二

老银行家回忆着这一切，心里想道：

"明天12点他就要获得自由了。按照合约，我应当付给他两百万。如果我付了，那一切就完了：我就彻底破产啦……"

十五年前，他钱财无数，可如今，他不敢自问什么更多——资金还是债务？狂热的交易所活动、冒险的投机生意和至死难改的急躁脾气，渐渐地导致他事业上的衰落，于是一位无所畏惧、过于自信、高傲倔强的大富翁，变成了一个每逢证券涨落都不免提心惊肉跳的一般银行家。

"该死的打赌！"老头子绝望地抱住脑袋，嘟囔道，"这家伙怎么不死呢？他还只有四十岁。他会掳走我最后一点儿资产，娶妻生子，享受生活，做证券交易。而我，会像个乞丐，眼巴巴地望着，每天听着他那同样的一句话：'多亏您我才过上了幸福生活，请允许我来帮帮您吧！'不，这太过分了！摆脱破产和耻辱的唯一办法就是这个人的死！"

时钟敲过三点。银行家侧耳细听：家里人都睡了。只听得窗外冻透的树木在呼啸。他蹑手蹑脚地从保险柜里取出了十五年来未曾开过的那扇门的钥匙，穿上大衣就出了家门。

花园里又黑又冷。天上下着雨。刺骨的湿风呜呜地刮过花园，让树木一刻也不得安生。银行家凝神察看，可是既看不清地面，也看不清白色的塑像、厢房、树木。摸到厢房所在的地方，他叫了两声看守人。没有回应。显然，看守人为了躲避风雨，这时正在厨房或者花房里睡觉呢。

"我要是有足够的勇气实现我的意图，"老头子想道，"那么怀疑首先会落到看守人的头上。"

他在黑暗中摸索着台阶和大门，闪身进了厢房的前厅，接着摸进一条不大的过道，划着了火柴。这里空无一人，放着一张没铺被褥的光板床，屋角里有只黑乎乎的铁炉子。进入囚徒房间那门上的封条原样未动。

火柴熄灭之后，老头子紧张得浑身直抖，朝小窗户里望了一眼。囚徒的房间里点着一支昏暗的蜡烛，他本人坐在桌旁，只能看清他的后背、头发和胳膊。桌子上、两张沙发上和地毯上、桌子旁，放着一本本打开的书。

五分钟过去了，可囚徒一动也没动。十五年的监禁让他练就了静坐不动的功夫。银行家用一个指头敲了敲小窗户，可囚徒对这敲击声却没做出任何回应。于是银行家小心翼翼地从门上揭下封条，并将钥匙插进了锁眼。锈蚀的锁头发出沙哑的响声，接着房门吱呀一声打开了。银行家原以为会立刻听到一声惊叫和脚步声，然而过了两三分钟，门里依旧悄无声息。他壮着胆子走进了房间。

桌旁一动不动地坐着一个人，一个不像常人的人。这是一具包着人皮的骷髅，蓄着女人般的卷发和蓬乱的胡须。他的脸色蜡黄，带点土色,脸颊凹陷,后背又长又窄,而那只托着脑袋的手是那么的细弱而枯瘦,看了真叫人害怕。他的头发已经花白,看他那像老人一样疲惫不堪的面孔,谁也不会相信他年仅四十。他睡着了。桌子上,他那垂下的脑袋前面,放着一张纸,密密麻麻地写满了蝇头小字。

"可怜的人哪!"银行家想道,"睡梦里大概还掂着那两百万呢。而我只要抱起这半死不活的家伙,往床上一扔,再用只枕头稍稍一捂,就连最认真的尸检官也找不出他杀的迹象。不过咱们先来读一读他写了些什么吧……"

银行家从桌上拿起那张纸,读到下面一段话:

"明天中午12点我便获得自由和与人交往的权利了。然而,在离开这房间并见到阳光之前,我认为有必要对你们说几句话。凭着纯洁的良心和当着看得见我的上帝,我向你们声明,我既不在乎自由,也不在乎生命和健康,更不在乎你们的那些书里称之为尘世财富的一切。

"十五年来,我仔细研究了尘世的生活。不错,我没见过大地和世人,但在你们的书里我品尝过琼浆玉液,吟唱过诗词歌赋,在林中追逐过野豕角仙①,钟情过红粉朱颜……由你们那些天才诗人的魔力所创造出来的姝丽,宛若天上的云霞,夜间飘然而至,前来探望于我,并柔声细语给我讲些美妙的故事,让我听得如醉如痴。在你们的书里,我攀登过厄尔布鲁士峰和勃朗峰,从那里观赏过旭日喷薄欲出和残阳血染天空、海洋和山峰的壮观景象;我从那里目睹过在我头顶之上雷电劈开乌云、撕裂长空的绮丽画面;我看到过苍翠的森林、田野、河流、湖泊、城市,听到过汽笛的高歌和牧笛的欢奏,触摸过飞来跟我聊聊上帝的那些精灵的翅膀……在你们的书里我跳过无底的深渊,创造过奇迹,屠杀过生灵,焚烧过城市,传布过新的宗教,征服过一大批王国……

"你们的书给了我智慧。奔腾不歇的人类思想千百年所创造的一

---

① 鹿。

切在我的脑颅中压缩成不大的一团，我知道，我的智慧胜过你们所有人。

"我也鄙视你们的书籍，鄙视尘世的所有财富和才智。一切都微不足道，转瞬即逝，虚无缥缈而包藏欺骗，一如海市蜃楼。纵然你们高傲、英明而卓越，可是死神终究会将你们同地下的耗子一道彻底消灭，而你们的后代、历史、你们不朽的天才终究会同地球一道冻结或烧毁。

"你们丧失了理智，所走的并非正道。你们把谎言当成真理，把丑陋当成美丽。只有等到因为某些情况苹果树上或橙子树上结出的不是果子，而是突然长出了青蛙和蜥蜴，或者玫瑰花散发出的是马身上的汗臭味那一天，你们才会感到诧异；因此我对你们这些宁可舍弃天国而换取尘世的人感到奇怪。我不想理解你们。

"为了以实际行动向你们证明我鄙视你们所赖以生存的东西，我放弃从前曾经如向往天堂一般梦寐以求、而如今却视如粪土的那两百万。为了剥夺自己拥有它们的权利，我将于规定期限到来之前五小时内从这里出走，并以此违反合约……"

读到这里，银行家把纸放回桌上，吻了吻怪人的脑袋，流下眼泪，走出了厢房。平时，哪怕在交易所输得很惨之后，银行家从来也没像现在这样鄙视过自己。他回到家里，躺进被窝，可心潮和眼泪让他久久不能入睡。

第二天早晨，跑来几个面无人色的看守，禀告他说，他们看见住在厢房里的人爬出窗户，进了花园，走向大门，接着就不见了。银行家同仆人一道立刻赶往厢房，证实囚徒确已逃走。为了不致引起流言蜚语，他从桌上拿起那张弃权声明，回到自己的房间，将它锁进了保险柜。

1888 年

风骚女人

一

参加奥莉加·伊万诺芙娜婚礼的，是她所有的近朋好友。

"你们看看他：他还是有点玩意儿的，不是吗？"她把头朝丈夫那边一点，对自己的朋友们说，仿佛想解释一下，她为什么嫁给了这么个普普通通、平平常常、毫无出众之处的男人。

她的丈夫，奥西普·斯捷潘内奇·德莫夫，是位医生，官居九品。他供职于两家医院：在一家任编外临床医师，在另一家任病理解剖医师。每天上午九点到中午十二点，他在门诊部接诊或者在病房值班，午后乘有轨马车赶往另一家医院，解剖死去的病人。他私下行医的收入微不足道，一年五百来卢布。可说的就这些，关于他的情况还能说些什么呢？然而奥莉加·伊万诺芙娜和她的近朋好友却都是些不大一般的人物。他们个个都有某种过人之处，并且多少有点儿名气，不是已经有了声望并已被公认为知名人士，就是虽然尚未成名，但却前程似锦。一位话剧演员，早已是公认的大天才，文雅、聪明而谦虚，还是优秀的朗诵家，教过奥莉加·伊万诺芙娜朗诵；一位歌剧演员，面容和善的胖子，常常对奥莉加·伊万诺芙娜叹息说，她在自我毁灭：她要是不偷懒并能把握住自己，那她会成为一名优秀的歌唱家；其次有几位画家，为首的是风俗画家、动物画家和风景画家里亚波夫斯基，非常英俊的淡发男子，二十五六岁，成功举办过几次画展，他的一幅新作卖出了五百卢布的高价；他常给奥莉加·伊万诺芙娜修改画稿，并说她可能会很有出息；再就是一位大提琴手，他的琴声往往很伤感，他常常直言不讳，说在他所认识的女性当中，能为他伴奏的唯有奥莉加·伊万诺芙娜；还有一位作家，虽然年纪轻轻，但已蜚声文坛，写过一些中篇、短篇和剧本。还有谁呢？哦，还有瓦西里·瓦西里奇，贵族，地主，一位业余插图画师和小花饰画师，颇通俄罗斯古风、壮士歌和史诗；在纸上、陶瓷上和熏黑的盘子上，他能创造出真正的奇迹。这一帮富有艺术家特质的、自由自在的、饱受命运娇宠的人，的确知书识礼、文质彬彬，可要让他们想起什么医生的存在，除非是生病的时候；而德莫夫这一姓氏，在他们听来，无异于西多罗夫和塔拉索夫。在这帮人中间，德莫夫就显得异类、多余和小儿科，尽管身高体壮，背阔肩宽。看起来，他似乎身上穿的是别人的礼服，唇边留的是店伙计的胡子。不过，他要是个作家或者艺术家的话，那人家就会说，他的胡子活像左拉①了。

演员对奥莉加·伊万诺芙娜说，她一头亚麻色的秀发，又配上一袭婚纱，酷似一株春季枝头开满娇嫩白花的亭亭玉立的小樱桃树。

"不，您听我说，"奥莉加·伊万诺芙娜一把抓住他的胳膊，对他说，"这怎么会突然发生了呢？您听我说，听我说……我得告诉您，我父亲跟德莫夫同在一家医院共事。我那可怜的父亲一得病，德莫夫就成天成宿地守在他的床边，作出了那么多的牺牲！听着，里亚波夫斯基……还有您，作家，听我说，这事儿很有意思。您靠近点儿。多少自我牺牲，多少真诚的关爱呀！我也日夜不合眼，守着父亲。突然间，可倒好，红颜赢得了英雄心！德莫夫狂热地爱上了我。真的，命运往往就这么古怪。得，父亲过世以后，他就时不时地来看我，常常在街上见面，有一天晚上突然——没想到！——求婚了……就像晴天霹雳……我哭了一宿，自己也爱得死去活来的。就这样，正如你

---

① 左拉（1840—1902），法国自然主义派作家。

们看到的,就成了妻子。他还是有些才华、活力和艮劲儿的,不是吗?现在他的脸四分之三冲着我们,光线不好,可他转过身的时候,你们再看看他的脑门儿。里亚波夫斯基,您看这脑门儿怎样?德莫夫,我们在说你呢!"她冲丈夫喊道,"你过来。把你那只圣洁的手递给里亚波夫斯基……这就对了。交个朋友嘛。"

德莫夫和善而质朴地微笑着,把手伸给里亚波夫斯基,说:"很高兴。跟我一道毕业的同学里头也有个姓里亚波夫斯基的。是您的亲属吗?"

二

奥莉加·伊万诺芙娜二十二岁,德莫夫三十一。他们婚后的日子过得很美满。奥莉加·伊万诺芙娜把客厅的四壁都挂满了自己的和别人的画稿,有的配了画框,有的没配画框。而在钢琴和家具旁边布置了一个漂亮的小角落,材料用的是中国伞、画架、五颜六色的小布条、匕首、相片……餐厅里,她用木版画糊了墙,挂上树皮鞋和镰刀,一个屋角里放了一把大钐刀和一个草耙子,结果弄出一个俄罗斯风味的餐厅。卧室里,为了布置得像孔窑洞,她把天花板和墙壁蒙上了深色的粗呢子,在两张床的上方吊了一盏威尼斯灯,在门边放了一尊执戟的塑像。所以人人都说,小夫妇俩有个非常温馨的小窝。

每天,奥莉加·伊万诺芙娜十一点左右起床,接着弹阵儿钢琴,或者,要是天晴,就画会儿油画。然后,十二点多钟,她就坐车去找自己的裁缝。因为她和德莫夫的钱不宽裕,刚够开销,所以,为了出头露面常能穿上新衣裳,以自己的服饰给人造成强烈的印象,她和她的女裁缝只好绞尽脑汁,想点儿妙招。常常用重新染过的旧衣服、用分文不值的纱罗零头、长毛绒脚料、碎绸子和碎花边,做出简直叫人拍案叫绝的东西,不是一般的衣裳,而是尽善尽美的时装。从裁缝那儿出来,奥莉加·伊万诺芙娜通常去找某个熟悉的女演员,打听打听与戏剧演出有关的新闻，顺便设法弄张新剧首演或者纪念性演出的戏票。从女演员家出来，她得去趟画家的画室或者画展，然后去拜访某个名流——邀请去家里做客，或者给个回拜，或者随便聊聊闲天。她处处能得到愉快而友好的接待，听到对她的夸赞：漂亮、可爱、非凡……被她称为名家和大腕儿的那些人，都把她当成自己人、同行，并且众口一词地预言，凭她多方面的天资禀赋、审美能力和聪明才智，只要她不贪多分心，一定会大有出息。她唱歌、弹琴、绘画、雕塑、参加业余演出，但所有这些都不是马虎凑数，而是有自己的特色。不论是扎个彩灯，也不论是自己梳妆打扮，或是替人扎个领带——她一动手，就是非同寻常的艺术品，雅致，可爱。不过，她任何方面的才能都不如结交名流的本领来得突出。她能跟名人很快结识并且混得很熟。只要某人哪怕刚刚有点儿名气，刚刚引起人们的议论，她就已经跟他结识，当天便成为朋友，邀请去家里做客了。每一次新的结识，对她都是真正的快乐。她崇拜名人，以名人为骄傲，每天夜里都会梦见他们。她渴慕名人，怎么也满足不了自己的渴望。早先结识的陆续离去并渐渐被遗忘，取而代之的是新结识的，而这些新结识的也很快就会让她觉得不足为奇，或者让她大失所望，于是又开始急切地寻找一批又一批新的名人大腕，找到以后又接着再找。何苦来哉？

四点多钟，她在家和丈夫一起吃饭。丈夫的朴实、理智和善良，每每让她感动和欣喜。她经常腾地跳将起来，激动不已地抱起他的脑袋，吻了又吻。

"你呀，德莫夫，是个聪明、高尚的人，"她说，"可你有个很大的缺点。你一点儿不关心艺术。你既瞧不起音乐，也瞧不起绘画。"

"我不懂这些，"他温和地说。"我一辈子搞的是自然科学和医学，所以我没工夫去关心艺术。"

"可要知道，这太可怕了，德莫夫！"

"那是为什么？你的熟人不懂自然科学和医学，可你并没因此而责备他们哪。各人有各人的行当嘛。我虽不懂风景画和歌剧，但我认为,既然有一些聪明人在为它们贡献着自己毕生的精力,另一些聪明人在为它们挥霍着大笔的钱财,就说明它们是需要的。我不懂,可是不懂并不意味着否定。"

"让我握一握你那圣洁的手吧!"

吃罢晚饭,奥莉加·伊万诺芙娜就去拜访熟人,然后去剧院看戏,或者去音乐厅听音乐,回到家里已是深更半夜。天天如此。

每逢星期三,她家里都有晚会。晚会上,女主人和客人既不打牌,也不跳舞,娱乐方法是展示各种各样的才艺。话剧演员朗诵,歌剧演员唱歌,画家们在画册上作画(这种画册奥莉加·伊万诺芙娜有很多很多),大提琴手拉琴,女主人自己也作画、塑像、唱歌和伴奏。在朗诵、演奏和演唱之间的空隙时间里,众人常常谈论和争论文学、戏剧及绘画。女宾从来不请,因为奥莉加·伊万诺芙娜认为,除了几个女演员和自己的女裁缝之外,所有的女人都无聊而又庸俗。每次晚会都少不了这样一幕:门铃一响,奥莉加·伊万诺芙娜先是一激灵,接着就面带得意的神色说:"是他!"这个"他",指的是某位应邀前来的新结识的名人。德莫夫不在客厅,而且谁也想不起他的存在。可是十一点半钟,通向餐厅的门总会准时打开,德莫夫出现,面带善良而温厚的微笑,搓着手说:

"请,先生们,吃点儿夜宵吧。"

众人走进餐厅,每次都发现桌上的东西都一成不变:一盘牡蛎,一块火腿或者小牛犊肉、沙丁鱼、奶酪、鱼子、蘑菇、一瓶伏特加和两瓶葡萄酒。

"我亲爱的总管!"奥莉加·伊万诺芙娜兴奋得两手一拍,说道,"你真有魅力!先生们,请看看他的脑门儿!德莫夫,你侧过身去。先生们,请看:面孔像只孟加拉虎,可神情却善良而又可爱,像只梅花鹿。啊,亲爱的!"

客人一面吃着,一面望着德莫夫,心里想:"的确是个英俊的小伙子。"可是,他们很快就将他忘到脑后,又继续谈论他们的戏剧、音乐和绘画了。

小夫妻俩很幸福,日子过得一帆风顺。不过,他们蜜月里的第三个星期却过得不太舒心,甚至凄惨。德莫夫在医院里染上了丹毒,在床上躺了六天,不得不剃光了自己那一头漂亮的黑发。奥莉加·伊万诺芙娜守在他的身边,伤心得哭哭啼啼,不过,等他病情稍有好转,她就给他剃光的脑袋缠上了雪白的头巾,并且拿他当作贝都因人①做写生了。小两口都很高兴。可是,当他身体复原并重新回到医院上班两三天以后,他又出了岔子。

"我真不走运,孩儿他妈②!"一天吃饭的时候,他说道。"今天我做了四例解剖,我一下把自己的两个指头给拉破了。而且回家以后我才发现。"

奥莉加·伊万诺芙娜吓了一跳。他却一笑置之,说这是小事一桩,说他解剖的时候经常拉破手指。

"我往往一入神,孩儿他妈,手上就不在意了。"

奥莉加·伊万诺芙娜一直胆战心惊,生怕他感染上败血症,每天夜里为他做祷告,不过结果都平安无事。于是重又开始了和和美美的生活,无忧又无虑。眼下的时节妙不可言,而接替它的春天又渐渐临近了。这春天已在远方颔首微笑,许诺着数不清的欢乐和喜悦。幸福生活真无穷无尽!四月、五月、六月里,远离城市的别墅、散步、写生、钓鱼、夜莺啼啭;然后,从七月到深秋,是画家们赴伏尔加河的旅行。这种旅行,作为团体的"常委",奥莉加·伊万诺芙娜也是要参加的。她已经用细亚麻布为自己缝制了两套旅行服,采买了途中用的颜料、画笔、画布和新调色板。里亚波夫斯基几乎天天来她家,看看她的绘画长进如何。当奥莉加·伊万诺芙娜把自己的彩色写生画拿给他看的时候,他就把双手往衣兜里深深地一插,把嘴唇紧紧地一闭,打鼻子

---

① 西亚和北非地区的游牧和半游牧的阿拉伯人。
② 俄国人习惯管自己的妻子叫孩儿他妈,即使还没有孩子。

眼儿里"咻"上一阵，说：

"是这样……您的这片云彩太鲜艳：它的用光不像傍晚的。近景似乎有点儿凌乱，有些地方，知道吗，好像不大对劲儿……您这间小草房好像被什么压得透不过气来，在哭哭啼啼地诉苦呢……这一角应该画暗些才对。总体上还不赖……给个赞。"

他越说得含糊其词，奥莉加·伊万诺芙娜就越容易明白他的意思。

三

圣三一主日[①]的第二天，吃过午饭以后，德莫夫买了些酒菜和糖果，动身去别墅看望妻子。他同妻子已经两个星期没有见面，十分想念。坐在车上以及后来在一大片小树林里寻找自家别墅的时候，他一直觉得又饿又累，一心盼着闲下来跟妻子吃顿晚饭，然后躺下睡他一觉。因此，他看着自己手里提着的那裹着鱼子、奶酪和鲑鱼的纸包，心里不免乐滋滋的。

等他找到自家的别墅并认出它来的时候，太阳已经快下山了。老妈子说，太太不在家，他们大概快回来了。别墅看上去让人觉得很不舒服，矮矮的天棚糊着书写纸，粗糙不平的地板到处是裂缝，里面一共只有三个房间。一个房间里放着一张床，另一间里椅子上和窗台上乱扔着画布、画笔、沾满颜料的废纸、几件男人的长衫和帽子，而在第三间里德莫夫碰见的则是三个素不相识的男人。两个是黑头发，大胡子修得短短的，而第三个是大胖子，面孔刮得光光的，看样子是位演员。桌子上是一只烧得咕嘟咕嘟滚开的茶炊。

"您有什么事儿？"演员带着一副不善交际的神情地打量着德莫夫，操着低音问道。"您找奥莉加·伊万诺芙娜吗？等会儿吧，她马

---

① 圣三一主日（或称三一主日、三位一体主日、圣三节、天主圣三节）是传统基督教节日，旨在纪念颂赞上帝三位一体的奥秘。三一主日的日期以复活节而定，在圣灵降临节之后的第一个星期日。

上就来。"

德莫夫坐下，等了起来。一个黑头发一面睡眼惺忪而没精打采地打量着德莫夫，一面给自己倒了一杯茶以后，问道：

"是不是想来杯茶呀？"

德莫夫又饿又渴。但为了不影响胃口，他回绝了。不一会儿，传来了一阵脚步声和熟悉的笑声；门砰的一声打开了，房间里奔进来的是奥莉加·伊万诺芙娜，头戴一顶宽沿凉帽，手里提着一个画箱，紧跟着走进来的是春风得意、满面红光的里亚波夫斯基，一手拿着把大伞，一手提着把折叠椅。

"德莫夫！"奥莉加·伊万诺芙娜叫了起来，高兴得满脸绯红。"德莫夫！"她又叫了一声，把脑袋和两手靠到他的胸前。"是你呀！为什么你这么长时间不来呢？为什么？为什么？"

"我哪有工夫啊，孩儿他妈？我一直很忙，可等我有空了，又总不凑巧，火车的班次不合适。"

"不过我看到你真高兴！我整宿整宿地梦见你，我真怕你病了。哎呀，但愿你知道，你真可爱，你来得真是时候！你将是我的救星。只有你能救我！明天这儿要办一场非常独特的婚礼，"她一边笑，一边给丈夫打着领带，又接着说道，"新郎是车站上年轻的话务员，姓什么奇克利捷耶夫的。一个英俊的小伙子，嗯，人不笨，长相呢，知道吗，有点儿聪明劲儿，也有点儿傻乎乎的……可以照着他画个瓦兰人。我们所有在别墅里住的人都同情他，而且都答应去参加他的婚礼……他不富裕，单身，胆小，所以，当然，不给他点儿同情的确是种罪过。你想嘛，做过日祷就是婚礼，然后从教堂一路走到新娘家……明白吗，小树青青、鸟声阵阵、草地上阳光斑驳，翠绿色的背景上有我们五颜六色的人群点缀——十分独特，大有法国印象派的韵味儿。可是，德莫夫，我穿什么去教堂哪？"奥莉加·伊万诺芙娜说着，做出一副要哭的模样。"我这里一无所有啊，真正的一无所有！既没衣裳，也没花朵，又没手套……你该救我一救才是。你来了，那说明是上天派你来救我的。你,我亲爱的,拿上钥匙,回一趟家,把衣柜里我那件玫瑰色的连衣裙拿来。你记得的,它挂在最边上……然后,在储藏室右首地上你会看到两只盒子。打开上面的那只,里面全是纱罗、纱罗、纱罗和各种各样的布头,再底下才是花。把花都小心地取出来,可要小心哪,亲爱的,别把它们弄皱了。然后我从中挑几朵……手套再给买一副……"

"好的,"德莫夫说。"我明天走,叫人送来。"

"明天哪有时间哪?"奥莉加·伊万诺芙娜问道,并惊异地看了他一眼,"明天你哪儿来得及呀?明天头班车九点才开,可婚礼是十一点。不行,亲爱的,应该今天,必须今天!如果你明天来不了,就叫人送来。欸,倒是走哇……马上有趟客车就到。别误了,亲爱的。"

"好吧。"

"唉,真舍不得放你走,"奥莉加·伊万诺芙娜说,泪水在眼眶里直打转。"我这傻瓜,何苦答应话务员呢?"

德莫夫咕咚咕咚几口喝完一缸子茶,随手拿了一只面包圈,温厚地微笑着去了车站。而鱼子、奶酪和鲑鱼则下了两个黑发男人和胖演员的肚子。

四

七月里,一个风平浪静、月色融融的的夜晚,奥莉加·伊万诺芙娜站在伏尔加河一条班轮的甲板上,时而望着河水,时而望着美丽的河岸。她身边站着里亚波夫斯基,对她说,水上的黑影不是人影,而是梦,还说,面对这梦幻般闪耀着的迷人的河水,面对这说明我们生活空虚以及有某种崇高、永恒、幸福的东西存在的高不可测的蓝天和那忧郁、沉思的河岸,最好能摆脱周围的现实,死去,成为回忆。过去平庸而又无聊,未来毫无价值,而这美妙的、平生仅有的一个夜晚却很快就要结束,与永恒融为一体——活着倒是为的什么呀?

奥莉加·伊万诺芙娜时而倾听着里亚波夫斯基的心曲，时而聆听着夜晚的宁静，心想她会万古长存，永生不灭。她以前从未见过的绿宝石般的河水、天空、河岸、黑影和充满她心田的情不自禁的欢乐，都在对她说，她会成为一位大画家；还说，在那远处的某个地方，月色融融的夜晚过后，在无限的空间里，等待着她的是成功、荣誉和百姓的爱戴……她两眼一眨不眨地、久久地凝视着远方，此刻仿佛看到蜂拥的人群、明亮的火光，仿佛听到雄壮的乐曲、热烈的欢呼，仿佛看到身穿白色长裙的她本人和从四面八方抛向她的鲜花。她还想到，她的身边，胳臂肘支着船舷，站着一位真正的大人物、天才、上帝的宠儿……他迄今为止的所有创作都堪称出色、新颖和超群拔俗。一旦他那罕见的才华臻于成熟，他未来的创作将令人惊叹，高不可测。这一点，从他的神情、表达方式和对大自然的态度上可以看得出来。说起阴影、夜色、月光，他都有些与众不同，用的都是自己的语言，让人不禁感受到他那驾御大自然的魅力。他的相貌非常英俊、独特，他的生活也自主、自由、超凡脱俗，就像一只鸟儿的生活。

"渐渐凉起来了。"奥莉加·伊万诺芙娜说着，不由得打了个寒战。

里亚波夫斯基将她裹进自己的斗篷，令人伤感地说：

"我觉得自己被捏在您的手里。我是奴仆。您今天为什么这样迷人呢？"

他始终目不转睛地盯着她，而且他的眼神很吓人，因此她都不敢抬头看他一眼。

"我发疯似的爱着您……"他凑近她耳朵说，热气喷到她的脸上。"您只要说一个不字，我就不活了，我就抛却艺术……"他十分激动地嘟囔道。"爱我吧，爱吧……"

"别这么说，"奥莉加·伊万诺芙娜闭上眼睛，说道，"这太可怕了。那德莫夫呢？"

"什么德莫夫？为什么德莫夫？我管德莫夫干什么？有伏尔加、月亮、美景、我的爱情、我的欢乐，可就是没什么德莫夫……啊，我什么都不管……我不需要过去,您就给我一个瞬间吧……一刹那。"

奥莉加·伊万诺芙娜心里怦怦乱跳起来。她本想顾及丈夫,可是她那全部的过去,连同婚姻,连同德莫夫,连同那些晚会,又让她觉得全都是些区区小事,微不足道,平淡无奇,累赘多余,已成遥远遥远的过去……的确,德莫夫算什么?何必德莫夫?她跟德莫夫有何相干?再说,这世间有没有他呢,或者他不就仅仅是场梦吗?

"对于他这么个普通而又平凡的人,他已经得到的那些幸福也就足够了,"她双手捂住脸,想道,"随人日后怎么谴责、唾骂去吧,我偏要跟大伙儿对着干一把再死去,干一把再死去……应当体验体验生活中的一切。天哪,多么可怕又是多么美妙啊!"

"欸,怎么样?怎么样?"画家搂着她,贪婪地吻着她那双半推半就的手,嘟囔道,"你是爱我的吧?是吧?是吧?啊,多好的夜晚哪!美妙的夜晚!"

"是啊,多好的夜晚哪!"她望着他那泪花闪闪的眼睛,低声应了一句,接着很快地回头看了一眼,抱住他,使劲儿地吻了吻他的嘴唇。

"快到基涅什玛喽!"甲板的另一边有个人说。

传来一阵沉重的脚步声。这是小吃部的一个人从旁边走过。

"喂,"奥莉加·伊万诺芙娜幸福得连笑带哭地对他说,"给我们来点儿葡萄酒吧。"

画家激动得脸色发白,坐到长椅上,用爱慕的、感激的眼神看了看奥莉加·伊万诺芙娜,然后闭上眼睛,懒洋洋地说道:"我累了。"说着,把脑袋靠在了船舷上。

五

九月二日,天气和暖而又平静,可是天色阴沉沉的。清晨,伏尔加河上薄雾缭绕。九点以后,稀稀拉拉地掉起了雨点。没有任何转晴的希望。喝茶的时候,里亚波夫斯基对奥莉加·伊万诺芙娜说,绘画是一门最难见成效而又最枯燥乏味的艺术,还说,他算不上画家,只有一些傻瓜才以为他有才华。说着说着,突然间,无缘无故,他抄起刀子,欻的一下划掉了他一幅最好的画稿。喝完茶,他闷闷不乐地坐在窗前,望着伏尔加河。而伏尔加河看上去已经黯然失色,平淡无奇,乌乌涂涂,萧瑟凄凉。一切的一切都在提示人们,让人伤感的、令人压抑的秋天临近了。让人仿佛觉得,两岸上那一块块艳丽的绿毯、河水中那一串串闪光的钻石、远方那碧蓝的轻纱和所有精美豪华的物品,现在一概都被大自然从伏尔加河上收走,放进箱笼,留待来年春天再用了。一群群乌鸦也在伏尔加的身边飞来飞去,撩逗着它:"光腚啦!光腚啦!"里亚波夫斯基听着乌鸦的聒噪,暗自寻思,他已经才智枯竭了,还想到,这世上的一切都是相对的,是比较而言的,也是愚蠢的,还想到,他本不该让自己跟这个女人搞到一起……总之,他心绪纷乱,怏怏不乐。

奥莉加·伊万诺芙娜坐在隔板后面的床铺上,用手指梳理着她那亚麻色的秀发,想象着自己忽而是在客厅里,忽而是在卧房里,忽而是在丈夫的书房中;想象将她带往剧院,带往女裁缝家和一个个有名的朋友家。现在他们在干些什么呢?他们会在想念她吗?季节已经到了,也该考虑一下晚会了。而德莫夫呢?亲爱的德莫夫啊!他在信里多么温情而稚气地苦苦哀求她早早回家呀!每个月他都给她寄七十五卢布,而当她写信说借了画家一百卢布时,他二话没说又寄来了这一百。多么善良大度的人哪!旅行已让奥莉加·伊万诺芙娜感到厌倦,她觉得苦闷,她想尽快离开这些庄稼汉,离开河上的潮气味儿,摆脱浑身上下不干不净的感觉,这种感觉在寄居农家木屋、从这村到那村的迁移过程中一直伴随着她。要不是里亚波夫斯基向画家们保证他同他们在这里就住到九月二十日,那可能今天就走人。要能这样该有多好哇!

"我的天哪,"里亚波夫斯基一声哀叹,"到底什么时候天晴哪?晴天的风景我总不能阴天接着画吧!"

"可你有幅多云天画的草稿呀，"奥莉加·伊万诺芙娜从隔板后面走出来，说，"记得吗，右边是树林，左边是牛群和鹅。现在你可以把它画完嘛。"

"欸！"画家眉头一皱。"画完！您真的以为我自己笨得都不知道该干什么啦？"

"你可真变得像我了！"奥莉加·伊万诺芙娜叹道。

"那可好极了。"

奥莉加·伊万诺芙娜气得两颊直哆嗦，她向小炉子走去，哭了起来。

"对，就差点儿眼泪了。您打住吧！我有千万条理由哭鼻子，可我就是不哭。"

"千万条理由！"奥莉加·伊万诺芙娜抽噎了一下，"最主要的一条就是您已经觉得我是累赘了。没错！"她说完又号啕大哭起来。"要是照实说，那就是您因为我们发生关系感到羞耻了。您一直竭力做得不让那些画家发觉，其实这是瞒不住的，他们早就知道了。"

"奥莉加，我就求您一件事，"画家说，把一只手按在胸口上，"就一件：别折磨我！别的我什么也不需要您的！"

"不过您得起誓，您对我仍然是爱的！"

"这过分了！"画家从牙缝里挤出来似的说了一句，就腾地跳了起来。"大不了最后我跳进伏尔加，要不疯掉！别缠着我！"

"那好，来宰了我吧，宰吧！"奥莉加·伊万诺芙娜大声喊道。"宰吧！"

她又号啕大哭起来，接着走回隔间去了。茅屋的草顶上传来沙沙的雨点声。里亚波夫斯基两手抱住脑袋，在屋里来回走了一阵，然后带着一脸决断的神色，像是要对谁说清楚什么似的，戴上制帽，把猎枪往肩上一挎，出了小茅屋。

他走了以后，奥莉加·伊万诺芙娜躺在床上哭了很久。起先她心想，最好服毒自杀，让里亚波夫斯基回来时发现她已经死了，后来她的思绪回到了客厅、丈夫的书房。她想象着她一动不动地坐在德莫夫的身边，体验着肉体上的安宁和洁净，想象着晚上坐在剧场里，听着马西尼[①]的演唱。于是对文明、对城市喧闹和对名人的眷念勾起了她的愁闷。屋里进来一个农妇，不慌不忙地动手生炉子做饭。散发出一股焦糊味儿，屋子里变得烟雾腾腾。陆续来过几个画家，都穿着沾满泥水的高筒靴，脸上被雨水浇得精湿，仔细看过几幅草稿以后，都自我安慰说，伏尔加即便在恶劣的天气里也有自己的美妙之处。墙上那只廉价的挂钟不紧不慢地响着：嘀嗒、嘀嗒、嘀嗒……冻僵的苍蝇聚集在正面一个屋角里那几尊圣像的附近，嗡嗡地乱飞，还可以听见长凳下面的那些硬纸夹里有蟑螂在索索地来回折腾……

里亚波夫斯基返回茅屋已是太阳下山时分。他面无血色、筋疲力尽，进门就摘下帽子往桌上一扔，穿着脏靴子就往长凳上扑通一坐，闭上了眼睛。

"我累了……"说着，他动了动眉头，力图抬起眼皮。

奥莉加·伊万诺芙娜为了讨得他的欢心，表示自己已不再生气，走到他身边，一声不响地吻了吻他，又用一把小梳子拢他那浅色的头发。她想为他梳一梳头。

"怎么回事儿？"像是什么冰凉的东西碰到了他，他哆嗦了一下，问道，接着睁开了眼睛。"怎么回事儿？让我清静一会儿，求您了。"

他双手将她一推，走开了。她觉得，他的脸上带着憎恶和懊丧的神情。这时，一个农妇小心翼翼地给他端来一盘菜汤。奥莉加·伊万诺芙娜看见，她的两只大拇指泡在了菜汤里。那收腰勒肚的脏兮兮的农妇，里亚波夫斯基狼吞虎咽地吃起来的那盘菜汤，这农舍，还有她起先因其简朴和充满艺术杂乱而如此热爱的这生活，现在让她觉得非常可怕。她突然感到自己遭受了侮辱，于是冷冰冰地说道：

"我们需要分开一段时间，要不然因为闲得无聊我们会大吵一场的。我对这已经感到厌倦了。今天我就走。"

---

① 意大利男高音歌唱家（1844—1926）。

"怎么走？骑木棍走吗？"

"今天星期四，就是说九点半有班轮船过来。"

"啊？对，对……那好，走吧……"里亚波夫斯基一面用毛巾代替餐巾擦着嘴唇，一面温和地说道。"你在这儿闷得慌，又没事可做，所以谁要留你，他必须是一大利己主义者。走吧，二十号以后再见。"

收拾行装的时候，奥莉加·伊万诺芙娜心里高兴不迭，就连两个脸颊也高兴得泛起了红晕。"很快就能在客厅里作画，在卧室里睡觉，在铺着台布的餐桌上吃饭了，难道这是真的吗？"她暗自问道。她的心里已经平静下来，已经不再生画家的气了。

"颜料和画笔我都留给你，里亚布沙，"她说。"留下的东西，你要带回去……可要注意，我不在这里的时候，可别懒惰，别消沉，好好干活。你在我心里是好样的，里亚布沙。"

九点钟，里亚波夫斯基分手时吻了吻她，正如她所想的，是为了避免在轮船上当着那些画家接吻，随后把她送到码头。很快就来了条船，将她带走了。

她回到家里已是两天半以后。她凉帽没摘，风雨衣没脱，激动得气喘吁吁，直接进了客厅，从客厅来到餐室。德莫夫没穿外衣，套着敞怀的坎肩儿，坐在桌旁，正用叉子磨着刀子；面前的盘子里放着一只榛鸡。就在奥莉加·伊万诺芙娜踏进家门的那一刻，她还坚定不移，必须把一切都瞒过丈夫，干点儿事她有足够的本领和能耐；可是现在，当她看到那开朗、温和而幸福的微笑和那双闪闪发光、充满喜悦的眼睛时，她感到，对这个人隐瞒真相，就像诽谤、偷窃和凶杀一样的卑鄙、可恶，她一样的不可能，做不到。于是她瞬间做出决定，要把所发生的事情一五一十地告诉他。让他亲吻和拥抱自己以后，她在他面前扑通跪下，捂住了脸。

"怎么啦？怎么啦，孩儿他妈？"他温柔地问道。"想坏了吧？"

她仰起臊得通红的脸蛋，愧悔而央求地看了看他，可是恐惧和羞耻没让她说实话。

"不要紧……"她说。"我没事儿……"

"咱坐下,"他一面说,一面将她扶起来,让她坐到桌旁。"就这样……快吃榛鸡。你准饿坏了,可怜见的。"

她贪婪地呼吸着家里的新鲜空气,吃着榛鸡,而他则柔情地望着她,高兴得咧着嘴笑个不停。

六

看样子,从冬天的中段起,德莫夫心里犯起了嘀咕,他上当受骗了。他好像做了亏心事似的,再不敢正视妻子的眼睛,跟她见面时脸上也没了快活的笑容。为了少一些跟她单独相处的机会,他常常把自己的同事柯罗斯捷廖夫带到家里来吃饭。此人身材矮小,留着短发,满脸倦容。他跟奥莉加·伊万诺芙娜说话的时候,总是十分拘谨,一会儿把上衣的钮扣一一解开,一会儿又重新系上,然后就用右手揪起左边的小胡子来。吃饭的时候,两个大夫就说,横膈膜位置偏高的患者往往伴有心律不齐,要么说,多发性神经炎最近一段时间十分常见,或者是,昨天德莫夫解剖一具诊断为"恶性贫血"的死者尸体后,发现了胰腺癌瘤。他俩张口闭口都是医学,好像就是为了给奥莉加·伊万诺芙娜一个闭嘴的时间,也就是不给她撒谎的机会似的。吃过饭之后,柯罗斯捷廖夫就往钢琴旁边一坐,而德莫夫则长叹一声,对他说:

"哎呀,老弟!弹的什么呀!来段儿什么忧伤的吧。"

柯罗斯捷廖夫把两肩一抬,十指一分,先弹出几个和弦,接着用高音唱起了"你给我指个这样的人家,那里的俄国农民不呻吟[①],"而德莫夫又一声长叹,用一只拳头支着脑袋,沉思起来。

最近一段时间,奥莉加·伊万诺芙娜言谈举止非常不检点。每天早晨醒来时,情绪极差,心里总想着:她对里亚波夫斯基已经不爱了,

---

① 引自涅克拉索夫的诗《大门前的沉思》。

谢天谢地,一切已经结束。但是,喝完咖啡以后,她又想,里亚波夫斯基使她失掉了丈夫,现在她既失去了丈夫,又失去了里亚波夫斯基;然后她想起一些熟人的议论,说里亚波夫斯基正在为画展准备一幅惊世之作,风景画和风俗画的混合体,波列诺夫[①]的风格。因此,凡是到过他画室的人,无不欣喜若狂;可这,她心想,这是在她影响下创作出来的,而且总的来说,由于她的影响,他才大有起色。她的影响是那么的良好,那么的重要,一旦她丢下他不管,那他看来就会完蛋。她还想起,他上一次来找她的时候,穿着一件带小花点的灰礼服,系着新领带,美滋滋地问:"我漂亮吗?"事实上,他,风度翩翩,加上他长长的卷发和浅蓝色的眼睛,那天非常漂亮(或者,也许让人觉得是这样),而且对她很温柔。

回想了许多并掂量了一番之后,奥莉加·伊万诺芙娜穿上衣服,忐忑不安地坐上车去画室找里亚波夫斯基了。她来到画室,正赶上里亚波夫斯基喜形于色,叹赏着自己那幅确实壮丽的画作;他蹦蹦跳跳,疯疯颠颠,你问正经事,他却跟你打哈哈。奥莉加·伊万诺芙娜嫉妒里亚波夫斯基陶醉于画作,心里痛恨这幅画作,不过出于礼貌,她在画作之前默默地站了四五分钟,然后长叹一声,就像人们面对圣物叹息一样,低声说道:

"是的,你还从来没画过类似的东西。知道吗,甚至很可怕。"

然后,她开始央求,要里亚波夫斯基爱她,别抛弃她,要里亚波夫斯基可怜可怜她这不幸的女人。她一面哭泣,一面吻着他的手,要求他发誓忠于爱情,让他相信没有她的良好影响他必定走上歧路并且完蛋。就这样,等她扫尽了他的雅兴,又觉得自己饱受了屈辱,便坐车去找女裁缝或者去找个熟悉的女演员要戏票了。

要是她在画室碰不着里亚波夫斯基,就给他留封信,信上赌咒发誓,说如果里亚波夫斯基今天不来看她,她一定服毒自杀。里亚波夫

---

① 俄国风景画家(1844—1927)。

斯基害怕出事，便前来找她，并留下吃饭。尽管她丈夫在场，里亚波夫斯基对她说话也毫不顾忌，她回敬对方也同样口无遮拦。两人都感觉到双方在互相牵制，都意识到互为对头冤家，于是发怒生气，气头上都不觉得自己有失体面，没有察觉连留短发的柯罗斯捷廖夫心里也全都明白。吃过饭，里亚波夫斯基就匆匆告辞了。

"您去哪儿？"奥莉加·伊万诺芙娜在前厅里以憎恶的目光望着他问道。

他皱着眉头，眯着眼睛，报了一个女士的名字，两人都认识的女士。看得出来，他这是在嘲弄她的醋意，故意要她难堪。她回到自己的卧房，一头扑倒在床上；因为吃醋、懊恼、屈辱和羞愧，她咬着枕头，号啕大哭起来。德莫夫把柯罗斯捷廖夫丢在客厅里，走进卧房，他左右为难，六神无主，小声地说：

"别哭得声音这么大，孩儿他妈⋯⋯何必呢？这种事情不能张扬⋯⋯要不露声色⋯⋯你知道，事情发生了，也就没法挽回了。"

她不知道如何才能克制住甚至闹得她太阳穴都隐隐作痛的醋意，可一转念，觉得事态还有挽回的可能，于是她常常把脸一洗，把满是泪痕的脸颊用粉一扑，就往认识的女士家飞奔而去。在第一家没碰到里亚波夫斯基，就跑第二家，接着第三家⋯⋯起先，她还为这般风风火火地四处找人而感到害臊，可是慢慢地也就习以为常了。往往一个晚上跑遍所有认识的女人家，想找到里亚波夫斯基，大家也都心知肚明。

有一天，她对里亚波夫斯基说起她丈夫：

"这家伙竟用自己的宽宏大量来整治我！"

这句话让她十分得意，所以每每遇见知道她跟里亚波夫斯基暧昧关系的画家，她都要一面做出一个刚毅的手势，一面说她丈夫：

"这家伙竟用自己的宽宏大量来整治我！"

生活方式依然跟去年一样。每个星期三都有晚会。演员朗诵，画家作画，大提琴手拉琴，歌手唱歌，而且德莫夫总是十一点半打开通

往餐室的门,接着满脸笑吟吟地说:

"请,各位先生,用点儿夜宵吧。"

跟往常一样,奥莉加·伊万诺芙娜不停地寻找着名人大腕,找到以后又不满足,接着再找。跟往常一样,她每天回家都是深更半夜,可是德莫夫却不像往常那样先睡,而是在书房干着什么活。他三点躺下,八点起床。

一天晚上,奥莉加·伊万诺芙娜正打算出门看戏,站在穿衣镜前,这时走进来穿着燕尾服、系着白领带的德莫夫。他温存地微笑着,像过去那样美滋滋地直视着妻子的眼睛,喜气洋洋,满面春风。

"我刚进行了论文答辩。"他一面坐下,揉着膝盖,一面说。

"通过了吗?"奥莉加·伊万诺芙娜问。

"呦嘀!"他笑了起来,伸长脖子,想看清妻子的脸庞,因为她依然背冲他站着。"呦嘀!"他又重复了一遍,"知道吗,很可能会给我提供一个病理学编外副教授的职位呢。有这可能。"

从他那春风得意、喜气洋洋的脸上可以看出,假如奥莉加·伊万诺芙娜能够分享他成功的喜悦,那么他就会原谅她所做的一切,包括现在的和将来的,把一切都忘掉,可是她不明白编外副教授职位和普通病理学意味着什么,况且她心里害怕看戏迟到,所以一句话也没说。

他坐了两分钟,愧疚地笑了笑,走了出去。

七

这是最令人不安的一天。

德莫夫头疼得厉害。他早上没有喝茶,也没上医院,一直躺在自己书房里的那张土耳其式长沙发上。奥莉加·伊万诺芙娜照常十二点多钟就去找里亚波夫斯基,给他看一看自己画的 nature morte[①] 草图,

---

[①] 法文:写生。

并且问问他为什么昨天没来找她。草图对她来说是无足轻重的,她画它只不过是为了有个去找画家的由头。

她进画室没按门铃,在前厅脱套鞋时,好像听到画室里有什么东西轻轻地跑过,带着女人长裙的窸窣声,她连忙朝画室里张了一眼,只见一小块咖啡色的裙子一闪而过,消失在一大幅油画的后面。这幅画连同画架蒙着黑细布,一直拖到地板上。毫无疑问,这是一个女人在躲避。奥莉加·伊万诺芙娜当初在这幅画后面找到藏身之处的次数就太多了!里亚波夫斯基显然非常局促不安,像是对她的突然到来感到吃惊似的,向她伸出两只胳膊,强装着笑脸,说:

"啊-啊-啊!见到您很高兴。有什么好消息吗?"

奥莉加·伊万诺芙娜的眼眶里充满了泪水。她感到羞愧而又伤心,给她一百万,她也不肯当着那个不相干的女人、情敌、骗子说话的,这女人现在就站在画架的后面,也许正在幸灾乐祸地窃窃偷笑呢。

"我给您带来一幅草图……"她怯生生地说,细声细气,连她的双唇也颤抖起来,"nature morte。"

"啊-啊-啊……草图吗?"

奥莉加·伊万诺芙娜顺从地跟在他身后。

画家接过草图,一面仔细看着,一面好像下意识地走向另一个房间。

"Nature morte……佩尔维索尔特①,"他嘴里嘟囔着,选配着韵脚,"库罗尔特……乔尔特……波尔特……"

从画室里传来一阵急匆匆的脚步声和女长裙的窸窣声。就是说,她走了。奥莉加·伊万诺芙娜恨不得大吼一声,抄起一件有分量的东西,照着画家的脑袋砸过去,接着转身一走了之,可是泪水蒙住了她的眼睛,什么也看不见,羞愧难当,觉得自己再不是什么有头有脸的

---

① "佩尔维索尔特"意为"一流的",与前面的nature morte(纳图尔摩尔特)韵脚相同,而后面所配韵脚相同的几个词——"库罗尔特(疗养地)"、"乔尔特(恶鬼)"、"波尔特(港口)"——并无实际意义。

奥莉加·伊万诺芙娜，也不是什么女画家，而是一个微不足道的无名之辈了。

"我累了……"画家懒洋洋地说道，一面望着草图，一面摇晃着脑袋，为的是克制着不打瞌睡。"这草图画得倒挺可爱，当然，不过今天是草图，去年是草图，一个月以后还是草图……您怎么就画不腻呢？要是我，我就放弃绘画，认认真真地搞点儿音乐或者别的什么了。要知道，您可不是画家的坯子，而是音乐家的材料。可是，知道吗，我真太累了！我现在让上点茶吧……啊？"

他从房间里走了出去，奥莉加·伊万诺芙娜只听见他在向自己的仆人吩咐什么。为了不用告辞，不用解释，而主要的是为了不哭出来，她不等里亚波夫斯基返回，就急忙跑向前厅，穿上套鞋，来到街上。这时，她轻松地叹了口气，感到永远地摆脱了里亚波夫斯基、绘画和在画室里十分压抑、沉重的羞愧感。一切都到此为止了！

她坐车去找女裁缝，然后去拜访昨天刚到的巴尔奈[①]，从巴尔奈那里出来，去了乐谱店。她一直在琢磨，如何给里亚波夫斯基写封冷酷无情、充满自尊的信，以及春天或夏天如何带德莫夫去克里木，从此与过去一刀两断，开始新的生活。

回到家里，已经很晚了。她连衣服也没换，就坐到客厅里，写起信来。里亚波夫斯基说她不是画家坯子，于是她为了报复，现在要给他写，他每年画的都是老一套，每天说的都是老一套，他僵化了，他再也画不出任何新鲜东西，除了已经画出的那一点玩意儿之外。她还想写，他在许多方面应归功于她的良好影响，如果说他如今变得行为不端，那仅仅是因为她的影响正被形形色色的轻薄女人 ——像今天躲在画架后面的那一位 ——削弱了。

"孩儿他妈！"德莫夫从书房里叫了一声，没有开门。"孩儿他妈！"

"你什么事？"

[①] 德国名演员，戏剧活动家（1842—1924）。

"孩儿他妈,你别进来,在门口听着就行。是这样……前天我在医院里染上了白喉,现在……我很难受。你快去叫柯罗斯捷廖夫。"

奥莉加·伊万诺芙娜管丈夫,就跟管所有熟悉的男人一样,从来不叫名字,而叫姓氏。丈夫的名字奥西普不中她的意,因为它会让人想起果戈里笔下的奥西普[①]和一个双关绕口令:"奥西普——奥赫里普,阿尔西普——奥西普[②]。"可现在她却叫起了他的名字来:

"奥西普,这不可能!"

"快去!我不好受……"德莫夫隔着门说,听得见他又回到长沙发旁边,躺下了。"快去呀!"传来他那低沉的声音。

"这是怎么回事呀?"奥莉加·伊万诺芙娜心想,吓得手脚发凉,"这病很危险的!"

她毫无必要地拿起一支蜡烛,走向自己的卧房。就在她琢磨着该怎么办的时候,无意中朝穿衣镜瞧了自己一眼。脸色苍白的面孔、慌张的神色、上衣高耸的袖肩、胸部黄色的绉边、裙子上方向怪异的条纹,让她觉得自己既可怕又可恶。她突然间心疼起了德莫夫,可惜起了德莫夫对她无限的爱、他年轻的生命、甚至于这张他好久没有睡过的清冷的床,她想起了他常挂在嘴边的、温和的、柔顺的微笑。她失声痛哭起来,并给柯罗斯捷廖夫写了封央求信。时间是夜里两点钟。

八

早上七点多钟,奥莉加·伊万诺芙娜因失眠而脑袋昏昏沉沉,头没梳,粉没施,神情愧疚地走出卧房。从她身边往前厅走过去一位留着黑胡子的先生,看样子是个大夫。有股药味。离书房门不远的地方,

---

① 果戈里的《钦差大臣》中的仆人。
② 此为俄语的谐音双关绕口令。人名"奥西普"与动词"哑"的过去时态同音同形。"奥赫里普"则是另一动词"哑"的过去时态。此双关绕口令的意思是:"奥西普——嗓子哑了,阿尔西普——嗓子也哑了。"

站着柯罗斯捷廖夫,右手捻着左边的小胡子。

"进去看他,对不起,我不能放您,"他绷着脸对奥莉加·伊万诺芙娜说。"会传染的。说实话,您也没必要。他横竖昏迷着。"

"他得的真是白喉吗?"奥莉加·伊万诺芙娜小声问。

"那些不要命的家伙,真的该送上法庭。"柯罗斯捷廖夫嘴里嘟嘟囔囔,没回答奥莉加·伊万诺芙娜的问题。"知道他因为什么染上的吗?星期二他用根小管子给一个小孩儿吸过白喉假膜。这是干什么?愚蠢……真的,糊涂……"

"危险吗?很危险吗?"奥莉加·伊万诺芙娜问。

"是的,说病情很严重。应该派人把施列克请来才是,说实话。"

先来过一位小个子,棕红色的头发,长鼻子,带犹太人口音,接着来过一位高个子,驼背,蓬头散发,像个大辅祭;后来是个年轻的,胖嘟嘟的,一张红扑扑的脸,戴副眼镜。这是医生前来值班守护自己的同事的。

柯罗斯捷廖夫值完自己的班,没有回家,留下了,像个幽灵在各个房间里转悠。女仆给值班的医生端茶送水,经常跑药房,没人收拾房间。鸦雀无声,冷清而又凄凉。

奥莉加·伊万诺芙娜坐在自己的卧房里,寻思着,这是上帝在惩罚她对丈夫的不忠。一个少言寡语、任劳任怨、不可理解的生命,温顺得没有个性,懦弱得没有主见,过分善良得软弱无能,在自己书房里的长沙发上默默地忍受着痛苦,一声不吭。假如他能抱怨几句,哪怕说几句胡话,那么值班大夫也就能知道,这里要怪的不光是白喉了。他们就会问问柯罗斯捷廖夫,因为他知道事情的来龙去脉,难怪他看自己朋友的妻子时用的是那样一种目光,似乎她才是真正的祸首,而白喉只不过是她的帮凶罢了。她已经不记得那伏尔加河上的月夜,不记得那炽烈爱情的倾诉,不记得那农舍里富有诗意的生活,只记得她因为无谓的任性胡闹而从头到脚、全身沾满了某种又脏又黏的东西,永远也别想洗清了……

"唉，我这谎可真撒大了！"她寻思，想起了她跟里亚波夫斯基的那段麻烦不断的婚外情。"这一切真该死！……"

四点钟，她同柯罗斯捷廖夫一道吃饭。柯罗斯捷廖夫一口饭没吃，只喝了点儿红葡萄酒，一直愁眉不展。她也什么都没吃。她一会儿默默祈祷，向上帝发誓，如果德莫夫病好了，她一定再爱他一次，做他忠实的妻子。一会儿稍稍走神，两眼望着柯罗斯捷廖夫，心里就想："做个普普通通、平平常常、默默无闻的人，而且面带倦容、举止粗野，难道不觉得没意思吗？"一会儿她又觉得，似乎上帝立刻就会因为她害怕传染而一次也没进过丈夫的书房要处死她。总之，是种莫名其妙的沮丧感，并且相信，生活已经毁掉，再也无法挽回了……

吃过饭，天就黑了下来。当奥莉加·伊万诺芙娜来到客厅时，柯罗斯捷廖夫枕着一个金丝线绣的绸垫子，已经在沙发床上睡着了。"唏——嘘——"，他打着呼噜，"唏——嘘——。"

值班的大夫来了又走，谁也没在意这混乱的局面。一个外人在客厅里呼呼大睡，四面墙上的画稿，别出心裁的摆设，还有女主人的不修边幅，这一切现在已经引不起人们的任何注意。有个大夫不知因何突然笑了起来。这笑声显得有些怪异而又胆怯，甚至听了瘆得慌。

当奥莉加·伊万诺芙娜再次来到客厅时，柯罗斯捷廖夫已经醒了，坐在那里抽烟。

"他得的是鼻腔白喉，"他小声说，"心脏功能也不行了。说实话，情况很糟糕。"

"那您派人去请施列克呀，"奥莉加·伊万诺芙娜说。

"来过啦。就是他发现白喉已经转移到鼻腔了。唉，施列克又能怎样？说实话，施列克也等于零。他姓施列克，我姓柯罗斯捷廖夫——如此而已。"

时间拉得非常长。奥莉加·伊万诺芙娜和衣躺在从早上就没收拾的床铺上，打着盹儿。她仿佛觉得整个宅子，从地板到天棚，都被一个大铁块占满了，只有将这块铁搬出去，大家才会感到松快。等她醒来，她才想起，这不是铁块，而是德莫夫的病。

"Nature morte，波尔特①，"她想道，又进入了迷糊状态。"斯波尔特……库罗尔特……那施列克怎样？施列克、格列克、弗列克……可列克。我的那些朋友现在都在哪儿呢？他们知道我们这里出事了吗？主啊，救救我们吧……但愿不要这样。施列克、格列克……"

接着又是那铁块……时间拉得很长，可楼下的时钟敲得却很频繁。而且还不时听到门铃响：是大夫们不断地来来往往……女仆用托盘端着一只空杯子走进来，问：

"太太，床用给铺一下吗？"

没有听到回答，她退了出去。楼下的时钟又打了一次点，她梦见了伏尔加河上的雨，觉得又有人走了卧房，好像不是家里人。奥莉加·伊万诺芙娜腾地跳了起来，认出是柯罗斯捷廖夫。

"几点啦？"她问。

"三点左右。"

"怎么样？"

"还能怎样！我来告诉您一声：快不行了……"

他抽噎着哭了，挨着她坐到床边，用衣袖擦着泪水。她一下子没完全明白过来，可是心里早凉了半截，抬手慢慢画起了十字。

"快不行了……"他低声重复了一遍，又抽噎起来。"快死了，因为他已经牺牲了自己……对于科学是多大的损失呀！"他痛心地说道。"这，要是拿我们大伙儿跟他比，可是位伟大的、不平凡的人哪！多有才华啊！他给了我们大家多大的希望哪！"柯罗斯捷廖夫绞着双手，继续说道。"我的天哪，这本来是位打着灯笼都难找的学者啊！奥西

---

① 法语的"静物"音为"摩尔特"。"波尔特"为俄语的音译，意为"港口"，此处是主人公在迷糊状态下随口说出的与"摩尔特"相合撤押韵的单词，其词汇意义此处不起作用。后面的"斯波尔特"、"库罗尔特"、"格列克"、"弗列克"等亦然。"斯波尔特（运动）"、"库罗尔特（疗养地）"、"格列克（希腊人）"尚有词汇意义，而后面的"弗列克"、"可列克"却不是俄语单词。

卡·德莫夫，奥西卡·德莫夫啊，你干的这是什么事呀！哎呀呀，我的天哪！"

柯罗斯捷廖夫绝望中双手掩面，摇了摇脑袋。

"又是多大的道德力量哪！"他接着说道，心里越来越怨恨某个人了。"一颗善良、纯洁、仁爱的心灵——不止是人，是水晶！为科学效力，因科学而死。像牛一样地干活，白天黑夜，谁也不爱惜他；一位年轻的学者，未来的教授，还要给自己找私活干，成夜成夜地搞翻译，为的就是买这些……狗屁不值的破布烂棉花呀！"

柯罗斯捷廖夫带着满腔的仇恨看了一眼奥莉加·伊万诺芙娜，双手抓起床单，气呼呼地"嚓"的一声将它撕裂了，仿佛床单也有罪似的。

"他对自己不爱惜，别人对他也不爱惜。唉，这叫什么事呀，说实话！"

"没错，是个少有的人！"有人操着男低音在客厅里说。

奥莉加·伊万诺芙娜回想起自己同他一起度过的全部生活，从头到尾，详详细细，于是突然明白过来，这确实是个非凡的、少有的人，跟她所认识的人相比，可算得上是伟大的人了。

她又回想起她死去的父亲和医生同行们对他的态度，她这才明白，他们大伙儿都认定他是未来的名人。此刻，四周的墙壁、头上的天棚、眼前的灯盏、脚下的地毯，都在挤眉弄眼地嘲笑她，好像在说："错过了！错过了！"她哭着奔出卧房，在客厅里从一个不认识的人身旁匆匆地跑过，进了丈夫的书房。丈夫一动不动地躺在土耳其式长沙发上，下半身盖着毯子。他的脸瘦得厉害，带着活人绝不会有的那种灰黄的颜色；只有凭那脑门、黑色的眉毛、还有那熟悉的笑容才能认出，这是德莫夫。奥莉加·伊万诺芙娜迅速地摸了摸他的胸口、脑门和双手。胸口还温乎乎的，可是脑门和双手已经冰凉冰凉了。那半睁半闭的眼睛看着的不是奥莉加·伊万诺芙娜，而是那毯子。

"德莫夫！"她大声喊叫着。"德莫夫啊！"

她想对他解释，那是一个错误，并非一切都已失去，生活还能美满和幸福；她还想对他说明，他是个少有的、非凡的、伟大的人，她将一辈子崇敬他，五体投地，诚惶诚恐……

"德莫夫！"她一面呼唤着他，一面抓着一只肩膀摇晃着他，不相信他已经永远也不会醒来了，"德莫夫！德莫夫啊！"

在客厅里，柯罗斯捷廖夫对女仆说：

"这还有什么好问的？您去教堂的更房打听打听，养老院的老婆婆们住哪儿。她们会给净身装殓——该做的都会做好的。"

1891 年

六号病房

一

医院的后院里有一排不大的平房，四面密密麻麻地长满了牛蒡、荨麻和野大麻。平房的铁皮屋顶上了锈，烟囱塌了半截儿，门廊的台阶已经朽烂，长满了杂草，而墙面上抹的泥灰只剩下了斑斑残迹。平房正面冲着医院主楼，后身对着农田。它和农田之间隔着一道带脊刺的灰色院墙。这些尖头朝上的脊刺、围墙和平房本身，都有我们这里的医院和监狱的建筑物才有的那种特别凄凉、极其可恶的样子。

如果您不怕碰着荨麻的灼痛，那我们就沿着通往平房的小道走过去，看看里面在做些什么。推开头一道门，我们就进了穿堂。这里，墙跟前和小火炉旁边，乱扔着医院用的大堆大堆的破东烂西。床垫儿啦，破旧的大褂、长裤、带蓝条子的衬衫啦，毫无用处的、趿拉坏了的布鞋啦——所有这些破烂都乱堆一气，混杂一起，揉压得不成模样，正在霉烂并散发着令人窒息的气味。

破烂堆上，躺着个嘴里成天叼着烟斗的看门人尼基塔，一个领章早已褪成棕黄色的老复员兵。他生就一张粗糙、枯瘦的面孔，两道为面孔增添了一副草原牧羊犬神情的下垂的浓眉和一个红红的鼻子；他虽然个头不高，看上去瘦骨嶙峋、青筋暴突，可是却气度威严，拳头大而有力。他属于那种老实巴交、讲求实际、严格执行命令而脑筋迟钝的人。这种人在世间万物中最喜欢的就是规矩，而且深信不疑，他们就是该打。他打起人来总是照脸、照胸、照后背，逮哪儿打哪儿，并且相信，要是不打，这里就会乱套。

再往前走，您就进了一间面积很大、很宽敞的房间；如果不算穿堂，它就占了整个平房。这里的墙壁刷了一层灰蓝色的涂料，天花板被熏得黢黑，就像个没有烟囱的农舍——很显然，冬天一生火，这里便会烟雾腾腾，煤气烘烘。所有的窗户都从里面装上了铁栅栏，极其难看。地板灰不溜秋，毛毛糙糙。房间里散发着一股酸白菜味儿、糊灯心味儿、臭虫味儿和尿骚味儿。这股臭烘烘的气味儿立时就会给您一种进了动物园的感觉。

房间里有几张被固定在地板上的床。床上或坐或躺着身穿蓝色住院大褂儿、头戴老式尖顶小帽儿的人。这些都是——疯子。

他们这里一共五个人。只有一个人出身贵族，其余的都是小市民。离门最近的，是个又高又瘦的小市民，棕红色的髭须闪闪发亮，哭红的两眼泪水汪汪，他托着下巴，眼睛直楞楞地瞪着，坐在那儿发呆。他没日没夜地愁眉紧锁，时不时地摇头叹气、强作笑颜。别人说话，他很少插嘴；别人问话，他通常也不答腔。给他端饭送水，他就毫无意识地吞进咽下。听那痛苦刺耳的咳嗽，再看那骨瘦如柴的模样和两颊上的红晕，他是得上了肺痨。

紧挨着他的是个活泼好动、一刻也坐不住的小老头儿，蓄着一把尖尖的山羊胡，长着一头乌黑的、像黑人那样的卷发。白天，他在病房里常常从一个窗口到另一个窗口来回溜达，或者在自己的床上像土耳其人那样盘腿打坐，像红腹灰雀似的不住地吹着口哨，哼着小曲儿，嘻嘻嘻地偷笑。孩子般欢乐的心情和活泼的性格也表现在夜里，当他爬起来向上帝祷告，也就是用两拳捶捶胸脯和用一只指头抠抠门缝的时候。这是犹太人莫伊谢伊卡，二十来年前因自家的制帽作坊失火而神经错乱了的呆子。

六号病房的所有病人里，只有他一人可以随意出入平房，甚至可以走出医院的大门上街去。这种特权他已享受了很久，大概因为他是医院的老病号，又是个性情温和、不惹是非的呆子，都市小丑；不管在哪条街上，他身边都围着一群孩子和狗，此情此景人们早已司空见惯。他身穿一件住院大褂儿，头戴一顶滑稽的尖顶小帽儿，趿拉一双破布鞋，有时赤着两脚，甚至不穿长裤，满城转悠，在宅院和小铺的门口站下，讨些小钱儿。有的地方给他点儿克瓦斯，有的地方给点儿面包，还有的地方给点小钱儿，所以他回平房时，通常都是吃饱喝足，满载而归。他每次带回的东西，都被尼基塔统统搜走，据为己有。干这事的时候，老兵总是横眉怒目，态度粗暴，把所有的衣兜都要翻个底朝天，还赌咒发誓，说他再也不放犹太人上街，说没有规矩在他看来是世上最坏不过的。

莫伊谢伊卡喜欢帮助人。他常常给病友递茶送水，病友睡着了，就为他们盖毯掖被，答应下次从街上回来给每个人带些小钱，缝一顶新帽子；他还用勺子一口一口地喂左边的邻床，一个瘫痪的病友。他这样做并不是出于同情，也不是出于任何人道主义的考虑，而是仿效并不由自主地服从他右边的病友格罗莫夫。

伊万·德米特里奇·格罗莫夫，是个三十三四岁的男子，出身贵族，当过法警和十二品文官，患迫害狂症。他不是将身子一蜷躺在床上，就是从这个角落到那个角落来回走个不停，像是在健身散步，坐着的时候很少。他总是被一种模糊不清的等待闹得坐卧不宁、焦虑不安、心急火燎。只要穿堂里稍微有点儿动静，或者院子里有人叫上一声，他立刻就抬起脑袋，竖起耳朵：这是不是来逮他的？是不是在找他？他的脸上这时就会表现出极度的厌恶和不安。

我很喜欢他那张颧骨高高的大脸盘，那脸色总是苍白而又悲伤，能像镜子一样反映出他饱受内心斗争和长期恐惧折磨的灵魂。他的神情奇怪而又病态，可是深藏于心底的由衷的痛苦在他脸上所留下的那些细微的线条，却显得很通情达理，很有文化修养，连他的眼睛里也闪烁着一种热情而又健康的光芒。我喜欢他的为人，彬彬有礼，乐于助人，对人特别和蔼，除了对尼基塔。谁要是掉了一颗钮扣或是一把调羹,他就会马上从床上跳下给拾起来。每天早上他都向同伴招呼一声早上好,晚上临睡前总要对他们道一声晚安。

除了经常性的紧张状态和多变的表情之外,他疯病的表现还有下面一种。有时他一连几个晚上把大褂儿往身上一裹,就在病房里从这头到那头,在床铺之间来回走动起来,浑身发抖,牙齿打战,就像是犯了重度的冷热病。从他突然停下来望望同伴的那副样子可以看出,他想说件什么很重要的事情,可是大概考虑到没人愿意听或者听不懂,他就不耐烦地把头一甩,又接着走动起来。然而过不了多久,说话的欲望又压倒一切顾虑,于是他便随心所欲,说得慷慨而又激昂。他的话语杂乱无章,亢奋激烈,像是梦呓,断断续续,往往让人听不明白,然而他的话里,无论是言辞,还是声调,都有一种特别值得赞许的东西。每当他说话的时候,您会看出他既是个疯子,也是个正常人。很难用文字转达他那些疯话。他说到人的卑鄙,说到践踏真理的暴力,说到未来人间会实现的那种美好生活,还说到每时每刻都让他想起暴徒的愚蠢和残忍的那些窗栅栏。结果所汇成的往往是一部杂乱无序、不太协调的集成曲,虽说所集的都是些老歌,但是都还没唱完。

二

大约十二到十五年前,城里最主要的一条街道上,一幢私产房里,住着文官格罗莫夫,人很稳重,家境也殷实。他有两个儿子:谢尔盖和伊万。谢尔盖念大学四年级那年,得上百日痨就死了。他的死似乎成了突然向格罗莫夫一家袭来的一连串灾难的开始。谢尔盖下葬过后一个星期,老父亲因伪造文书和侵占公款而遭到控告,不久又因染上伤寒而死于监狱的医院。房屋和所有的动产被拍卖个精光,伊万·德米特里奇和母亲失去了一切生活来源。

原先,父亲在世时,伊万·德米特里奇在彼得堡上大学,每月能得到六七十卢布,因此没有任何受穷的概念,可现在他不得不急剧改变自己的生活。他只得为几个小钱儿而起早贪黑地教家馆，抄文书，还要常常挨饿，因为挣来的钱统统寄给母亲糊口度日了。这种生活的重压，伊万·德米特里奇没能禁受得住；他心灰意懒，体虚力衰，于是放弃学业，回到家乡。在这座小城里，他托人获得了县办专科学校的教师职位，可是跟同事合不来，不讨学生喜欢，很快就放弃了教职。母亲去世。他将近半年没有工作，只能靠啃面包喝白水勉强度日，后来去当了法警。这差事他一直干到因病被辞退。

他从来就没给过人一种健康人的印象，就是年纪轻轻上大学的时候也是如此。他素来面色苍白，身体干瘦好伤风，饭量小，睡眠差。一小杯酒下肚，就头发晕，耍酒疯。他总喜欢跟人来往，可因为他脾气暴躁且生性多疑，跟谁也合不到一起，朋友也就一个没有。议论起城里人来，他总是一百个瞧不上眼，说他们那不可容忍的愚昧无知、浑浑噩噩的禽兽生活让他觉得深恶痛绝。他是天生的男高音，说起话来嗓门洪亮，情绪激烈，一开口不是怒气冲冲，忿忿不平，就是欣喜若狂，惊诧不已，而且总是那么至真至诚。往往不管跟他聊起什么话题，他都会归结到一点：城里的生活沉闷而无聊，上流社会没有高尚的志趣，过着死气沉沉、毫无意义的生活，而他们让生活多样化的办法就是强暴作恶、粗野放荡和弄虚作假；无耻之徒锦衣玉食，正人君子残羹剩饭；需要的是学校、仗义执言的地方报纸、戏院、公开讲演和知识界的团结；必须让上流社会恢复知觉并大吃一惊。在自己关于人的见解里，他往往添加一些浓重的色彩，只添黑白两色，不承认有任何其他色调；在他眼里，人类只分好人和坏蛋；不好不坏的人不存在。提起女人和爱情，他一向津津乐道，然而一次也没恋爱过。

在城里，尽管他言辞激烈，容易冲动，可是人们却都喜欢他，背后都亲切地叫他万尼亚。他天生的温和客气的态度、乐于助人的精神、端方正派的品行、纯粹清白的道德，以及他那破旧的常礼服、病恹恹的模样和家庭的不幸，使人产生一种正面的、亲切而又悲伤的感觉。何况，他受过良好的教育，学识广博，在市民们看来，他无所不知，在城里就像是一部活字典。

他读过的东西很多。经常可以看见他坐在俱乐部里,神经质地捋着胡子,翻阅杂志和图书;从他的脸上可以看出,他不是在读,而是在吞,几乎来不及嚼烂。阅读想必是他的一个近乎病态的习惯,因为无论什么书刊,只要落到他手里,他都会一样如饥似渴、津津有味地阅读,哪怕是上一年的报纸和皇历。在自己家里他看书的时候总是躺着。

三

秋天的一个早上,伊万·德米特里奇翻起自己的大衣领子,蹚着泥水,沿着小巷和后街,一跐一滑地去一个市民家按执行书收取罚金。他的心情忧郁,每天早上都是如此。在一条小巷里,他遇见两个戴手铐的被捕人和四个带枪的押送兵。过去,伊万·德米特里奇常常遇见被捕的人,而且每一次他们都在他的心里唤起一阵同情和困窘;而现在,这次相遇却给他留下了一种特别的、奇怪的印象。他不知怎么突然感到,他也会被戴上手铐,一样蹚着泥水被押往监狱。他在市民家里待了一会儿出来,正往家走的时候,在邮局附近碰上了一位认识的警督;那人跟他打了个招呼并跟他一道在街上走了几步。也不知什么缘故,这让他觉得非常可疑。回到家里,他一整天都念念不忘那几个被捕的人和带枪的兵;一种莫名的恐慌搅得他神思恍惚,看不进书。晚上他灯也不点,夜里觉也不睡,尽想着他可能被捕,被戴上镣铐,投进监狱。他从没犯过什么罪行,也能保证将来绝不会盗窃、放火和杀人;可是无意中偶然犯个罪不也很难预防吗?再说,遭人诬陷,最后法院误判,不也有可能吗?老百姓世世代代的经验告诫说,谁都难保一辈子不讨饭,不坐牢,这可不是没有道理的。而在现行的诉讼程序之下,误判是很有可能的,所以这也没什么可大惊小怪的。与别人的痛苦有着职业、事务关系的人,比如法官、警察、医生,久而久之，习惯使然，都会慢慢修炼到这样一种程度：即使有心相助，那也只能对自己的委托人采取敷衍塞责的态度；从这方面说，他们跟在后院屠牛宰羊并对流血视而不见的农夫没有什么两样。既然对人采取的是敷衍塞责、冷酷无情的态度，那么要剥夺无辜者的一切公权、判处苦役，法官们所需要的只有一件东西：时间。只需要用于遵办某些程序的时间，因为只有办完这些程序才会给法官发薪水；程序一完，一切也就结束了。然后，你就在这离铁路二百俄里的肮脏的小城里寻找公正和保护去吧！既然上流社会认为一切暴力都是合理而又适当的必要手段，而任何善举，如宣告无罪的判决，都会引起不满和复仇情绪的大爆发，那么奢望公正岂不是可笑吗？

早上，伊万·德米特里奇起床时，胆战心惊，一头冷汗，已经深信不疑，他随时可能被捕。"既然昨天那些沉重的思绪在他脑子里这么长时间萦绕不去，"他心想，"可见其中必定有它们的道理。它们跑进脑子里来不可能真是无缘无故的。"

一个警士慢条斯理地打窗户跟前走过：这不是没有来由的。你看，有两个人在房子旁边停了下来，也不说话。他们为什么不说话呢？

于是，对于伊万·德米特里奇，折磨人的日日夜夜来到了。凡是路过窗口和进过院子的人，他觉得好像都是奸细和密探。中午，通常警察局长要乘坐双套马车穿过大街，他这是打城郊的庄园去警察局上班，可是伊万·德米特里奇每次都觉得，他的马车跑得太快，他的脸上有种特别的神情：显然，是急着去宣布，城里出了个非常重要的罪犯。只要听见有人拉门铃和敲大门，伊万·德米特里奇就浑身发抖；只要在女房东家碰到生人，他就坐立不安；一碰见警察和宪兵，他就面露微笑，吹起口哨，装出镇定自若的样子。他天天整宿整宿地睡不着，等着人来抓捕，可是又装得像熟睡的人一样鼾声如雷，呼着长气，好让女房东以为他睡着了；因为要是睡不着，就意味着他在受着良心的折磨——多么有力的罪证哪！事实和常理使他相信，所有这些恐惧都是无稽之谈和心理作用；如果看开些，被捕和坐牢其实也没有什么可怕的，——只要心中无愧就行；然而他思考得越有条理，越合乎逻辑，内心的不安就越强烈，越痛苦。这就像一个隐士想在一片处女林中给自己开辟出一块空地；他手里的斧子砍得越卖力，林子反而长得越稠密，越茂盛。伊万·德米特里奇发现这样于事无补，最后索性不再推想，任他绝望和害怕去了。

他开始离群索居，避免与人交往。那份差事本来就让他讨厌，而现在就变得让他不堪忍受了。他生怕什么时候自己就受骗上当，人家偷偷往他口袋里塞点儿贿赂，然后再去告发，或者他自己不小心在公文上出点儿伪造文书性质的差错，或者丢失了别人的钱财。奇怪的是，以往他的思维从来没有像现在这样灵活和敏捷。现在他每天都能想出千万条真要小心自己的自由和名誉的理由。然而对外部世界，尤其是对书报的兴趣，却大大减弱，记忆力也开始大大衰退了。

春天，积雪消融了，在墓地旁边的一条山沟里，发现了两具几乎腐烂的尸体——一个老妇人和一个小男孩，带有他杀的迹象。一时间，城里街谈巷议，无非这两具尸体和尚未查明的凶手。伊万·德米特里奇为了不让别人以为是他杀害的，他常常满大街转悠，面带笑容，可碰见熟人又脸上红一阵白一阵的，张口就表白，说没有再比杀害弱者和毫无自卫能力的人更卑鄙的犯罪了。然而这种假装镇静很快就让他厌倦了，思考了一番以后，他认定，处在他的地位，最好的办法就是躲进女房东家的地窖。在地窖里，他待了一个白天，接着又待了一夜和一个白天，冻得要命，挨到天黑，就像做贼似的，悄悄溜进了自己的房间。在房间的中央，他一直站到天亮，一动不动，侧耳细听着动静。一大早，太阳还没出来，女房东家来了几个修炉工。伊万·德米特里奇明知他们是来翻修厨房里的炉灶的，可是惧怕心理却提示他，这是装扮成修炉工的警察。他悄悄溜出住处，顺着大街拔腿便跑，惊慌失措，既没戴帽子，也没穿外衣。他身后几条狗汪汪直叫地紧追不舍，后面什么地方有个男人在喊叫，耳边有风在呼啸，伊万·德米特里奇觉得，全世界的暴力都汇集在他身后，在追赶着他。

人们把他截住，送回住处，又打发女房东去找大夫。安德烈·叶菲梅奇大夫（他的情况暂且按下不表）开了些做头部湿敷的药液和桂樱叶滴剂，闷闷不乐地摇了摇头就走了。临走时对女房东说，他就不再来了，因为不应当妨碍人们去发疯。由于在家没钱生活和治疗，不久伊万·德米特里奇就被送进了医院，安排在那儿的花柳病人的病房里。他成宿成宿地不睡觉，任性胡闹，搅扰其他病人，不久便遵照安德烈·叶菲梅奇的吩咐，被转到了六号病房。

一年后，城里人已经彻底忘记了伊万·德米特里奇，他的书被女房东扔到一辆带篷的雪橇上，让小孩儿们陆陆续续地拿了个精光。

四

伊万·德米特里奇左边的邻床病友，我已经说过，就是犹太人莫伊谢伊卡，而右边的邻床病友是个痴肥臃肿、几乎成了圆球的庄稼汉，生就一张呆滞而木然的面孔。这是一个好睡、贪食而又不爱干净的动物，早已失去思维和感知的能力。他身上总有一股刺鼻的、熏人的臭味。

尼基塔替他收拾时，打得他很厉害，甩开胳膊，从不吝惜自己的拳头；这里可怕的还不是他挨打，——这一点可以习惯，——而是这个已经麻木的动物挨了打却一声不吭，一动不动，两只眼睛毫无表情，只是微微晃荡两下，就像一只沉甸甸的大木桶。

六号病房里的第五个，也是最后一个病人，是位在邮局当过分拣员的小市民，一个身材矮小、瘦骨嶙峋的金发男子，生着一副善良而有些调皮的面孔。从他那聪明而安详的眼睛、开朗而快活的眼神来看，这人城府很深，心底藏有某种非常重要而又让他舒心的秘密。他的枕头和褥子底下藏着一件什么东西，从来不让人看，倒不是因为怕人抢走或偷去，而是因为害羞。有时，他走到窗户跟前，背对病友，把一件什么东西别在胸前，低头观看；要是这时有人突然走到他身边，他会觉得不好意思,随手把什么东西从胸前扯下。然而要猜破他的秘密倒也不难。

"给我道喜吧,"他常常对伊万·德米特里奇说,"我被提名授予斯坦尼斯拉夫二级金星勋章了。二级金星勋章只授予外国人,可是不知为什么想为我破例,"他疑惑不解地耸耸肩膀,微笑着说。"这真是,说实话,出乎我的意料!"

"我对此一窍不通,"伊万·德米特里奇阴沉着脸声明说。

"可您知道我早晚会得到什么吗?"前分拣员调皮地眯起眼睛,继续说道。"我一定能得到瑞典的'北极星'。这种勋章值得花点儿力气。白十字架配黑丝带,非常漂亮。"

想必,任何一个地方的生活也不会像平房里这么单调。早上,所有的病人,除了瘫子和胖庄稼汉,都在穿堂里从一只双耳大木桶里抄水洗脸,用住院大褂的后襟擦擦水气;洗完脸,用锡缸子喝茶,这茶是尼基塔从主楼打来的。每人只能分一茶缸。中午喝酸白菜汤和稀粥,晚上喝中午剩下来的粥。三顿饭之间,就躺着,睡觉,看窗外,再不就从这个角落到那个角落来回走走。天天如此。甚至前分拣员一张口总是那些勋章的事儿。

新面孔在六号病房很少见。新送来的疯子大夫早就不收了,而喜欢造访疯人院的人在这世上也不多。每两个月来一次平房的是谢苗·拉扎里奇,剃头师傅。至于他如何给疯子剃头,尼基塔如何给他做帮手,以及这位醉醺醺、笑嘻嘻的剃头师傅每次到来时病人如何惊慌不安,我们就按下不提了。

除了剃头师傅,谁也不会往平房里伸个头影。病人们注定日复一日所能见到的就是尼基塔。

不过,不久前医院大楼里却传开了一条相当奇怪的小道消息。

有人散布流言,说好像探望起六号病房来的是大夫。

五

一条奇怪的小道消息!

安德烈·叶菲梅奇·拉金大夫,就某一点上来说,是个很出色的人。据说,早年他非常信仰上帝,准备从事神职;还听说,1863年中学毕业以后,他曾经打算报考神学院,可是好像他父亲,一位医学博士和外科医生,狠狠挖苦了他一通,并断然声明,如果他真的去当牧师,就不认他这个儿子。这话是真是假,我不得而知,不过安德烈·叶菲梅奇曾不止一次地坦言,他从来就没觉得自己有学习医学和所有专门科学的天赋。

不管怎样,修完医学系的学业以后,他并没出家修道。十分的虔诚他也并未显露过,从医之初就跟现在一样,不怎么像个神职人员。

他长相难看,粗陋,像个庄稼汉;他那张脸、胡须、平直的头发和健壮粗笨的身形,让人觉得像大道边开酒店的老板,肠肥脑满,放纵而又蛮横。他面孔粗糙,青筋密布,眼睛细小,鼻子通红。因为身材魁伟,肩阔腰圆,所以他的手脚硕大无比;似乎吃他一拳,必定一命呜呼。可是他迈步却慢条斯理,行走轻手轻脚;在狭窄的过道里碰见来人,他总是先停下让路,而且不是用你意料中的男低音,而是用不太高的男高音细声细气地道一声:"对不起!"他脖子上有个不大的瘤子,使他不便穿着浆过的硬领衣服,所以他总穿件柔软的亚麻布或棉布衬衫。总的来说,他的穿着不像个大夫。一套外衣他一穿就是十来年,而新衣裳他通常都在犹太人的小铺里买,穿在他身上也跟旧的一样,脏乎乎,皱巴巴的;同一件常礼服,他看病时穿,吃饭时穿,走亲戚串门时也穿;这倒不是因为吝啬小气,而是因为地地道道的不修边幅。

安德烈·叶菲梅奇来本城就职的时候,"慈善机关"处于极其糟糕的状态。病房里,楼道上,还有院子里,到处臭气熏天。医院的杂役、护士和他们的孩子在病房里跟病人睡在一起。人人抱怨,蟑螂、臭虫和老鼠搅得人不得安宁。外科的丹毒病人从未断过溜。整个医院只有两把手术刀,没有一支体温表,澡盆里都存放着土豆。督察员、女管理员和医士常常敲诈病人。而提起老大夫,安德烈·叶菲梅奇的前任,人们会像背书似的描述,好像他常常盗卖医院的酒精并在护士和女病人当中找了一大群姘妇。城里人都十分清楚这些乌七八糟糕的事情,甚至常常言过其实,可是却泰然处之。有人分辩说,住院的都是些小市民和庄稼汉,他们不可能不满意,因为家里比医院里糟得多;总不能给他们顿顿吃榛鸡吧!还有人辩白说,没有地方自治局的帮衬,单靠一个县城,无力维持一个像样的医院;谢天谢地,虽说不好,总算还有。新设立的地方自治局在城里和城关都没开设过一家诊疗所,推说县城已经有个自己的医院了。

将医院察看了一番之后,安德烈·叶菲梅奇得出结论,该单位道德败坏,对居民的健康极其有害。在他看来,可行的最佳办法,就是放走病人,关掉医院。可是他认为,要做到这一点,单凭他一个人的愿望还不够,做了也与事无补;就算能把肉体上和精神上的污秽从一个地方赶走,它必然会转移到另一个地方;应该等它自己烟消灰灭才行。况且,人们既然开办了一家医院,而且容忍它的存在,可见它是人们需要的;种种偏见和所有这些日常的丑恶行为和卑劣行径往往也是需要的,因为它们随着时间的推移会变成某种有用的东西,就像粪便会变成黑土一样。世上没有一种好东西在它的源头就不带一点儿脏东西。

上任之后,安德烈·叶菲梅奇对待这些混乱状况看来是相当淡漠的。他只是要求几个男杂役和女护士不在病房里住宿,添置了两柜子医疗器械;而督察员、女管理员、医士和外科的丹毒则原封没动。

安德烈·叶菲梅奇特别喜爱智慧和诚实,可要在自己身边构建一种合理而诚实的生活秩序,他又缺乏坚强的毅力和对自己权力的信心。发号施令、杜绝禁止、力排众议,他一点儿也不会。就好像他发过毒誓,永不提高嗓门儿和永不使用命令式似的。说句"把什么什么递给我"或者"把什么什么拿来"他都张不开口;要是他饿了,他会先犹豫不决地干咳两声,再对厨娘说:"要是给我来杯茶……",或者:"要是给我来点儿吃的就好了。"而要他对督察员说,让他别再偷东西,或者把他赶走,或者干脆取消这个没用的职位,那他根本办不到。要是有人欺骗安德烈·叶菲梅奇,或者有人奉承他,或者有人送来一份分明是卑鄙的账单让他签字,他会羞得满脸通红,像煮熟的虾子,觉得自己于心有愧,可是账单还是照签不误;要是病人向他抱怨挨了饿,或者抱怨护士态度粗暴,他会难以为情,惭愧地嗫嚅道:

"好的,好的,我这就去查一查,大概这里有误会……"

起初,安德烈·叶菲梅奇工作很勤奋。他每天从早上到吃午饭一直接诊病人,做手术,甚至接生。女士们说他心很细,诊断很准确,尤其是儿科和妇科病。可是天长日久,事务单调乏味,而且显然是徒劳无益,明显地让他感到厌烦了。今天你接诊了三十个病人,可明天再一看,来了三十五,后天四十,就这样日复一日,年复一年,而城里的死亡率却有增无减,病人依然络绎不绝。从早上到吃午饭要是认认真真地诊治四十个病人,体能是顶不住的,可见,结果只能是欺骗。一个年度接待一万两千号前来就诊的病人,简单推算一下,也就是欺骗了一万两千人。而把重病号送进病房,按科学规程给予诊治,也不成,因为规程倒有,科学却无。要是不尚空谈,像其他医生那样死搬规程,那么这需要的首先就是清洁和通风,而不是肮脏,其次是有益健康的饮食,而不是臭烘烘的酸白菜汤,再就是需要精干的助手,而不是小偷。

再说,既然死亡是每个人正常而注定的归宿,那又何必妨碍人们去死呢?一个商人或者一个官吏多活上五年十载,那又怎样呢?如果认为医疗的目的在于药物能够减轻痛苦,那么不禁要问,为什么要减轻它们呢?首先,据说痛苦能够使人达到完善的境界;其次,如果人类真的学会了用药丸和滴剂来减轻痛苦,那么它就会彻底抛弃宗教和哲学，可是直到今天人类在宗教和哲学里不断找到的不光是免受各种灾难的护符，而且甚至是幸福呢。普希金临终前受到过可怕的折磨，可怜的海涅多年瘫痪在床；那为什么微不足道的安德烈·叶菲梅奇或者玛特廖娜·萨维什妮娅就不该生点儿病呢？要知道，他们的生活本来就是空虚的，如果再不来些痛苦，那他们的生活就会彻底空虚，跟变形虫的生活一样了。

安德烈·叶菲梅奇被这些高论搅得心灰意懒，气馁得不想干活，医院上班也不再每天必到了。

六

他的日子是这样打发的。平时他早上八点左右起床，穿衣，喝茶。然后在自己书房里坐下看书，或者去医院上班。在这儿，医院里，又窄又黑的走廊上，坐着门诊病人，等着看病。他们的身边，有靴子踏得褐色的地板咚咚响的杂役和护士来回跑，有身穿住院大褂形容憔悴的病人来回串，有死尸和污物桶抬着来回过，有孩子哭，有穿堂风吹。安德烈·叶菲梅奇知道，对于患寒热病的、得肺痨的以及所有易受感染的病人，这种环境简直就是一种折磨，可又有什么办法呢？在诊室里，迎接他的是他的助理谢尔盖·谢尔盖伊奇，生得又矮又粗，胖乎乎的脸刮得精光，洗得干干净净，举手投足轻柔而平稳，穿一身肥大的新西服，与其说像位医士，倒不如说像位枢密官。在城里，他有大量的私活，打着白领带，自认为比医师还在行，因为医师私下根本不行医。诊室的一个角落里有个神龛，神龛里立着一尊大圣像，点着一盏个头儿很大的长明灯，灯旁放着一只蒙着白罩子的高烛台；四面墙上挂着几个高级僧正的肖像，一幅圣山修道院的全景画和几个用干矢车菊编成的花环。谢尔盖·谢尔盖伊奇笃信宗教，喜欢庄严华丽。圣像是他花钱请来的；按他的吩咐，每个星期天，诊室里都有一个病人诵读赞美诗，诵读之后，谢尔盖·谢尔盖伊奇就亲自手捧香炉，走遍各病房，去摇炉散香。

病人很多，可时间很少，所以门诊只限于简单地问问病情，给点挥发软膏或蓖麻油之类的药品。安德烈·叶菲梅奇坐在那儿，一手握拳托着腮帮子，思考着，机械地问上两句。谢尔盖·谢尔盖伊奇也坐在那儿，搓着手，偶尔插上一句半句。

"我们生病，受穷，"他说，"是因为向仁慈的主祷告得不够。是的！"

门诊的时候，安德烈·叶菲梅奇不做任何手术；他早已不习惯做手术了，因此一见血心里就难受。要是他必须拨开婴儿的小嘴看看喉咙，而婴儿哇哇哭叫，两只小手不住地推挡，那么他就会被耳鸣弄得头晕脑胀，眼泪汪汪。他急急忙忙开好药方，摇着两手，让女人赶快把婴儿抱走。

门诊很快就让他厌烦了，厌烦病人的胆怯和糊涂、华而不实的谢尔盖·谢尔盖伊奇、墙上的肖像以及自己的那些一成不变地问了已经二十多年的问题。于是他往往看上五六个病人就匆匆离去了。剩下的病人由医士接着看。

一回到家，安德烈·叶菲梅奇就立刻钻进在书房，开始看书，心里庆幸不已：谢天谢地，私人行医早已不干，现在可没人来打扰他了。书他读得很多，而且始终读得津津有味。薪水的一半他都用来买书，所以他六间套的住所里有三间房堆放着书籍和旧杂志。他最喜欢的是历史和哲学专著；医学方面，他只订了一份《医师》杂志，每一期他都是从后往前看。每次都是一读几个钟头，不用休息也不觉得疲倦。他读书不像伊万·德米特里奇那样又快又急，而是慢慢悠悠，读懂读透，常常在喜欢或者不懂的地方停下，细细琢磨。书旁边总要放上一小瓶伏特加酒，还有腌黄瓜或者渍苹果，而且直接放在粗呢子桌布上，不用盘子装。每隔半个钟头，他就眼不离书地倒上一盅喝下，然后眼不离书地摸上一颗黄瓜，咬上一口。

下午三点，他蹑手蹑脚地走到厨房门前，干咳两声，说：

"达里尤什卡,要是给我来点吃的……"

吃过午饭——一顿相当糟糕的午饭,安德烈·叶菲梅奇就两手在胸前一抄,满屋子踱来踱去,思索着。时钟敲了四点,然后五点,他仍然踱来踱去,思索着。厨房门间咯吱呀一响,门后探出达里尤什卡那张红红的、睡眼惺忪的面孔。

"安德烈·叶菲梅奇,您是不是该喝杯啤酒啦?"她不安地问道。

"不,还不到时候……"他回答。"我再等会儿……再等会儿……"

傍晚,通常前来串门儿的是邮政局长米哈伊尔·阿维里亚内奇,全城里安德烈·叶菲梅奇唯一乐意打交道的人。米哈伊尔·阿维里亚内奇从前是个很有钱的地主,当过骑兵,可后来家道中落,为生计所迫,将近老年时进了邮政部门。他精力充沛,身体健壮,灰白色的络腮胡子蓬蓬松松,举止很有教养,嗓音悦耳洪亮。他心地善良,很重感情,不过脾气很暴躁。要是邮局里有顾客提出抗议,不听劝说,或者只是分辩两句,米哈伊尔·阿维里亚内奇就会涨得满脸通红,全身发抖,扯着嗓门,炸雷般地吼道:"闭嘴!"所以邮政局早就恶名在外,去那儿的人无不胆战心惊。米哈伊尔·阿维里亚内奇既尊敬又喜欢安德烈·叶菲梅奇那满腹的学问和高尚的心灵。而对其他居民,就像对自己的下属一样,态度傲慢。

"我可来啦!"他一面往安德烈·叶菲梅奇的书房里走,一面说。"您好啊,我亲爱的!大概我让您讨厌了吧,啊?"

"恰恰相反,非常高兴,"大夫回答道。"我什么时候见到您都高兴。"

两个朋友坐到书房里的长沙发上,默默地抽上一阵儿烟。

"达里尤什卡,要是给我们来点啤酒就好了!"安德烈·叶菲梅奇说。

喝第一瓶啤酒的时候还是一声不响:大夫沉思着,而米哈伊尔·阿维里亚内奇则带着一副快活而又兴奋的模样,就像有件非常有趣的事情要说的人。谈话一向是大夫先开头。

"真遗憾,"他慢条斯理地小声说道,摇摇脑袋、眼不直视着对方(他从来不直视人家的脸），"真太遗憾了，尊敬的米哈伊尔·阿维里亚内奇，咱们城里根本就没几个聪明而有趣的人可在一起聊聊天，人们也不喜欢。这对于咱们是巨大的损失。就连知识分子也不能免俗。他们的智力水平，我敢保证，一点儿也不比下层人高。"

"一点儿不错。同意。"

"不说您也知道的，"大夫一字一顿慢吞吞地接着小声说，"这世上的一切呀，既无足轻重，又枯燥乏味，人类智慧的高级精神表现除外。智慧在动物和人之间划了一条清晰的界限，暗示后者的神圣性，而且甚至在某种程度上让人类将它当成了并不存在的永生。从这一点上说，智慧是快乐的唯一可能的源泉。而我们却看不到也听不到我们身边有智慧，这就是说，我们并没有快乐。不错，我们有书本，可是这跟活生生的交谈和交往完全是两码事。如果您允许我打个不完全恰当的比喻的话，那么书本是歌谱，而交谈是歌唱。"

"一点儿不错。"

两人不说话了。这时，从厨房里出来个达里尤什卡，面带隐隐的悲伤，一只小拳头托着下巴，停在门口，想听听他们在讲些什么。

"唉！"米哈伊尔·阿维里亚内奇叹道。"您休想现在的人有智慧！"

于是，他说起从前的日子过得如何惬意、快活而有趣味，从前俄罗斯的知识分子如何聪明，他们将人格和友谊看得如何崇高。借钱给人不要借据，朋友有难不伸手相助被看成是耻辱。那一次次征讨、一回回冒险、一场场交锋是何等悲壮，那些战友何等义气，那些妇女何等贞烈！那高加索是何等奇特的地方！有位营长的妻子，一个奇怪的女人，常常穿上军官服，每晚单骑进山，不用陪伴。据说，她在山村里跟一个年轻的公爵有段风流艳史。

"圣母啊，我的妈呀……"达里尤什卡叹道。

"那时候喝酒多么痛快！那时候吃东西多么讲究！那时候自由派多么勇敢！"

安德烈·叶菲梅奇似乎在听着，可是一句也没听进去。他一边在思考着什么,一边不时小口小口地抿着啤酒。

"我常常梦见一些聪明人,跟他们聊天。"他突然打断米哈伊尔·阿维里亚内奇的话头,说道。"我父亲给了我很好的教育,可是在六十年代思想①的影响下却逼着我当了一名医生。我觉得,当初我要是不听他的,那么现在我就会处在智力活动的中心了。或许就是某个系的教授。当然,智慧也不是永恒的,而是一时的,不过您已经知道我为什么对它情有独钟了。生活是个可恼的陷阱。当一个有头脑的人进入壮年、意识成熟之时,他就不由得感到自己像身处陷阱,无法逃脱了。实际上,他是不由自主地被某些意外事件从无生界召来有生界的……来干什么呢? 他想弄清自己存在的目的和意义,可人们要么一言不发,要么胡说八道;他一个劲儿地敲门,可就是不给他开;死亡一天天向他逼近——也是由不得他做主的。所以说,只有喜好分析和总结的人们聚到一起,在交流高傲而自由的思想中度过时光,你才不会感觉生活中有陷阱,就像监狱里由共同灾难联系在一起的囚犯,当大伙儿聚到一起的时候,才会觉得轻松些。从这个意义上说,智慧就是一种不可替代的快乐了。"

"一点儿不错。"

安德烈·叶菲梅奇不看着对方的眼睛,低声而又断断续续地接着讲述聪明人以及同他们的交谈,米哈伊尔·阿维里亚内奇聚精会神地听着,不住地点头称是:"一点儿不错。"

"那您不相信灵魂的不朽吗?"邮政局长突然问道。

"不,尊敬的米哈伊尔·阿维里亚内奇,不相信,也没有理由相信。"

"说实话,我也不大相信。不过,我有一种感觉,好像我永远不会死似的。哎呀,我自己想,老家伙,该死啦! 可内心里却有个声音说:别信他的,你死不了! ……"

九点刚过,米哈伊尔·阿维里亚内奇就起身告辞了。他在前厅一

---

① 指19世纪60年代俄国社会出现的民粹主义思潮。

面穿着皮袄，一面叹了口气说：

"可是命运把我们抛到了这么个边远的地方！最让人懊恼的是，还得死在这里。唉！……"

七

把朋友送走以后，安德烈·叶菲梅奇坐到书桌旁边，又看起书来。晚间和随后的夜间静悄悄的，没有一点声响，时间仿佛停下脚步，同大夫一道看书看呆了，又让人觉得，这世上好像什么也不存在，除了这书和带绿罩的台灯。面对人类的智力活动，安德烈·叶菲梅奇那张粗糙的、庄稼人的脸上绽出了亲切而欣喜的笑容。"啊，为什么人不能长生不老呢？"他想道。"既然一切都注定要入土，最后同地壳一道变凉，然后千百万年毫无意义而又毫无目的地随着地球围着太阳旋转，那么何必要脑中枢和脑回，何必要视力、语言、自我感觉、天才呢？如果就是为了变凉，然后去旋转，那完全不必把人连同他那崇高的、近乎神圣的智慧从无生界提取出来，然后好像嘲弄似的又把他变成泥土。"

新陈代谢！可是用这种虚伪的永存不灭来安慰自己是多么的懦弱啊！自然界里不断进行着的一些无意识的过程，甚至比人类的愚蠢还要低劣，因为人的愚蠢里毕竟还有意识和意志，而那些过程里却干脆什么也没有。只有面对死亡感受更多的是恐惧而非尊严的懦夫，才会安慰自己说，他的尸体早晚会化作草木、石头、蛤蟆……把新陈代谢看成自己的永存不灭，同样是奇怪的，就像一把珍贵的提琴被摔碎没用之后，预言琴盒有着光辉灿烂的前程一样。

每逢时钟一打点，安德烈·叶菲梅奇就往圈椅背上一靠，闭上眼睛，思索一会儿。于是无意中，受书里读到的一些好主意的影响，他回顾了一下自己的过去和现在。过去令人厌恶，最好别去想它。而现在的情况跟过去完全一样。他知道，就在他的思绪随着变凉的泥土绕着太阳旋转的时候，大夫住所旁边的大楼里就有人正在承受着疾病和疮痂的折磨；也许，有人还没睡觉，正在跟蚊虫搏斗；有人正在感染丹毒或者正在缠得紧紧的绷带里呻吟；也许，有些病人正在跟护士们打牌喝酒呢。一个年度里受骗的人数为一万两千；整个医院事务，跟二十年前一样，都建立在偷窃扒拿、斗嘴吵架、造谣生事、徇私舞弊、招摇撞骗的基础之上，所以医院依然是个道德败坏、对居民健康极其有害的机构。他知道，在那六号病房里，那铁窗的后面，尼基塔常常殴打病人，莫伊谢伊卡每天都去满街乞讨。

而另一方面，他又非常清楚，近二十五年来，医学发生了神奇的变化。当年，在大学读书的时候，他觉得医学很快将遭到跟炼金术和玄学同样的命运；而如今，每天夜里读书的时候，医学却让他感动，使他感到惊讶，甚至狂喜。说实在的，多么意想不到的辉煌，多么深刻的革命哪！因为有了抗菌剂，人们在做着伟大的皮罗戈夫①认为连inspe②都做不了的一些手术。普普通通的地方自治局医院的医生都敢做膝关节切除术。做一百例剖腹手术只有一例死亡事故，而结石病被认为是小事一桩，甚至没人写文章讨论了。梅毒可以彻底根治。那么遗传理论、催眠术、巴斯德③和科赫④的发现、统计卫生学呢，那么我们俄国的地方自治医疗呢？精神病学及其现代分类法、诊断治疗法，跟过去相比，简直就是整个一座厄尔布鲁士⑤。现在不再给疯子往头上浇冷水，不再给他们穿紧束衣；而对他们采用人道的态度，甚至像报纸上写的那样，还为他们演戏剧、办舞会。安德烈·叶菲梅奇知道，从当前的观点和时尚来看，像六号病房这样的丑恶现象，只有在这离铁路二百俄里的地方，在这市长和全体议员都是半文盲小市民

---

① 皮罗戈夫（1810—1881），俄国外科学家和解剖学家。
② 拉丁语：将来。
③ 巴斯德（1822—1895），法国生物学家。
④ 科赫（1843—1910），德国微生物学家。
⑤ 高加索地区的一座高山。

的县城里才有可能存在，因为他们把医生看成必须毫无保留地予以相信的祭司，哪怕他往病人嘴里灌的是熔化的锡水；换个别的地方，大众和报刊早就把这个小小的巴士底狱①砸个稀巴烂了。

"可是又怎样呢？"安德烈·叶菲梅奇睁开眼睛，自问道。"这又能怎样呢？抗菌剂也有，科赫也在，巴斯德也活着，可事情的本质却丝毫没变。患病率和死亡率一如既往。会给疯子们办舞会、演戏剧，但说什么也不会把他们放掉。可见得，一切都是胡扯和瞎忙，所以，最好的维也纳医院跟我这医院之间的差别，实际上一丁点儿也没有。"

然而，一种悲痛和类似嫉妒的感觉让他心里无法平静下来。这大概是因为疲劳的缘故吧。发沉的脑袋渐渐垂向书本，他用两手托住下巴，好让倦意缓和一点儿，接着想道：

"我在为一种有害的事业服务，拿着被我蒙骗的那些人所给的薪水；我不够诚实。可我本身并算不得什么，我不过是不可避免的社会祸害中的一分子：县里的所有官吏都是祸害，白拿着薪水……可见不诚实的过错并不在我，而在于时代……要是我再晚生二百年，我一定不是这个样子。"

时钟敲过三点，他熄了灯，去了卧室。可睡意一点儿也没有。

八

大约两年前，地方自治局忽然大方起来，决定每年拨出三百卢布，作为扩充市医院医务人员的经费，直到自治局医院开业为止。为了支援安德烈·叶菲梅奇，市里出面调来了县医院的医生叶夫根尼·费奥多雷奇·霍博托夫。这还是个非常年轻的小伙子，年龄还不到三十，高高的个子，黑黑的头发，宽宽的颧骨，小小的眼睛；他的祖先大概

---

① 法兰西帝国14—18世纪在巴黎的城堡，16世纪开始用作监狱；1789年法国革命时，被起义的民众攻克并捣毁。

都是外族人。来城里的时候，他身无分文，带着一只不算大的小提箱，还跟着个相貌难看的少妇，他说这是他的厨娘。这女人有个吃奶的婴儿。叶夫根尼·费奥多雷奇头戴一顶硬舌制帽，脚登一双高筒靴，冬天穿件短皮袄。他跟医士谢尔盖·谢尔盖伊奇和财务主任成了好朋友，而把其他官吏不知怎么一概叫做贵族，并且总躲着他们。他的整个住房里只有一本书，名叫《1918年维也纳医院最新处方集》。去看病人的时候，他总要随身带着这本书。每天晚上在俱乐部里他只打台球，而纸牌他却不爱打。嘴上特别喜欢使用这一类词语，像什么拖泥带水啦、天花乱坠啦、你就别再故弄玄虚啦，等等。

医院他一个礼拜来两次，查查病房，看看门诊。根本没有抗菌剂，依然使用拔血罐，这常常让他非常气愤，可是新办法他又不采用，怕用了有伤安德烈·叶菲梅奇的尊严。他把自己的同事安德烈·叶菲梅奇看成是个老滑头，怀疑他占有大量的经费，心里总暗暗地嫉妒他，巴不能够取而代之。

九

三月底，地上的积雪已经融化，医院的花园里已经有椋鸟在啼鸣。早春的一个晚上，安德烈·叶菲梅奇大夫把自己的老朋友送到医院的大门口。正好就这时候，院子里走进乞讨归来的犹太人莫伊谢伊卡。他头上没戴帽子，光脚穿了双浅帮雨鞋，两手捧着个不大的讨饭袋。

"给点小钱儿吧！"他冻得浑身发抖，笑嘻嘻地冲着大夫说。

安德烈·叶菲梅奇向来不会拒绝，于是给了他一个十戈比的硬币。

"这多不好啊，"他看着犹太人那踝骨又红又高的光脚丫子，想道。"湿气很大呀。"

他受着一种既像怜悯又像厌恶的感觉的驱使，去了平房，跟在犹太人的身后，时而看看他的秃顶，时而看看他的脚踝。一见大夫进来，尼基塔腾地从破烂堆上跳了起来，打了个立正。

"你好啊，尼基塔，"安德烈·叶菲梅奇温和地说，"设法给这个犹太人发双靴子好不好，不然会受凉的。"

"是，大人，我报告督察员。"

"好。你以我的名义请求他。就说我叫你去的。"

从穿堂进病房的门打开了。伊万·德米特里奇躺在床上，用胳膊肘撑着欠起身子，惊恐不安地侧耳细听着一个外人的声音，接着突然听出是大夫的声音。他气得浑身发抖，腾地跳了起来，脸涨得通红，眼瞪得滚圆，凶神恶煞似的冲到病房的中央。

"大夫来啦！"他喊了一声，便哈哈大笑起来。"终于来啦！先生们，恭喜啦，大夫赏光看咱们来啦！该死的混蛋！"他突然尖叫了一声并歇斯底里地跺了一脚，那模样病房里的人还从来没见过。"揍死这混蛋！不，揍死便宜他了！丢到茅坑里淹死他！"

安德烈·叶菲梅奇听见了这话，从穿堂里走进病房，温和地问道："为什么？"

"为什么？"伊万·德米特里奇猛地把病号大褂的两襟一掩，摆出威胁的架势走到他面前，嚷道。"为什么？小偷！"他带着蔑视的神情说了一句，接着噘起嘴巴，仿佛想啐他一口。"骗子！刽子手！"

"您消消气，"安德烈·叶菲梅奇满脸愧色地笑着说。"我向您保证，从来没偷过任何东西，而其他方面，您恐怕也过于言重了。我看得出来，您对我很生气。消消气，我请您，要是可以的话，然后再心平气和地告诉我：您生的什么气？"

"你们凭什么把我关在这里？"

"因为您有病哪。"

"不错，有病。可要知道，有成百上千的疯子在四处游荡，因为你们愚蠢得分不清疯子和好人。那为什么我跟这几个倒霉鬼就该像替罪羊似的代大伙儿蹲在这里呢？您、医士、督察员和你们医院所有的畜生，在道德方面要比我们这些人低下得不知多少，那为什么我们蹲在这里，而你们不呢？逻辑在哪里？"

"这跟道德和逻辑没关系。一切都是取决于命运。谁被关进来,谁就蹲着;谁没被关进来,谁就游荡去,就这么简单。至于我是大夫,您是精神病人,这里既没有道德问题,也没有逻辑问题,而纯粹是一种巧合。"

"这种废话我不懂……"伊万·德米特里奇闷声闷气地说了一句,便坐到了自己的床上。

莫伊谢伊卡把讨来的一块块面包、一张张钞票和一颗颗果核摊了个满床——因有大夫在场,尼基塔没好意思搜他的身——并且一面依然冻得瑟瑟直抖,一面用犹太话快速而又抑扬顿挫地说起了什么。或许他是认为自己开了个小杂货铺子。

"您放了我吧,"伊万·德米特里奇说,连他的嗓音也突然变了调。

"我不能。"

"那是为什么呀?为什么?"

"因为这不归我管。您想想,就是我把您放了,对您又有什么好处呢?您出去试试看。市民或者警察还会把您抓住送回来。"

"对,对,这倒是实话……"伊万·德米特里奇说了一句,擦了擦脑门儿。"这太可怕了!可我怎么办呢?怎么办哪?"

伊万·德米特里奇的嗓音和他那张年轻人的带着各种神情的聪明面孔,让安德烈·叶菲梅奇心里觉得很喜欢。他想爱抚爱抚这个年轻人,宽慰宽慰他的心。他挨着他在床边坐下,想了一想,说道:

"您不是问怎么办吗?就您的情况来说,最好的办法就是从这里逃走。但是,很遗憾,这样做没有用。您还会被逮住。如果一个社会能够保护自己免受罪犯、精神病人和一切捣乱的人伤害,那么它是不可战胜的。您只有一条路可走:静下心来想想,您待在这儿是必要的。"

"这个谁都不需要。"

"既然有监狱和疯人院,那就得有人去蹲那儿。不是您,那就是我;不是我,就是别的什么人。您等着,在遥远的将来,当监狱和疯人院寿终正寝了,那就既不会有窗户上的铁栅栏,也不会有住院大褂了。

当然,这一天早晚会到来的。"

伊万·德米特里奇揶揄地笑了笑。

"您在说笑话呢,"他眯着眼睛说。"像您和您的帮手尼基塔这样的老爷们跟将来一点关系也没有,不过您尽可放心,先生,美好的时代一定会到来的!就算我说得很庸俗,您可以笑话,可是新生活的朝霞必将光芒四射,真理必将胜利,我们也会有出头之日!我是等不到了,我早死了,但总是有人的后代会等到的。我由衷地向他们致敬,我高兴,替他们高兴!前进!愿上帝帮助你们,朋友们!"

伊万·德米特里奇两眼闪闪发亮,站了起来,双手伸向窗户,声音激动地接着说道:

"从这些栅栏的后面为你们祝福!真理万岁!我真高兴!"

"我看不出有特别的理由值得高兴。"安德烈·叶菲梅奇说。他虽觉得伊万·德米特里奇的举动有些做作,却觉得也很喜欢。"监狱和疯人院不会有了,而且真理,诚如您所说,一定会胜利,不过事物的本质却不会改变,自然规律将依然如故。人们还会像现在一样生病、衰老和死亡。无论有多么灿烂的朝霞照耀您的生活,到头来您还是要被钉进棺材,被扔进墓穴里。"

"那么长生不老呢?"

"欸,得了吧!"

"您不相信就拉倒,可是我信。陀思妥耶夫斯基或者伏尔泰的书里有个人说,即使没有上帝,那他也会被人们编造出来。我深信不疑,即使没有长生不老,那它也早晚会由伟大的人类智慧创造出来。"

"说的好,"安德烈·叶菲梅奇高兴得笑着说道。"您有信仰,这很好。有了这种信念,被砌在墙里①的人也能快快活活地过日子。请问,您在哪儿念过书吧?"

"是的,我念过大学,不过没念完。"

---

① 指古代的一种刑法,将活人封砌在墙里致死。

"您是个有头脑而又善于思考的人。在任何情况下您都能做到心平气静。力求理解生活的那种自由而深刻的思索和对无谓忙碌彻底的鄙视,是人类迄今所知的两种最高境界的精神财富。您也能够拥有它们,尽管您生活在这三道栅栏的里面。第欧根尼①住在木桶里,然而他比人间所有的帝王更幸福。"

"您那个第欧根尼是傻瓜,"伊万·德米特里奇闷闷不乐地说。"您跟我提第欧根尼和理解不理解干什么?"他突然火冒三丈并跳了起来。"我爱生活,爱得很热烈!我得的是迫害狂症,总有种折磨人的恐惧感,但是我也时常有一心渴望生活的时候,这时我就害怕会发疯。我特别想生活,特别想!"

他激动地在病房里走了一会儿,接着压低嗓音说:

"每当我渴望的时候,脑子里就出现种种幻象。不断有人来找我,我听见说话声、音乐声,我还觉得我在什么树林里、在海边散步,于是我那么地渴望奔忙、操劳……请告诉我,嗯,那边有什么新闻?"伊万·德米特里奇问道。"那边怎样了?"

"您是想知道城里的情况呢,还是总体情况?"

"嗯,先给我讲讲城里的事,然后再说总体的。"

"也好。城里沉闷得受不了……没有一个人可以一起说说话,也没一个人的话可以听一听。新面孔没有。还别说,前不久来了个年轻医生霍博托夫。"

"他还在我没进病房的时候就来了。怎样,粗野吧?"

"对,一个没教养的人。说来奇怪,知道吗……从种种迹象看来,我们的都市里并无思想上的停滞现象,都有进展,也就是说,那里也应该有些真正的人,可是不知为什么每次从那些地方派来的都是这么一些让你看不上眼的人。倒霉的城市!"

---

① 第欧根尼(约前412—前324),古希腊哲学家,传说他因信奉禁欲主义而住在木桶里。

"是啊，倒霉的城市！"伊万·德米特里奇叹了口气并笑了起来。"那总体情况呢？报纸杂志上都在说些什么？"

病房里已经黑了。大夫站起身来，开始讲述国内外报刊所发表的文章和当前出现的思想倾向。伊万·德米特里奇聚精会神地听着并提了一些问题，可是突然间，仿佛想起什么可怕的事情，把脑袋一抱，躺到床上，背冲着大夫。

"您怎么啦？"安德烈·叶菲梅奇问。

"您休想再听见我说一句话！"伊万·德米特里奇粗鲁地说道，"别烦我！"

"因为什么呀？"

"跟您说：别烦我！干什么？"

安德烈·叶菲梅奇耸了耸肩膀，叹了口气，就走了。经过穿堂的时候，他说：

"最好把这里收拾一下，尼基塔……太难闻了这气味！"

"是，大人。"

"多可爱的年轻人哪！"安德烈·叶菲梅奇一边往自己住处走，一边想道，"我在这里住了这么久，他好像还是头一个值得一起聊聊的人呢。他善于思考，所关心的正是应该关心的事情。"

他在看书和躺下睡觉的时候，心里一直想着伊万·德米特里奇，而转天早上醒来之后，想起昨天结识了一位聪明而又有趣味的人，于是决定，等有机会就再去看他一次。

十

伊万·德米特里奇躺在床上，仍旧是昨天那个姿势，双手抱着脑袋，蜷着两腿。他的脸看不见。

"您好，我的朋友，"安德烈·叶菲梅奇说，"您没睡着吧？"

"首先，我不是您的朋友，"伊万·德米特里奇把脸埋在枕头里说，

"其次,您是白费劲:您从我嘴里套不出一句话去。"

"奇怪……"安德烈·叶菲梅奇尴尬地嘟囔一句。"昨天咱们谈得那么投机,可突然间您不知怎么一生气,就一下子中断了……恐怕是我哪句话说得有些不妥当,或者,也许是我说了跟您的见解不同的想法……"

"不错,所以我也奉劝您一句!"伊万·德米特里奇一面说,一面欠起身来,眼里带着嘲弄和不安的神情望着大夫;他的两只眼睛红通通的。"想刺探和打听,您可以去别的地方,在这儿您没什么事可做。我昨天就明白您是来干什么的了。"

"奇怪的想法!"大夫淡然一笑,"这么说,您认为我是密探喽?"

"对,我认为是……是密探还是大夫,这无所谓,反正我是被送到大夫这里来测试的。"

"哎呀,您真是个,说实在的,对不起……怪人!"

大夫坐到病床旁边的凳子上,责怪地摇了摇头;

"就算您说的有理,"他说,"就算我存心不良想套您的话,好报告警察局,把您逮捕,然后判刑。可是,难道上法庭和蹲监狱您觉得就不如在这里吗?要是判您永久流放,甚至服苦役,难道就不如蹲在这小平房里吗?我认为,不见得……那有什么好怕的呢?"

显然,这一番话对伊万·德米特里奇起了作用。他不声不响地坐了起来。

已是下午四点多钟。这个时候,安德烈·叶菲梅奇通常是在自己的住房里踱步,而达里尤什卡则问他是否该喝啤酒了。窗外和风丽日,一派明媚春光。

"我吃过午饭出来溜达溜达,顺便过来看看,正如您所看到的,"大夫说,"完全是春天了。"

"现在几月啦?三月了吧?"伊万·德米特里奇问。

"对,三月末。"

"外面烂吗?"

"不，不太烂。花园里已经有路好走了。"

"现在要是弄辆马车去城外转转倒是不错，"伊万·德米特里奇揉了揉他那通红的眼睛，好像刚睡醒似的，说，"然后回到家里那温暖舒适的书房……再找个好大夫治一治头疼……我已经好久没像个人样地过他两天日子了。而这里很糟糕！糟糕得受不了！"

经历昨天的激奋以后，他疲惫不堪，萎靡不振，连说话都勉勉强强的。他两手发抖，从脸色可以看出，他头疼得很厉害。

"温暖舒适的书房和这病房没有任何不同。"安德烈·叶菲梅奇说。"人的安宁和满足不在他的身外，而在他的内心。"

"此话怎讲？"

"普通人指望好与坏来自身外，就是说来自马车和书房，而有头脑的人则指望来自自身。"

"您快走，到希腊去宣传这套哲学吧，那儿暖和，到处是酸橙味儿，在这里它不适应气候。我跟谁说过第欧根尼来着？是跟您吧？"

"对，昨天跟我。"

"第欧根尼不需要书房和温暖的房间；那儿本来就够热的，只要躺在木桶里，再吃些橙子和橄榄就行了。他要是有可能到俄罗斯来住的话，别说十二月，五月份就会闹着要进屋了。想必会冻得缩成一团的。"

"不。寒冷跟各种各样的疼痛一样，是可以感觉不到的。马可·奥勒留[①]说：'疼痛不过是它被强烈感受到的一种表象：一旦加强了意志力，改变这一表象，逼退它，别提它，那么疼痛就消失了。'这话说的对。一名高士，或者，通俗地说，一个有头脑的、爱思考的人，他高就高在蔑视痛苦；他一向知足，看什么也不觉得奇怪。"

"这么说，我是个白痴，因为总感到痛苦，总不满足，而且对人的卑鄙龌龊总感到吃惊。"

---

① 马可·奥勒留（公元121—180），古罗马安东尼王朝的皇帝。斯多葛派哲学家。

"您这话说的就不对了。只要您多想想,您就会明白,让我们不安的那一切外在事物是多么的卑微了。应该力求理解生活,而理解之中就有真正的幸福。"

"理解……"伊万·德米特里奇皱起了眉头。"外在的,内在的……对不起,我不懂这些。我只知道,"他站起身来,气呼呼地望着大夫,说,"我知道,上帝用热血和神经造出了我,是啊!而一个有机组织,既然它有生命力,就应该对一切刺激作出反应。所以我也有反应!对疼痛我报以喊叫和泪水,对卑鄙行为报以愤慨,对可耻勾当报以厌恶。依我看,这才配叫生活。机体越低级,它的感觉越迟钝,对刺激的反应也就越微弱;而机体越高级,它就越敏感,对现实的反应就越强烈。怎能不懂这点道理呢?一个大夫,居然不懂这样一些简单的东西!要想蔑视痛苦,永远知足,并且对什么都不惊不怪,就必须达到这种地步,"说着,伊万·德米特里奇指了指痴肥臃肿的庄稼汉,"要不就用痛苦把自己磨炼到这么一种程度,失去对它们的一切感觉,也就是,换句话说,不再活着。对不起,我不是高士,也不是达人,"伊万·德米特里奇忿忿地接着说,"所以对那些高论我一窍不通。我讲不出什么大道理。"

"恰恰相反,您推论得非常好。"

"您所仿效的斯多葛派①,都是些优秀人物,可是他们的学术两千年前就停滞不前了,一丁点儿发展也没有,将来也不会有发展,因为它不切合实际,不贴近生活。它只是受到那些终生致力于研究和品味各种学术的少数人的好评;而大多数人却不懂得它。一种宣扬淡漠财富和生活的舒适、蔑视痛苦和死亡的学术,对于绝大多数人来说,是根本无法理解的,因为这个大多数从没享受过财富和舒适生活条件;而蔑视痛苦对于他们就等于蔑视生活本身,因为人的整个身心就是由

---

① 公元前4世纪,古代奴隶制兴起时的一个哲学派别,鼓吹人完全听从命运的宿命论观点。

饥饿感、寒冷感、屈辱感、失落感和哈姆雷特式的怕死感构成的。这些感觉就是全部的生活：可以为它所累，可以痛恨它，但不可以蔑视它。是的，没错，我再说一遍，斯多葛派的学术永远不会有前途，而在不断进步着的，从古至今，正如你所看到的，是斗争，是对疼痛的敏感，是对刺激作出反应的能力……"

伊万·德米特里奇突然失去了思路，停了下来，懊恼地揉了揉脑门儿。

"本想说件重要的事，可是一下塞住了。"他说，"我说什么来着？哦，对！我是想说：斯多葛派的一个人卖身为奴，为的是赎出自己的亲人。您看，就是说，斯多葛派也对刺激作出过反应，因为要采取这种舍己为人的举动，需要有颗愤怒的、痛苦的心灵。我在这监狱里把过去所学的东西都忘光了，不然还能想起点儿什么来。拿基督来说可以吧？基督对现实往往报以哭泣、微笑、悲伤、生气，甚至郁闷；他并没有面带微笑去迎接痛苦，也没有蔑视死亡，而是在客西马尼花园里祈祷，求这痛苦放过他[①]。"

伊万·德米特里奇一阵哈哈大笑，坐了起来。"

"就算人的安宁和满足不在他身外，而在他内心，"他说，"就算应该蔑视痛苦并且遇事不怪。可是您又有何理由传布这种东西呢？您是达人吗？"

"不，我不是达人，但是传布这种东西应该是每个人的事，因为这种东西合情合理。"

"不，我想知道，为什么您觉得在理解生活和蔑视痛苦等等问题上自己很在行呢？难道您过去受过苦？您懂得什么叫痛苦吗？请问：您小时候挨过打吗？"

"没有，我的父母一向厌恶体罚。"

"可我常常被父亲打得很惨。我父亲是个专横的、得痔疮的官吏，

[①] 参见《圣经·马太福音》第26章36节。

长长的鼻子，黄黄的脖子。不过还是说说您吧。您这一辈子没人碰过您一指头，没人威吓过您，没人折磨过您；您健壮得像头牛。您在父亲的羽翼下成长，用他的钱上学，然后马上就占了个肥缺。二十多年来您住着不用花钱的房子，有暖气，有电灯，有佣人，同时有权利干活，爱怎么干就怎么干，爱干多少就干多少，哪怕一点不干也无所谓。您生性懒惰，优柔寡断，所以您尽量把自己的生活安排得舒舒服服，一成不变。事务您统统推给了医士和其他混蛋，而自己享温饱，得清静，攒钞票，读闲书，寻思各种被无限拔高的没用东西，并且（伊万·德米特里奇瞟了一眼大夫的红鼻子）用小啜痛饮来自娱自乐。一句话，生活您过去没见过，现在也根本不懂它，您对现实的了解仅仅是理论上的。而您蔑视痛苦和遇事不怪的原因却很简单：一切皆空，外在和内在，蔑视生活、痛苦和死亡，探索真正的财富——这一切都是空话，最适合俄国懒汉的空话。比方说，您见到一个爷儿们在打老婆。何必去劝架呢？让他打呗，反正他们俩早晚都得死；再说了，打人者所侮辱的不是被打者，而是打人者本身。纵饮无度是愚蠢的，不过，喝是死，不喝还是死。来了一个老婆子，牙疼……咳，那有什么？疼就是疼痛的表象，再说了，都是吃五谷杂粮的，不可能没病没灾，我们都是要死的，所以，老婆子你快走开，别妨碍我思考和喝酒。一个年轻人来讨教怎么办，如何活；回答之前，被问的人可能会犹豫不决，其实答案是现成的：你去努力思考或者去争取真正的幸福。而这虚幻的'真正的幸福'是什么呢？没有答案，当然。我们被关在这铁窗的里面，挨糟蹋，受折磨，可是这很好，也很合理。因为在这病房和那温暖舒适的书房之间没有任何差别。好便宜的哲学：什么没有办法，什么问心无愧，什么觉得自己是圣贤……不对，阁下，这不是哲学，不是思维，不是眼界开阔，而是懒惰、乞讨、羊角疯……没错！"伊万·德米特里奇又生起气来。"您蔑视痛苦，可要是用房门挤一下您的手指，恐怕您照样会扯破嗓子喊起来！"

"也许不会喊。"安德烈·叶菲梅奇微微一笑，说道。

"是呀,那还用说！可您听着,要是您一下子瘫痪了,或者,比如说,某个蠢货和混蛋依仗自己的权势当众羞辱了您,而且您要是知道他不会受到惩罚,哼,到那时您就会明白叫别人去理解,去寻求真正的幸福是怎么回事了。"

"这话倒很独特,"安德烈·叶菲梅奇满意地笑着并搓着手,说。"您总结概括的天赋让我感到惊讶和高兴,而您刚才对我所做的评价简直太精彩了。说真的,同您交谈能给我带来巨大的欢乐。总之,我把您的话听完了,现在您也请听我说说吧……"

十一

这次谈话又持续了将近一个钟头,并且显然给安德烈·叶菲梅奇留下了深刻的印象。他开始天天去平房了。他上午去,下午也去,就连晚上天黑的时候人们也常常发现他跟伊万·德米特里奇在交谈。起先伊万·德米特里奇还躲着他,怀疑他用心不良,并且公开表示过敌意,可是后来跟他处熟了,就把那生硬的态度换成了体谅而又含讥讽的态度。

很快医院里就流言四起,说安德烈·叶菲梅奇大夫开始常去探视六号病房了。医士也好,尼基塔也好,护士们也好,谁也弄不明白他去那儿干什么,为什么在那儿一坐几个钟头,都谈些什么,为什么也不开药方。他的举动让人觉得很奇怪。米哈伊尔·阿维里亚内奇常常发现他不在家,这在以往是从来没有过的。就连达里尤什也很忐忑不安,因为大夫喝啤酒已经没有了固定的时间,有时甚至耽误了吃午饭。

有一天,这已是六月末,霍博托夫大夫有事来找安德烈·叶菲梅奇;因为在家没碰上他,霍博托夫就满院子找开了;在这里有人告诉他,老大夫去了精神病人那儿。霍博托夫走进平房,在穿堂里一站,听见了这么一场对话:

"咱俩永远也谈不到一起去,要我认同您的信仰,您办不到。"伊万·德米特里奇气呼呼地说,"对现实生活您根本不熟悉,而且您从来没受过苦,只是像个醉鬼一直靠别人的痛苦在生活着,而我可是不断地受苦受难,打出娘胎直到今天。所以我把话说明了:我认为我比您高明,各方面都比您在行。用不着您来指教我。"

"我根本没想要您认同我的信仰,"安德烈·叶菲梅奇小声说道,声音里带着对别人不愿理解他的遗憾。"而且问题并不在这里,我的朋友。问题并不在于您受过苦,而我没有。苦和乐都是暂时的;我们不谈这些,随它们去吧。而问题在于我和您都在思考;我们彼此都认为对方是善于思考和推理的人,这就能使我们团结一致,尽管我们的观点各不相同。您可知道,我的朋友,我多么厌恶普遍存在的横行无忌、平庸无能和愚昧无知,每次跟您交谈又是多么高兴哪!您是个聪明人,所以我很欣赏您。"

霍博托夫把门推开一条缝,往病房里瞥了一眼。头戴着尖顶小帽的伊万·德米特里奇和安德烈·叶菲梅奇大夫并排坐在床边。疯子做着鬼脸,浑身哆嗦,还不时神经质地掩着大褂的衣襟,而大夫坐着一动不动,低着脑袋,脸色红红的,神情显得无奈而沮丧。霍博托夫把肩膀一耸,冷笑了一下,同尼基塔互相使了个眼色。尼基塔也耸了耸肩膀。

第二天,霍博托夫带着医士来到平房。两人站在穿堂里偷听。

"咱们的老爷子看来是彻底疯掉了!"霍博托夫一面打平房里往外走,一面说。

"主啊,饶恕我们这些罪人吧!"衣冠楚楚的谢尔盖·谢尔盖伊奇一面小心翼翼地绕着水洼,以免弄脏脚上那双擦得锃亮的皮靴,一面叹道。"说实在的,尊敬的叶夫根尼·费奥多雷奇,我早就料到会这样了!"

十二

打这以后,安德烈·叶菲梅奇就发觉,身边的有种现象让他琢磨不透。杂役、护士和病人一见他总是先疑惑不解地看看他,接着就叽叽咕咕议论一番。他过去总喜欢在医院的花园里碰见小姑娘玛莎,督察员的闺女,可现在每当他笑嘻嘻地走过去想摸摸她的小脑袋时,不知怎么她就跑开了。邮政局长米哈伊尔·阿维里亚内奇听他说话的时候已经不说"一点儿不错",而不知为什么总局促不安地嘟囔:"是,是,是……"看着他的眼神也变得若有所思而又郁郁不乐了。不知为什么他开始劝说自己的朋友别再喝伏特加和啤酒,不过作为一个讲礼貌的人,劝的时候并不直说,而是暗示,有时说一个营长,一个非常出色的人,有时说一个团里的神甫,一个讨人喜欢的年轻人,他们经常喝酒,也经常闹病,可是把酒一戒,什么病都没了。来看望过安德烈·叶菲梅奇两三次的还有同事霍博托夫;他也劝安德烈·叶菲梅奇别再喝酒,并且没有任何明显理由地建议他服用溴化钾。

八月份,安德烈·叶菲梅奇收到市长发来的一封信,请他前去商议一件很重要的事情。安德烈·叶菲梅奇按约定的时间来到参议会,在那儿碰上了兵役长官、县立学校的文职督学、参议员、霍博托夫,还有一位胖胖的、浅色头发的先生,有人给他介绍说是位大夫。这位大夫有个波兰人的、很拗口的姓氏,家住离城三十来俄里的养马场,这会儿在城里是路过。

"这儿有份申请涉及您所管辖的事务,"众人寒暄了一番并在桌旁坐下之后,参议员对安德烈·叶菲梅奇说。"叶夫根尼·费奥多内奇说,主楼里的药房有些挤,说应该搬到一个平房里才好,这,当然,这倒没什么,搬是可以搬的,不过主要的原因是,平房他想修缮一下。"

"对,不修不行,"安德烈·叶菲梅奇想了想,说。"如果,比方说,把角上的那栋平房修一修做药房，那么我估计需要 minimum① 五百来卢布。这笔开支是非生产性的。"

众人沉默了一会儿。

"我十年前就有幸呈报过。"安德烈·叶菲梅奇小声地接着说道。"这家医院以它目前的状况，对县城来说是个超过其财力的奢侈品。它是四十年代建造的，可要知道当时的做法不一样。而今县城把钱过多地花费在不必要的土建和多余的职位上。我认为，用这些钱，如果采用其他办法的话，足可以开两家极好的医院。"

"那么，咱们就采取其他办法吧！"参议员连忙接过话茬说。

"我已经有幸呈请过：将医疗部门移交地方自治局管理。"

"得了吧，您要把钱给了自治局，那它就会窃为自己有了。"浅色头发的大夫笑道。

"这是惯例。"参议员附和道，说着也笑了起来。

安德烈·叶菲梅奇无精打彩地看了一眼浅色头发的大夫，说道："说话要公道。"

又沉默了一会儿。上茶。兵役长官不知怎么很不好意思地隔着桌子碰了一下安德烈·叶菲梅奇的手，说：

"您干脆把我们都忘了，大夫。不过，您是修道士：牌不打，女人也不喜欢。跟我们这种人交往您一定觉得没意思。"

众人说起了正派人在这城里住着很无聊。既没戏看，也没音乐听，而俱乐部里最近举办的一次舞会上二十来个女士才有两个男舞伴。年轻人不跳舞，没事就光顾小吃部，要不就打牌。安德烈·叶菲梅奇低着头谁也不看，慢条斯理而平心静气地说起什么很遗憾，非常遗憾，城里人把自己的精力、自己的心思和智慧都花在了打牌和搬弄是非上了，不会也不愿意聊些有趣的话题，读些有用的书来打发时间，不愿意享受智慧所能提供的那种乐趣；唯有智慧才有意义和值得称道，而

---

① 拉丁语：至少。

其余的一切都是浅薄和微不足道的。霍博托夫仔细地听着自己的同事,突然问道:

"安德烈·叶菲梅奇,今天几号啦?"

听了回答以后,他和浅色头发的大夫就用自己也觉得很笨拙的那种主考官的腔调,问起了安德烈·叶菲梅奇,今天星期几,一年有多少天和六号病房里是不是住着一位非凡的先知。

回答最后一个问题的时候,安德烈·叶菲梅奇脸上一红,说:

"对,这是个虽然有病,但很有意思的年轻人。"

往下再没人向他提出任何问题。

当他在前厅穿大衣的时候,兵役长官一手搭在他的肩上,叹了口气说:

"咱们老家伙该休息喽!"

从参议院出来以后,安德烈·叶菲梅奇才醒过味儿来,这是为检查他的思维能力而指定的一个考委会。他回想起向他提出的那些问题,面孔不禁涨得通红,不知为什么现在他生平第一次为医学感到伤心和遗憾起来。

"我的天哪,"他回忆着两个医生刚才考察他的情形,心里想道,"他们可是不久前刚听过精神病学课,考过试的呀,——哪来的这种十足的无知呢?他们对精神病学连一点儿概念都没有哇!"

于是他生平头一次感到自己受了侮辱,被激怒了。

当天晚上,他家里就来了米哈伊尔·阿维里亚内奇。邮电局长连招呼也没打,就径直走到他跟前,握住他的双手,嗓音激动地说:

"我亲爱的,我的朋友,请向我证明一下您相信我的真诚和好意并把我当成自己的朋友吧……我的朋友啊!"然后又不容安德烈·叶菲梅奇张口,激动地接着说道:"我喜欢您,是因为您学问高深和心灵高尚。听我说,我亲爱的。学科的准则使大夫们有义务对您隐瞒真情,可我要按军人的脾气有话直说:您有病啦!请原谅我,我亲爱的,可这是真的,这一点周围所有的人早有觉察啦。刚才叶夫根尼·费奥多雷奇对我说，为您的健康着想，您必须休息休息，出去散散心。一点儿不错啊！太好啦！就这几天我请个假，出去呼吸呼吸新鲜空气。您可要证明一下，您是我的朋友，咱们一道走！咱们走，像年轻的时候那样好好玩儿他一通。"

"我觉得自己十分健康。"安德烈·叶菲梅奇想了想，说。"出远门可不行。请允许我用别的什么办法向您证明咱们的友情吧。"

出门远游，不知道去干什么，放下书刊，丢下达里尤什卡，离开啤酒，急剧改变二十年来确立的生活方式，——这种主意乍听起来让他觉得古怪而又离奇。可是他想起了在参议院的那一席对话和他从参议院回家的路上所体验的那种痛苦心情，于是短时间离开愚蠢的人们认为他是疯子的县城这一念头让他动了心。

"那您到底打算去那儿呢？"他问道。

"去莫斯科，去彼得堡，去华沙……在华沙我度过了我一生中最幸福的五年。那城市真是太美了！咱走吧，我亲爱的！"

十三

过了一个星期，有人建议安德烈·叶菲梅奇休息，也就是申请退职，对此他态度很淡然。又过了一个星期，他和米哈伊尔·阿维里亚内奇已经坐在四轮驿车上，朝近处的火车站驶去了。天气凉爽晴好，天空湛蓝湛蓝，远方清澈透亮。到火车站二百俄里的路程走了两天，途中歇了两夜。在驿站上，每当喝茶时端上来的杯子洗得不干净，或者套车的时间过长，米哈伊尔·阿维里亚内奇便气得满脸通红，全身哆嗦，大声斥责："住嘴！少废话！"坐在四轮驿车上的时候，他一刻不停地讲述自己在高加索和波兰王国的旅行。有过多少奇遇，多么热情的接待！他说话声音洪亮，同时瞪着一副吃惊的眼睛，你会以为他是在撒谎。此外，讲述的时候，他满嘴的气息直冲安德烈·叶菲梅奇的脸，还冲着他的耳朵哈哈大笑。这使大夫感到压抑，也让他无法思考问题和想自己的心事。

为了省钱，一路上坐的都是三等车，不吸烟车厢。乘客有一半是上流人士。米哈伊尔·阿维里亚内奇很快就跟所有的人混熟了，并且从这排座椅走到那排座椅，扯着嗓门儿说什么就不该坐这些可恶的火车。整个儿就是一场骗局！要是骑马那就好多了：一天跑上一百俄里①，你还会觉得浑身舒坦，精力充沛。而我们这儿收成不好，是因为平斯克沼泽被排干了。总之，乱七八糟，非常可怕。他情绪激昂，只顾扯着嗓门儿自己说话，不让别人插嘴。这没完没了的废话夹杂着震耳欲聋的笑声和富有表情的手势，让安德烈·叶菲梅奇感到厌烦。

"我们两个谁是疯子？"他懊丧地想。"是我这个尽量不打扰乘客的人，还是这位自以为比大伙儿都头脑聪明、兴趣广泛而让人不得安宁的自私鬼呢？"

在莫斯科，米哈伊尔·阿维里亚内奇穿上了不带肩章的军礼服和带红饰条的军裤。上街时，戴着军帽，穿着军大衣，因而士兵们都纷纷向他立正行礼。安德烈·叶菲梅奇现在觉得，这是一个把自己曾经有过的老爷气度中所有好的东西挥霍殆尽，只剩下一些恶习的人。他喜欢让别人伺候，甚至在根本就不需要伺候的时候。火柴就放在他面前的桌子上，他也看到了，可他却冲人嚷嚷，要人把火柴递给他；当着女仆他也毫无顾忌地穿着内衣转来转去；对所有的仆人，他一概以"你"相称，而发起火来，则管他们叫笨蛋或傻瓜。这在安德烈·叶菲梅奇看来，虽然是老爷派头，但是很可恶。

首先，米哈伊尔·阿维里亚内奇把自己的朋友带往伊维尔教堂。他祷告的时候很虔诚，不住地深深鞠躬，眼里含着泪花。祷告完毕，他深深地叹了口气，说：

"即使你不信教，可是祷告一番，那也心里塌实些。您吻一吻吧，亲爱的。"

---

① 俄国的旧长度单位，1俄里等于1.06公里。

安德烈·叶菲梅奇觉得难为情，接着还是吻了吻圣像，而米哈伊尔·阿维里亚内奇则撮起嘴唇，微微摇晃着脑袋，叽里咕噜祷告了一番，于是他的眼眶里又涌出了泪水。接着他们去了克里姆林宫，在那里看了看炮王和钟王，甚至还伸手摸了摸，观赏了一下莫斯科河南岸的风光，转了转救世主教堂和鲁缅采夫博物馆。

他们吃午饭的地方是捷斯托夫饭店。米哈伊尔·阿维里亚内奇一面捋着络腮胡子，一面查看了半天菜单，接着用一贯在饭店的感觉就像在家一样的美食家的腔调说：

"倒要看看你们今天能弄出些什么菜给我们尝尝呢，安琪儿！"

十四

大夫跟着游览、吃喝，可是他的感觉只有一个：恼恨米哈伊尔·阿维里亚内奇。他想单独休息休息，离开他，躲起来，而这位朋友却认为自己的责任就是不让他离开一步，给他提供尽量多的娱乐活动。等实在没有什么好看的时候，他就用闲聊来给他解闷。安德烈·叶菲梅奇耐着性子忍了两天，可第三天告诉自己的朋友，他病了，想留在家歇一天。朋友说，既然这样，他也留下。的确，也该休息一下了，不然这样跑下去连腿都要跑折的。安德烈·叶菲梅奇躺到长沙发上，脸冲靠背，咬紧牙关，听着朋友在絮叨。朋友一个劲儿地对他说，法国早晚必定摧跨德国，莫斯科的骗子很多，光凭外表并不能断定马的优劣。大夫听得耳朵里嗡嗡直响，心脏怦怦直跳。可是要请朋友走开或者闭嘴，出于礼貌，他又下不了决心。幸好，米哈伊尔·阿维里亚内奇在房间里坐闷了，于是吃过午饭便独自出门逛街去了。

剩下一个人以后，安德烈·叶菲梅奇终于有了休息感。一动不动地躺在沙发上，体验到只有一个人在房间里，这是多么舒坦哪！真正的幸福离不开独身自处。堕落天使之所以背弃了上帝，可能就是因为想过一过天使们不懂的那种独身自处的生活吧。安德烈·叶菲梅奇本想回忆一下近几天来的所见所闻,可是米哈伊尔·阿维里亚内奇却一直在他脑子里萦绕不去。

"他请了假,陪我出来,都是出于友情,出于舍己为人哪。"大夫不无懊恼地想道。"这朋友式的保护是再糟糕没有了。你看,好像他既善良,又慷慨,也是个乐天派,其实很乏味。乏味得让人受不了。同样也有这么一些人,他们一开口全是聪明话和好话,可你却觉得他们都是一些蠢人。"

接着一连几天,安德烈·叶菲梅奇都称病而没出过房门。他脸冲沙发靠背躺着,朋友用聊天为他解闷,他痛苦不堪;朋友外出,他便休息养神。他既恼恨自己出门旅行,也恼恨朋友变得越来越饶舌和放肆;他想调整一下自己的思绪,去思考些严肃的、高尚的问题,可是怎么也办不到。

"我这是在受着伊万·德米特里奇所说的那种现实生活的制,"他想道,心里在生自己胸襟狭隘的气。"其实,无稽之谈……等我回到家里——一切就又恢复原样了……"

到了彼得堡,还是那一套:他成天成天地不出房门,躺在长沙发上,如果说偶尔也爬起来的话,那只是为了喝杯啤酒。

米哈伊尔·阿维里亚内奇一个劲儿地催着去华沙。

"我亲爱的,我去那儿干吗呀?"安德烈·叶菲梅奇用央求的口气说。"您自个儿去吧,我呢,您就让回家吧!求您了!"

"无论如何不行!"米哈伊尔·阿维里亚内奇抗议道。"这是个非常美丽的城市。在那里我度过了一生中五个最幸福的年头呢!"

安德烈·叶菲梅奇所缺少的就是坚持己见的性格,于是违心地去了华沙城。在这里,他足不出户,躺在沙发上,生自己的气,生朋友的气,还生那些坚决不愿听人说俄语的仆役的气,可米哈伊尔·阿维里亚内奇照常精神抖擞,喜形于色,从早到晚逛大街,满城寻找老熟人。好几次还彻夜未归。有一天,不知在哪儿过了一夜,回来时已是清晨,情绪十分激动,满脸通红,蓬头散发。他在房间里来回转悠了

老半天,一边转悠,一边喃喃自语,后来停下脚步,说:

"名声是头等大事!"

他又来回转悠了一会儿,突然双手抱住脑袋,声音凄惨地说道:

"对,名声是头等大事!我最先想起要来这巴比伦①的那一刻真该死!我亲爱的,"他转身对大夫说,"您鄙视我吧:我赌输了!借我五百卢布吧!"

安德烈·叶菲梅奇数了五百卢布,一声不响地递给了自己的朋友。对方依然羞愧和恼火得满脸通红,前言不搭后语地发了一通什么毫无必要的毒誓,走了出去。两个来钟头过后,他回到旅馆,往单人沙发里一躺,大声叹了口气,说:"名声保住了!咱们走吧,我的朋友!这该死的城市我一分钟都不想多待。一帮骗子!奥地利的奸细!"

两个朋友回到自己的县城,已经是十一月了,街上到处是厚厚的积雪。安德烈·叶菲梅奇的位子已被霍博托夫占据了;他还住在原先的单元里,等着安德烈·叶菲梅奇旅行回来,腾出医院的住房。他对外称做自己厨娘的那个丑女人已经搬进一栋平房里。

县城里又传开了关于医院的流言蜚语。说那个丑女人跟督察员吵了一架,这位督察员好像还跪在她面前,向她求饶来着。

安德烈·叶菲梅奇回来以后,转天就不得不另找住处了。

"我的朋友啊,"邮政局长怯生生地对他说,"请原谅我问句不该问的话:您有多少钱?"

"八十六卢布。"

"我问的不是这个,"米哈伊尔·阿维里亚内奇不好意思地说,他没听懂大夫的话。"我是问,您总的家底怎么样?"

"我不是说了吗,八十六卢布……多一个子儿也没有。"

米哈伊尔·阿维里亚内奇虽然认为大夫是个诚实而高尚的人,但是此前一直怀疑他至少有两万卢布的家产。而现在,得知安德烈·叶

---

① 城名"巴比伦"意为"变乱的城",借喻华沙是个满目乱象的城市。

菲梅奇一贫如洗，无以为生，他不知怎么突然泪流满面，一把抱住了自己的朋友。

十五

安德烈·叶菲梅奇住在小市民别洛娃家一栋带三个窗户的小平房里。这栋平房里，不算厨房，只有三个房间。其中两间，窗户临街，由大夫住着，而第三间和厨房里则住着达里尤什卡和女房东，外加三个孩子。有时，来女房东家过夜的还有她的情夫，一个酒鬼，成宿成宿地胡闹，吓得孩子们和达里尤什卡胆战心惊。他一来就往厨房里一坐，张口就要酒喝，大家都感到憋得慌，大夫出于怜悯就把哭哭啼啼的孩子领到自己的房间，给他们打个地铺，这使他感到莫大的安慰。

起床他依然是在八点钟。喝完早茶，就坐下翻阅自己的旧书刊。买新刊他已经没钱了。也不知是因为书刊陈旧了，还是可能因为环境改变了，阅读已经不能让他全神贯注，而且很快就会让他疲倦了。为了不虚度时光，他就给自己的书刊编写详细目录，往书脊上粘贴标签，因此他觉得这种机械的、需要耐心和细心的工作要比阅读来得有趣。这种单调费事的活计也不知怎么竟然让他渐渐变得心平气静了。因为他什么也不去想，所以时间过得也就快了。甚至坐在厨房里跟达里尤什卡一道削削土豆皮，或者拣拣荞麦仁儿里的杂质，他也觉得很有趣味儿。一到星期六和星期天，他就去教堂。他站在墙边，眯起眼睛，听着唱诗班唱诗，想着父亲、母亲、大学、宗教；他心里觉得安静、忧伤，可然后，走出教堂的时候，他又惋惜礼拜仪式结束得太快了。

他两次去医院看过伊万·德米特里奇，想跟他聊聊天。可是这两次伊万·德米特里奇都异常地激动和生气；他请求不要搅扰他，因为他早就腻味了空谈，说他为所受的一切苦难向那些该死的坏蛋们只请求一个奖赏——单独囚禁。难道连这么点儿要求也不能满足吗？当安德烈·叶菲梅奇两次跟他告辞并祝他晚安时，他都气恼地顶撞说：

"见鬼去!"

因此安德烈·叶菲梅奇现在也不知道该不该再去第三次。而去还是很想去的。

过去,午饭以后,安德烈·叶菲梅奇总要在几个房间里来回走走,思考思考问题,可现在,从吃过午饭一直到喝晚茶的时候,他都躺在长沙发上,脸冲靠背,沉陷于一些无谓的思虑之中,说什么也克制不住。他心里很别扭,因为他从医二十多年,即没给退休金,也没给一次性补助。诚然,他工作不够勤恳,可是退休金是所有职员都拿的,无一例外,不管他们勤恳不勤恳。合乎时代要求的公正就在于:级别、勋章和退休金所报偿的不是道德品质和才能,而是一般的工作,不论它干得如何。那为什么偏偏他一个人是例外呢?他囊空如洗。他进门出门都绕着小铺走,不好意思跟店主打照面。喝啤酒已经欠下了三十二卢布,该给小市民别洛娃的房钱也欠着。达里尤什卡在偷偷地变卖旧衣服和旧书,还骗房东说,过了不多久大夫就会领到很多钱了。

他恼恨自己旅行花掉了攒下的一千卢布。这一千如今能派多大用场哪!他觉得苦恼的是,人们总不断来打扰他。霍博托夫自认为有责任间或来看望看望病中的同事。他那肥头大耳的相貌,那听了叫人难受的、故作姿态的腔调,那满嘴的"同事",还有那双高筒靴子,无不让安德烈·叶菲梅奇感到讨厌;最让人讨厌的,是他认为有责任给安德烈·叶菲梅奇治病,并且以为确确实实是在治着。每次来访,他都要带上一小瓶溴化钾滴剂和一些大黄丸。

连米哈伊尔·阿维里亚内奇也认为有责任常来看望看望朋友,让他开开心。他每次走进安德烈·叶菲梅奇的房间,都装着毫无顾忌的样子,很不自然地哈哈大笑,接着就开始宽慰朋友,说他今天气色非常好,说情况,谢天谢地,正在改善,因而由此可以得出结论,朋友的病情他认为已毫无希望了。他还没还清在华沙所借的那笔钱,难以忍受的羞愧使他抑郁不快、心急如焚,因此他才竭力笑得更响,说话更逗人。他的笑话和故事现在看起来像是没完没了似的,无论对于安德烈·叶菲梅奇,还是对他自己,都是一种痛苦。

即使他来了,安德烈·叶菲梅奇也照样脸冲着墙往沙发上一躺,咬紧牙关听着;他的心头渐渐压上了一层层的积愤,每次这位朋友来访之后,他都觉得,这种积愤变得越来越厚,好像快到嗓子眼儿了。

为了减轻那些无谓的感觉,他赶忙去想,无论他本人,也无论霍博托夫,还是米哈伊尔·阿维里亚内奇,早晚都要死掉,在自然界不会留下甚至一点痕迹。假设百万年后有个精灵飞越地球上空,那么他能看到的也只是一片黄土和光秃秃的悬崖峭壁。一切的一切,无论是文化,还是道德准则,都将消失,甚至连棵牛蒡也长不出来。那么,在小铺老板面前的羞愧感,微不足道的霍博托夫,米哈伊尔·阿维里亚内奇那令人痛苦的友情,又算得了什么呢?这一切都是无稽之谈和鸡毛蒜皮。

然而,这些推断已经无济于事。每当他一想象起百万年以后的地球、光秃秃的悬崖峭壁,立刻就会出现穿着高筒靴的霍博托夫或者强作欢笑的米哈伊尔·阿维里亚内奇,甚至还听见一句羞愧的低语:"在华沙借的那笔钱,亲爱的,这几天就还……一定还。"

十六

有一天,米哈伊尔·阿维里亚内奇来访的时间是午饭后,安德烈·叶菲梅奇正躺在沙发上。事有凑巧,此时此刻露面的还有霍博托夫,他带着一瓶溴化钾。安德烈·叶菲梅奇吃力地爬起来,坐好,两手撑着沙发。

"今天哪,我亲爱的,"米哈伊尔·阿维里亚内奇开口说,"您的气色比昨天好多了。您真精神!真的,精神!"

"也该复原了,该了,同事,"霍博托夫打着呵欠说,"恐怕您自己也腻歪这样拖泥带水的了。"

"咱会复原的!"米哈伊尔·阿维里亚内奇开心地说,"咱还要再活百把年呢！真的！"

"百把不百把的不敢说，活他二十年还是行的，"霍博托夫宽慰道。"没关系，没关系，同事，别灰心丧气……您就别再故弄玄虚了。

"咱还要再露两手呢！"说着，米哈伊尔·阿维里亚内奇哈哈大笑起来，拍了拍朋友的肩膀。"咱再露两手！明年夏天，上帝保佑，咱跑趟高加索，骑马把它全溜过来——嘚！嘚！嘚！等咱从高加所索回来，瞧着吧，说不定还要办他几桌喜酒热闹热闹呢。"米哈伊尔·阿维里亚内奇顽皮地挤了挤眼睛。"给您娶门亲，亲爱的朋友……娶门亲……"

安德烈·叶菲梅奇突然感到积愤快升到了嗓子眼儿；他的心脏猛烈地跳了起来。

"这太庸俗了！"他霍地站起身来，走向窗前，说，"难道你们不明白你们说的都是些低级趣味吗？"

他本想接着把话说得平和而客气些，可是却不由自主地突然攥起双拳，高高举过头顶。

"你们别缠着我！"他扯着嗓子大吼了一声，脸涨得通红，浑身直抖。"滚！两个都滚，都滚！"

米哈伊尔·阿维里亚内奇和霍博托夫站起身来，两眼直愣愣地的盯着他，那神情起先是莫名其妙，接着是惊慌失措。

"两个都滚！"安德烈·叶菲梅奇继续吼道，"两个蠢货！两个笨蛋！我既不需要友情，也不需要你的药水，一个蠢才！庸俗！卑鄙！"

米哈伊尔·阿维里亚内奇和霍博托夫不知所措地你看看我，我看看你，一步一步退向门口，来到前室。安德烈·叶菲梅奇一把抄起装着溴化钾的小瓶，冲着他们的背后使劲扔了过去；小瓶啪的一声在门槛上摔了个粉碎。

"见你们的鬼去！"他追进前室，带着哭腔喊道，"见鬼去！"

客人走后，安德烈·叶菲梅奇像打摆子似的哆哆嗦嗦，躺到沙发上，嘴里又不停地骂了半天：

"两个蠢货！两个笨蛋！"

等他平静下来之后，他首先想到的是，可怜的米哈伊尔·阿维里亚内奇现在恐怕是羞愧难当，这一切太可怕了。过去从来没发生过这种情况。理智和分寸倒是哪去了？冷静和达观又哪去了呢？

大夫羞愧不已，懊悔不迭，彻夜未眠。转天早上，十点左右，他动身去了邮政局，向局长道了歉。

"过去的事咱都别提了，"深受感动的米哈伊尔·阿维里亚内奇一面紧紧握着他的手，一面叹道，"谁提旧事，谁瞎眼珠子。柳巴夫京！"他突然吼了一声，那嗓门儿大得让所有邮政人员和顾客都吓了一哆嗦。"搬把椅子来！你等一等！"他又冲一个女人嚷道，那女人正从栅栏外给他递进一封挂号信。"你没见我正忙着吗？咱不提过去的事，"他又转脸对安德烈·叶菲梅奇温和地接着说，"请坐，恳求您，我亲爱的。"

他默默地抚摩了一会儿膝头，然后说：

"我心里并没生您的气。疾病可是无情的，这我知道。昨天您一发作，可把我和大夫吓坏了，因此我们事后又议论了您好半天。我亲爱的，您为什么不好好治一下您的病呢？难道可以这样吗？请原谅朋友的坦诚。"米哈伊尔·阿维里亚内奇压低了声音说，"您处于一种极其糟糕的境况：拥挤、肮脏、无人照料、无钱看病……我亲爱的朋友，我和大夫一心一意地恳求您，就听一回我们的劝：去住院吧！那里既有对健康有益的饮食，也有人照料。还有人给看病。叶夫盖尼·费奥多罗维奇虽说人不成体统，这话我只对您说说，但却精通医道，完全可以信赖。他答应我一定关照您。"

安德烈·叶菲梅奇被邮政局长那真诚的同情和两颊上突然出现的亮晶晶的泪珠所感动。

"我尊敬的，别相信！"他把一手放到胸口上，小声说道。"别相信他们！这是骗局！我的病仅仅是在于二十年来我在整个县城里只发现一个有头脑的人，不过他也是个疯子。病我是根本没有，我只不过是落入了一个没有出口的魔圈。我无所谓，我愿意面对一切。"

"去住院吧,我亲爱的。"

"我无所谓,哪怕是进坟墓。"

"亲爱的,请答应我,一切听从叶夫盖尼·费奥多罗维奇。"

"好吧,我答应。不过,我得重申一遍,我尊敬的,我是落入了魔圈。如今的一切,甚至我朋友们那真诚的同情,其指向就是一个——我的死亡。我就快死了,我有勇气面对它。"

"亲爱的,您会复原的。"

"说这些干什么呀?"安德烈·叶菲梅奇愤怒地说道,"很少有人在生命的尽头不会体验到我此时此刻的心境。假如有人说您好像有肾脏不好和心房扩大之类的病,而您就去看病,要不说您是疯子或罪犯,也就是,说白了,假如有人突然盯上了您,那么您就要明白,您已经落入了魔圈,再也出不来了。如果您拼命想出来,那您就会越闯越迷糊。就快认输吧,因为什么样的人力都已经救不了您了。我是这么觉得。"

这时,栅栏的旁边聚集了一大群人。为了不妨碍公务,安德烈·叶菲梅奇边起身告辞。米哈伊尔·阿维里亚内奇再次得到他的口头保证,把他送到了大门口。

当天傍晚,安德烈·叶菲梅奇的住处突然来了霍博托夫,身穿短皮袄,脚登高筒靴,并且用仿佛昨天什么也没发生过的语气说道:

"我有事找您,同事。来邀请您:愿不愿意跟我一起去会个诊,啊?"

安德烈·叶菲梅奇寻思,霍博托夫是想邀他去遛遛,散散心,或者真的想让他去赚点儿钱,于是穿上衣服就跟他走了。他很高兴能有机会赎回昨天的罪过并言归于好,心里感激霍博托夫一句没提昨天的事并且显然原谅了他。这个没教养的家伙难得这么懂礼貌。

"您的病人在哪儿呢?"安德烈·叶菲梅奇问。

"在我医院里。我早就想让您给看看了……一个非常有趣的病例。"

两人进了医院的院子,绕过主楼,向住着疯子的平房走去,也不知为什么两人一路默然无语。他们一进平房,尼基塔像平常一样霍地跳了起来,咔嚓一个立正。

"这里一个病号出现了肺部并发症,"霍博托夫一面领着安德烈·叶菲梅奇走进病房,一面悄声说道。"您在这儿稍等片刻,我这就回来,我去取一下听诊器。"

说着便走了出去。

十七

天渐渐黑了下来。伊万·德米特里奇躺在自己的床上,脸埋在枕头里;瘫痪病人坐着一动不动,低声地哭泣,翕动着嘴唇。肥胖的庄稼汉和前分拣员睡着了。静悄悄的。

安德烈·叶菲梅奇坐在伊万·德米特里奇的床沿上等着。可是半个来钟头过去了,病房里进来的却不是霍博托夫,而是尼基塔,抱着住院大褂,不知是谁的内衣裤和便鞋。

"请穿上衣服吧,大人,"他低声说道,"这就是您的床铺,请这边来。"他指着一张显然是不久前才搬进来的空床,补充道:"没关系,上帝保佑,您会康复的。"

安德烈·叶菲梅奇一下全明白了。他二话没说,就朝尼基塔所指的那张床走了过去,坐了下来;见尼基塔站在那儿等着,他立刻把衣服脱了个精光,因而觉得难为情起来,然后他穿上了住院服;长衬裤太短,衬衫又太长,而大褂则散发着一股熏鱼味儿。

"您会复原的,上帝保佑。"尼基塔又说了一遍。

他抱起安德烈·叶菲梅奇换下的衣服,走了出去,随手关上了房门。

"无所谓……"安德烈·叶菲梅奇一面想道,一面不好意思地掩着大褂的两襟,觉得穿着这身新换的衣服俨然是个囚徒。"无所谓……礼服也好,制服也好,这件大褂也罢,反正都一样……"

可是那怀表怎样了?衣兜儿里的记事簿呢?烟卷儿呢?尼基塔把我的衣服抱哪去啦?还有,恐怕一直到死的那天也穿不上长裤、坎肩儿和靴子了。这一切刚开始的时候还真让人觉得有点奇怪,甚至令人不可思议。安德烈·叶菲梅奇直到现在还深信不疑,小市民别洛娃的家跟六号病房之间没有任何差别,还坚信这世上的一切都是无稽之谈,都是浮云粪土,然而他的两手却在发抖,腿脚冰凉,想到一会儿伊万·德米特里奇就会爬起来并看见他穿着大褂,心里一阵惶惶不安。他站起身来,走了个来回,又坐了下来。

眼看他坐了已经半个钟头,一个钟头,于是他厌烦到了忧伤的地步;难道这里可以住上一天,一星期,甚至像这些人一样住上几年吗?他就这样坐了老半天,起来走了走,又坐了下来;可以走过去看看窗外,接着再来回走一走。那然后干什么呢?就这么像个木头人似的总坐着,想心事?不,这未见得可能。

安德烈·叶菲梅奇躺了下去,可是立刻又爬了起来,用袖子擦去额头上的冷汗,顿时觉得他的整个脸都沾上了熏鱼味儿。他又来回走了一趟。

"这好像是场误会……"他困惑不解地摊开双手,说。"得解释清楚,这里有误会……"

这时,伊万·德米特里奇醒来了。他坐了起来,两手握拳托着腮帮子,啐了一口。然后懒洋洋地朝大夫看了一眼,显然起初什么也没明白;但是很快他那张睡意未消的面孔就变得凶狠而带嘲意了。

"啊哈,您也被关到这儿来啦,亲爱的!"他眯起一只眼睛,似醒未醒地扯着嘶哑的嗓子说。"很高兴。从前您喝别人的血,如今人家要喝您的血了。好极了!"

"这好像是场误会……"安德烈·叶菲梅奇连忙说道,被伊万·德米特里奇的话吓坏了;他耸了耸肩膀,又说了一遍:"误会好像是……"

伊万·德米特里奇又啐了一口,躺下了。

"该死的生活!"他嘟囔道。"而且它令人痛苦而又遗憾,因为这生活的结果不是对经受磨难的奖赏,不是像歌剧里那种盛大的结束场面,而是死亡;来几个爷们儿,抓起死者的胳膊和两腿就往地下室拖。

191

嘶！咳，没关系……不过到了阴曹地府我们就出头了……我在阴曹地府变成鬼魂也要来这里吓唬吓唬这些恶棍。我要叫他们头发吓白了。"

莫伊谢伊卡回来了，他一见大夫，马上伸出一只手。

"给点小钱儿吧！"他说。

十八

安德烈·叶菲梅奇走向窗户，看了看窗外的田地。天已经渐渐黑了下来。右边的地平线上，慢慢升起一轮清冷的、绀紫色的月亮。离医院围墙不远的地方，至多一百俄丈光景，耸立着一幢围着石墙的高高的白房子。这便是监狱。

"它就是现实生活！"安德烈·叶菲梅奇想道，于是不禁一阵毛骨悚然。

令人不寒而栗的既有月亮，也有监狱，还有围墙上的脊刺和远处焚骨场里的火焰。背后传来一声叹息。安德烈·叶菲梅奇猛一回头，看见一个胸前挂满金光闪闪的奖章和勋章的人，这人面带微笑，调皮地挤弄着一只眼睛。这也让人不寒而栗。

安德烈·叶菲梅奇心里要自己相信，月亮和监狱都没有任何特别之处，心理健康的人也会佩戴勋章，将来一切都要腐烂并化为灰土，可是绝望情绪又突然控制了他，他双手抓住窗栅栏，拼命地摇晃着。坚固的栅栏一动也不动。

然后，为了不那么害怕，他走向伊万·德米特里奇的床铺，坐了下来。

"我灰心了，我亲爱的，"他一面哆嗦着，擦着冷汗，一面嘟囔道，"灰心了。"

"那您去议论一通哲学呀。"伊万·德米特里奇揶揄道。

"天哪，我的天哪……是呀，是呀……您有一回不是说过嘛，俄国没有哲学,可是人人却张口就是哲学,哪怕是小老百姓。可是小老百姓议论哲学问题对谁也没害处呀。"安德烈·叶菲梅奇说,那腔调好像是想哭出声来,唤起人们的怜悯。"何必这么幸灾乐祸地嘲笑呢,我亲爱的?小老百姓怎么就不能议论哲学问题呢,要是他的愿望没能满足的话?一个有头脑的、有学问的、有自尊的、爱好自由的、像上帝一样慈悲的人,竟然没有别的出路,只能到一个肮脏愚昧的小县城来当医生,而且一辈子拔血罐、贴医蛭、抹芥末膏!蒙骗,狭隘,庸俗!啊,我的天哪!"

"您这是在说蠢话。既然讨厌当医生,那就该去当大臣哪。"

"不行,什么都当不了。我们太懦弱,亲爱的……从前我一向无可无不可,高谈阔论,而当生活刚一粗暴地触及到我,我就灰心丧气了……意志消沉……我们很懦弱,都是废物……您也一样,我亲爱的。您很聪明,很高尚,自幼就养成了美好的激情,可是刚刚走进生活,您就筋疲力尽,疾病缠身了……懦弱,很懦弱啊!"

黄昏降临以后,除了恐惧和屈辱之外,还有一种挥之不去的感觉始终折磨着安德烈·叶菲梅奇。他终于弄明白,他这是想喝啤酒,想抽烟了。

"我出去一下,我亲爱的,"他说。"去说一声,给这儿送盏灯来……这样我可受不了……无法……"

安德烈·叶菲梅奇走向门口,打开了房门,可是尼基塔立刻跳了起来,挡住了他的去路。

"您上哪儿?不行,不行!"他说。"该睡觉了!"

"我就一会儿,到院子里走走!"安德烈·叶菲梅奇不知所措地说。

"不行,不行,上头没交代过。您自己是知道的。"

尼基塔砰的一声把门关上,用背倚着门。

"就算我打这儿出去了,谁还能出什么事呀?"安德烈·叶菲梅奇把肩膀一耸,问道。"我真不明白!尼基塔,我得出去!"他声音颤抖地说。"我有事儿!"

"别煽动闹事,没好处!"尼基塔教训说。

"鬼知道这是怎么回事儿!"伊万·德米特里奇突然一声大喊,跳下床来。"他有什么权力不放?他们怎敢把我们关在这里?法律上好像明确规定,未经审判任何人不得被剥夺自由!这是暴力!专横!"

"当然是专横!"安德烈·叶菲梅奇听了伊万·德米特里奇这一喊,立刻来了精神,说道。"我有事儿,我得出去。他没有权利!放我出去,跟你说!"

"听见没有,蠢猪?"伊万·德米特里奇喊道,挥起拳头乒乒乓乓擂了几下房门。"开门,我把门砸了!屠夫!"

"开门!"安德烈·叶菲梅奇气得浑身发抖,喊道,"我要你开门!"

"你再说一句!"尼基塔隔着房门回道,"再说一句!"

"至少您把叶夫盖尼·费奥多雷奇叫到这儿来!说我劳他大驾……来一下!"

"明天他老自己会来的。"

"他们绝不会放我们出去!"伊万·德米特里奇这时接着说道。"要把我们折磨死在这儿!啊,天哪,难道阴间真的没有地狱,这帮混蛋就不会受惩罚吗?正义到底在哪里呀?开门,混蛋,我快憋死啦!"他声嘶力竭地喊道,突然猛烈地撞起门来。"我把我的脑袋撞碎算了!一帮杀人犯!"

尼基塔迅疾打开房门,手搡膝顶,粗暴地把安德烈·叶菲梅奇推到一边,接着抡起胳膊,照着他的面门咚地就是一拳。安德烈·叶菲梅奇顿时觉得,仿佛一排又咸又涩的巨浪劈头盖脸地向他袭来,将他推向病床;的确,他嘴里感到一股咸味儿;多半是牙齿出血了。他仿佛想浮出水面似的,挥舞起胳膊,一把抓住了不知是谁的床铺,就在这时,他感到,尼基塔又在他后背上擂了两拳。

伊万·德米特里奇大声喊叫起来。想必他也挨了打。

接着,一切都平静了下来。淡淡的月光照进铁窗,地板上留下网眼儿般的阴影,煞是瘆人。安德烈·叶菲梅奇躺倒,屏住呼吸;他惊恐不安地等着再挨一拳。此刻,就像有人抄起一把镰刀,捅进他的身子,还在胸口和肚子上来回拧了几下。他痛得咬了一口枕头,接着咬紧牙关,突然间他的脑海里,一片混乱之中,清晰地闪过一个可怕的、难以忍受的念头:眼前在月光下显得像幽灵似的这些人一定是日复一日,年复一年地承受过同样的痛楚。可这二十多年来他却一无所知,而且也不想知道——怎么会这样的呢?他过去没有痛过,也没有痛的概念,这不怪他,可是良心,跟尼基塔一样的固执而粗鲁的良心,使得他从后脑勺一直凉到了脚后跟。他跳下床来,想竭尽全力大喊一声,接着赶快跑过去先把尼基塔,然后把霍博托夫、管理员和医士统统给宰了,然后再宰了自己,可是从他的胸腔里却没发出任何声音,两腿也没听使唤;他憋得喘不过气来,猛地一扯胸前的大褂和衬衫。衣服扯烂了,人则昏倒在床铺上。

十九

第二天早上醒来,他一个劲儿地头疼,耳朵里嗡嗡直响,觉得浑身不舒服。回忆起昨天自己的软弱,他并不感到难为情。他昨天缺少勇气,甚至连月亮都害怕,坦诚地说出了过去万没料到自己会有的那种感觉和想法。比方说,关于议论哲学问题的小老百姓所怀有的不满足情绪的想法。可是现在他什么都不在乎了。

他不吃又不喝,躺着一动不动,也不说话。

"我无所谓了……"别人问他话的时候,他心里想。"我谁也不理了……我无所谓了。"

午饭以后,米哈伊尔·阿维里亚内奇前来探望,还带来四分之一俄磅①茶叶和一俄磅水果软糖。达里尤什卡也来过,在床边站了整整一个钟头,脸上带着隐隐的悲痛。来看望过他的还有霍博托夫大夫。

---

① 俄国的旧重量单位,1俄磅等于409.5克。

他带来了一瓶溴化钾,还吩咐尼基塔用什么东西熏一熏病房。

傍晚时分,安德烈·叶菲梅奇死于脑中风。起先他突然感到一阵极其强烈的寒战和恶心;好像是什么令人恶心的东西不断侵入他的全身,甚至他的手指,从胃部慢慢升上头顶,充满了眼睛和耳朵。眼前发黑。安德烈·叶菲梅奇意识到他的末日来临了,于是他想起,伊万·德米特里奇、米哈伊尔·阿维里亚内奇和千千万万的人都相信长生不老。万一真有这一说呢?然而长生不死他是不想了,所以他想它只不过是一闪念。他昨天在书里读到的一群外表异常漂亮,姿态异常优美的梅花鹿从他身边跑过;接着一个普通女人伸手递给他一封挂号信……米哈伊尔·阿维里亚内奇说了句什么。然后一切就消失了,于是安德烈·叶菲梅奇永远地睡去了。

来了几个杂役,拎起他的胳膊和腿就抬往小教堂。在那里,他睁着眼睛躺在桌子上,月亮彻夜照耀着他。早上,谢尔盖·谢尔盖伊奇来了,对着圣十字架虔诚地祷告了一番,为自己的前任上司合上了眼睛。

过了一天,安德烈·叶菲梅奇下葬了。来送葬的只有米哈伊尔·阿维里亚内奇和达里尤什卡。

1892 年

大学生

　　天气起先响晴爽朗，风和日丽。鸫鸟呖呖啼啭，而临近的沼泽里有种动物在声声哀鸣，活像是风儿吹着一只空瓶。飞过一只丘鹬，只听得砰的一枪，枪声响彻春季的天空，清脆而又快活。树林里天刚擦黑，偏偏刮起了寒冷彻骨的东风，一切便无声无息了。一片片水洼结上了冰碴，于是树林里变得憋闷难耐，寂静无声，空空荡荡了。有了一点儿冬天的味道。

　　伊万·韦里科波利斯基，神学院的学生，诵经员的儿子，猎获求偶的丘鹬回家时，沿着小径一路穿过浸水的草地。他的手指冻得发僵，面孔被风吹得火辣辣的。他觉得，这突如其来的寒冷破坏了一切的常规与和谐，连大自然本身也惴惴不安，因而暮色浓重来得比平时要快。四下里杳无人迹，也不知怎么显得特别黑暗。离河不远的两个寡妇园里还有一星火光；而四周目光所及和村庄所在之处，四俄里开外，一切都沉浸于寒冷的暮霭之中。大学生想起，他从家里出来的时候，母亲坐在堂前的地上，光着脚，擦着茶炊，而父亲则躺在炉台上，不停地咳嗽；因是受难节①，家里什么饭也没做，所以饿得难受。而现在，大学生冻得瑟缩着，心想，跟这完全一样的风在留里克朝代刮过，约翰雷帝朝代刮过，彼得大帝朝代也刮过，那些年头也有过跟这一样难以忍受的贫穷和饥饿；一样满是大窟窿小洞的草屋顶、愚昧、苦闷，

---

① 复活节前的星期五，据说是耶稣被钉上十字架的日子。

197

四周一样的冷清、黑暗、压抑——这一切可怕的景象过去有,现在有,将来还会有,因此,再过一千年,生活也好不了。想到这里,他也不愿回家了。

菜园之所以叫寡妇园,是因为开菜园子的是两个寡妇,母亲和女儿。篝火熊熊燃烧,噼啪作响,照耀着四周翻过的土地。寡妇瓦西里萨,一个身穿男式短皮袄的高个子胖老太婆,站在近旁,若有所思地望着火光;她的女儿卢凯莉娅,身材矮小、满脸麻子、长相傻乎乎的,坐在地上,洗着一口锅和几把汤匙。很显然,她们刚刚吃罢晚饭。传来一阵男人的说话声,这是本地的雇工在河边饮马。

"冬天竟又回来了,"大学生一面走向篝火,一面说。"你们好啊!"瓦西里萨哆嗦了一下,不过立刻认出他来,客气地笑了笑。

"竟没认出来,愿上帝保佑你,"她说,"一定会发财。"

说了一会儿话。瓦西里萨这女人见过世面,从前常给小主人当奶妈,然后当保姆,说话很客气,她脸上总挂着和善而又不卑不亢的微笑;她女儿卢凯莉娅则是个乡下妇女,受尽丈夫的折磨,这时只知道眯着眼睛望着大学生,一声不响,她的神情怪异,像个聋哑人。

"当年圣徒彼得在一个寒冷的夜晚就是这样守着篝火取暖的,"大学生一面把两手伸向篝火,一面说,"可见那时候也很冷。啊,那是个多么可怕的夜晚哪,奶奶!特别悲惨,特别漫长的夜晚哪!"

他看了看四周的夜幕,猛地一甩头,问道:

"大概听过十二节福音书吧?"

"听过。"瓦西里萨回答。

"如果你还记得的话,在用最后的晚餐时,彼得对耶稣说:'我就是同你下监,同你受死,也是甘心。'主却回答他说:'彼得,我告诉你,今日鸡还没有叫,你要三次说不认得我。'用完晚餐,耶稣在花园里闷得要命,做起了祷告,而可怜的彼得心神倦怠,身子发软,眼皮发沉,怎么也驱赶不走睡意。睡着了。然后,你听说过,犹大就在那天夜里吻了吻耶稣,将他出卖给了折磨者。他被五花大绑着去见大祭司,一路挨打。而彼得筋疲力尽,被苦恼和惊恐折磨得痛苦至极,知道吗,觉也没睡好,预感到人世间眼看就要发生一桩可怕的事情,就跟在后面……他狂热地、神魂颠倒地爱着耶稣,可现在他远远地看见他在挨打……"

卢凯莉娅放下汤匙,目不转睛地盯着大学生。

"来到大祭司跟前,"他接着说道,"耶稣开始受审,可杂役们这时在院子里生起一堆火来烤火取暖,因为天冷。跟他们一起在篝火旁边还站着个彼得,也在烤火,就像我现在这样。一个女人看见了他,说:'这人也是耶稣一伙的。'意思是说,连他也应该带去审问。于是待在火堆旁的所有杂役恐怕都怀疑而严厉地看了看他,因此他一下慌了神,说:'我不认识他。'过了一会儿,又有个人认出他是耶稣的一个门徒,说:'你也是他们一伙的。'可是他又一次否认了。接着第三次有人对他说:'我今天看见跟他在花园里的人不就是你吗?'他第三次否认了。这回他的话刚说完,鸡叫了起来,于是彼得远远地看了一眼耶稣,想起了用晚餐时耶稣对他说的话……刚想起来,一下醒过味来,走出院子,十分难过地哭了起来。福音书里说:'他就出去痛哭。'我猜想:静而又静,黑而又黑的花园,寂静中隐约听见阵阵低沉的痛哭声……"

大学生叹了口气,沉思起来。继续微笑着的瓦西里萨忽然抽噎了一下,一串串豆粒般大的泪珠顺着她的两颊扑簌簌掉了下来,她用衣袖遮住脸,免得火光照亮,好像为自己流泪感到害羞似的,而卢凯莉娅则呆呆地望着大学生,满脸通红,她的神情变得痛苦而又紧张,就像一个忍受着剧痛的人。

雇工们正从河边往回走,其中一个骑着马已经走到近旁,篝火的火光在他身上闪耀着。大学生对两个寡妇道过晚安,又继续赶路了。于是又是一片黑暗,双手又开始冻僵了。寒风凛凛,真的是冬天回来了,一点儿也不像后天就是复活节①。

这时,大学生心里想的是瓦西里萨:既然她听着听着哭了起来,那么,可见那个可怕的夜晚彼得所遭遇的一切都跟她有着某种关系……

他回头看了一眼。那孤零零的篝火在黑暗中从容不迫地闪烁着,而它的旁边已经看不到人了。大学生心里又想道,如果瓦西里萨听着听着哭了起来,而她的女儿却心神不安,那么,显然,他刚才所讲的一千九百年前发生的事,跟现实——跟两个女人,也许跟这荒凉的村子,跟他本人,跟所有的人——都有关系。既然老太婆听着听着哭了起来,那么,那就不是因为他会讲故事,而是因为她的遭遇与彼得类似,还因为她一心想知道的是彼得的心里是怎么想的。

他的心头忽然一阵欣喜,接着他甚至收住脚步,站了片刻,以便喘一口气。"过去的事呀,"他心想,"跟现在的事是紧密相连的,就像一条长链,一环套着一环。"因此他觉得,他刚才看见了这根链条的两端:刚刚碰到那一端,这一端就立刻颤动了。

他坐船渡河以及后来爬山的时候,他一直望着生他养他的村子和映照着一抹寒冷红霞的西方,心想,曾经在花园和大祭司的院子里安排过人类生活的真理和美,一直延续到今天,而且,看来一直是人类生活和人世间的主要东西;因此,青春、健康、力量(他刚二十二岁)的感觉和对未知的、神秘的幸福那种难以形容的甜蜜的期望,渐渐充满了他的心田,于是,生活让他觉得令人陶醉、极其美好而又充满崇高的意义。

1894 年

---

① 根据西方教会的传统,在春分节(3月21日)当日见到满月或过了春分见到第一个满月之后,遇到的第一个星期日即为复活节。东方教会则规定,如果满月恰好出现在这第一个星期日,则复活节再推迟一周。因此,节期大致在3月22日至4月25日之间。

语文教师

一

传来一阵马蹄踏着原木地板的咚咚声;从马厩里最先拉出来的是黑色的努林伯爵,然后是白色的巨人,接着是巨人的妹妹玛伊卡。这可都是些良驹宝马。舍列斯托夫老人给巨人备好鞍鞯,转身对女儿玛莎说道:

"哎,玛利亚·戈德芙鲁阿,来,上马。哼唷嚯!"

玛莎·舍列斯托娃是家里的老幺,她已芳龄十八,可家里人还习惯把她当成小丫头,所以大家都叫她玛尼亚和玛妞霞;而自从城里来了个马戏团,因为玛莎经常去看,于是大伙儿管她叫起了玛利亚·戈德芙鲁阿[①]。

"哼唷嚯!"她一使劲,骑上巨人。

她姐姐瓦丽亚上了玛伊卡,尼基京上了努林伯爵,军官们上了各自的坐骑,于是一长溜漂亮的马队,白色的男军官服和黑色的女骑手服黑白相间,鱼贯而行,缓步走出了院门。

尼基京发现,大家上马和后来走上街道的时候,玛妞霞不知为什么只注意他一个人。姑娘忧心忡忡地打量着他和努林伯爵,说:

"您呀,谢尔盖·瓦西里奇,要始终勒住它的嚼子。不要让它害怕。

---

① 马戏团的女演员,与玛莎·舍列斯托娃同名。玛莎为玛利亚的小名。

它常装相。"

不知是因为巨人跟努林伯爵十分要好,还是偶然凑巧,姑娘同昨天和前天一样,始终都跟尼基京并辔而行。而尼基京望着她那骑在白色的高傲动物背上的娇小匀称的身子,望着她那秀丽的侧影、那顶一点也不适合她、使她看起来比她实际年龄要老的高礼帽,望得心里既高兴,又温柔,也欢欣,虽然听着她说话,可又听不太明白,心里想:

"我向自己保证,指天立誓,我再不胆怯,今天就向她表白……"

晚上六点多,此时此刻,洋槐和紫丁香散发出的香味十分浓烈,仿佛空气和树木本身因为自己散发出的香味就要凉了似的。城里的花园里已经奏起了音乐。马蹄响亮地敲击着马路;四面八方传来叽叽嘎嘎的欢声笑语、篱笆门乒乒乓乓的关闭声。迎面而来的士兵给军官们行礼,学生们向尼基京鞠躬;很显然,所有悠闲的散步者、去花园听音乐的赶路人,望着这支马队都十分高兴。天气多么和暖!满天的云彩看起来多么绵软!白杨和洋槐的黑影多么温柔和舒适!这些黑影横贯整个宽阔的街道,笼罩住对面楼房的阳台和整个二楼!

马队出了城,顺着大道快步小跑起来。这里已经闻不到洋槐和紫丁香的香味,已经听不见音乐声,然而却洋溢着田野的气息,荡漾着黑麦和小麦的绿波,吱吱叫唤着金花鼠,哇哇聒噪着白嘴鸦。举目四望,到处葱翠欲滴;只是个别地方依稀可辨几块黑糊糊的瓜菜地,再就是远处的墓地上隐约可见一片白茫茫的花期快过的苹果林。

马队走过了屠宰场,然后走过啤酒厂,接着超过一群赶往市郊公园去的军乐队员。

"波良斯基骑的是匹很好的马,我没争议,"玛妞霞用眼神指着跟瓦丽亚并排走着的一位军官,对尼基京说。"不过它也有毛病。左腿上那块白斑生得可实在不是地方,而且,您再看看,脑袋一点一点的。现在你可没法让它不带点了,会永远这样,直到死掉的那一天。"

玛妞霞跟她父亲一样,是个爱马如命的人。看到别人有匹好马,她就心里难受;发现别人的马有缺点,她就心里高兴。而尼基京却对马一窍不通,对他来说,抓住缰绳还是嚼子,是小跑还是奔驰,反正都一样;他只不过觉得他的姿势不自然、发紧,因此那些会骑马的军官应该比他更讨玛妞霞喜欢。所以他总因为玛妞霞同军官们近乎而心里酸溜溜的。

他们路过市郊花园时,有人提议拐进去喝杯碳酸矿泉水。公园里只有一种橡树;它们只是不久前才长出了叶子,因此现在透过嫩叶可以看见整个公园和公园里的露天舞台、小桌子、秋千,看得见所有的像一顶顶大帽子似的乌鸦窝。骑士们和他们的女士在一张小桌旁下了马,要了碳酸矿泉水。他们身边开始围过来一些在公园里游玩的熟人。其中,走来一位脚蹬高筒皮靴的军医和等着自己乐手的军乐队指挥。军医大概把尼基京当成了大学生,因此他问道:

"请问您是回来度假的吧?"

"不,我在这里常住,"尼基京回答。"我在中学当老师。"

"真的?"军医吃惊道。"这么年轻就当老师啦?"

"哪儿年轻啊?我都二十六啦……谢天谢地。"

"别看您留了胡须,可看相貌怎么也超不过二十二三岁。您显得真年轻!"

"真叫人堵心!"尼基京心里想道。"连这家伙也认为我是黄口孺子!"

他特别不喜欢听人说他年轻,尤其是当着女人或者学生的面。自从他来到本城上班以后,他就恨上了自己年轻的相貌。学生不怕他,老人叫他年轻人,女人更喜欢跟他跳舞,而不喜欢听他的长篇大论。所以花多大代价他都在所不惜,但求让他现在老上十岁。

从公园出来继续前行,去舍列斯托夫家的农场。马队停在了农场的大门旁,叫出了管家的老婆普拉斯科维娅,要她上些刚挤出来的奶。牛奶来了,却谁也不喝。大伙儿面面相觑,哈哈大笑,接着策马往回飞奔。往回走的时候,郊外公园里已经奏起了音乐;夕阳藏到墓地后面,半边天空被晚霞映得通红。

玛妞霞又跟尼基京并辔而行。尼基京想表白他如何热烈地爱着她,可是他害怕军官和瓦丽亚听见,所以没有作声。玛妞霞也不吭气,于是他体会到她为何沉默不语,因何跟她并辔而行,所以心里十分幸福欢乐,觉得大地、天空、城里的灯火、啤酒厂那黑乎乎的轮廓——一切都在他的眼里汇成了一种非常美好而悦目的东西,他还觉得,他胯下的努林伯爵仿佛凌空飞跃,想登上那红彤彤的天际。

马队回到家里。花园的桌子上早已烧好了茶炊。桌子的一方,舍列斯托夫老人跟自己的朋友、州法院官员一起坐着,并照例在批评着什么。

"这是愚昧无知!"他说。"愚昧无知,如此而已。是的,愚昧无知!"

自从爱上玛妞霞以来,尼基京喜欢上了舍列斯托夫家的一切:宅子、宅旁的花园、晚茶、藤椅、老奶妈,甚至于老人时常爱说的"愚昧"这一词汇。他不喜欢的只是那太多的狗和猫,还有凉亭上的大笼子里那些咕咕哀叫的令人难以忍受的鸽子。护院看家的狗实在多,同舍列斯托夫一家人认识这长时间以来,他就学会了辨认两条狗:穆什卡和索姆。穆什卡是条脱了毛的小型犬,长着一张毛茸茸的脸,又凶恶又娇气。尼基京遭它恨,每次一见尼基京,它都把脑袋一歪,龇牙咧嘴,开始叫唤:"呜-呜……汪-汪-汪-汪……呜-呜……"

然后坐到椅子底下。只要尼基京想把它从椅子下赶走,它立刻会刺耳地尖叫起来,而主人会说:

"别怕,它不咬人。它可友好了。"

索姆是条大型黑毛犬,腿长,尾巴像木棍一样硬。每逢吃饭喝茶,它总是一声不响地在桌底下转来转去,尾巴敲打着皮靴和桌腿。这是一条厚道的笨狗,可尼基京受不了它,因为它有个坏习惯——把自己的嘴巴放到吃饭人的膝盖上、弄得人一腿哈喇子。尼基京不止一次地试着用刀柄敲它的大脑门,弹它的鼻头儿,骂它,抱怨它,可是什么办法也免不了他的裤子被弄上污斑。

骑马游玩回来以后，茶水、果酱、面包干和黄油都显得非常可口。头一杯茶大家都津津有味、一言不发地几口喝光，可就在喝第二杯之前争论了起来。在喝茶和吃饭的时候争论，挑头的每次都是瓦丽亚。她已经二十三岁，人生得很标致，比玛妞霞漂亮，被认为是家里最聪明和最有学问的一个，举手投足大方、端庄，这是在家里代替先慈的大闺女所该当的。因为是女主人，所以就是有客人在场她也穿件家常短上衣，对军官们都尊称姓氏，把玛妞霞当成小丫头，跟她说话的腔调就像班级训导员。她总管自己叫老姑娘——也就是说，她相信一定能够嫁出去。

无论聊什么，哪怕聊天气，她一定会把它引向争论。她有一种癖好——抓别人的话柄，揭话语中的矛盾，挑遣词造句的毛病。您只要张口跟她说些什么，她马上就聚精会神地盯着您的脸，突然打断您："对不起，对不起，彼得罗夫，前天您说的可是完全相反！"

要不，她就面带嘲讽地微笑着说："可是，我发现，您宣传起第三局①的原则来了。祝贺您。"

要是您说了句俏皮话或者说了句双关语，您立刻就会听到她的声音："这已老掉牙了！"或者是："这俗不可耐！"要是说俏皮话的是军官，那她会露出不屑的神情，说："武－武夫耍俏皮！"

而且这"武－武……"字从她嘴里冒出来时是那么有感染力，连穆什卡都必定会从椅子底下回应她："呜－呜……汪－汪－汪－汪！"

现在喝茶的时候，争论的起因是尼基京说到了学校的考试。

"对不起，谢尔盖·瓦西利奇，"瓦丽亚打断了他的话头。"您刚才说学生们觉得难。那是谁的错呢，请问您？比如说，您给八年级学生布置了作文题：'普希金是位心理学家'。首先，不应当出这么难的

---

① 属于沙皇政府的最高警察机关，1826年建立，旨在镇压革命活动。它特别卖力地迫害进步出版物和俄罗斯进步文学。

题目；其次，普希金算哪门子心理学家呢？喏，要是谢德林，或者，比方说，陀思妥耶夫斯基，那是另一码事，而普希金是位大诗人，仅此而已。"

"谢德林是谢德林，而普希金是普希金，互不相干，"尼基京怏怏不乐地回答说。

"我知道，你们学校里不看重谢德林，但问题不在这里。请您告诉我，普希金算哪门子心理学家呢？"

"这么说，难道不是心理学家吗？好吧，我给您举些例子。"

于是尼基京朗诵了《奥涅金》①里的几处，然后又朗诵了《鲍里斯·戈东诺夫》②里的几处。

"看不出这里有什么心理学，"瓦丽亚叹道。"能称为心理学家的是那种描写人类心灵细微变化的人，而这都是些优美的诗歌，如此而已。"

"我知道您所需要的是什么心理学，"尼基京生气了。"您需要让人用把钝锯子拉我的手指，让我大声喊叫——这，在您看来，才是心理学。"

"俗不可耐！不过您还是没有让我信服：普希金究竟为什么是心理学家？"

每当尼基京要辩驳他觉得是陈腐狭隘的东西或类似这样的东西，那么他总要从座位上跳起来，两手抱住脑袋，一面呻吟，一面从一个角落奔向另一个角落。因此现在也是这样：他猛地跳了起来，抱住自己的脑袋，呻吟着围着桌子转了一圈，然后坐到稍远点儿的地方去了。

为他打抱不平的是军官们。波良斯基上尉开口对瓦丽亚说，普希金的确是位心理学家，并举了莱蒙托夫的两首诗为证；格尔涅特中尉说，假如说普希金不是心理学家，那么也不会在莫斯科为他修座纪念

---

① 普希金的诗体小说《叶甫盖尼·奥涅金》。
② 普希金的历史诗剧。

碑了。

"这是愚昧无知!"声音从桌子的另一边传来。"我就这么对省长说的:这呀,阁下,是愚昧无知!"

"我不再争论了!"尼基京喊道。"这没完没了!不争了!哎呀,你给我滚开,讨厌的狗!"他冲索姆吼了一声,那狗把脑袋和一只爪子搭在了他的膝头上。"呜－呜……汪－汪－汪!"椅子底下传来一阵叫声。

"承认您错了吧!"瓦丽亚嚷道。"承认吧!"

可这时来了几位小姐,于是争论自然而然停止了。大家都去了大厅。瓦丽亚坐到钢琴旁边,弹起了舞曲。大伙儿先跳了一阵华尔兹,接着跳了波尔卡,然后又跳了卡德里尔和 grand-rond[①],由波良斯基上尉领着穿过所有的房间,然后又跳开了华尔兹。

老年人在跳舞的时候坐在客厅里,抽着烟,看着年轻人。他们中间有一位是舍巴尔丁,信贷协会经理,因喜爱文学和舞台艺术而小有名气。他创办了当地的"音乐戏剧小组",并亲自参演话剧,不知什么缘故向来只扮演逗笑的仆役或者吟诵《犯教规的女人》。城里人都管他叫木乃伊,因为他个子很高,干瘦干瘦,脸上的表情始终庄重而严肃,两眼木然无神。对舞台艺术他喜爱得十分真诚,甚至刮光了胡须,使得他更加像具木乃伊。

Grand-rond 跳过之后,他犹豫不决地,似乎侧着身子蹭到尼基京跟前,干咳了一声,说:

"我有幸在喝茶时听了你们的争论。完全赞同您的意见。我和您的想法一致,因此我很高兴跟您谈一谈。您读过莱辛[②]的《汉堡剧评》吗?"

"没有,没读过。"

[①] 法文:大圆圈舞。旧时的一种集体舞。
[②] 莱辛(1729—1781),德国启蒙运动时期的剧作家。

舍巴尔丁大吃一惊，两手直摆，仿佛烫伤了自己的指头，接着一句话没说，从尼基京身边退开了。舍巴尔丁的身影、他所提的问题和那吃惊的神情让尼基京觉得可笑，不过他还是想了一想：

"的确难为情。我是个语文老师，可至今没读过莱辛的书。应当都读一遍才是。"

吃晚饭之前，所有的人，老老少少，都坐下来玩"撞大运"。拿来两副牌：一副平均发给每个人，另一副背面朝上放到桌子上。

"谁手上有这张牌，"舍列斯托夫老人拿起第二副的上面一张牌，郑重其事地说，"他就有运气马上去儿童室跟保姆亲亲嘴。"

跟保姆亲嘴的荣幸轮上了舍巴尔丁。大伙儿一哄而上，把他团团围住，带向儿童室，一面哈哈大笑，一面拍着巴掌，逼着他跟保姆亲亲嘴。响起一阵嬉笑声、喊叫声。

"不那么热烈！"舍列斯托夫嚷道，乐得眼泪直流。"不那么热烈！"

尼基京轮上了听取大伙忏悔的运气。他坐到客厅中央的椅子上，取来一块披肩，蒙住了他的头。第一个来到他身边忏悔的是瓦丽亚。

"我知道您的罪过，"尼基京在黑暗中盯着她那清晰的侧影，开口道。"请告诉我，小姐，你为什么要天天跟波良斯基去压马路？啊呀，她缠着骠骑兵不会无缘无故，不会无缘无故！"

"这俗不可耐，"瓦丽亚说着，走开了。

接着，披巾的后面闪起一双木然不动的大眼睛，黑暗中现出一个可爱的身影，散发出一种亲切的、早就闻惯的、让尼基京想起玛妞霞闺房的香气。

"玛利亚·戈德芙鲁阿，"他说道，连自己都没听出自己的嗓音，因为它变得那么柔和温存，"您有什么过错啊？"

玛妞霞眯起眼睛，向他伸了伸舌尖，然后"咯咯"一笑，走开了。过了分把钟她已经站在客厅中央，拍着巴掌，嚷道：

"吃饭喽，吃饭喽，吃饭喽！"

于是大伙儿涌向了餐厅。

吃晚饭的时候，瓦丽亚又争论起来，这次是跟父亲。

波良斯基吃了许多，喝了许多红酒，给尼基京讲到他一年冬天，在战场上，如何整宿站在齐膝深的沼泽地里；敌人离得很近，因此既不允许说话，也不允许抽烟，夜里又冷又黑，刮着刺骨的寒风。尼基京一面听着，一面瞟着玛妞霞。玛妞霞看着他，人一动不动，眼一眨不眨，像是在沉思什么，或者是听入了迷……对他来说，这既叫人高兴又令人痛苦。

"她为什么这么看着我呢？"他心里惴惴不安。"这叫人难为情。人家会看出来的。哎呀，她还真年轻，真幼稚！"

客人半夜才散。尼基京已走出大门，这时二楼上啪地打开一扇小窗，窗子里探出了玛妞霞。

"谢尔盖·瓦西里奇！"她喊了一声。

"有何吩咐？"

"是这么回事……"玛妞霞开口道，显然是想找点话说。"是这么回事……波良斯基答应过两天把相机带来，给我们大伙儿拍拍照。应当聚齐啊。"

"好嘞。"

玛妞霞不见了，窗户砰的一声关上，屋里立刻有人弹起了钢琴。

"嘿，这一家子！"尼基京一面穿过街道，一面心想。"这一家子里只有令人难以忍受的鸽子在咕咕，不过它们是因为不会用别的方法来表达自己的快乐罢了。"

然而不光是舍列斯科夫一家日子过得快活。尼基京还没走出两百步，另一所宅子里也传出了钢琴声。他又往前走了没多远，看见大门口有个乡下人在弹三弦琴。公园里，乐队突然响亮地奏起了俄罗斯歌曲的集成曲……

尼基京住在离舍列斯托夫家半俄里远的一个八间套单元里，一年租金三百卢布，是跟自己的同事、史地教师伊波利特·伊波利特奇合租的。这位伊波利特·伊波利特奇还不算是老人，满脸红胡子，翘鼻

209

头，相貌粗犷，没有文化人的模样，倒像个手艺人，可是心眼好。尼基京回家时，他坐在书桌旁，批改学生们画的地图。他认为学地理最有用和最重要的就是画地图，学历史就是编写记年表。他常常整晚整晚地坐在那里用蓝铅笔给学生修改地图，或者修订记年表。

"今天的天气可真好极了！"尼基京一面往他房间里走，一面说，"我就奇怪了，您是怎能在房间里坐得住的。"

伊波利特·伊波利特奇为人少言寡语；他要么一言不发，要么只说些无人不晓的大实话。此刻他的回答是这样的：

"是啊，好天气。现在是五月，很快就是真正的夏天了。夏天不像冬天。冬天要生炉子，而夏天不生炉子也暖和。夏天你开着窗户也暖和，可冬天呢，有双层窗户还是冷。"

尼基京在桌旁坐了还不到一分钟就腻烦了。

"晚安！"他站起身来，一面打着哈欠，一面说。"本想跟您说说关涉到我的充满浪漫主义色彩的事，可您就知道忙地理！人家刚张口谈爱情，可您立马问：'卡尔卡战役发生在哪一年？您跟您的那些战役、楚科奇角见鬼去吧！'"

"您为啥生气呀？"

"真烦人！"

因懊恼还没能对玛妞霞表白一番，又因现在他找不到一个可以谈谈自己爱情的人，他走回自己的书房，躺到长沙发上。书房里又黑又静。尼基京躺着，望着黑暗，不知什么缘故想起了两三年过后，他去彼得堡办事，玛妞霞送他到车站和哭哭啼啼的情景；在彼得堡他收到她一封长信，信中她求他赶快回家。于是他写信给她……信是这样开头的："我亲爱的小耗子[①]……"

"正是，我亲爱的小耗子，"他说着，笑了起来。

[①] 俄语中，"老鼠""耗子"一词有两个讽刺、轻蔑的转义：一为"小职员"，二为"家伙"。此处意为"小家伙"。

他在沙发上躺着不得劲。他把双手垫在脑后，把一条腿搭在沙发背上。这样舒服了些。这时窗户开始明显地发白，外面半睡半醒的公鸡喔喔喔地啼叫起来。尼基京接着想象他如何从彼得堡回来，玛妞霞如何在车站接他，如何高兴得大叫一声，扑过来搂住他的脖子；或者，最好，他要个诡计：夜里悄悄回来，厨娘给他开门，然后他蹑手蹑脚溜进卧房，无声无息地脱下衣服，便——扑通往被窝里一钻！她立刻醒来——啊，喜出望外！

天已大亮。书房和窗户已经不见。啤酒厂，就是今天经过的那家啤酒厂，门前的台阶上坐着玛妞霞，并在说着什么。然后她挽起尼基京的胳膊，同他一道走进了市郊公园。在这里他看到了橡树和像皮帽似的鸦巢。一个鸦巢摇晃起来，从中探出了舍巴尔丁并大声叫道："您没读过莱辛！"

尼基京浑身上下打了个激灵，睁开双眼。只见长沙发前站着伊波利特·伊波利特奇，他往后仰着脑袋，打着领带。

"快起吧，该上班啦，"他说道。"穿着衣服睡觉可不行。这样衣服就毁啦。睡觉应该上床，脱掉衣服……"

接着，他像平常一样，开始长篇大论，抑扬顿挫地说起大伙儿早就知道的那些事。

尼基京的第一节课是二年级的俄语。当他九点整走进这教室，这里黑板上已用粉笔写上了两个大大的字：玛·舍。这大概是指：玛莎·舍列斯托娃。

"已经嗅出来了，一帮混蛋……"尼基京暗自思量。"他们怎会什么都知道呢？"

第二节文学课是五年级的。这里黑板上也写着"玛·舍"两个字，而当他上完课走出这教室时，他身后响起了喊声，就像是剧场的顶层楼座上：

"乌拉……舍列斯托娃！！"

由于一夜和衣而眠，觉得脑袋晕乎，周身酸懒。学生们天天盼着考前放假，任事不干，闲得烦闷无聊，无聊得惹是生非。尼基京也身心疲惫，任凭学生淘气，不时走到窗前。映入他眼帘的是一条沐浴着灿烂阳光的街道。一座座房屋的上方是晴朗的碧空、飞鸟，而那很远很远的地方，在那些郁郁葱葱的花园和房屋的后面，是一片辽阔无际的土地，散布着苍翠的小树林，缭绕着奔驰的火车冒出的轻烟……

瞧，街上洋槐树荫下走过两个身穿白制服的军官，一边走，手里一边摆弄着马鞭。瞧，一条小路上乘车走过一群犹太人，他们蓄着灰白的胡须，戴着有沿儿的便帽。一位家庭女教师带着校长的孙女在遛弯儿……索姆不知往哪里跑去，身边还带着两条护院犬……瞧，身穿素雅的灰连衣裙和红袜子，手拿《欧洲通讯》走过来的是瓦丽亚。想必，她刚才去的是市图书馆……

可放学还为时尚早——才下午三点钟！而放学以后要做的不是回家，也不是上舍列斯托夫家，而是到沃尔夫家去教课。这个沃尔夫是个有钱的犹太人，信奉路德宗①，没把子女送学校，而是请学校老师去他们家，每节课付五卢布……

"没劲，没劲，没劲！"

三点钟，他去了沃尔夫家。在沃尔夫家，他觉得，坐了很久很久。离开沃尔夫家是五点钟，而六点多钟应该去学校参加教学会议——拟定四年级和六年级的口试时间表。

晚上很晚的时候，在从学校去舍列斯托夫家的途中，他的心怦怦直跳，脸膛阵阵发烧。一个星期和一个月之前，每当他打算表白之时，他都准备了一大套话语，有前言，有结尾，而现在他连一个字也没有准备好，脑子里一团乱麻，他只知道，今天他一定得表白，再等下去万万不能。

"我约她去花园，"他左思右想道，"先遛遛弯儿，再表白……"

前厅里空无一人；他走进了大厅，然后进了客厅……这里也没有

---

① 基督教中的新教派。

一个人影。只听得楼上,二楼,瓦丽亚在跟人争论,儿童室有雇来的裁缝动剪刀的声音。

屋子里有一个小房间,它有三个名称:小间、穿堂、黑屋。这里有个放药品、火药和猎具的旧柜子。从这里往二楼有把狭窄的小木梯,上面总是睡着几只猫。这里有两扇门:一扇通儿童室,另一扇通客厅。尼基京走进这里,正要上楼的时候,通往儿童室的门突然打开并砰的一声关上,震得木梯和柜子直摇晃;跑进来的是玛妞霞,穿一身黑衣服,手里拿着一块蓝布,因没看见尼基京,径直向木梯走来。

"请等等……"尼基京叫住她。"您好,戈德芙鲁阿……对不起……"

他气喘吁吁,不知道该说什么是好;一只手抓着姑娘的胳膊,另一只手抓着那块蓝布。而姑娘不知是受到惊吓,也不知是觉得奇怪,睁着一双大眼睛望着他。

"对不起……"尼基京接着说,生怕她走掉。"我有些话要对您说……只是……这里不方便。我不能,没法……明白吗,戈德芙鲁阿,我不能……就这些……"

那块蓝布掉到地上,于是尼基京抓住玛妞霞的另一只胳膊。她脸色苍白,嘴唇微微颤抖,然后向后退了两步,不觉退到木梯和柜子中间。

"不骗您,请您相信我……"他轻声说道。"玛妞霞,我不骗您……"

玛妞霞向后仰起头,尼基京吻了吻她的嘴唇,为了使这一吻持续的时间长一些,尼基京两手捧住她的脸颊;也不知怎么了,他自己也到了柜子和墙壁构成的角落里,而玛妞霞双手搂着他的脖子,脑袋使劲抵着他的下巴。

然后双双跑进了花园。

舍列斯托夫家的花园很大,占地四俄亩。这里有二十来棵槭树和椴树,还有一棵云杉树,其他的全是果树:欧洲甜樱桃树、苹果树、梨树、野栗树、白橄榄树……花卉也很多。

尼基京和玛妞霞一声不响地沿着林荫道奔跑着、欢笑着,间或互相提个不连贯的问题,可谁也不予作答。花园上空,挂着一弯新月;在这朦胧的月光下,地上黑魆魆的草丛中探出一朵朵郁金香和鸢尾花,仿佛在请求向它们表白爱情似的。

等到尼基京和玛妞霞回到屋里,军官和小姐们已经聚齐,正跳着玛祖卡舞。波良斯基又领头穿过各个房间跳起 grand-rond,跳完舞之后又玩起了"撞大运"。晚饭前,等客人从大厅去了餐厅以后,玛妞霞单独跟尼基京留下,紧偎在他怀里,说:

"你自己去跟爸爸和瓦丽亚说吧。我不好意思……"

吃过晚饭,他同老人说了。舍列斯托夫听了,想了想,说:

"承您看得起我和小女,不胜感激,不过容我跟您像朋友似的谈一谈。我跟您说话的身份将不是父与子,而是绅士与绅士。请问,您何苦这么早就结婚呢?只有乡下人才早早娶妻生子呢,可那里,当然,因为愚昧无知。那您是因为什么?这么年轻就给自己套上枷锁何苦来哉?"

"我根本不年轻啦!"尼基京感到很委屈。"我都快二十七了。"

"爸爸,兽医来了!"瓦丽亚从隔壁房间里喊道。

于是谈话终止了。送尼基京回家的有瓦丽亚、玛妞霞和波良斯基。等走到他的篱笆门边,瓦丽亚说道:

"您那位神秘的米特罗波利特·米特罗波利特奇怎么哪儿也不伸头露影呢?让他来我们家玩玩嘛。"

尼基京走进神秘的伊波利特·伊波利特奇的房间时,他正坐在床上脱裤子。

"别躺下,亲爱的!"尼基京气喘吁吁地对他说。"等一等,别躺下!"

伊波利特·伊波利特奇连忙穿起裤子,惊慌不安地问:

"怎么回事?"

"我要娶媳妇儿啦!"

尼基京坐到同事身边,惊奇地望着他,就像因为自己而感到吃惊似的,说:

"你看看,要娶媳妇儿啦!娶玛莎·舍列斯托娃!今天把婚给求了。"

"这有什么?这姑娘好像长得挺漂亮。只是年轻得很。"

"是的,很年轻!"尼基京叹了口气,接着忧心忡忡地耸了耸肩膀。"非常、非常年轻!"

"她上学的时候我教过她。我了解她。地理学得倒不坏,可历史——不好。上课老走神儿。"

尼基京突然不知什么缘故可怜起自己的同事来,想对他说些温存的安慰话。

"亲爱的,您怎么不娶媳妇儿呢?"他问道。"伊波利特·伊波利特奇,您怎么,比方说,不把瓦丽亚给娶了呢?这可是个绝妙无双的姑娘哪!的确,她很喜欢抬扛,可是心肠……那心肠真好!她刚才还问起您呢!娶她吧,亲爱的!啊?"

他非常清楚,瓦丽亚不会嫁给这位成天闷闷不乐的翘鼻子的人,可还是劝他娶了她。为什么呢?

"娶媳妇儿,是人生大事,"伊波利特·伊波利特奇想了想,说。"应当考虑周全,权衡再三,这样马马虎虎可不行。小心驶得万年船嘛。尤其是在婚姻问题上。人一旦不再单身,他就开始新生活了。"

于是他说起了大伙儿早就知道的那些话。尼基京没再听他的,道了晚安,就回自己房间去了。他很快脱下衣服,很快上床,为的是快点儿开始思量他的幸福、玛妞霞、未来,他微微一笑,可突然想起了他还没读过莱辛。

"应当读一读才是……"他自忖道。"其实,我何必要读他呢?去他的鬼去!"

由于被自己的幸福折腾得筋疲力尽,他立刻进入了梦乡,一直微笑到天明。

他在梦中听见了马蹄踏着原木地板的咚咚声;看见从马厩里先拉出来的是乌黑的马努林伯爵,然后是雪白的巨人,再接着是它的妹妹玛伊卡。

二

"教堂里非常拥挤和嘈杂，一次甚至有人叫嚷起来，因此为我和玛妞霞主持婚礼的大主教通过老花镜的上方望着人群，厉声说道：

"'不要在教堂里来回走动，也不要大声喧哗，请安安静静地站着祈祷。应当遵规守矩。'

"我的男傧相是我的两个同事，而玛妞霞的男傧相是波良斯基上尉和盖尔涅特中尉。高级僧正唱诗班唱得好极了。通明的烛光、恢弘的场面、华丽的服装、威武的军官们、无数满意的笑脸和玛尼亚那有点儿特别而轻盈的模样，以及整体的氛围和婚礼的祈祷词，让我热泪盈眶，兴奋不已。我心想：近来我的生活多么丰富多彩，多么富有诗情画意呀！两年前我还是个大学生，住在涅格林诺伊的廉租房间里，口袋里没有钱，身边没有亲人，而且，我当时觉得，没有前途。可现在，我是一个最好的省城里的中学教师，不愁吃，不愁穿，有人爱，有人疼。为了我，现在才聚集起这一大帮人；为了我，才点亮三盏枝形大吊灯，才响起辅祭长的怒吼，才有唱诗班歌手们的卖力；也是为了我，这等一会儿将被称为我妻子的年轻人儿才如此年轻、美丽和兴奋。我想起了我们最初的相逢、我们的郊游、求爱和天气——这天气，就像故意似的，整个夏天都出奇的好；还有当年在涅格林诺伊时我觉得只是在中长篇小说里才有的幸福，现在却真的体验过，好像用双手捧玩过。

"举行过婚礼之后，大伙儿乱哄哄地围在我和玛尼亚的身边，表达发自内心的欢乐，给我们道喜祝福。一位陆军准将、年近七十的老人，只冲着玛尼亚一个人道喜，而且说话时那苍老、沙哑的嗓子声音大得传遍了整个教堂：

'我希望，亲爱的，婚礼之后您依然是一朵妩媚玫瑰花。'

"军官们、校长和全体教师出于礼貌都微微一笑,我也感觉到自己的脸上掠过一丝可爱的假惺惺的笑容。最亲近的伊波利特·伊波利特奇,张口便是人人早就知道的一番话,紧紧地握了握我的手,动情地说:

"'在此之前,您没成家,过着单身的日子,而现在您成家了,要两人一起生活了。'

"从教堂出来,乘车去了清水外墙的两层小楼,这小楼现在作为妻子娘家的陪嫁我接收了下来。除了这栋小楼,玛尼亚的陪嫁还有现金两万,另外还有一块叫梅利托彭的荒地,带守卫室,据说,鸡鸭无数,因没人照管,都渐渐变野了。从教堂出来以后,我躺在自己新书房的土耳其沙发里,伸了伸懒腰,点上烟卷;我感到一生中从来没有过的柔软、合适和舒服,而这时客人们在呼喊着'乌拉',前厅里蹩脚的乐队在演奏着喜庆乐曲和各种乱七八糟的东西。瓦丽亚,玛尼亚的姐姐,跑进书房,手里端着高脚酒杯,脸上带着一种奇怪的、紧张的表情,就像含着一嘴的水;她分明还想跑下去,可突然一阵哈哈大笑,接着号啕大哭起来,高脚杯"当"的一声跌落在地上。我们挽着她的两只胳膊,送走了。

"'谁都无法理解!'她后来在紧里面的一个房间里,躺在奶妈的床上嘟囔说。'谁都没法,谁都没法!我的天哪,谁都无法理解!'

"可是大家都明白,她长自己的妹妹玛尼亚四岁,但还没有出嫁,她号啕大哭并不是因为嫉妒,而是因为痛苦地意识到,她的韶华正在流逝,也许甚至已经逝去。当大伙儿跳卡德里尔舞时,她已经在大厅里,两眼哭得通红,脸上抹着厚厚的脂粉,我看见波良斯基在她面前端着一小碟儿冰淇淋,她用小勺舀着吃……

"已是清晨五点多。我拿起日记簿,想描绘一下自己那十全十美、多姿多彩的幸福,心想我能一气写他六页,明天读给玛尼亚听。可是,怪事,我脑子里一切都乱了套,模模糊糊,就像做梦一样,能清楚地回忆起来的只是瓦丽亚的这段小插曲,因而很想写下:'可怜的瓦丽亚！'我恨不得就这样一直坐着写下去：可怜的瓦丽亚！可凑巧，树木呼啸起来，要下雨了；一片乌鸦的聒噪声，我那刚刚入睡的玛尼亚也不知为何满脸的愁云。"

后来尼基京很久没动过日记簿。八月初，他忙着补考和招生考试，而圣母安息节之后，忙于各年级的课业。他通常早上八点多钟离家去上班，九点多钟就已经惦记上玛尼亚和他那栋新房子，不时地看表了。上低年级的课，他就让一个男孩儿念，其他孩子写，自己闭着两眼坐在窗台上，做他的春秋美梦；无论是梦想着未来，还是回忆着过去——结果都同样美好，就像童话一般。上高年级的课，他就朗读果戈理或者普希金的散文，这同样让他犯困，他的想象中渐渐出现人群、树木、田野、马匹，于是他像是赞叹作者似的叹着气说：

"多好啊！"

大课间休息时，玛尼亚打发人送来了用雪白的小餐巾包着的早点，于是他就吃起来，慢慢地，吃吃停停，以便延长享受时间，而通常只能吃上一只小白面包的伊波利特·伊波利特奇则带着尊敬和羡慕的心情望着他，说些人所共知的话，诸如：

"人不吃饭没法活。"

放学以后，尼基京去教家馆，当他终于在五点多钟得以回家时，他感到既高兴又不安，就像出门在外已整整一年似的。他顺着楼梯气喘吁吁地奔进屋里，找到玛尼亚，抱住她，亲吻她，发誓说爱她，没她就活不了，要她相信他寂寞得要命，还担心地询问她身体可好，为什么这样满脸不高兴。然后两人一起吃饭。吃完饭，他躺在那书房里的长沙发上抽烟，而玛尼亚则坐在身边低声聊闲天儿。

他最幸福的日子，现在就是星期天和节假日，他从早到晚都窝在家。在这些日子里，他参与一种质朴而又异常美好的生活，往往使他不禁想起一些田园诗来。他不停地观察着他那通情达理而讲求实际的玛尼亚如何安顿他们的小窝。因为希望表现出他在家也不多余，尼基京常常做些用不着的事，比如，从柴棚里拉出轻便双轮马车，转着圈儿地上下察看。玛妮霞用三头奶牛办起了一个像模像样的奶场,她那小窖大窖里放着许多装满牛奶的细颈罐和装满酸奶油的小瓦罐,所有这些她都是存着做奶油用的。有时为了开个玩笑,尼基京向她要杯奶喝;她很不安,因为这是捣乱,可他笑着搂住她,说:

"得了,得了,我这是开玩笑,我的宝贝儿!是开玩笑!"

要不他就笑话玛妮霞过于拘泥细节,这时,比方说,玛妮霞就在柜子里找出一块放久了的、像石头般发硬的香肠或者奶酪,一本正经地说:

"就这放在厨房里都会被人吃了。"

尼基京对她说,这么一小块只够装老鼠夹用,可玛妮霞便慷慨激昂地说起男人一点儿不懂家务事,说你怎么也没法让女佣人吃惊,哪怕往厨房送去三普特①的下酒菜。尼基京听了点头称是,热烈地拥抱她。凡是她的话里有道理的,尼基京都觉得不一般,了不起;而跟他的看法不一致的东西,在他看来,也都天真而又动人。

有时尼基京心情很平静,于是他就议论起某个抽象的话题,而玛妮霞则默默地听着,带着好奇的神情望着他的脸。

"我跟你在一起感到无比的幸福,我亲爱的,"尼基京一面掰着她的手指头,或者一面拆散她的大辫子再打起来,一面说。"不过,这种幸福我可不认为是偶然落到我头上,好像从天上掉下来似的。这幸福是一种十分自然的、合情合理的、水到渠成的。我相信,人是幸福的创造者,所以我现在所收获的正是我自己创造的成果。是的,我毫不装腔作势地说,这幸福是我自己创造的,因而拥有它是名正言顺的。你知道我的过去。孤苦伶仃、一无所有、悲惨的童年、苦闷的青春——这都是斗争、是我在铺筑通往幸福的道路……"

十月份,学校遭受了巨大的损失:伊波利特·伊波利特奇头上生了丹毒,去世了。去世的前两天,他处于昏迷状态,说起胡话,但是

---

① 俄国实行米制前的重量单位。1普特等于16.38千克。

说胡话时也只说些人所共知的事:

"伏尔加流入里海……马吃燕麦和干草……"

他出殡的那一天,学校没上课。同事和学生抬着灵柩,学校合唱队在前往墓地的一路上都唱着《神圣的上帝》。出殡的队伍里有三位神甫、两位执事、所有的男学生和穿着礼服的大主教的唱诗班。望着隆重的葬礼,迎面的行人都划着十字,说:

"但愿人人都能死得这么风光。"

从墓地回到家里,深受感动的尼基京从抽屉里翻出日记簿来,写道:

"刚刚安葬了伊波利特·伊波利托维奇·雷日茨基。

"愿你安息,朴素的劳动者!!玛尼亚、瓦丽亚和参加葬礼的所有女人都真心地哭了一回,或许是因为都知道,这位其貌不扬、受尽苦难的人从来也没被一个女人爱过。我本想在同事的墓地上说几句暖心的话,可是有人事先对我说,这可能会惹校长不高兴,因为他不喜欢这个死去的人。自打结婚以来,这好像还是我头一天心情不舒畅……"

接着,在整个一学期里,没有出过任何特别的事。

冬天无精打采,没有大冷,下着湿漉漉的雪;比如,领洗节①前夕,彻夜大风哀吼,屋顶漏水,像是秋天;水被除仪式②期间警察不让任何人下河,因为,据说,冰已膨胀,变黑了。不过,尽管天气不好,尼基京生活得依然很幸福,像夏天一样。甚至还增添了一个额外的娱乐:他学会了打文特③。只是有一点时而让他焦躁和生气,而且似乎妨碍他把小日子过得很完满:这就是作为陪嫁所得到的一些猫和狗。所有的房间里始终,尤其是早晨,散发着一股动物园的气味,而且这气味用什么也压不住;猫经常同狗干架。凶恶的穆什卡一天要喂十次,它跟过去一样不认尼基京,老是冲着他叫:

---

① 耶稣受洗节(主显节)在圣诞节后第12天(1月6日);东正教主领洗节在1月9日。
② 基督教洗礼前的为水祝福仪式。
③ 纸牌的一种玩法。

"呜－呜……汪－汪－汪……"

大斋日的一天，半夜里，他刚打完牌从俱乐部往家走。下着雨，天又黑，路又滑。

尼基京感到心里不痛快，可怎么也弄不明白这是为什么：是因为在俱乐部里输了十二卢布呢，还是因为一位牌友在算账的时候显然暗指陪嫁而说尼基京有的是钱呢？十二卢布倒不可惜，牌友的话也没一点儿侮辱人的意思，不过反正是不痛快。甚至连家都不想回。

"呸，真叫人别扭！"他在一盏路灯下站住，脱口说了一句。

他突然想起来，他所以对那十二卢布并不心疼，是因为这钱是白来的。他要是个佣工，那他就会知道每个戈比的价值，也就不会对输赢满不在乎了。就连这所有的幸福，他心想，也是他白来的，没费力气；对于他来说，这幸福其实也是一种奢侈品，就像药品对于一个健康人那样。假如他，像大多数文化人一样，为饭碗而操心，为生存而奋斗，假如他干活累得腰酸背痛，那么一顿晚饭、温暖舒适的住所和家庭的幸福对于他就会是必需品、是奖品、是他生活的装饰品了；而现在这一切都有着某种奇怪的、含糊不清的意义。

"呸，真叫人不好受！"他又说了一遍，心里十分清楚，这些想法本身已是一种不祥之兆了。

等他回到家里，玛尼亚已经睡下。她呼吸均匀，满脸笑容，显然睡得十分香甜。她的身边，躺着一只白猫，蜷作一团，打着呼噜。就在尼基京点灯的时候，玛尼亚醒了，咕咚咕咚一气喝下一杯水。

"大吃了一通蜜饯，"她说着，笑了起来。"你去我们家啦？"沉默了一会儿，她问道。

"不，没去。"

尼基京已经知道，近来瓦丽亚满心指望的波良斯基上尉收到去西边一个省的调令，并已在城里各处辞行，因而岳父家里很冷清。

"晚上瓦丽亚来过，"玛尼亚坐起来，说道。"她什么也没说，可从脸上看得出来，她心里十分难过，可怜人。我真受不了那波良斯基。

大胖子，一身肉，一走起路或者跳起舞来，腮帮子直抖……不过我还是认为他是个正派人。"

"我现在也认为他是个正派人。"

"那为什么他对瓦丽亚这么不好呢？"

"为什么不好？"尼基京问道，开始感觉到生白猫的气了，那白猫拱起脊背，伸着懒腰。"据我所知，他既没求过婚，也没许过什么愿。"

"那他为什么总去家里呀？要是不打算娶媳妇儿，就别去呀。"

尼基京吹灭了蜡烛，躺了下来，可是既不想睡，也不想躺着。他觉得，他的脑袋又大又空，像座粮仓，还觉得脑袋里萦绕着一些新的、有些像长影子似的特殊想法。他在想，除了冲着平静的家庭幸福在微笑的长明灯，除了他和这只猫如此平静而甜蜜地生活着的这块小天地，还有另外一个世界呢……所以他热切地、苦闷地突然想起奔向那另一个世界，以便自己在哪家工厂或大作坊里干活、演讲、写文章、印书刊、发议论、受累、受苦……他想有种东西能抓住他，让他忘掉自己，淡漠个人的幸福，因为这个人的幸福感是如此的单调。接着脑子里突然像活人似的，出现了面孔刮得干干净净的舍巴尔丁，惊恐不安地说道：

"您连莱辛都没读过！您真落后了！天哪，您真堕落了！"

玛尼亚又喝起水来。尼基京看了看她那清秀的脖子、丰满的肩膀和乳房，想起了当时在教堂里陆军准将所说的那个词：妩媚玫瑰花。

"妩媚玫瑰花，"他嘟囔了一声，笑了起来。

床下那半睡半醒的穆什卡应声叫了起来：

"呜－呜……汪－汪－汪……"

令人痛苦的愤恨，宛如冰凉的钻锤，在他心头转动了一下，于是他想对玛尼亚说些粗话，甚至想跳起来揍她一拳。心脏怦怦地跳了起来。

"那么说，"他控制着自己，问道，"既然我常去你们家，那么就非得娶你不可吗？"

"当然。你自个儿心里十分清楚。"

"新鲜。"

过了分把钟又说道:"新鲜。"

为了避免说些没用的话,也为了宽慰自己的心,尼基京去了自己的书房,躺到没有枕头的长沙发上,然后又在地板上、地毯上躺了一会儿。

"多么荒唐!"他宽慰着自己。"你是个教师,工作在最为高尚的岗位上……你还需要另一个什么样的世界呀?纯粹胡扯!"

可是立刻他又满有把握地对自己说,他根本不是教师,而是官员,跟那个教希腊语的捷克人一样的平庸无能而毫无个性;他从来就没有教书的志向,对教育也不熟悉,对它也从来不感兴趣,跟孩子打交道他不会;他教的那门课的意义他不明白,因此,或许,甚至教的是不需要的东西。去世的伊波利特·伊波利特奇实实在在是笨,所有的同事和学生都知道他是什么样的人,他能有什么作为;而他,尼基京,跟那个捷克人一样,善于掩盖自己的愚笨,并巧妙地欺骗大家,成天装模作样,似乎,谢天谢地,一切情况良好。这些新的想法让尼基京害怕,他不愿去想它们,说它们荒唐,并相信所有这些都是由于焦躁不安,相信将来他会笑话自己的。

果然,凌晨他已经在笑话自己的神经质,称自己为懦夫了,不过他已经清楚,平静已消失,或许永远地消失了,这清水外墙的两层小楼里的幸福对于他已经不可能再有了。他猜想,幻想已经破灭,已经开始了新的、令人焦躁的、有意识生活,而这种生活是跟平静和个人幸福格格不入的。

第二天,星期日,他去了学校的教堂,在那里见到了校长和同事们。他觉得,他们人人只费尽心机地忙着掩饰自己的无知和对生活的不满,于是他,为了不让人看出他内心的不安,满脸堆笑,说了些鸡毛蒜皮的事。然后他去了车站,在那儿看见邮车来了又走,因而他心里觉得痛快:他独自一人,用不着跟任何人搭腔。

回到家，他正好碰上岳父和瓦丽亚来他这儿吃午饭。瓦丽亚两眼哭得通红，抱怨头疼，而舍列斯托夫吃了很多，说如今的年轻人如何不可靠，如何缺乏绅士风度。

"这是愚昧无知！"他说。"我会这么直截了当地对他说：这是愚昧无知，阁下！"

尼基京笑容满面，帮玛尼亚款待客人，可是吃过午饭他就去了自己的书房，锁上了房门。

三月的太阳灿烂辉煌，透过窗户的玻璃在书桌上落下炽热的光线。还只是二十号，可是人们已经乘车出门，花园里椋鸟叽叽喳喳叫个不停。看样子，玛妞霞说话就会闯进书房，一只胳膊勾住脖子，说马或马车已等在门前，问要想不冻着她该穿什么衣裳。春天来临了，像去年一样的美妙，看来会有同样的赏心乐事……可尼基京心里想的却是，现在最好请个假，去莫斯科，在涅格林诺伊街的那些熟悉的房间里住下。隔壁房间里的人在喝着咖啡，议论着波良斯基上尉，而他尽量不去听那些议论，埋头在自己的日记簿里写上："我这是在哪儿，我的天哪？！我的周围除了庸俗还是庸俗。毫无情趣、一无可取的人们，装满酸奶油的小瓦罐，装满牛奶的细颈罐，四处乱爬的蟑螂，糊里糊涂的女人……再也没有比庸俗更加可怕、更加伤人自尊、更加叫人苦恼的东西了。赶紧离开这里，今天就赶紧离开，不然我会发疯的！"

1894 年

脖子上的安娜

一

在教堂举行婚礼之后，连个简单的冷餐酒会也没有；新婚夫妇喝过交杯酒，换过衣服，就乘车去了火车站。不操办热闹的婚庆舞会和晚宴，也不演奏音乐和舞曲，却赶往二百俄里开外去朝圣。许多人赞成这样做，说莫代斯特·阿列克谢伊奇官衔已不低，年纪也不轻了，闹哄哄的婚礼好像显得不太得体；再说，一个五十二岁的官吏娶了个刚满十八岁的姑娘，就是听着音乐也没意趣。也有人说，莫代斯特·阿列克谢伊奇是个循规蹈矩的人，这次去修道院，其实为的是要让他年轻的妻子心里明白，即使成了亲他也会把宗教和道德放在首位的。

为新婚夫妇安排了送行。一群同事和亲属手端酒杯，站在那儿，等着火车开动时齐声高呼"乌拉"，而彼得·列昂季奇，新娘的父亲，头戴大礼帽，身穿教师礼服，已经喝得醉醺醺的，脸色煞白，举着酒杯，一个劲儿地探向车窗，恳求说：

"阿妞塔！阿尼娅[①]！阿尼娅，就一句话！"

阿尼娅从车窗里向他弯着身子，他低声说着什么，一股股酒气扑向姑娘，絮叨个没完，可说些什么让人全然听不明白，于是就在她的脸上、胸前、手上画十字祝福；同时他的呼吸在颤抖，眼里闪着泪花。

[①] 阿妞塔、阿妮亚均为安娜的小名。

阿尼娅的兄弟,别嘉和安德留沙,中学生,从身后扯着他的礼服,难为情地小声说:

"老爸,行了……老爸,别这样……"

火车开动了。阿尼娅看到她父亲跟着车厢跑了几步,摇摇晃晃,手里的杯中酒泼泼洒洒,还看到他满面的神情是那么凄苦、愧疚、慈祥。

"乌拉——!"他喊着。

只剩下了新婚夫妇俩。莫代斯特·阿列克谢伊奇四下察看了一番,把东西分放到行李架上,接着笑吟吟地坐到妻子的对面。这位官吏中等个头,相当富态,虚胖,保养得很好,蓄着长长的鬓角,但却没留胡子,而他那刮得光光的、圆圆的、轮廓分明的下巴活像个脚后跟。他脸上最有特色的一点,就是没有胡子;这是一块刚刚刮过的、光秃秃的地方,它逐渐过渡到肥胖的、果冻般不停颤动的两颊。他待人接物庄重大方,举手投足不紧不慢,音容笑貌轻柔和善。

"我现在不能不想起一件事儿来,"莫代斯特·阿列克谢伊奇笑嘻嘻地说道,"五年前,柯索罗托夫得到一枚二级圣安娜勋章[①],来道谢的时候,爵爷大人随口说道:'这么说,您现在就有三个安娜了:一个在衣襟儿[②]里,两个在脖子上。'应当说明一下,当时柯索罗托夫的太太刚刚回到他身边,那女人爱吵架,人又轻浮,也叫安娜。我希望,等我哪天得了二级安娜勋章,那爵爷大人可别有对我说这种话的由头儿。"

他那双小眼睛笑眯眯的。阿尼娅也面带着微笑,不过心里却直发慌,因想这家伙随时会用那胖嘟嘟、湿乎乎的嘴唇来亲吻她,而她已经无权拒绝了。丈夫那肥胖身体的从容动作让她害怕,她又是担心又是厌恶。他站起身来,不慌不忙地从脖子上摘下勋章,脱掉礼服和坎

---

① 帝俄于1742年设立的授予文物官员的勋章,勋章上的图像为戴皇冠的女皇安娜。

② 男上衣衣襟上别勋章等用的小孔。

肩儿，穿上了睡袍。

"这样真舒服，"他一面在阿尼娅身边坐下，一面说道。

阿尼娅回想起教堂里的婚礼真叫人难受，当时她觉得，无论神甫，还是来宾，教堂里所有的人望着她的眼神都很忧伤：为什么，为什么她，一个如此可爱、标致的姑娘，要嫁给这么个上了年纪、相貌砢碜的绅士呢？今天早上她还乐滋滋的，心想一切都安排得这么好，可举行婚礼和这会儿在车厢里的时候，她又觉得自己犯了错，受了骗，而且荒唐可笑。这不，她嫁给了一个有钱人，可钱她却还是没有，结婚礼服还是赊账做的，今天父亲和兄弟送她的时候，她从他们的脸上看得出来，他们一个子儿也没有了。他们今天晚上能吃上晚饭吗？明天呢？于是她不知怎么觉得，父亲和两个兄弟这会儿她不在的时候坐在那里饿肚子，并且忍受着跟妈妈下葬后的那天晚上完全一样的愁闷。

"啊，我真命苦啊！"她想道。"我怎么这样命苦呢？"

莫代斯特·阿列克谢伊奇为人稳重，跟女人没打惯交道，他几次不好意思地搂了搂阿尼娅的腰，拍了拍她的肩膀，可阿尼娅一直在想着钱、母亲、母亲的死。母亲去世以后，父亲，彼得·列昂季奇，中学习字课和图画课老师，酗起酒来，开始受穷了；弟兄们没有靴子和雨鞋，父亲被拖去见治安法官，来了个法警，把家具列了个清单……多么的丢脸哪！阿尼娅得照顾酗酒的父亲、给弟兄们补袜子、跑市场；每当人们夸赞她漂亮、年轻和娴雅的时候，她总觉得，全世界都看得见她那顶不值钱的帽子和皮鞋上用墨水涂抹过的那些窟窿眼儿。每天夜里，她以泪洗面，思绪万千：眼看着父亲就会因不良嗜好而被学校辞退，因受不了这一打击而也像母亲那样死去。可是这不，一些相识的太太夫人就张罗起来，要为阿尼娅找个好人家。很快也就找到了这位莫代斯特·阿列克谢伊奇，年纪不轻，相貌也不可人，但是有钱。他在银行里有十来万存款，还有一座租出去的祖传庄园。这是一个循规蹈矩的人，颇得爵爷大人的赏识；人们对阿尼娅说，他不费吹灰之力就能让爵爷大人给中学校长甚至给督学写张条子，叫他们别辞了彼得·列昂季奇……

就在她回忆着这些细节的时候,突然听见一阵音乐夹带着嘈杂的人声传进了车窗。这是火车停在了一个小站上。站台对面的人群里,有人活泼流畅地拉着手风琴和声音刺耳的廉价小提琴,而高大的白桦和白杨的后面,从沐浴在月光下的别墅那边,传来军乐队演奏的旋律:想必是别墅里正在举办舞会。站台上有避暑客和城里人在散步,天气晴和的日子里,他们总来这里呼吸呼吸清新空气。人群里就有阿尔特诺夫,整个别墅区的业主,富翁,又高又胖的黑发男子,脸型像个亚美尼亚人,一双金鱼眼,一身奇怪的打扮。他身穿敞胸的衬衫,脚蹬带马刺的高筒靴,肩披黑色的斗篷,一直拖到地上,像女式拖地长裙。他身后跟着两条低着脑袋的灵猩犬。

阿尼娅的眼睛里虽然依旧闪耀着泪花,可她已经既忘记了母亲、金钱,也忘记了自己的婚事,跟相识的中学生和军官们握着手,欢笑着,连声说着:

"您好!近来怎样?"

她来到车厢出口处的平台上,站到月光下,好让人们看见她的全身,穿一袭崭新的华服,戴一顶漂亮的凉帽。

"为什么我们在这儿停呢?"她问。

"这儿是会让站,"有人答道,"等着让邮车先过。"

她发现阿尔特诺夫正看着她,便风情万种地眯起眼睛,大声说起法语来。因为她的嗓音那么动听,因为乐声旋绕、明月倒映池中,又因为贪婪而好奇地看着她的是阿尔特诺夫,这位出了名的好色之徒和浪荡公子,还因为大家都心情愉快,所以她突然感到一阵喜悦,于是当火车开动、相识的军官们向她行礼告别时,她嘴里已经哼起了波尔卡舞曲,这舞曲的旋律是在树林后面什么地方演奏的乐队追赶着给她送来的;因此,回到包厢的时候,她有这样一种感觉,仿佛小站上的人们让她相信,无论如何,她一定会很幸福的。

新婚夫妇在修道院待了两天,然后回到了城里。他们住的是公房。

莫代斯特·阿列克谢伊奇去上班的时候，阿尼娅就弹弹钢琴，或者郁闷地哭上一阵，或者躺在小沙发床上读读小说，翻翻时装杂志。吃午饭的时候，莫代斯特·阿列克谢伊奇胃口很好，边吃边谈政治、任命、调遣和奖赏；说应当劳动，说家庭生活不是享受，而是职责；说钱会积少成多；还说这世上最崇高的他认为是宗教和道德。因此，他手里握剑似的握着一把餐刀，说：

"每个人都应该有自己的职责！"

阿尼娅听着他的话，心里害怕，无法下咽，经常饿着肚子离开餐桌。吃过午饭，丈夫休息，呼呼大睡，而她则抽身回趟娘家。父亲和兄弟看她的眼神总是有些特别，好像她到家之前刚刚责备过她为金钱而嫁给了一个并不喜爱的、无聊而又乏味的人；她那窸窣作响的连衣裙、手镯和整个一副太太的模样，让他们感到拘束、屈辱；有她在场，他们就有点儿尴尬，不知道该跟她说些什么是好；不过，他们仍然跟从前一样地爱着她，饭桌上少了她还真不习惯。她坐下，跟他们一起喝菜汤、稀粥，吃那带一股蜡烛味儿的羊油煎的土豆。彼得·列昂季奇用那颤巍巍的手从小酒瓶里倒了杯酒，一饮而尽，神情贪婪而又厌恶，接着又倒第二杯，然后第三杯……别嘉和安德留沙，两个面容清瘦、脸色苍白、眼睛大大的男孩，拿起酒瓶，不知所措地说：

"别喝了，老爸……行了，老爸……"

阿尼娅心里也忐忑不安，央求他别再喝酒，可他突然火冒三丈，用拳头擂着桌子。

"我不许任何人来管我！"他嚷道。"臭小子！死丫头！我把你们全都撵出去！"

然而，从他的声音里却听得出脆弱、慈和，因此谁也不怕他。吃过午饭，他总要梳理打扮一番；他脸色苍白，下巴带着刮胡子时拉破的伤痕，伸着细长的脖子，对着镜子一站半个钟头，捯饬个没完，一会儿拢拢头发，一会儿捋捋黑黑的小胡子，喷喷香水儿，打打蝴蝶结儿，然后戴上手套、大礼帽，这才出门去教家馆。遇上节假日，他就待在家里，画画彩色画，或者弹弹簧风琴；风琴撒气漏风，声音沉闷，可他却尽心竭力地要它奏出和谐悦耳的旋律，边弹边唱，要不就是对两个孩子发火：

"败家子！混账！把琴弄坏了！"

每天晚上，阿尼娅的丈夫都跟住同一栋公房的同事打牌。打牌的时候，凑到一起的还有那些官员的太太，模样碜碜，打扮俗气，谈吐粗鲁，像是一群厨娘，于是住所里就扯起老婆舌头，跟官太太们本人一样的碜碜和俗气。偶尔，莫代斯特·阿列克谢伊奇也带阿尼娅去看看戏剧。幕间休息的时候，他不准阿尼娅离开一步，只能挽着他的胳膊在走廊上和休息室里溜达溜达。每当跟人点头致意之后，他立刻就悄声对阿尼娅说："五品文官……受过爵爷接见……"，或者："趁钱……有自家房产……"走过小吃部的时候，阿尼娅很想来点儿甜点；她喜欢巧克力和苹果馅儿酥饼，可是钱她却没有，而跟丈夫讨要，她又羞于张口。丈夫拿起一只梨，用手指揉搓着，犹豫不决地问道：

"多少钱？"

"二十五戈比。"

"嚯，好贵！"他说着又将梨放回原处；可是空手离开柜台又不好意思，于是他要了一瓶碳酸矿泉水，并独自将它喝得精光，噎得他泪水在眼眶里直打转，因而阿尼娅这时心里恨得牙痒痒。

要不他就脸一下子红到耳根，连忙对阿尼娅说：

"给这位老夫人鞠个躬，问声好！"

"可我跟她不认识呀。"

"无所谓。这是省税务局长的太太！鞠个躬哪，跟你说！"他固执地埋怨道。"你脑袋掉不下来。"

阿尼娅鞠躬行礼，她的脑袋也确实没掉下来，可心里却不是滋味。她做着丈夫要她做的一切，心里暗自生气：丈夫欺骗了她，就像欺骗了一个傻到家的小傻瓜。她嫁给他无非是因为缺钱，可没想到的是，她的钱现在还比不上出嫁之前呢。从前虽说父亲每回只给二十戈比,可现在呢——一个锛子儿也见不着。偷偷拿或者张口要,她办不到,她怕丈夫,在丈夫面前总是战战兢兢的。她觉得,对此人的恐惧感压在她心头似乎由来已久。小时候,她一直以为,像乌云或者像火车头那样,眼看就会冲过来把她轧死的一股最威严和最可怕的力量,就是中学校长;而在家里时常议论并不知怎么十分害怕的另一股同样的力量,就是爵爷大人;还有十来种小一些的力量,其中有小胡子刮得净光的中学教员们,一个个凛若冰霜、铁石心肠,而现在最后就是这莫代斯特·阿列克谢伊奇,一个守规矩讲原则、连模样都像校长的人。在阿尼娅的想象中,所有这些力量都合成一股,像一只可怕的、巨大的白熊,扑向同她父亲那样弱小的、犯有过失的人们,所以她从来都不敢说句反对的话;每当她受到粗暴的爱抚,遭到搂抱的侮辱而受惊吓时,她也只能强颜赔笑,假装尽兴。

唯有一次,彼得·列昂季奇壮着胆子向女婿借了五十卢布,以便偿还一笔很让人讨厌的债务,然而这是多么痛苦的事啊!

"好的,我借给您,"莫代斯特·阿列克谢伊奇想了想,说,"不过我有言在先,只要您不戒酒,我就不会再帮您了。对于一个担任国家公职的人,这种嗜好是可耻的。我不能不提醒您注意一个众所周知的事实,许多有才能的人都被这种嗜好毁掉了,然而只要他们戒掉,日后也许还能成为上层人物的。"

接着就是一通车轱辘话:"伴随……的同时","根据这一情况……","鉴于刚才所说……",而可怜的彼得·列昂季奇忍受着屈辱,一醉方休的愿望更加强烈了。

连到阿尼娅这里来串亲的两个兄弟,因为总穿着破靴子烂裤子,也得听取一番训导。

"每个人都应该有自己的职责!"莫代斯特·阿列克谢伊奇常常对他们说。

可钱却从来不给。然而他却时常给阿尼娅送戒指,赠手镯,添胸

231

针，说这些东西攒着可备不时之需。而且还常常打开她的抽屉柜检查一番：东西是否安然无缺。

二

冬天转眼就到了。圣诞节之前，当地报纸就早早宣布，12月29日在贵族会议"将举办"一年一度的冬季舞会。每天晚上，打完牌以后，莫代斯特·阿列克谢伊奇总要焦虑不安地跟官太太们唧咕一阵，忧心忡忡地把阿尼娅不时瞟上一眼，然后在屋里来来回回长时间地转悠，想着心事。终于，一天晚上，时候已经很晚，他在阿尼娅面前停下脚步，说道：

"你应该给自己做套舞会服装。明白吗？不过，请先跟玛利亚·格里戈里耶芙娜和娜塔莉娅·库兹米什娜商量商量。"

说着，给她掏了一百卢布。她收下了；可是，订做舞会服装的时候，并没跟任何人商量，只跟父亲说了说，就竭力想象起母亲会如何穿着赴会了。她故去的母亲穿戴一向最为时髦，也经常忙活阿尼娅，把她打扮得漂漂亮亮，像个洋娃娃，而且还教会她说法国话，又教她把玛祖尔卡舞跳得很棒（出嫁前，她做过五年的家庭教师呢）。阿尼娅跟母亲一样，也能把旧衣裙改成新服装，用汽油擦洗手套，租用 bijioux[①]；也跟母亲一样，善于眉目传情，嗲声嗲气，摆出各种迷人的姿势，需要时，她会神采飞扬，也会满脸忧伤，神秘莫测。她从父亲那里继承了头发与眼睛的黑色，神经过敏和这随时捯饬的习惯。

赴舞会前半小时，莫代斯特·阿列克谢伊奇没穿礼服走进她的房间，想在她的穿衣镜前往脖子上挂好勋章，此刻却被她那美丽的容貌和那鲜艳、轻盈的服饰所迷醉，于是他得意地梳好自己的鬓角，说道：

"瞧我太太多漂亮……瞧你多漂亮！阿纽塔！"他忽然转用郑重

---

① 法文：珠宝。

的口气，接着说："过去我让你享受了富贵，而今你能让我享受荣华。求求你，向爵爷的夫人自我介绍一下！看在上帝的份上！通过她我能得到奏事长的位子！"

他们乘车去了舞会。说话就到了贵族会议大厦和站着侍卫的大门口。眼前是放着衣架的前厅，穿着皮袄的绅士，匆匆来去的侍者和用扇子挡着穿堂风的坦胸露背的女士。散发着灯用煤气和大兵的气味。阿尼娅正挽着丈夫的胳膊沿着楼梯拾级而上，耳边传来了音乐声，眼前的大镜子里出现了她那被无数灯火照得通亮的全身影像，于是她的心头不禁涌上一阵喜悦之情，产生了月色融融的夜晚在小站上的那种幸福即将到来的预感。她拾级而上，自豪而又自信，生平第一次觉得自己不是个女孩子，而是位太太。于是不由自主地模仿起了先慈的步态和风姿。也是生平第一次她感到自己富有和自由。甚至丈夫在场，也没让她感到拘束，因为她刚一跨进会议大厦的门槛就本能地意识到，即使有年老的丈夫跟在身边，也不会对她有丝毫的损伤，恰恰相反，只会为她增添男人们十分喜欢的那种诱人的神秘色彩。大厅里乐队轰鸣，舞会开始了。从公寓里出来之后，突然受到灯火、色彩、音乐和欢声笑语的感染，阿尼娅不由得环视了一下大厅，暗自想道："啊，真棒！"——于是她立刻在人群中认出了所有的熟人，所有那些以前在晚会或者游园会上遇见过的人，所有那些军官、教员、律师、官吏、地主、爵爷、阿尔特诺夫和上流社会的女士们。这些女士个个穿着华丽，坦胸露背，有的姿容秀美，有的丑陋不堪。她们已在义卖市场的小木屋和小亭子里占好位子，准备开始为穷人募捐义卖。一位佩戴着带穗肩章的身材魁梧的军官——她还是在老基辅街上跟他认识的，那时还是个中学生，可现在已记不清他的名姓了——就像是从地下钻出来似的，邀请她跳华尔兹舞，于是她鸟儿般地翩翩飞离丈夫，她顿时觉得，仿佛自己驾着一条帆船，驶向猛烈的风暴，而丈夫则远远地留在了岸边……她跳得兴高采烈，如痴如狂，一会儿华尔兹，一会儿波尔卡，一会儿卡德里尔，舞伴换了一个又一个，被音乐和喧闹搅得晕晕乎乎，俄语里夹杂着法语，嗲声嗲气，眉开眼笑，既不关心丈夫，也不关心一切。她博得了男人们的青睐，这是明摆着的事实，而且不受青睐是不可能的，她激动得喘不上气来，两手不由自主地紧紧握着扇子，直想喝水。父亲，彼得·列昂季奇，身穿一件带着汽油味儿的皱皱巴巴的礼服，走到她跟前，递上一碟儿红色的冰淇淋。

"你今天真迷人，"他欣喜异常地望着女儿，说道，"我还从来没像今天这样后悔你早早出阁了……为什么呢？我知道，你这样做是为了我们，可是……"他两手颤巍巍地掏出一小沓钞票，说："我今天拿了授课费，可以还上欠你丈夫的债了。"

她把盘子往他手里一塞，被人一搂，就远远地飞走了，从舞伴的肩头匆匆看见父亲在镶木地板上轻快地滑动舞步，搂过一位女士，同她在大厅里飞舞起来。

"他清醒的时候是多么可爱呀！"她自忖道。

跟阿尼娅跳玛祖尔卡的舞伴还是那位身材魁梧的军官；他高傲而吃力地移动着两脚，像只穿着制服的笨熊，不时耸耸肩膀，挺挺胸脯，勉勉强强地踏着拍子——他实在不想再跳，可阿尼娅却在身边左右飞舞，用自己那美貌和裸露的脖子挑逗于他；阿尼娅的眼睛里燃烧着激情，她的动作充满着柔情蜜意，而那军官则变得越来越不感兴趣，像国王施恩似的向她伸着两手。

"好，好！……"人群中有人喝彩。

一来二去，连那身材魁梧的军官也突然来了精神；他兴奋起来，激动起来，为阿尼娅的妩媚所陶醉，狂热起来，舞步轻盈而又敏捷；可阿尼娅只是不时耸耸肩膀，看上去很调皮，俨然就是女王，而他是个奴仆；此刻阿尼娅觉得整个大厅都在看着他们，所有人都愣在那里，羡慕他们。身材魁梧的军官刚刚向她道过谢，人们就突然让出路来，男人们有点儿奇怪地挺着腰板，垂着双手……这是因为穿着礼服、佩着两枚勋章的爵爷大人向她走了过来。是的，爵爷大人正是朝她而来的，因为爵爷大人两眼直勾勾地望着她，甜蜜蜜地微笑着，同时空嘴咀嚼着，每当见到漂亮的女人，他总是这样。

"非常高兴，非常高兴……"爵爷大人开口说道。"我要下令关您丈夫的禁闭，他竟然金屋藏娇，把我们瞒到现在。我来找您是受太太之托，"他向阿尼娅伸出一只手，继续说道。"您应当帮帮我们……嗯，对了……应当为您颁发选美奖……像美国那样……嗯，对……像美国人……我太太等您都等急了。"

他将阿尼娅领进一间小木屋，见过一位上了年纪的女士。这位女士脸的下半部大得不成比例，因此看起来就像是她嘴里含着一块大石头。

"来帮帮我们吧，"她带着鼻音像唱歌似的拉长声音说。"所有漂亮的女人都在义卖市场忙活，只有您一人不知怎么却在闲着。您怎么就不想帮帮我们呢？"

女士说完就走了，于是阿尼娅接替她照管一把银茶炊和几只茶碗。生意立时兴隆起来。一碗茶阿尼娅至少收一卢布，她逼着那身材魁梧的军官一连喝了三茶碗。生就一双金鱼眼，害着气喘病的富翁阿尔特诺夫也来了，不过他身上已经不是阿尼娅夏天见过的那副古怪打扮，而是像大家一样穿着燕尾服。他目不转睛地盯着阿尼娅，喝了一杯香槟酒，付了一百卢布，然后喝了一碗茶，又给了一百——而且这一切都做得不声不响，因为患着哮喘……阿尼娅不停地招呼着顾客，收着茶钱，心里坚信不疑，她的一瞥一笑给这些人带去的不是别的，只会是巨大的快乐。她已经明白，她天生就是来享受这种伴有音乐、舞蹈、爱慕者的热闹、豪华和欢乐的生活的，所以她觉得自己长期以来对不断向她涌来并眼看就要将她压扁的那股力量的恐惧是可笑的；现在她谁也不怕了，只可惜母亲已经不在，否则现在跟她一道分享分享她的成功该多好啊。

彼得·列昂季奇已经累得面色苍白，但脚下还算稳当；他来到小木屋前，要了一杯白兰地。阿尼娅满脸通红，生怕他会说些不得体的话（她已经为自己有这么个贫穷的、这么个平庸的父亲而害臊了），可是他喝干以后，从一小沓钞票里抽出十卢布往前一扔，一句话没说就昂首挺胸地离开了。没过一会儿，她就看见他跟舞伴们在跳 grand rond①，而这回他已经脚下拌蒜，嘴里乱嚷，弄得舞伴十分尴尬了。于是阿尼娅想起，三年前的一次舞会上，他也这么脚下摇晃，嘴里乱嚷，结果被派出所所长送回家睡觉了，第二天校长威胁说要将他开除。这段回忆多么不合时宜呀！

等所有小木屋里的茶炊都已熄灭，筋疲力尽的善女们将义卖款交给嘴里含着石头的上了年岁的女士之后，阿尔特诺夫挽着阿尼娅的胳膊走向一个大厅，那儿已经摆好招待义卖活动所有参加者的夜餐。用夜餐的总共二十人上下，只少不多，可是却很热闹。爵爷大人举杯致辞："在这间豪华的餐厅里，正适宜为本次义卖的宗旨——廉价食堂的昌盛而干杯。"一位陆军准将提议为"连大炮都甘拜下风的力量"而干杯，于是大家都伸手与女士们碰了杯。席间非常非常地开心！

当阿尼娅由人护送回家时，天色已经大亮，厨娘们都纷纷往市场跑。她满心欢欢喜喜、喝得晕晕乎乎，满脑子新鲜感受，累得筋疲力尽，脱掉衣服，往床上一倒，便立刻睡着了……

下午一点多钟，女仆将她叫醒，禀报说，有个阿尔特诺夫先生登门造访。她连忙穿好衣服，去了客厅。阿尔特诺夫刚走不久，又有爵爷大人前来感谢她参加义卖活动。他空嘴咀嚼着，两眼色迷迷地望着阿尼娅，吻了吻她的小手，请求允许他再来，便告辞了。而阿尼娅则站在客厅中央，惊喜交加，不敢相信她生活中的变化，一些惊人的转变，来得这么快；就在这时，走进了她的丈夫，莫代斯特·阿列克谢伊奇……在她的面前，丈夫现在也规规矩矩地站着，脸上一副阿尼娅常见他当着高官显贵们才有的那种奴颜婢膝的神情；于是阿尼娅带着欣喜、愤恨、轻蔑的口吻——她深信，这样做一点事儿没有——清清楚楚地咬着每一个字，说道：

---

① 法语：大圆圈舞。

"给我走开,蠢材!"

从此以后,阿尼娅就没闲过一天,因为她要参加的有时是野餐,有时是游玩,有时是演戏。她每天回家时天都快亮了,在客厅里打个地铺,过后却令人神往地向大伙儿叙述,她在花前月下睡得如何如何。钱需要花得很多,但她已不再惧怕莫代斯特·阿列克谢伊奇,花丈夫的钱就像花自己的一样;她既不求,也不要,只是送张账单,或者写张字条:"交来人200卢布",或者:"即付100卢布"。

复活节那天,莫代斯特·阿列克谢伊奇得到一枚二级安娜勋章。他来道谢的时候,坐在圈椅里的爵爷大人将报纸往旁边一放,身子往后靠了靠。

"这么说,您现在就三个安娜了,"他一面端详着自己那皙白的双手和粉红的指甲,一面说。"一个在衣襻里,两个在脖子上。"

莫代斯特·阿列克谢伊奇怕笑出声来,便用两根指头按住嘴唇,说道:"而今只盼小弗拉基米尔出世了。就斗胆求大人做教父吧。"

他是暗指四级弗拉基米尔勋章,并且心里已在想象,他要四处宣扬他这机智而大胆的妙语双关了;他还想说些类似的恰到好处的话,可是爵爷大人重又专心看起报来,只是点了点头……

阿尼娅依然是乘坐三驾马车四处兜风,跟阿尔特诺夫一同外出打猎,出演独幕戏剧,赴晚宴,越来越少与家人相聚了。家里的饭桌上再也见不着她。彼得·列昂季奇比以前喝得更凶了,钱没有,因此簧风琴早就卖掉还了债。两个儿子如今再不让他单独出门,时时刻刻盯着他,怕他摔跟头;每当在老基辅街上游玩遇见阿尼娅坐着一马驾辕一马拉套的双套马车,赶车的不是车夫,而是阿尔特诺夫时,彼得·列昂季奇总要摘下大礼帽,想喊一嗓子,可别嘉和安德留沙总是一人挽住他一只胳膊,央求说:

"别喊,老爸……行了,老爸……"

1895 年

带阁楼的房子

一个画家的叙说

一

这事发生在六七年前,当时我住在T省某县一个地主的庄园里。这地主姓别洛库罗夫,年纪轻轻,起得很早,穿一件紧腰长衫,每天晚上总是一面喝着啤酒,一面向我诉苦,说他在哪儿也得不到人的同情。他住花园里的厢房,而我住老东家宅子里带圆柱的敞厅。这儿没什么家具,只有一张宽大的长沙发,我用它当床铺;还有一张桌子,我在上面摆纸牌算卦。平日里,就算是风和日丽的好天气,几个老式的阿摩司火炉里总有什么东西嗡嗡作响;要是赶上雷雨风暴,整个房子都跟着颤抖,仿佛眼看就要散成碎块似的,还真有点儿吓人,尤其是深更半夜,十个大窗户一起突然被闪电照得通明透亮的时候。

我生来游手好闲,什么事都不干。一个钟头一个钟头地遥望窗外的天空、飞鸟、林荫小道,翻阅从邮局给我送来的书报,睡觉。有时我也出门逛逛,找个地方游荡到很晚。

有一天,在回家的路上,我无意中走进了一座陌生的庄园。夕阳已经衔山,放花的黑麦地上拉着黄昏时分长长的阴影。两排栽得很密、长得很高的老云杉,就像两堵密不透风的墙壁,形成一条幽暗的、美丽的林荫道。我轻松翻过篱笆,顺着这条林荫道,踩着那覆盖着路面一俄寸①厚的云杉树叶,一跐一滑地往前走去。四下里静悄悄、黑乎乎的,只有那高高的树梢上,有些地方闪烁着耀眼的金光,在蜘蛛网上化出七彩虹霓。空气中飘逸着浓烈的针叶芳香,熏得人喘不上气来。然后我拐上一条长长的椴树林荫道。这儿也是一片荒芜和破败的景象;陈年的枯叶在脚下凄凉地沙沙作响,暮色中树木之间有些黑影在躲躲藏藏。右边,一片老果园里,有只黄莺很不情愿、有气无力地啼叫着,想必它也是个小老太婆。可眼看椴树林荫道也到了尽头;我走过一栋带凉台和阁楼的白色楼房,眼前豁然展现出一座地主老爷的宅园和一个建有浴棚的、岸柳成荫而水面宽阔的池塘。池塘对面有个村庄,村庄上方立着一座高高的尖顶钟楼。钟楼顶上一枚十字架在闪闪发光,映射着西下的夕阳。霎时间,一种故乡的、熟悉的东西所特有的魅力向我袭来,仿佛我童年时代早已见过这迷人的风光。

庭院面朝田野有道白色的石门,在这有石狮把守的古色古香的坚固大门旁边,立着两位姑娘。其中一位年龄稍长,身材细挑,面庞白皙,非常漂亮,栗色的秀发如卷云,执拗的小嘴似樱桃,满脸严厉的神色,对我只是稍稍瞥了一眼;而另一位,还十分年轻,顶多十七八岁,一样的细挑、一样的白皙,一张大嘴,两只大眼,带着惊异的神色看了看我,当我打门前走过时,她说了句英语便害起羞来,可我却觉得就是这两个可爱的脸蛋儿好像也早已见过似的。因而我回到住处时的感觉,就仿佛做了场美梦一样。

此后不久,一天中午,我和别洛库罗夫在宅子附近散步,突然间,沙沙沙地轧过草地往庭院里驶进一辆带弹簧的四轮敞篷马车,车上坐着那两位姑娘中的一位。是那位年龄稍长的姑娘。她是带着认捐签名单为遭火灾者寻求救助而来。她两眼看着别处,非常认真而详细地对我们讲述了西亚诺沃村有多少房舍被烧毁,有多少男女老幼无家可归,她现在身为其成员的赈灾委员会最初打算采取何种措施。她让我们签

---

① 1俄寸等于4.4厘米。

了名,收起名单就立刻张口道别了。

"您彻底忘记了我们,彼得·彼得罗维奇,"她向别洛库罗夫伸过一只手来,说道。"来玩吧,要是 monsieur[①] N(她叫出我的姓氏)愿意看看崇拜他才华的人是如何生活的,也请光临寒舍,那么妈妈和我将会非常高兴的。"

我鞠躬致谢。

她走了以后,彼得·彼得罗维奇打开了话匣子。这位姑娘,用他的话说,是大家闺秀,名叫利季娅·沃尔恰尼科娃,她跟母亲和妹妹所住的田庄,跟池塘对岸的那个村庄一样,也叫舍尔科夫卡。她父亲从前在莫斯科地位显赫,去世前官至三品。虽然资财可观,但沃尔恰尼科夫一家却定居乡下,从不外出,无论冬夏,而利季娅在家乡舍尔科夫卡地方自治局的一所学校任教,薪水每月二十五卢布。她自己花销只用这些钱,并为自食其力而感到骄傲。

"很有意思的人家,"别洛库罗夫说。"这样吧,哪天去趟她们家。您去了,她们一定很高兴的。"

有一天,是个节日,吃过午饭,我们想起了沃尔恰尼科夫一家,于是就去了舍尔科夫卡。她们,母亲和两个女儿,全都在家。母亲,叶卡捷琳娜·巴甫洛芙娜,看来从前很漂亮,可现在过早发胖,患有哮喘,此刻面带愁容,心不在焉;她强打精神陪我聊着绘画。从女儿那里得知我可能要来舍尔科夫卡以后,她连忙回忆起了在莫斯科画展上看到的我那两三幅风景画,于是现在问我想在画里表现的是什么。利季娅,或者像她们在家的叫法,利达,多半是跟别洛库罗夫说话,跟我很少交谈。她神情严肃,面无笑影,问别洛库罗夫为什么不在地方自治机关供职,又为什么至今没参加过一次地方自治局的会议。

"这不好,彼得·彼得罗维奇,"她责备道。"不好。可耻。"

"的确,利达,的确,"母亲赞同道。"不好。"

---

① 法语:先生。

240

"我们整个县都被巴拉京一手把持着，"利达转而对我，接着说。"他本人是自治局主席，把县里的所有职位都分给了自己的侄儿姑爷，因此为所欲为。应当斗争。年轻人应该组成一个强大的集团，可是你也看到了，我们这里的年轻人怎么样。可耻，彼得·彼得罗维奇！"

妹妹任尼娅听着人们议论地方自治局，一言不发。她从不参与严肃的谈话，她在家里还不算成人，所以，作为一个小孩儿，人都叫她密修司，因为小时候她就是这么叫密斯①——自己的家庭教师的。她一直面带好奇的神色望着我，当我翻看相册里的照片时，一面给我解释："这是叔叔……这是教父"，一面用小指头在照片上指指点点。这时，她像小孩似的用自己的一只肩膀贴着我，我这才在近处看到她那小小的、还没发育起来的胸脯、瘦瘦的肩膀、长长的辫子和那被腰带勒得紧紧的细细的腰身。

我们打了槌球和 lown-tennis②，逛了花园，喝了茶，然后吃晚饭吃了很长时间。在那带圆柱的空空荡荡的大敞厅里住过以后，来到这舒舒服服的小屋子，我还真有点儿不太自在，因为这屋子里的墙上没有粗劣的彩色画，大家对女仆还以"您"相称，又因有利达和密修司在场，一切让我感到新鲜而又纯洁，一切又散发着贵族阶层的气息。在饭桌上，利达同别洛库罗夫又聊起了地方自治局、巴拉京、学校图书馆。这是个活泼、诚恳而有坚定信念的姑娘，听她说话也很有意思，尽管她的话多，嗓门也大，或许是因为在学校里大声讲课而养成了习惯。然而我的彼得·彼得罗维奇自从上大学起就养成了一说话就抬杠的毛病，讲起话来枯燥而又冗长，分明想显示自己是个聪明又先进的人士。他两手不停地比画，衣袖碰翻了调味汁碗，在桌布上洒了一大摊，可是，除了我，似乎谁也没有发现。

我们回家的时候，天黑洞洞，夜静悄悄的。

---

① 帝俄时期贵族家庭中的英国女教师。
② 英文：草地网球。

"有教养不在于你不会把调味汁碰翻在桌布上,而在于别人碰翻的时候你一声不响,"别洛库罗夫说着,叹了口气。"是啊,一个非常好的、有文化的家庭。我比那些高尚的人落后了,哎呀,落后太多了!一天就知道干活,干活!干活!"

他说过要想成为一个模范的农场主,就必须多干活。可我心想:他是个多么迟钝而又懒惰的小子呀!他一说起什么正经事,就一个劲儿地支吾,"欸－欸－欸－欸",干起活来跟他说话也一样,磨磨蹭蹭,总是迟到早退,延误期限。对他办事的可靠度我已经不敢相信,因为我托他给发过几封信件,他竟然一个星期一个星期地揣在口袋里不给发。

"最痛苦的是,"他跟我并肩走着,嘟囔道,"最痛苦的是,你辛辛苦苦地干活,却得不到任何人的同情。得不到一点儿同情!"

二

我开始常去沃尔恰尼诺夫家。通常我坐在凉台最底下的一级台阶上;我因对自己不满而感到苦恼,我为自己的光阴飞逝、年华虚度而感到惋惜,因此我总是在想,要能从胸膛里把我那颗变得如此沉重的心掏出来才好。这时凉台上有人在说话,传来衣裙的窸窣声、翻书声。我很快就熟悉了利达的作息:白天给人看病,分发图书,去村里常常光着头、打着伞,而晚上则大声谈论地方自治局和学校的事。这位生就一张樱桃小嘴,文雅、漂亮、一贯严肃认真的姑娘,每当聊起事务上的问题,总是冷冷地对我说:

"这对您来说没意思。"

我不讨她喜欢。她不喜欢我是因为我是个风景画家,在自己的画中不表现百姓的疾苦,还因为我,在她看来,对她十分坚信的东西态度冷淡。记得有一次我乘车行驶在贝加尔湖岸边,碰到一位身穿蓝粗布衫裤、骑着马的布里亚特族姑娘。我问她能不能把她的烟斗卖给我。

就在我们说话的时候,她带着轻蔑的神情望着我这欧洲人的面孔和礼帽,不一会儿就腻烦了跟我说话,她吆喝一声便策马飞驰而去。利达也同样瞧不起我是个外乡人。表面上,她绝不表现出对我没有好感,可我能感觉到,因而坐在凉台的最底下一节台阶上,心里生着闷气,嘴里不住地念叨,说不是医生,却给庄稼人看病,就意味着欺骗,还说家有田亩两千①,行善自然不难。

而她的妹妹,密修司,没有任何心事好烦,跟我一样过着十足的游手好闲的生活。早上起床以后,她便立刻读起书来,深深地坐在凉台上的沙发里,两条小腿刚刚触到地面,要么带着书藏到椴树林荫道上,要么跑到大门外的田野上。她成天地读书,贪婪地盯着书页,有时候她的眼睛里渐渐出现疲倦、惊愕的神色,而且脸色变得煞白,根据这些情况可以断定看书把她脑子看累了。每次她一见我来,脸上总微微一红,放下书本,忽闪着她那双大眼睛望着我,兴致勃勃地讲述所发生的事情:比如说,下房里煤烟子燃了起来,或者雇工在池塘里捉上来一条大鱼。平时她穿一件浅色的小衬衫和一条深蓝色的小裙子。我们常在一起散步、采樱桃熬果酱、划船,每当她跳起来摘樱桃或者挥桨划船时,透过宽大的袖口会露出她那细弱而白皙的手臂。要不我打草图,她站在旁边,一面观看,一面赞叹。

七月底,一个星期日,早上八九点钟,我来到沃尔恰尼科夫家。我在大花园里转悠,尽量离那所房子远些,寻找着白蘑,那年夏天白蘑非常多。我在它们旁边做上记号,等过后同任妮娅一道来采摘。和风拂面。我看到任妮娅和她的母亲两人都穿着浅色的节日服装,从教堂出来往家走,任妮娅边走边用一只手按住凉帽。后来我听到她们在凉亭上喝茶。

对于我,一个无忧无虑、为自己一贯的闲散生活寻找辩解理由的人,我们庄园里这些夏季假日的早晨总是特别迷人。每当苍翠的草木

---

① 1俄亩等于1.09公顷。

上依然晨露欲滴、整个花园在旭日照耀下闪闪发光、令人神怡心旷之时,每当房子附近飘散着木犀和夹竹桃的芳香,年轻人刚从教堂回来并在花园里用茶品茗之时,每当人人都打扮得如此漂漂亮亮并且欢乐开心之时,每当你知道所有这些身体健康、衣食不愁、花容玉貌的人们在漫长的一天之中将什么事也不干之时,总希望一辈子都能这样。此时此刻,我想的正是这一点,于是满园子溜达,准备就这样无所事事和漫无目地逛上整整一天、整整一夏。

任妮娅来了,挎着一只篮子。她的脸上带着那么一种神情,好像她知道或者预感到在花园里会找到我似的。我们采着蘑菇,聊着天,每当她问点什么,总要向前跨出一步,以便看到我的脸。

"昨天我们村子里出了件奇事儿,"她说。"瘸腿的佩拉格娅病了整整一年,看了多少医生、吃了多少药也不管用,可昨天一个老婆子嘴里叽咕了几句,病就好了。"

"这算不了什么,"我说。"不要光围着病人和老太婆们找奇事儿。难道健康就不是奇事儿吗?那生命本身呢?凡是不可理解的东西,都是奇事儿。"

"您就不害怕不可理解的东西吗?"

"不。碰到我所不明白的现象,我的态度是勇敢面对,而不是屈服。我高于它们。人应该意识到自己高于狮子、老虎、星辰,高于自然界的一切,甚至高于不明白的并且看起来不可思议的东西,否则他就不是人,而是什么都害怕的老鼠了。"

任妮娅觉得,我,作为画家,知道许多东西,而且能够准确地猜测出所不知道的东西。她想要我将她带入那永恒和美的领域,带入在她看来我是其中一员的上等社会,因此她常跟我聊上帝,聊永恒的生活,聊奇妙的事情。而我并不认为我和我的想象在我死后会永远消失,所以回答说:"是的,人是千古永生的。""是的,我们将永生不灭。"而她听着听着,就相信了,也不要求提供证据。

返回住处的路上,她突然停下,说:

"我们家利达是个了不起的人。不是吗？我热爱她，而且可以随时为她献出生命。可是您说说，"任妮娅用一根指头碰了碰我的衣袖，"您说说，为什么您总跟她抬杠呢？为什么您总恼火呢？"

"因为她说的不对。"

任妮娅不以为然地摇摇头，接着泪花涌上了她的眼眶。

"这真叫人弄不懂！"她说道。

这时候，利达刚从外面回来，两手握着马鞭，站在门前的台阶旁，袅娜，娟秀，沐浴着阳光，正给一个雇工交代着什么。她又急急忙忙大声交谈着接待了两三个病人，然后带着一副忙于工作、操不完心的样子满屋子踱来踱去，一会儿打开这书橱，一会儿打开那柜子，接着上了阁楼。家里人找了她半天，叫她吃午饭。等她来到餐厅，我们已经喝完了汤。所有这些细节我不知为何至今不忘，而且喜欢回想，甚至那一整天的情形都记得清清爽爽，尽管并未发生任何特别的事情。吃过午饭，任妮娅躺在深深的单人沙发里读书，而我坐在凉台最底下的一级台阶上。我们沉默不语。整个天空阴云密布，接着下起了稀疏的小雨点。天气炎热，风早已停息了，因此让人觉得，这一天似乎将永无尽头。朝我们这边往凉台上走来的是叶卡捷琳娜·巴甫洛芙娜，睡眼惺忪，摇着扇子。

"哦，妈妈，"任妮娅说着，吻了吻她的手，"白天睡觉对你可不好。"

母女俩，相亲相爱。一个去花园的时候，另一个就站在凉台上，眺望着草木，呼唤着："欸，任妮娅！"要不就是："妈妈，你在哪儿呀？"她们总是一起做祷告，而且两人有相同的信仰，就是一句话不说，她们也能很好地理解对方。她们待人接物也完全一样。叶卡捷琳娜·巴甫洛芙娜同样很快跟我处熟，而且对我念念不忘，我两三天不露面，她就会打发人来问我是否安然无恙。对我的画稿，她也一面看，一面啧啧称赞，而且也像密修司那样，絮絮叨叨而又不加掩饰地对我讲述家里所发生的事情，也常常对我说起自己家里的秘密。

她很敬佩自己的大闺女。利达从不跟母亲撒娇，嘴里说的全是正

245

经事；她过着自己那独特的生活，在母亲和妹妹看来，她就是个神圣的、有点儿神秘的人物，就像水兵们眼里的总是坐在自己舱室里的海军上将一样。

"我们家利达是个了不起的人，"母亲常常说，"不是吗？"

现在，天上稀稀拉拉地落着雨点，我们也聊起了莉达。

"她是个了不起的人，"母亲说完，又慌里慌张地四下望了望，神神秘秘地小声补充道："这种人你就大白天打着灯笼找去吧。不过，您知道吗，我开始有点儿担心了。学校啊、药品啊、书本啊，这都很好，可是何必走极端呢？要知道她都二十四啦，也该替自己好好盘算盘算了。就这么为了书本和药品，眼瞅着一辈子就过去啦……找个婆家呀得。"

任妮娅看书看得面孔灰白，带着弄乱的发型微微抬起头来，望着母亲，仿佛自言自语地说道：

"妈妈，一切都在天意！"

说着又埋头看起书来。

身穿紧腰长衫和绣花衬衣的别洛库罗夫来了。我们打了会儿槌球和 lown-tennis，然后，天黑了下来，吃了老半天的晚饭，莉达又说起了学校以及把全县都攥到自己手心里的那位别拉京。这天晚上离开沃尔恰尼诺夫家的时候，我带走的印象是，这无聊的一天长而又长，同时还有一种令人难过的意识，那就是这世上一切都会消亡，不管世事多么久长。把我们送到大门口的是任妮娅，或许是因为她跟我一起从早到晚度过了一整天，所以我感觉，她要是不在，我好像很寂寞，这可爱的一家人让我感觉很亲近；因此整个夏天里我头一次有了作画的愿望。

"请问，您为什么日子过得这么无聊，这么没有特色呢？"同别洛库罗夫一起回家的路上，我问他。"我的生活很无聊，很艰难，很单调，因为我是画家，我是个古怪的人，从小精神就受着羡慕他人、不满自己、对自己事业缺乏信心的极大折磨，我一直受穷，我是个流浪汉，可是您呢，您，一个身体结实、精神正常的人，地主，老爷，您怎么生活得这样没有趣味，向生活索取的这样少得可怜呢？为什么，比如说，您至今也没爱上莉达或者任妮娅呢？"

"你忘啦，我在爱着别的女人呢。"别洛库罗夫回答。

他这说的是自己的女友，同他一起住厢房的柳波芙·伊万诺芙娜。我每天都看见这个女人，她非常丰满、肥胖、傲慢，像只喂肥的母鹅，常常满花园地溜达，穿一身俄罗斯服装，戴着项链，总是打把阳伞，女仆不是唤她吃饭，就是叫她喝茶。三年前，她租了一排厢房做别墅，从此就在别洛库罗夫这儿住下，看来是要永久住下了。她比别洛库罗夫大十来岁，把别洛库罗夫管得很严，因此，别洛库罗夫出门，得请求她许可。她常常号啕大哭，号起来那嗓子就像个老爷们儿似的，于是我便打发人对她说，她要是再号下去，那我就搬家走人；她这才打住不哭。

我们回到家里，别洛库罗夫往长沙发上一坐，皱着眉头，陷入沉思，而我则满敞厅来回转悠起来，心里有种像是堕入情网的隐隐的焦躁不安。我很想聊聊沃尔恰尼诺夫一家人。

"利达只会爱上像她那样对医院和学校感兴趣的地方自治工作者，"我说道。"啊，为了这样的姑娘不但可以成为地方自治工作者，而且可以哪怕像童话里所说的那样踏破铁鞋。而密修司呢？这密修司多迷人哪！"

别洛库罗斯因找词儿而一个劲地"欸－欸－欸－欸"地拖腔拉调，没完没了地扯开了时代病——悲观主义。他振振有词，那腔调听起来就像我在跟他抬杠似的。千百俄里荒凉、单调、烧光的草原之旅也赶不上一个人在身旁坐着、高谈阔论，不知道他什么时候才会走开那么令人沮丧。

"问题不在于悲观主义，也不在于乐观主义，"我气呼呼地说，"而在于一百个人中有九十九个没长脑袋。"

别洛库罗夫以为这话说的是他，一气之下站起身就走了。

三

"公爵在玛洛焦莫沃做客,向你问候呢,"利达打外面回来,一面摘着手套,一面对母亲说,"他讲了许多有趣的事……答应在全省会议上再次提出玛洛焦莫沃设医疗点的问题,可是他说,希望不大。"接着转身对我说:"对不起,我总是忘记,对您来说这不可能有意思。"

我感到很气愤。

"为什么没意思?"我问道,说着耸了耸肩膀。"是您不乐意知道我的看法罢了,可是请您相信,这个问题让我非常感兴趣。"

"是吗?"

"是的。依我看,在玛洛焦莫沃设医疗点根本用不着。"

我的气愤也传染了她;她看了看我,眯起眼睛,问道:

"那到底什么才用得着呢?风景画吗?"

"风景画也用不着。那儿什么都用不着。"

她摘完手套,打开一份刚刚从邮局送来的报纸;过了一会儿,她明显控制着自己,低声说道:

"上星期安娜因难产去世了,要是近处有个医疗点,那她就能活下来。因此,风景画家先生们,我觉得,对这一点也应该有些看法才是。"

"我对此有非常明确的看法,请您相信,"我回答道,而她隐没在报纸后面,不让我看见,似乎不愿意听我说下去。"依我看,医疗点、学校、图书馆、药房,在现有条件下,只会有利于奴役。人民的身上披着沉重的锁链,可你们不是在砍断这条锁链,而只是添加新的环节——这就是我的看法。"

她抬眼看了看我,面带嘲意地笑了笑,而我竭力抓住自己的主要思想,继续说道:

"重要的不是安娜难产去世,而是所有的这些安娜、玛芙拉、佩拉格娅从早到晚地脸朝黄土背朝天，因力不胜任的劳作而生病，一辈子为挨饿和生病的孩子而担心，一辈子害怕死亡和疾病，一辈子寻医求药，早早地憔悴，早早地衰老并死于肮脏和恶臭；他们的孩子在成长之时就开始过上同样的生活，而且也同样一过数百年。千千万万的人过着牛马不如的生活——只是为了养家糊口而没完没了地担惊受怕。他们境遇的全部悲惨性就在于，他们没工夫为心灵考虑考虑，没工夫回忆回忆自己的形象和面貌；饥饿、寒冷、本能的恐惧、大量的劳动，就像雪崩似的堵塞了他们通往精神活动的所有道路，这精神活动恰恰是人类和动物的区别所在，并且是人唯一值得为它而活着的东西。你们用医院和学校来帮助他们，可是这样并不能解开他们身上的枷锁，而是相反，只能更多地奴役他们，因为只要往他们的生活中加入新的偏见，你们就等于在增加他们的需求数量，且不说他们要为药剂和书本向地方自治局交钱了，那就意味着需要更多地当牛做马。"

"我不跟您抬杠，"利达放下报纸，说道，"这些话我已经听说过。我只跟您说一句：不能无所事事。的确，我们不能拯救人类，而且，在许多方面可能还会犯错误，不过我们是在做着力所能及的事情，所以我们是对的。文明人的最崇高和最神圣的任务，就是为他人服务，所以我们试图做些力所能及的事情。您不喜欢，可要知道，你无法让人人都满意。"

"是的，利达，是这样。"母亲说。

只要有利达在场，她总显得有些胆怯，跟人攀谈时，都要忐忑不安地先看看女儿，生怕哪句话说得多余或者说得不是地方；而且她从不跟女儿顶嘴，总是随声附和：是的，利达，是这样。

"庄稼人读书识字、充斥着可鄙的说教和俏皮话的书籍以及医疗站点，既不可能减轻愚昧，也不可能降低死亡率，正如你们家窗户里的灯光不可能照亮这座大花园一样，"我说道。"你们不会带来任何好处，你们对这些人生活的干预，能够造成的只是新的需求、劳动的新借口。"

"哎呀，我的天哪，可要知道，毕竟得做点儿什么才是呀！"利达烦恼地说，从她的声调里听得出来，她认为我的一番议论毫无价值，并且鄙视它们。

"必须让人们从繁重的体力劳动中解脱出来，"我说道。"必须减轻他们的重负，给他们喘息的机会，让他们不要一辈子都在锅灶旁、洗衣盆边和在田地里度过，而让他们有时间考虑考虑灵魂、上帝，能够稍许全面一些地发挥出自己的精神力量。每个人的使命都在于精神活动——不断地探索生命的真谛和意义。你们如能将那些牛马所干的粗活变成他们所不必要的，如能让他们感觉到自己获得了自由，那么你们就知道这些书籍和药房实际上是多么的可笑了。人既然意识到自己真正的使命，那么能够让他得到满足的只有宗教、科学和艺术，而不是这些不值一提的小事了。"

"从劳动中解脱出来！"利达冷冷一笑。"这可能吗？"

"是的。只要每人承担一份他们的劳动。假如我们大家，城里的和乡下的居民，无一例外地同意彼此之间分担整个人类用来满足生理需要而耗费的劳动，那么我们每个人也许一天顶多只要干两三个钟头就足够了。你们想想，我们大家，富人和穷人，一天只要工作三个钟头，而我们剩下的时间都是空闲的。你们再想想，为了少依赖一些自己的体力并少劳作一些，我们可以发明一些代替劳动的机器，我们可以想方设法把我们的需求减少到最低限度。如果我们锻炼自己、我们的孩子，让他们不怕饥饿、寒冷，那我们就不用像安娜、玛芙拉和佩拉格娅那样老是为他们的健康担心了。试想一下，如果我们不用看病，不用开药房，不用办烟厂和酒厂，到头来我们剩下来的空余时间有多少啊！我们大家就可以一道把这些余暇都献给科学和艺术了。就像有时候庄稼人全体出动架桥修路那样，我们大家全体出动，合力寻求生活的真谛和意义该多好啊，因此，我深信不疑，真谛就能很快被发现，人就能摆脱这没完没了的叫人痛苦的、让人压抑的恐惧，甚至直到摆脱死亡本身。"

"您,不过,前后自相矛盾,"利达说道。"您一口一个科学,科学,可自己却在否定读书识字。"

"读书识字,如果一个人只有可能念念酒馆的招牌,偶尔读读他不理解的小书,那么这种读书识字自打留里克①时代我们就保持着,果戈理笔下的彼得鲁什卡早就会读书,然而农村在留里克时代什么样,至今还是什么样。需要的不是读书识字,而是为广泛发挥精神才能的自由。需要的不是中小学校,而是综合性大学。"

"您连医学也加以否定。"

"是的。如果说它需要,那只是为了研究疾病这些自然现象,而不是为了医治它们。如果要说医治,那么要医治的不是疾病,而是它们的原因。如果消除了主要原因——体力劳动,那么就不会有疾病了。我不承认医治疾病的科学,"我慷慨激昂地继续说道。"科学和艺术,如果它们是真正的,所追求的目标就不是暂时的、局部的,而是永久的和整体的。它们所寻求的是生活的真谛和意义,寻求的是上帝、灵魂,如果把它们跟需求和当务之急,跟药房和图书馆扯到一起,那么它们只能使生活变得复杂,变得累赘。我们有许多医师、药剂师、律师,有许多识字断文的人,可是根本没有生物学家、数学家、哲学家、诗人。所有的智慧、全部的精神力量都用在了满足暂时的、一过性的需求上……学者、作家、画家们干得热火朝天,多亏了他们,生活舒适度才日益上升,肉体的需求才不断增加,然而距离真谛还很遥远,因此人依然是一种最贪得无厌和最卑鄙龌龊的动物,而且始终企图使人类的大部分逐渐退化并永远丧失一切生活能力。在这种情况下,画家的生活没有意义,因而他越是才华横溢,它的作用就越奇怪,也越不可理解,因为实际结果是,他的所作所为是为了愉悦贪婪卑鄙的动物,维护现行的制度。所以我现在不想干活,将来也不干……什么都不需要,让人间沦为地狱!"

---

① 诺夫哥罗德大公,于公元862年在诺夫哥罗德建立罗斯国。

"密修司卡，你出去，"利达对妹妹说，显然认为我的话对于如此年轻的姑娘是有害的。

任妮娅怏怏不乐地看了看姐姐和母亲，走了出去。

"人们想为自己的漠不关心辩解的时候，都会说这种漂亮话，"利达说道。"否定医院和学校比治病和教书要容易。"

"是的，莉达，是这样，"母亲附和道。

"您放狠话说您不会干了，"利达接着说。"显然，您对您的作品评价是很高的。咱们就别抬杠了吧，咱们永远扯不到一块儿去，因为您刚才话里话外如此瞧不起的所有图书馆和药房，那怕最不完善的一个，我认为，它的价值也高于世上所有的风景画。"接着，立刻转向母亲，用完全不同的口气说道："公爵瘦了很多，自打从我们家走后变化很大。不久要送他去维希①。"

她对母亲说公爵的情况，为的是不跟我说话。她的面孔涨得通红，为了掩饰自己的激动，她深深地，像个近视眼似的，弯下身子，低头凑近桌子，装着读报的样子。我再待下去会令人不快。于是我就告辞回家了。

四

户外静悄悄的。池塘对面的村庄已经进入梦乡，看不见一星灯火，只有池塘的水面之上微微映射着惨淡的星光。由石狮守护的大门口站着任妮娅，一动不动，等着送送我。

"村里人都睡了，"我对她说，极力要在黑暗中看清她的脸蛋，于是看见了紧盯着我的一双忧伤的黑眼睛。"不论酒馆老板还是盗马贼都在安安稳稳地睡大觉，而我们这些上流社会的人却在相互激火和抬杠。"

---

① 法国的疗养城市。

那是八月里的一个凄凉的夜晚，说它凄凉，是因为已经有了几分秋意；玉兔东升，紫云缭绕，朦朦胧胧地照耀着大路和大路两旁黑乎乎的冬麦田。夜空中时常有星星坠落。任妮娅跟我并排沿着大路往前走，尽量不去仰望夜空，以免看到陨落的星辰，因为它们不知为何让她感到害怕。

"我觉得，您说的对，"她因为夜间的阴冷而颤巍巍地说。"假如人们能齐心合力，投身精神活动，那么他们很快就会认清一切了。"

"当然。我们是高级动物，假如我们真的认清了人类天赋的全部力量并仅仅为了高尚的目标而活着，那么最后我们就能成为神仙。可是这永远办不到，因为人类必将退化，而天赋连个踪影也留不下。"

等大门看不见之后，任妮娅停下脚步，急急忙忙握了握我的手。

"晚安，"她颤巍巍地说，她身上只穿了件小衬衫，因此她冻得缩成一团。"明天来吧。"

一想到我将寂寂一身，愤愤难平，不满自己和他人，我的心里就发毛；连我自己也极力不去看那陨落的星星了。

"再陪我待会儿吧，"我说道。"求您了。"

我爱任妮娅。我爱她，或许是因为每次都是她迎我送我，是因为她那看着我的眼神温柔而又喜悦吧。她那白皙的面孔、细细的脖子、纤纤的小手，她那柔懦、悠闲，她那读书的模样多么优雅动人！那智力呢？我猜想她的智力是超群的，她那宽阔的视野常常让我叹服，或许是因为她的思维方法跟那不喜欢我的严厉的娇娃利达两样吧。我讨任妮娅喜欢是因为我是个画家，我征服她的心靠的是自己的才华，我也渴望单单为她作画，我也想望她能成为我的小女王，跟我一起拥有这些花草树木、田野池塘、雾气霞光，管理这绝妙、迷人的大自然。不过置身其中至今仍觉得特别孤独和多余。

"再待一会儿吧，"我请求道。"求您了。"

我脱下长衫，遮起她那冻僵的肩膀；她害怕披着男长衫显得可笑而难看，"咯咯"一笑，把它拽下，我趁势将她搂进怀里，吻起她的脸蛋、肩膀、胳膊。

"明儿见吧！"她悄声说道，说完又小心翼翼地，仿佛害怕打破夜晚的寂静，拥抱了我一下。"我们家互相没有秘密，我得马上把一切都告诉妈妈和姐姐……这真可怕！妈妈没什么，妈妈喜欢您，可莉达！"

她向大门跑去。

"别了！"她喊了一声。

然后，有那么一两分钟，我还听得见她奔跑的脚步声。我不想回家，再说也用不着去那儿。我在沉思中站了一会儿，便慢腾腾地往回蹓去，想再看一眼她住的那所房子，可爱的、朴素的老房子，它似乎在用阁楼上的窗户当眼睛望着我，好像什么都明白似的。我打凉台旁边走过，在网球场旁边一棵老榆树下的长凳上坐下，趁着夜色在那里目不转睛地望着阁楼。密修司住的那阁楼的窗户里忽然闪出明亮的灯光，然后是柔和的绿光——这是灯被掩上了灯罩。有几个人影晃动起来……此刻，我一腔柔情、心平气和、自我满足。满意的是我还会钟情姑娘并爱上一场，同时我也感到不大舒服，因为我想到，就在这时，离我几步远的地方，在这所房子的一个房间里住着不喜欢我，或许憎恨我的利达。我坐在那里，一直等着，任妮娅会不会出来。我侧耳细听，似乎觉得阁楼上有人在说话。

过了将近一个钟头。绿色的灯光熄灭了，人影也消失了。月亮已经高挂在房子的上空，照耀着沉睡的花园和小径；房前花圃里的天竺、牡丹和玫瑰清晰可辨，呈现出同一种颜色。夜渐渐变得非常寒凉。我走出花园，捡起落在路上的长衫，慢腾腾地往家走去。

当第二天吃过午饭我来到沃尔恰尼诺夫家时，通往花园的玻璃门敞开着。我在凉台上坐了一会儿，等着从花圃后面的场地上或者某条林荫道上会突然出现任妮娅，或者从房间里传来她的嗓音；然后我走进了客厅、餐厅。一个人也没有。从餐厅我穿过长长的走廊，来到前厅，然后又折回来。这走廊里有好几扇门，从其中一扇门后传出了利达的声音。

"乌鸦不知在哪儿……上帝……"她大声地拖着长音说,大概是在做听写。"上帝送来一块奶酪……给乌鸦……不知在哪儿……是谁呀?"她听见了我的脚步声,忽然喊了一嗓子。

"是我。"

"啊!对不起,我不能这会儿就出去见您,我在给达莎上课呢。"

"叶卡捷琳娜·巴甫洛芙娜在花园吗?"

"不在,她和妹妹今天早上去奔萨省姨妈家了。冬天她们大概还要出国……"她沉默了一会儿,补充道,"上——帝给乌鸦……送来一——块奶酪……写好了吗?"

我来到前厅,脑子里一片空白,站在那儿,望着池塘和村庄,我的耳边传来:

"一块奶酪……上帝给乌鸦送来一块奶酪……"

我循着第一次来这里的路径离开了田庄,只不过顺序相反:起先从院子到花园,经过那房子,然后沿着椴树林荫道……这时一个小男孩追上我,递上一张纸条。"我将一切告诉了姐姐,她要我跟您分手。"我读道,"不听她的,惹她伤心,我怕是做不到。愿上帝赐给您幸福,请原谅我。您可知道,我和妈妈痛哭了一场!"

然后是阴暗的杉树林荫道、倒塌的篱墙……在当初黑麦放花和秧鸡啼鸣的那块田地上,现在有些散放的牛和系着绊绳的马在来回逛荡。一些山岗子上,东一块西一块地点缀着碧绿的冬小麦田。我心中充满了清醒的、想干活的愿望,因而对我在沃尔恰尼诺夫家所说的一切开始感到羞愧,于是依旧过起了无聊的生活。我回到住处,收拾好行李,晚上就动身回彼得堡了。

从此我再没见过沃尔恰尼诺夫一家人。不久前,在去克里木的火车上,我遇见了别洛库罗夫。他身上穿的依旧是紧腰长衫和绣花衬衣。我问他一向可好,他回答:"托您的福。"我们攀谈起来。自己的庄园他给卖了,另买了一处,小一些的,用的是柳波芙·伊万诺芙娜的名义。沃尔恰尼诺夫一家人的情况,他说得不多。莉达,据他说,依然住在舍尔科夫卡,在学校里教孩子们;渐渐地她在自己周围召集了一帮她喜欢的人,形成一个强大的集团,并在最近一次选举中把在这之前一手把持全县的巴拉京"选"了下去。而关于任妮娅,别洛库罗夫只是说,她没住在家,也不知人在何方。

我已经渐渐淡忘那带阁楼的房子,只是偶尔,在我作画或者读书的时候,突然平白无故地不是想起那窗户里的绿色灯光,就是想起陷入爱河、返回住处和冻得不时搓搓双手的那天夜里在田野里回响的脚步声。还有一种情况就更少了,当我寂寞难耐和心情忧郁之刻,我会模模糊糊地想起往事,同时不知为何渐渐地觉得,人家也会想我,等着我,我们会相逢的……

密修司,你在哪儿呢?

1896 年

套中人

米罗诺西察[1]村的村边上，村长普罗科菲的柴棚里，有收活太晚的猎人留下过夜。他们就两个人：兽医伊万·伊万内奇和中学教师布尔金。伊万·伊万内奇有个相当奇怪的复姓——奇姆沙-喜马拉雅斯基。这复姓根本不适合他[2]，因此全省的人都干脆叫他的名字和父称；他住在城郊的一个养马场里，现在出来打猎是为了透透新鲜空气。而中学教师布尔金每年夏天都来P伯爵家做客，在这方圆左右早就不算外人了。

他俩没睡。伊万·伊万内奇，高个子瘦老头儿，留着长长的小胡子，坐在门外，抽着烟斗；他全身都被满月照亮。布尔金躺在棚柴里的干草上，柴棚里漆黑，看不见他。

他们在天南海北地闲聊。顺便也扯到村长的老婆玛芙拉，一个没病没灾又不痴不呆的女人，一辈子没出过村子，从没见过城市，也没见过铁路，近十年来成天守坐在炉台旁，只有夜里才出门遛遛。

"这有什么好奇怪的！"布尔金说，"生性孤僻、像寄居虾或者蜗牛那样总是一个劲儿地往自己壳里缩的人，这世上还不少呢。也许这是一种返祖现象，返回人类祖先还没进化成群居动物而各自独居洞穴的那个时代，也可能这只是人类性格的一个变种，——谁知道呢？我

---

[1] 村名意为"（把耶稣从十字架上放下后给尸体涂圣油的）拿来香膏的女人。
[2] 旧俄时期，用复姓者多为名门望族。而伊万·伊万内奇出身低微，本人又只是一般兽医。参见《醋栗》。

不是搞自然科学的，不该由我来谈论此类问题；我只是想说，像玛芙拉这样的人是常有现象。这不，远的不用说，一两个月前，我们城里就死了个叫别里科夫的，希腊语教师，我的同事。您听说过他，当然。他与众不同的是，一年到头，哪怕是晴天白日，出门都穿双套鞋，带把雨伞，而且必定穿上厚厚的棉大衣。他那把雨伞平时总装在套子里，连怀表也带个灰色的麂皮套子，要是掏出把折刀来削铅笔，那折刀也还是塞在一个小小的套子里的；就连那张脸好像也带着套子，因为他老是把它藏在竖起来的衣领子里。他戴副墨镜，穿件绒衣，耳朵眼儿里堵着棉花球，一上出租马车，就吩咐支起车篷。总而言之，这人有个确定不移而又不可遏制的欲望——用一层外壳儿把自己包起来，给自己打造一个可以说是让他与世隔绝、不受外界影响的套子。现实生活让他生气，叫他害怕，使他惶惶不安。也许是为了替自己的这种胆怯、自己对现实的厌恶辩解吧，他经常称赞过去和从来不曾有过的东西；连他所教的那两种古代语言，对他来说，其实同样是用来躲避现实生活的套鞋和雨伞。

"'啊，希腊语真优美，真响亮！'他常常美滋滋地说；而且，好像为了证明自己所言不虚似的，总要眯起眼睛，竖起拇指，念道：'安特罗泊斯[①]！'

"就连自己的思想，别里科夫也一直竭力藏进套子里。对他来说，明白无误的只有禁止某事的通令和报纸文章。要是通令禁止学生晚上九点以后上街，或是某篇文章里禁止性爱，那么这在他看来才是毫无疑问、理所当然的；禁止了——就罢了。而批准和许可里面，他总觉得隐含着模棱两可的成分、某种吞吞吐吐和含含糊糊的东西。每当城里准许建个戏剧小组，或是办个阅览室，或是开家茶馆，那他总会摇摇头，低声说：

"'这个，当然，好是好，这都很好，可别闹出什么事儿来。'

---

① 希腊语：人。

"任何一种违规、偏差、背离都会惹得他垂头丧气。不过,话说回来,关他什么事儿啊?要是哪位同事祷告去晚了,或是听说学生调皮捣蛋了,或是看见班级女训导很晚还跟个军官在一起了,他心里总是非常着急,嘴里老是叽咕那句:可别闹出什么事儿来。一开教务会议,他那副谨小慎微、疑神疑鬼劲儿,还有他那些纯粹套中人的见解,实在叫人憋气:说什么男中女校的小青年行为不端啦,在教室里大呼小叫啦,——哎呀,可千万别传到上司那里,哎呀,可千万别闹出什么事儿来,——还说要是二年级开掉个彼得罗夫,四年级开掉个叶果罗夫,那就太好了。结果呢?他那长吁短叹、抱怨牢骚,毫无血色的小脸上那副墨镜——知道吗,那张小脸活像黄鼠狼——把我们大伙儿都给治了。于是我们就让步吧,降低彼得罗夫和叶果罗夫的操行分数,关他们的禁闭,临了还是把彼得罗夫和叶果罗夫统统开除才算完。他有个怪毛病——常到我们各家去串门儿。每到一位教师家,往下一坐,就一声不吭,两眼好像是在暨摸什么似的。这么一声不吭地坐上个把钟头,抬屁股就走。这在他叫作'跟同事保持良好关系'。很显然,到我们各家走走和坐坐,对他来说,也是件苦差事儿。他之所以到我们各家走动走动,只是因为觉得这是在尽自己的同事义务。我们教师都害怕他。就连校长都害怕。真想不到,我们教师都是些很有头脑、非常正派的人,念的都是屠格涅夫和谢德林的书,可是却让这位总穿双套鞋、夹把雨伞的人把整个学校在手心里攥了足足十五年!一个学校又算什么?整个城市!我们的太太夫人星期六的家庭戏剧晚会不搞了,生怕他知道;连神甫们也不好意思当着他动荤、打牌了。受别里科夫这号人的影响,近十到十五年来,我们城里的人变得什么都害怕。怕高声说话,怕投书寄信,怕结朋交友,怕读书看报,怕周贫济困,怕教书授课……"

伊万·伊万内奇想说点儿什么,清了清嗓子,可是先点着了烟斗,瞅了瞅月亮,然后才一字一顿地慢慢说道:

"是啊。有头脑,正派,既念谢德林又念屠格涅夫,还念各种不同的巴克尔①;等等,可这不也屈服,不也忍让啦……问题就在这儿。"

"别里科夫就住在我住的那栋房子里,"布尔金接着说,"住同一层楼,门对门,我们经常见面,所以我了解他的家庭生活。在家里也是那一套:穿长袍大褂,戴尖顶小帽,关护窗板,插门闩,一大堆禁忌,一大套规矩,还有那一句话——哎呀,可别闹出什么事儿来!吃素没好处,动荤又不行,因为兴许人家会说别里科夫不持斋,于是他就吃牛油煎鲈鱼,——饮食不素,可也不能算是荤。女佣他不雇,怕人家往歪处想。雇了个厨子阿法纳西,六十岁上下的老头儿,迷迷糊糊而又疯疯癫癫,当过勤务兵,好歹会弄两个菜。这位阿法纳西闲下无事就两手一抄,往门口一站,总是长吁短叹,嘟囔他那句老话:

"'他们那号东西如今可多了去喽!'

"别里科夫的卧室很小,活像只大箱子,床上挂着蚊帐。他一躺下就没头没脑地蒙得严严实实;房里又热又闷,拴着的门扇被风撞得咚咚响,小炉子里呼呼叫;厨房里不断传来叹息声,那叹息声听着真瘆人……

"他就是钻在被窝底下也担惊受怕。他生怕出什么事儿,怕阿法纳西别把他给宰了,怕会溜进小偷来,然后就整宿整宿地做噩梦。而早上,我们一道去学校的路上,他总是闷闷不乐,脸色苍白。看得出来,他要去的那个人多嘴杂的学校让他打心眼儿里觉着害怕和讨厌。而且,就连跟我走一道,他这个生性孤僻的人也觉着是种痛苦。

"'咱们学校各班教室里可是太闹了,'他说,好像是极力想为自己的沉痛感找出条理由似的。'太不像话了。'

"可这位希腊语教师,这位套中人,您猜怎么着,还差点儿没成了亲呢。"

伊万·伊万内奇往柴棚里瞥了一眼,说:

---

① 此处指各种不同的学者。巴克尔,亨利·托马斯(1821—1862),英国实证主义史学家。

"说笑话呢!"

"真的,差点儿没成了亲,不管这听起来有多奇怪。给我们新派来一位史地教师,姓什么柯瓦连科的,米哈伊尔·萨维奇,一撮毛①。他不是一个人来的,还带着个姐姐瓦莲卡。

"他年纪轻轻,大高个儿,黑皮肤,一双大手;一看长相,就是个男低音,果然不错,嗓子像木桶:嘭-嘭-嘭……他姐姐已不年轻,三十左右,但是身材修长,袅袅婷婷,黑黑的眉毛,红红的脸蛋,——一句话,不是生涩的黄花少女,而是迷人的红粉娇娘,又是那么的活泼伶俐,爱说爱唱,嘴里总不停地哼着小俄罗斯②抒情歌曲,成天笑哈哈的。动不动就放声大笑:哈-哈-哈!我们初次真正认识柯瓦连科姐弟俩,记得是在校长的命名日聚会上。在那些正襟危坐、拘谨沉闷、就连参加命名日聚会也是不得已而出面应酬一下的教师中间,我们突然看到,又一个阿佛洛狄忒③从浪花里钻了出来:双手叉着腰走来踱去,笑啊,唱啊,跳啊……她深情地演唱了一首《风儿轻轻吹》,然后又是一首抒情小曲,接着再一首,让我们在座的都听着了迷,——所有的人,甚至别里科夫。他坐到她身边,笑眯眯地说:

"'小俄罗斯语柔和而又动听,跟希腊语很相像。'

"这番话让她听了很受用,于是她热情而恳切地对别里科夫说起她在加佳奇县有座庄园,庄园里住着她妈妈,那里的梨真甜,瓜真香,卡巴克真甜!一撮毛那边管南瓜叫卡巴克,管卡巴克④叫希诺克,他们那边还熬一种菜汤,汤里有红有绿,'那个好吃,那个好吃哟,简直是——没治了!'

"我们听着听着,突然大伙儿的脑子里冒出同一个主意。

---

① 对乌克兰男人的称呼。旧时,因乌克兰男人在剃光的头顶前中部留下像鸡凤头似的一小撮头发而得名。
② 小俄罗斯,即乌克兰。
③ 古希腊神话中爱与美的女神。
④ 俄语中的"卡巴克",旧时意为"小酒馆"。

"'要能把他俩配成一对倒不错,'校长太太悄声对我说。

"我们大伙儿也不知怎的都想了起来,我们的别里科夫还没成家呢。我们这时也觉得奇怪:在这之前怎么就没注意到他生活中如此重要的细节,把它完全忽略了呢。他一般是如何看待女人,是如何为自己解决这一重大问题的呢?过去我们对此根本不感兴趣;也许我们连想都没去想过,一个五冬六夏穿双套鞋、挂着帐子睡觉的人还会恋爱。

"'他早就四十开外,她也三十了……'校长太太解释了自己的想法。'我看,她会嫁给他的。'

"在咱们外省这土地方,人闲得无聊,什么事儿都干得出来,没用的事儿、荒唐的事儿多着呢!这都是因为该干的事儿根本没人干。您看,既然这位别里科夫成家的事儿连想都不敢想,那我们为什么又突然要张罗给他成亲呢?校长太太、督学夫人和我们学校所有的女士都来劲儿了,就连人也变得漂亮了,活像突然看到了人生的目标。校长太太在剧场订了包厢,我们一看——那包厢里坐着瓦莲卡,摇着一把非常漂亮的扇子,眉开眼笑,喜气洋洋,而且身边还坐着别里科夫,干瘪矮小,拱肩缩背,活像被人用火钳从家里夹出来似的。我只要在家办个晚会,太太们就逼着我一定请上别里科夫和瓦莲卡。总之,机器开动了。原来啊,瓦莲卡也不反对嫁人。她住兄弟那儿并不怎么舒心,姐弟俩成天就知道拌嘴吵架。这就给您说个拌嘴的情形吧:柯瓦连科走在街上,五大三粗,穿件绣花衬衫,一绺长发露出制帽耷拉在脑门上;一手拿着一包书,另一只手握着一根满是节疤的粗手杖。身后跟着他姐姐,手里也拿着书。

"'你呀,米哈伊里克,这本书可没看过!'她大声争辩说。'我可告诉你,保证你根本就没看过这本书!'

"'那我告诉你,看过了!'柯瓦连科嚷道,把手杖在人行道上顿得笃笃响。

"'哎呀,我的天哪,明奇克!你发啥火呀?我跟你说的可都是正经话。'

"'我跟你说,我看过了!'柯瓦连科嚷得更响了。

"家里就是有外人,那也照样争吵。这种日子大概让她过腻了,想要个自己的住处了,再说自己的年龄也该上心了呀;现在已经没时间挑挑拣拣了,嫁谁不是嫁呀,哪怕嫁给希腊语教师呢。可话又说回来,就咱们那些小姐姑娘中的大多数,甭管嫁谁,能嫁出去就不错。别管怎么说,瓦莲卡对我们的别里科夫开始表示明显的好感了。

"那么别里科夫呢?他也像到我们各家串门儿那样去柯瓦连科家串门儿了。一到他家,往那儿一坐,也一声不吭。他一声不吭,而瓦莲卡却给他唱《风儿轻轻吹》,或者用她那双乌溜溜的眼睛若有所思地瞅着他,或者突然放声大笑:

"'哈-哈-哈!'

"在恋爱问题上,特别是在婚嫁问题上,撮合往往起着很大的作用。大家伙儿——既有同事,也有夫人——都对别里科夫劝开了,说他应该娶亲,说他生活中什么也不缺,就差娶亲了;我们大伙儿都给他道喜,装得一本正经地对他说些五花八门的俗气话,像'结婚是人生大事呀'什么的;再说瓦莲卡长得也不赖,挺漂亮,人家又是五等文官的千金,还有座庄园,而主要的,这可是头一个对他亲热、真心的女子呀,——他的脑子晕乎起来,于是认定他真的该娶亲了。"

"这会儿夺下他那套鞋和雨伞来才是呀。"伊万·伊万内奇插了一句。

"您想啊,这是不可能的。他在自己的书桌上放了一张瓦莲卡的相片,不断地来找我,说瓦莲卡,谈家庭生活,聊结婚是人生大事,经常去柯瓦连科家,可是生活方式却一点儿也没改变。甚至相反,娶亲的决定对他的影响有点儿过头,人消瘦了,脸更苍白了,而且似乎往他那套子里缩得更深了。

"'对瓦尔瓦拉·萨维什娜①我是中意的,'他似笑非笑地对我说,'我也明白,男大当婚,女大当嫁,可是……这一切,您知道吗,来

---

① 此为瓦莲卡的大名和父名。

得有点儿突然了……得考虑考虑才是。'

"'这还考虑什么呀?'我对他说。'您就结婚,没什么好说的。'

"'不,婚娶这一步很重要,先得掂量掂量未来的义务、责任……免得日后惹出什么事儿来。这真叫我担心,我现在整宿整宿睡不着觉。而且,说实话,我害怕:她和她兄弟有种奇怪的思维方法,他们的言谈话语,知道吗,有些古怪,而且性格又很活泼。你一成亲,说不定哪天就摊上什么事儿了。'

"于是他就没张口求婚,一拖再拖,让校长太太和我们学校的女士们非常扫兴;他来回掂量着未来的义务和责任,可同时又几乎天天跟瓦莲卡出去溜达——也许他觉得,处于他的地位确实需要这么做,并且常来找我聊聊家庭生活。要不是突然出了件 kolossalische Scandal①,很可能他最终会向她求婚,一桩不必要的、愚蠢的婚事也就办成了。在我们那儿,因为闲得无聊、无所事事,这样办成的婚事多了。应当说,瓦莲卡的兄弟,柯瓦连科,自打认识别里科夫的那一天起就特恨他,非常讨厌他。

"'我不明白,'他一面耸着肩膀,一面对我们说,'我不明白,你们咋就能受得了这告密者,这卑鄙小人的。哎呀,先生们哪,你们也真能在这儿活得下去!你们这儿的空气能让人憋死,污浊透顶。难道你们也算教员、老师?你们是官僚,你们这儿不是学府,是警察局,而且像警察岗亭里那样散发着一股酸臭气。不,弟兄们,跟你们再住些日子,我就回自己庄园去了,在那儿捉捉鱼摸摸虾,教小一撮毛们读读书识识字儿。我得走,你们就留在这儿陪着你们的犹大吧,让他不得好死。'

"要不然他就哈哈大笑,笑得泪水直淌,那笑声有时低沉,有时又尖又细,笑完把两手一摊,操着家乡话问我:

"'他为啥上我家坐着去呀?他想干啥呀?坐那儿两眼乱矖摸。'

---

① 德文:极其丢脸的事。

264

"他甚至还给别里科夫起了外号,叫'恶棍或者恶霸'。自然,我们跟他避而不谈他姐姐瓦莲卡打算嫁给'恶霸'的事儿。可是有一天,校长太太忽然向他暗示,最好能将他姐姐嫁给像别里科夫这样处世沉稳、德高望重的人,他听了把脸一沉,嘟囔道:

"'这不关我的事。哪怕她嫁给毒蛇也罢,我可不爱管别人的闲事。'

"现在您就听听后来的事儿吧。有个缺德鬼画了一幅漫画,画的是别里科夫,穿着套鞋,卷着裤腿,打着雨伞,挽着他胳膊一道走的是瓦莲卡;下面附着文字说明:'堕入情网的安特罗泊斯'。那个神态抓的,知道吗,都绝了。漫画作者干了大概不止一夜,因为男中和女校的老师、师范学校的教员、当地的官吏 —— 人人都收到一份。别里科夫也不例外。漫画对他产生了极其严重的影响。

"我们一道走出家门,——那天正好是五月一号,星期天,我们全体师生约定在学校旁边会齐,然后步行去郊外一片小树林,——刚出楼门,只见他脸色铁青,比乌云还阴沉。

"'人有多坏,多歹毒啊!'他挤出一句,连嘴唇都在颤抖。

"我真有些可怜起他来了。走着走着,突然间,您猜怎么着,柯瓦连科骑着自行车赶了上来,身后跟着个瓦莲卡,也骑辆自行车,满脸通红,气喘吁吁,但是兴高采烈,欢天喜地。

"'那我们,'她嚷道,'头里走啦!竟有这么好的天,这么好,真没治了!'

"说话两人就没影儿了。我那别里科夫脸色刷地由青变白,实实地惊呆了。他停下脚步,愣愣地望着我……

"'请问,这到底怎么回事儿?'他问道。'要么,也许是我眼睛看错了?难道中学教师和女人都骑个自行车还成体统吗?'

"'这有什么不成体统的?'我说。'他们爱骑骑去呗。'

"'这哪行呢?'他喊道,对我的心平气和感到吃惊。'您这说的什么话?!'

"他受了这一通刺激,再不愿往前走,独自回了家。

"第二天,他一直焦躁不安地搓着手,浑身上下不住地哆嗦。从脸上看得出来,他身体不舒服。一下课就走了,这在他可是有生以来头一回。午饭也没吃。傍晚时分,穿得厚厚的——尽管外面还是大夏天,一步一挪地往柯瓦连科家蹭去。瓦莲卡不在家,只见到了她兄弟。

"'请坐,请,'柯瓦连科冷冰冰地说,说完便皱起了眉头。他满脸没睡醒的样子,午饭后刚躺下休息,情绪很不好。

"别里科夫一声不吭地坐了十来分钟,才开口说道:

"'我来府上,是为了消解一下胸中的愁闷。我心情非常非常沉重。有个好造谣生事的家伙,用一种荒唐可笑的形式,画了我和一个与你我都很亲近的人。我认为有责任请您放心,这跟我没任何关系……我从没给人以如此嘲弄我的任何把柄,恰恰相反,我为人处世一向堪称正人君子。'

"柯瓦连科绷着脸坐在那儿,一声不响。别里科夫等了一会儿,又嗓音里带着几分忧伤慢腾腾地接着说:

"'我还有些话要跟您说。我早已任职,而您才刚开始从业,作为年长的同事,我认为有责任给您提个醒。您出来进去骑辆自行车,可这玩法对一个青少年的教育者来说是极不体面的。'

"'那是为啥?'柯瓦连科用他那男低音问道。

"'难道这还用解释吗,米哈伊尔·萨维奇?难道这还不明白吗?如果老师骑自行车,那么学生还能做什么呢?他们只能是胡闹了!既然这事儿未曾明令准许,那就不能干。我昨天可是给吓傻了!我一见令姐,我眼前就一阵发黑。女人或者姑娘家骑自行车——这太可怕了!'

"'您就直说想咋样吧?'

"'我想要做的只有一件事——给您,米哈伊尔·萨维奇,提个醒。您,年纪轻轻,前程远大,一举一动应该非常非常小心才是,可您竟如此随随便便,哎呀,您太随随便便了!您出门老穿件绣花衬衫,上街总抱着些闲书,现如今还骑上了自行车。您和令姐骑自行车的事要

让校长知道,然后再传到督学那里……还有您的好吗?'

"'要说我和我姐骑自行车,谁也管不着这事!'柯瓦连科气得满脸通红,说道,'谁要干涉我的个人私事,我就叫他见他娘的鬼去!'

"别里科夫顿时脸色煞白,站起身来。

"'您要用这种口气跟我说话,那我就没法往下说了,'他说。'也请您再也不要当着我这样说上司。您应该以尊重的态度对待当局才是。'

"'难道我说当局坏话了吗?'柯瓦连科两眼凶巴巴地盯着他,问道。'劳驾,请别再烦我了。我是个老实人,不愿跟您这样的人说话。我不喜欢告密的小人。'

"别里科夫神经质似的手脚忙乱,脸上带着惊恐的神色,急急忙忙穿起大衣来。这可是他有生以来第一次听到如此粗野的话。

"'您可以想怎么说就怎么说,'他一面打前厅往楼梯口走,一面说。'我该做的只是提醒您:说不定咱俩的话已经被人听去了,为了不让人家歪曲咱俩的谈话,别闹出什么事儿来,我得向校长先生报告一下咱俩谈话的内容……简单扼要地。我有责任这么做。'

"'报告?去呀,快去报告哇!'

"柯瓦连科从身后一把揪住他的脖领子,猛地一搡,别里科夫顺着楼梯骨碌碌地往下滚去,套鞋碰得楼梯咚咚直响。楼梯又高又陡,他一滚到底,但却皮毛没伤,爬起来,摸了摸鼻梁:眼镜摔坏没有?可就在他顺着楼梯骨碌碌往下滚的当儿,楼里闯进来个瓦莲卡,身后还跟着两位女士;她们站在楼下看了个满眼——对于别里科夫,这可再糟糕没有了。似乎宁可扭断了脖子、摔折了双腿,那也比成为别人的笑柄强:这下可全城都要知道了,会传到校长、督学那里去的,——哎呀,可别闹出什么事儿来!——人家又要给画张漫画了,这一切的结果必定是责令递交离职书哇……

"等别里科夫站起身来,瓦莲卡认出是他,可瞅着他那副滑稽的脸相、皱巴巴的大衣、套鞋,不明白是怎么回事,以为他摔倒是因为自己不小心,于是忍不住放声大笑,那声音响彻全楼:

"'哈-哈-哈!'

"就这一阵爽朗的、响亮的'哈-哈-哈'断送了一切:既断送了别里科夫的求婚,也断送了他的尘世生活。他已经听不见瓦莲卡说的话,什么也都看不见了。回到家里,他首先从桌子上撤掉瓦莲卡的相片,接着往下一躺,就再也没有爬起来。

"过了三四天,阿法纳西来找我,问要不要派人去找个大夫,因为东家的情形不大对头儿。我去看了看别里科夫。他躺在帐子里,蒙着被子,一声不响;你问他话,他只回个'是'或'不'——再就没音儿了。他躺着,而阿法纳西就在床边转来转去,满脸愁云,双眉紧锁,长吁短叹;他一身酒气儿,活像刚下过酒馆似的。

"过了一个月,别里科夫就死了。为他举行葬礼的是我们大家,就是两个中学加师范学校的人。这会儿,他躺在棺材里,那表情显得温和、愉快,甚至高兴,仿佛他庆幸终于被装进了套子,而且永远也不用出来了。是啊,他实现了自己的理想!就连老天爷也像是向他表示敬意似的,出殡的时候,阴沉沉,雨濛濛的,我们大伙儿都穿着套鞋,打着雨伞。瓦莲卡也参加了葬礼,棺木放入墓穴时,她哭了几声。我发现,小俄罗斯女人一辈子不是哭就是笑,不哭不笑的时候在她们那儿见不着。

"说实话,埋葬别里科夫这号人,是件大快人心的事儿。从墓地回来的路上,我们一个个都摆出一副老成持重,愁眉不展的面孔;谁也不愿流露这样一种快感——就像我们老早以前,还是小时候所体验过的一种感觉:家里大人出了门,于是我们就在花园里跑上个把钟头,可享受到充分的自由了。啊,自由啊,自由!哪怕有一星自由的影子,哪怕有一线自由的希望,那也能给我们的心灵插上翅膀,对吧?

"从墓地回来以后,我们心情可舒畅了。可是没过一个星期,生活又回到原先的老样子,还是那种艰苦、无聊、混乱。它虽没被明令禁止,但也没得到完全的许可;丝毫没有改善。的确,别里科夫被埋葬了,可有多少类似的套中人还活在世上啊,不知将来还会出现多少呢!"

"问题就在这里。"伊万·伊万内奇说道,说着又点起了烟斗。

"不知将来还会出现多少呢!"布尔金重复了一遍。

中学教师从柴棚里走了出来。这是位身量不高的人,胖胖的,头顶秃光了,蓄着几乎齐腰长的黑胡子;跟他一起走出来的还有两条狗。

"好月色啊,好月色!"他仰望着天空,叹道。

时辰已是中宵。右边儿,整个村子尽收眼底,一条长长的街道伸向远方,有五俄里光景。一切都沉浸在安详、酣甜的睡梦之中;悄悄的,没有一丝动静。甚至难以相信,自然界会如此寂静。月夜里,看着这宽阔的乡村街道和它两旁的木屋、草堆、熟睡的杨柳,你的心也就渐渐平静了;在这一片静谧之中,街道隐身于夜幕之下,躲开了劳作、烦恼和痛苦,显得恬静、凄凉、美丽,好像连星星也在爱怜而柔情地望着它,又好像人间已经没有了祸害,一切都顺当而圆满。左边儿,从村边开始,便是田地;它一望无垠,直达天际。在这一大片洒满月光的田野上,同样是悄悄的,没有一丝动静。

"问题就在这里,"伊万·伊万内奇又重复道。"难道我们住在城里,空气污浊,拥挤不堪,写些没用的公文,打打文特——难道这不叫套子?而我们一生厮混于懒汉、讼棍、蠢婆惰女之间,嘴里说着耳朵听着各种各样的胡话——难道这不叫套子?这样吧,要是您想听,我来给您讲个非常有教益的故事。"

"不,该睡了,"布尔金说道。"明儿见!"

他俩走进柴棚,躺到干草上。两人刚刚盖好被子,蒙眬欲睡,忽然听到一阵轻微的脚步声:吧嗒、吧嗒……有人在离柴棚不远的地方走动;走了没多远又停住了,可过了一会儿又听见:吧嗒、吧嗒……狗发起怒来,呜呜直吼。

"是玛芙拉在溜达,"布尔金说。

脚步声听不见了。

"耳闻目睹人家在撒谎而不惊不怪,"伊万·伊万内奇翻了个身,说,"你会被人家叫作傻子,因为你是在容忍这谎言;蒙受欺辱而忍气吞声,不敢公开宣布你站在正直的、自由的人们一边,自己也撒谎、赔笑,这无非是为了有只饭碗,为了有块安身之地,为了有个分文不值的一官半职,——不,再这样活下去可不行!"

"欸,您这话可扯远了,伊万·伊万内奇,"教师说道。"咱们快睡吧。"

过了十来分钟,布尔金已经睡着了。而伊万·伊万内奇还在翻来覆去,长吁短叹,后来索性爬了起来,又走出柴棚,坐到门口,点上了烟斗。

1898 年

醋　栗

从清早起,整个天空就布满了雨云;没有风,天不热,但闷得很,每逢阴晦的日子,田野之上早就乌云低垂,你等着它下雨,可它就是不下之时,往往都是这样。兽医伊万·伊万内奇和中学教师布尔金已经走得筋疲力尽,因而这块田地让他们觉着就像没有尽头似的。前方远处,米罗诺西察村的风磨隐约可见;右边,起伏的山冈蜿蜒而去,接着渐渐消失在村庄的后面,他俩都知道,这是河岸,那里有草场、翠柳、庄园,要是登上一座冈头,从那儿可以看见一片同样开阔的田野、电线杆和远远看去像只爬行的毛毛虫似的火车;赶上天朗气清,从那儿甚至还能看见城市。现在,遇上这平静无风的天气,整个大自然显得温顺而又沉静之时,伊万·伊万内奇和布尔金的心里充满了对这片土地的热爱,两人心里都在想,这地方真是辽阔,真是壮丽。

"上次,咱俩在村长普罗科菲家的柴棚里过夜,"布尔金说,"您曾想讲个什么故事来着。"

"是呀,当时我想讲一讲我的兄弟。"

伊万·伊万内奇长长地舒了口气,点着了烟斗,准备开始讲述,可偏巧在这当口儿下起雨来。过了五分来钟,雨已下大,铺天盖地,因而很难预料它何时能停。伊万·伊万内奇和布尔金收住脚步,沉思起来;狗已经浑身湿透,夹起尾巴站着,温顺地望着他俩。

"咱得找个地方避避雨才是,"布尔金说道。"就去阿廖欣家吧。离这儿不远。"

"那走吧。"

他俩拐了个弯,走的一直是收割过的庄稼地,忽而直行,忽而偏右,直至走上大路。很快就出现了杨树、果园,然后是谷仓的红顶;又有一湾河水泛起粼光,于是眼前展现出一幅建有磨坊和白色浴棚的深水湾的景象。这便是阿廖欣所居住的村庄索菲诺。

磨坊开着工,那隆隆的噪声压过了哗哗的雨声;拦水坝在微微颤抖。这里,几辆大车旁边站立着浑身湿透、耷拉着脑袋的马,还有人身披麻袋,来回忙活。潮湿,泥泞,憋闷。连河湾里那片宽阔的深水区的样子也那么冷峻,让人可恨。伊万·伊万内奇和布尔金已经感觉到里外湿透、满脚污泥、浑身难受;两腿因满脚泥巴而发沉,所以当越过拦水坝、爬坡前往地主的谷仓时,他俩默不作声,好像互相生着闷气似的。

一座谷仓里,扬谷的风车轰隆隆地运转着;大门敞开,从门里喷涌出一股股烟尘。门口站着的正是阿廖欣,四十上下的男子,高高的个子,肥胖的体形,满头的长发,更像位教授或者画家,而不像个地主。他上身套件很久没洗的白衬衫,外面系根细腰绳,下身穿条长衬裤,两只靴子上也沾满了烂泥和麦秸。鼻梁和眼皮被灰土染得污黑。他认出了伊万·伊万内奇和布尔金,因而显然感到非常高兴。

"请吧,二位先生,进屋,"他笑盈盈地说。"我就来,马上。"

屋子很大,两层楼。阿廖欣住楼下两个带拱顶和小窗户的房间,这里从前住的是管家。房间里陈设简单,散发着黑麦面包、低档伏特加酒和马具的气味。而楼上几间正房,他很少去,除非来了客人。在屋里迎接伊万·伊万内奇和布尔金的是个使女,一位少妇,十分漂亮,他俩不由得同时收住脚步,对视了一眼。

"你们无法想象我见到你们有多高兴,先生,"阿廖欣一面跟着他们往前厅走,一面说。"真没想到!佩拉格娅,"他招呼使女说,"请给客人找点什么衣裳换换。我正好也得换换衣衫了。不过先得去洗一洗,要不好像自打春天就没洗过澡似的。二位,不想去浴棚吗?这里先让她们收拾一下。"

漂亮的佩拉格娅,举止彬彬有礼,样子温柔和善,这时送来了浴巾和肥皂,于是阿廖欣就领着客人去了浴棚。

"是呀,我已经很久没洗澡了,"他一面脱衣,一面说。"我这浴棚哪,你们看到了,挺好的,还是父亲修的,可洗澡不知为什么总没工夫。"

他坐到台阶上,往自己的长发和脖子打上了肥皂,于是他身边的河水立时变成了咖啡色。

"是呀,我看也是的……"伊万·伊万内奇意味深长地望着他的脑袋,脱口说道。

"我已经很久没洗澡了……"阿廖欣难为情地重复了一遍,又打了一遍肥皂,于是他身边的河水又变成了墨水般的深蓝色。

伊万·伊万内奇走到棚外,扑通一声跃入水中,甩开双臂,冒雨游了起来,身边激起一层层波浪,波浪之上荡漾着白色的睡莲花;他游到河湾间那片宽阔的水面中央,扎了个猛子,在另一个地方钻出水面,向前游去,接着扎了一个又一个猛子,竭力想触摸到河底。"哎呀,我的天哪……"他开心地重复道。"哎呀,我的天哪……"他游到磨坊旁边,同庄稼人攀谈了几句,往回游来,在河湾中心仰卧水上,让面孔冲着雨脚。布尔金和阿廖欣已经穿好衣裳,打算回屋,可他还在一个劲儿地游着,扎着猛子。

"哎呀,我的天哪……"他说。"哎呀,请上帝垂怜。"

"您打住吧!"布尔金冲他叫道。

三人回到屋里。这时,大客厅里点上了灯,布尔金和伊万·伊万内奇身穿丝绸长衫,脚趿绒布便鞋,坐在单人沙发里,而阿廖欣洗完脸,梳好头,身穿新礼服,满客厅地踱来踱去,显然是在惬意地体验着温暖、清洁、干爽的衣服、轻便的布鞋;这时,漂亮的佩拉格娅悄无声息地踏着地毯,面带温柔的微笑,端着托盘送来了茶水和果酱。直到这时,伊万·伊万内奇才开口讲他的故事,而且似乎听他讲的也不光是布尔金和阿廖欣，而且还有从金色相框里平静而又严厉地望着他的那些老老少少的女士和军人。

"我们是兄弟俩，"他开口道，"我叫伊万·伊万内奇，另一个叫尼古拉·伊万内奇，小我一两岁。我学了一门专业，当了兽医，而尼古拉十九岁就进了省财政厅。我们的父亲奇姆沙—喜马拉雅斯基是个世袭兵①，不过因成功获得军衔之后，给我们留下了世袭的贵族身份和一座小小的庄园。父亲过世后，我家的庄园被判抵债，可是，不管怎样，我们的童年是在乡下自由自在地度过的。我们完全跟农民的孩子一样，白天黑夜待在田地间、森林里，看马匹，剥树皮，捉鱼虾，如此等等……而你们知道，一个人一生中哪怕逮过一条鲈鱼，或者秋天见过一回南飞的鹆鸟，见过它们在晴朗凉爽的日子里成群结队地掠过村子上空，他就不再是城里人，因而他至死都会向往着自由。我兄弟身在财政厅，心却惦着乡下。一年又一年过去，可他依旧坐在同一个位子上，抄写着同一种公文，并且想着同一件事情：如何回到农村。于是他这思恋渐渐地凝成一种愿望，梦想着在什么地方的河畔或者湖滨购买一座小小的庄园。

"他是个善良、温和的人。我爱他，可是对他将自己一辈子关在自家庄园里的愿望，我一向都不赞成。常言说，人只需要三俄尺地②。可要知道，需要三俄尺地的是死尸，而不是活人。如今也有人说，既然我们的知识分子都向往土地，盼望庄园，那就是好事。可要知道，这些庄园就像那些三俄尺之地。远离城市，逃避斗争，躲开喧嚣，钻进自家的庄园——这不是生活，这是自私、懒惰，这是一种修士生活，然而是一种毫无功业的修士生活。活人需要的不是三俄尺之地，不是庄园，而是整个地球，整个大自然，在那里他才能发挥自己自由思想的所有特质和特点。

---

① 在俄国，19世纪上半叶，这样称呼自出生之日起便在陆军部门登记并在专门学校学习、准备当兵的士兵之子。

② 1俄尺等于0.71米。

"我的兄弟尼古拉坐在自己的办公室里,幻想着能喝到自己家香味弥漫整个庄园的菜汤,在绿色草地上吃,在金色阳光下睡,一个钟头一个钟头地坐在大门外的长凳上眺望着田野和森林。农艺小册子和日历上的各种此类建议便是他的乐趣,是他可爱的精神食粮;他也爱好读报,可是只读报上那些出售带庄园、小河、果园、磨坊、活水池塘的多少俄亩田地和草场的广告。于是乎他的脑海里便描绘出果园里的小路、花草、果木、树上的椋鸟巢,塘里的鲫鱼和诸如此类的东西,你们是知道的。这些想象出来的图景会因他所看到的广告不同而各异,可是不知为什么每一种图景中必然都有醋栗。无论哪一座庄园,也无论哪一个角落,他无法想象没有醋栗树。

"'乡村的生活自有它的舒适之处,'他常常这样说。'你坐在阳台上品茶,而你那小鸭子在池塘的水面上戏水,花草芬芳而……而醋栗成长。'

"他常常在描绘自己田庄的蓝图,而且每一次在他的蓝图上总会出现同样的东西:一、主人的正房,二、仆人的下房,三、菜园,四、醋栗园。日子他过得很吝啬,当吃不吃,当喝不喝,穿着更是天晓得,活像叫花子,可是一直在攒钱,存银行。贪婪吝啬得可怕。我一见他就心里难过,我也常常送他点儿东西,逢年过节都给他寄些物品,可他连这也藏着掖着。人要是打定了主意,你就拿他没辙。

"几年过去,他被调到另一个省里,人已年过四十,可他依旧读着报上的广告,攒着节省下的钞票。后来,听说,娶了亲。出于同一个目的,为自己购置带醋栗树的庄园,他娶了个又老又丑的寡妇,没有任何感情,仅仅是因为她手头有几个小钱儿。他跟妻子一起日子同样过得很吝啬,让妻子处于半饥半饱的状态,而妻子的钱却被他存到了自己的名下。妻子原先跟的是邮政支局局长,吃惯了馅饼,喝惯了果子酒,可在第二任丈夫家里,连黑面包也没见过许多;她由于这种日子而开始憔悴,没过三两年就突然间把性命还给了上帝。而我兄弟当然一刻也没想过他在妻子亡故问题上是有过错的。金钱就像伏特加酒，能把人变成怪物。从前我们城里死过一位商人。临死之前吩咐给他端上一碟儿蜂蜜，就着蜂蜜吞掉了自己所有的钞票和彩票，让谁也别想得到。有一次，我在火车站检查牲口，忽然一个马贩子摔倒在火车头下面，被轧断一条腿。我们把他抬到急诊室，血汩汩直淌——真正吓人，可他却一个劲儿地求人把他的腿给找回来，老是惦记着：那条断腿的靴子里有二十卢布呢，可别不见了。"

"您这话就扯远了。"布尔金说。

"妻子死后，"伊万·伊万内奇思忖了半分钟，接着说道，"我兄弟就开始为自己物色田庄了。当然，哪怕物色他五年，可到头来还是会看走眼，买到手的根本就不是你所向往的。我兄弟尼古拉通过代理人，买了块用来抵债的一百一十二俄亩的地，带主人的正房、仆人的下房、花园，但是既没果园，又没醋栗，也没池塘和鸭子；河倒是有一条，可是河里的水泛着咖啡色，因为田庄的一边是砖瓦厂，另一边是骨胶厂。可是我那尼古拉·伊万内奇并没怎么犯愁；他订了二十丛醋栗，栽好，过起了地主的日子。

"去年我去看望他。心想，我去一趟，看看那儿有些什么，怎么样。在信里，我兄弟把自己的田庄叫作丘姆巴罗克洛夫荒地，又叫喜马拉雅村。我到达喜马拉雅村时已是午后。天挺热。到处是沟渠、栅栏、篱笆、栽成一行行的小云杉——你简直不知道打哪儿进院子，往哪儿拴马。我向屋子走去，而迎过来的却是条棕红色的狗，肥膪膪的像头猪。它倒是想叫，可懒得张口。从厨房里还走出一个厨娘，光着两脚，胖乎乎的，同样像头猪，说老爷吃过午饭正在休息。我进屋去见兄弟，他坐在床上，两腿盖着毯子；人见老，身子发福，肌肤松弛。脸颊向前突出，鼻子翘着，嘴唇嘟起——眼看就要裹起毯子像猪似的哼出声来了。

"我俩互相拥抱，哭了一阵，一是因为高兴，二是因为凄凉地想起曾几何时哥俩都年轻力壮，而如今已两鬓如霜，成了风中之烛。他穿好衣服，领我去看他的田庄。

"'欸,你在这里过得怎样?'我问。

"'还不错,谢天谢地,过得挺好。'

"这已不是过去的那位胆小怕事、可怜巴巴的小官吏,而是一个名副其实的地主老爷了。他已经在这里住熟,住惯,爱上了这里;饭吃得很多,澡洗得很勤,人慢慢发福,已经跟村社和两家工厂打过官司,要是老乡们不叫他'大老爷',他会非常生气。他对自己的精神气质相当在意,像个地主老爷,因此善事做起来从不随随便便,而要造足声势。可做的都是哪些善事呢?用苏打和蓖麻油为老乡们医治各种疾病,每逢自己的命名日就在村子中间做感恩祈祷,然后摆上半桶伏特加酒。认为应当这么做。哎呀,这恶劣的半桶伏特加酒哇!今天胖地主还因为牲口糟蹋了庄稼草地而拉着老乡去找地方自治局的长官,明天赶上节庆之日又给老乡摆上半桶伏特加酒,而他们喝着,喊着'乌拉',喝醉了就拜倒在他的脚下。生活改善、酒足饭饱、好逸恶劳让俄罗斯人变得自命不凡,极其放肆地自命不凡。尼古拉·伊万内奇,从前在省财政厅供职时甚至于不敢保有自己的见解,可现在张口就是真理,而且那口气,简直就像是位部长大臣:'接受教育是必须的,但对于百姓却为时尚早','体罚一般是有害的,但在某些情况下又是有益和不可替代的'。

"'我了解百姓,也会善待他们,'他说,'对我百姓都喜欢。我只要动动手指头,要百姓干什么,他们就会给我干什么。'

"而所有这些,请注意,说的时候都面带着精明的、善意的微笑。他反反复复说过二十来次:'我们,贵族'、'我,作为贵族';显然,已经不记得我们的爷爷是个庄稼汉,而父亲只是个士兵。就连我们的姓氏,奇姆沙-喜马拉雅斯基,其实并不合适,可现在却让他觉得响亮、高贵而又非常悦耳。'

"可现在问题不在他,而在我自己了。我想给你们讲讲我在他庄园里的这短短的几个钟头里发生的变化。晚上,我们喝茶的时候,厨娘端来满满一盘醋栗放到桌上。这不是买来的,而是自己家种的,自打树丛栽下以来头一回摘下的果子。尼古拉·伊万内奇笑了起来,眼里含着泪花对醋栗默默地望了片刻,因为激动得说不出话来。然后拿起一颗果子放到嘴里,带着一个孩子终于得到心爱的玩具时那种得意神情看了看我,说:

"'真好吃!'

"于是他贪婪地吃着,并且一再重复说:

"'哎呀,真好吃!你尝尝!'

"醋栗又硬又酸。可是正如普希金所说,'对于我们成千上万的实话,比不上一句抬高我们的谎言①。'我看到了一个幸福的人,他的夙愿实现得如此确凿无疑,他达到了人生的目标,得到了梦寐以求的东西,他对自己的命运和他自身都很满意。在我那对人生幸福的看法里,不知怎的总掺杂着某种让人感觉凄凉的东西,而现在,一看见幸福之人,我不禁有种沉重之感,一种近乎悲观失望的感觉。心里感到特别沉重的时候是夜里。我的床就铺在兄弟卧室隔壁的房间里,因此我能听见他一夜没睡,一次次地爬起来,走到那盘醋栗跟前,每次拿上一颗。我在寻思:感到满足、幸福的人其实还真多!这真是一股压倒性的力量!你们请看看这生活情景:强者蛮横无理而骄奢淫逸,弱者愚顽未化而仿若牛马,满目极度的贫穷、压迫、退化、酗酒、伪善、谎言……与此同时,所有的房子里和大街上却风平浪静;住在城里的五万人当中,竟没有一人站出来大声疾呼,表示愤慨。我们只看到人们在逛市场、买食品、白天吃、夜晚睡,只看到人们在胡诌海侃,娶妻生子,衰老凋谢,温厚善意地将死去的亲人送往墓地;可我们看不见,也听不到受苦受难的人和生活中那些可怕的、在幕后发生的事。一切都无声无息、平平静静,因而在不断抗议的只是那些无声的统计数字:多少多少人发了疯,多少多少桶伏特加酒被喝掉,多少多少儿

---

① 此句引自A.C.普希金《英雄》一诗,但引用不完全准确;应为:"对于我不贬不褒的实话成千上万,比不上抬高我们的谎话只字片言。"

童死于营养不良……而这样的秩序显然是必需的；显然，幸福的人之所以觉得自己舒服，只是因为不幸的人们身担重负而默默地忍受，而没有这默默的忍受，幸福是不可能的。这是一种普遍的催眠状态①。应当让每一个感到满足而幸福的人的门后站上一个人，手拿小锤，不断地敲门提醒他们世上还有不幸的人，提醒他无论如何幸福，生活早晚都会向他伸出利爪，发生灾祸——疾病、贫穷、损失，而且谁也看不到，也听不见，就像现在他看不到、听不见别人一样。可是手拿小锤的人却没有，幸福之人只顾过他的小日子，日常那些小小不言的麻烦事对他触动有限，就像微风吹拂山杨——而一切情况都很完满。"

"那天夜里，我开始明白，我也满足和幸福。"伊万·伊万内奇站起身来接着说。"在饭桌上和打猎时，我也开导过人如何生活，如何信仰，如何驾驭百姓。我也说过学则明，不学则愚，教育必不可少，而对于普通人暂时只要识些字就足够了。自由是好东西，我常说，没有它不行，就像没有空气一样，不过应该等一等。是的，我是这样说过，可现在却要问：为什么要等？"伊万·伊万内奇气呼呼地望着布尔金，问道。"为什么要等，我问您？出于什么考虑？有人对我说，不是什么都一下都能办成的，任何主意在生活中实现都是逐步的，在它该实现的时候实现。可这是谁说的？要认为这说得对，证据又何在？您会推说是事物的自然程序，是事物的规律，可是如果我，一个活生生的、有思想的人，站在一道沟坎之上等着它自己愈合或填平，此刻本来我或许可以跳过它或者在它上面搭座桥，这里也有程序和规律吗？所以还是那句话，为什么要等呢？要等活不下去的那一天，然而生活是必要的，是人所渴望的！

"于是我一大早就离开了兄弟的田庄，而且从那时起我没法待在城里了。那沉寂和平静让我感到痛苦，我害怕看着那些窗户，因为对我来说如今再没有一种场面比幸福的一家人围坐在桌旁喝茶更让人难

---

① 此处意为"普遍的迷茫、自满自足"。

受了。我已经老了,也奋斗不动了,我就连恨都恨不动了。我能有的只是在心里暗自悲伤、生气、懊悔的份儿,每天夜里我都因为思绪纷纷而脑袋发热,睡不着觉……哎呀,我要是还年轻力壮多好哇!"

伊万·伊万内奇从一个角落走向另一个角落,又说了一遍:

"我要是还年轻力壮多好哇!"

他突然走到阿廖欣跟前,忽而握起他的这只手,忽而又握起他的那只手。

"帕维尔·康斯坦丁内奇,"他用恳求的语气说道,"可别满足现状,可别让自己昏昏入睡!趁着年轻力壮、精力充沛,不停地做些好事。幸福是没有的,也不应当有;如果生活中有意义,有目标,那么这意义和目标也绝不在于我们的幸福,而在于某种更加理性和更加伟大的东西。多做好事吧!"

这一席话,伊万·伊万内奇是带着可怜的、恳求的微笑说出来的,好像是为自己在央告似的。

然后他们仨都坐在沙发里,在客厅的不同角落,默默不语。伊万·伊万内奇的故事既没满足布尔金,也没满足阿廖欣。当从金色镜框里望着他们的军人和女士在昏暗中显得像活人一样时,再听人讲那吃醋栗的可怜虫小官吏的故事难免乏味,不知为何倒想说说和听听正人君子,普通女人。就连他们坐在客厅里这事,还有客厅里的一切——无论蒙着套子的枝形吊灯、沙发,还是脚下的地毯,都说明从前曾经在这里走过、坐过、喝过茶的就有此刻从镜框里望着他们的这些人,就连此刻在这里悄无声息地来回走动的美丽的佩拉格娅这事,就是再好没有的一则故事了。

阿廖欣很想睡觉:他这天干活起得很早,凌晨两点多钟,现在困得睁不开眼睛,可是又怕客人趁他不在说些有趣的事情,所以就留下没走。伊万·伊万内奇刚才所说的有没有道理,对与不对,他也没去琢磨;客人所说的不是麦子,不是干草,也不是焦油,而是一些跟他的生活无关的事情,所以他很高兴,并且想让他们继续说下去……

"不过该睡觉了,"布尔金一面起身,一面说道。"请允许向你们道声晚安。"

阿廖欣道过别就下楼去了自己的房间,而客人则留在了楼上。给他俩过夜腾出了一个大房间,房间里放着两张雕花旧木床,墙角挂着带有耶稣受难像的象牙十字架。由美丽的佩拉格娅所铺的被褥既宽大又干净,散发着没用过的床上用品特有的清香味。

伊万·伊万内奇默默地脱下衣衫,躺了下去。

"主啊,饶恕我们这些罪人吧!"他说着,便拉过被子蒙上了脑袋。

他的烟斗放在桌上,散发着浓烈的烟油子味儿,害得布尔金久久不能入睡,可他怎么也弄不明白,这股难闻的气味儿是从哪儿来的。

雨点在窗户上敲打了一整夜。

1898 年

谈爱情

第二天，早餐上的是非常好吃的馅饼、虾和羊肉饼；就在用餐的时候，厨子尼卡诺尔上楼来问客人中餐想吃点儿什么。这是一位中等个头的人，一张又胖又圆的脸，一双小眼睛，没留胡子，可看起来小胡子不像是刮的，而像是拔掉的。

阿廖欣说，漂亮的佩拉格娅爱上了这厨子。因为他是个酒徒，又性格狂暴，所以佩拉格娅不想嫁给他，但同意就这么过日子。而厨子笃信上帝，所以宗教信仰不允许他这样生活；他要求佩拉格娅嫁给他，否则他不愿意，每每喝醉，张口就骂，甚至举手就打。每当他喝醉的时候，佩拉格娅就躲到楼上，呜呜大哭，于是阿廖欣和女仆就大门不出，为的是必要时保护好她。

宾主谈起了爱情。

"爱情是如何产生的，"阿廖欣说，"佩拉格娅怎么就没爱上另一个更适合她精神素质和外在素质的人，而单单爱上尼卡诺尔这个丑八怪（我们家里人人都叫他丑八怪）呢，要知道在爱情上重要的是个人幸福的一些问题呀——这一切都不得而知，因此对这一切就可以随意解释。从古至今，关于爱情只有一句无可争辩的大实话，那就是，'这奥秘可大了去了'，而就爱情所写和所说的其他一切都不是解决问题，而是提出问题，而问题依然悬而未决。看起来似乎适宜一种情况的那种解释可不适宜其他十种情况，因此最好的办法，依我看，就是对每一种情况的解释都单另做出，别试图进行归纳。像大夫说的那样，个别情况做个别处理。"

"一点儿不错。"布尔金赞同道。

"我们，俄罗斯人，都是规矩人，都偏爱这些悬而未决的问题。通常人们都把爱情诗意化，用玫瑰、夜莺将它加以美化。而我们，俄罗斯人，美化我们的爱情时所用的却是这些不幸的问题，而且往往还从中挑选出一些最没意思的。在莫斯科，我还在大学念书的时候，有过一个生活的伴侣，可爱的女子，每当我把她抱在怀里的时候，她心里想的总是我每月会给她多少钱和牛肉现在卖什么价。这是好是坏，我不知道，不过这有影响，不令人满意，让人生气——这我可是知道的。"

他似乎想说点儿什么。过单身生活的人，心里总是有那么一种他们很乐意讲述的东西。在城里，单身汉们往往特意跑澡堂和饭馆，就是为了聊聊天儿，对澡堂里的伙计或者饭馆里的堂倌讲些有趣的故事；而在乡下，人们通常在自己的客人面前倾吐心中的想法。现在，窗外可以看见灰蒙蒙的天空和被雨水浇得湿淋淋的树木，在这种天气里，哪里也去不了，什么也干不成，只能凑在一起聊聊天儿。

"我在索菲伊纳住下务农已经有些年头了，"阿廖欣开口说道，"自打念完大学以后。论教养，我是四体不勤的少爷；论志向，是耍笔杆子的文人。可是庄园，在我来这里的时候，背了一大笔债，而我父亲借债的部分原因是为我念书花费了许多钱，所以我决定留下，一直干到还完这笔债再说。我这么决定以后，立刻就动手干活，说实话，不是没有一些厌恶感。这里的土地产量不高，要想让农业不赔钱，就得用农奴和雇短工，或者用农民的办法管理自己的产业，也就是自己下地干活，带上自己的全家。中间道路这里可没有。不过我当时并没有深入研究这些细节。我没让一块地闲着，我把邻村的男男女女都轰下地干活，我这里的农活干得热火朝天；我自己也耕地、播种、收割，干着干着也感到烦闷，也厌恶地皱过眉头，像只农村的猫，饿了就在菜园里吃黄瓜；我浑身酸疼，累得走路都能睡着了。起先我觉得，这自食其力的生活轻轻松松就能跟我的文明习惯协调一致了，只要在生活中遵守某种表面上的规矩就行。我在这里住楼上几间正房，而且定出规矩：早餐和中餐用过之后给我上加烈性甜酒的咖啡，每晚睡前阅读《欧洲通讯》。可是有一次我们神父伊万神甫来了，一口气把我所有的烈性甜酒都喝了个精光；连《欧洲通讯》也到了神甫闺女们的手里。夏天，尤其是收割时节，我没工夫上自己的床，在柴棚里、雪橇上或者护林守卫室里就睡着了——哪里还顾得上阅读呢？日子一久，我就搬到楼下，开始在下人的厨房里吃饭，我过去奢华的生活里就剩下了这个女仆，她老早是伺候我父亲的，把她辞退我会于心不忍。

"最初几年我被选为名誉民事法官，有时得进城参加代表大会和州法院会议，而这倒叫我挺开心的。要是在这里住上两三个月不出门走走，尤其是冬天，那么最后就会怀念起那些穿黑礼服的人来。而在州法院既有穿礼服的，也有穿制服的，还有穿燕尾服的，大家都是法学专家，受过普通教育；有的是聊天的人。在雪橇上睡过觉之后，在下人的厨房里吃过饭之后，坐在沙发里，穿着干净衣服、轻薄的皮鞋，胸前挂着勋章——这真叫阔啊！

"在城里我受到热情接待，我也很乐意结识同行。在所有结识的人中，最有名望的，说实话，最让我高兴的是州法院院长卢加诺维奇。他，你们俩是认识的，非常可爱的人。这正好是在纵火者那著名的案件审理完之后。审案持续了两天，我们已很疲劳。卢加诺维奇看了看我，说：

"'听我说，去我家吃饭吧。'

"这让我感到意外，因为我跟卢加诺维奇并不大熟，只是场面上的交往，一次也没去过他府上。我只用了片刻工夫回房间换了换衣服，就前去赴宴了。在那里，我有幸结识了安娜·阿列克谢耶芙娜——卢加诺维奇的妻子。那时她还非常年轻，顶多二十二岁，半年前生了第一个孩子。这是过去的事，所以现在我恐怕已难以确定她身上那么不寻常的东西究竟是什么，我那么喜欢她是为什么，而当时在席间对于我来说一切是那么的强烈和清晰;我眼前所见的女子年轻、漂亮、善良、有文化教养、迷人,一个我过去从没见过的女子;于是我立刻感觉到她是个亲人,已经认识的人,仿佛这张脸,这双和蔼可亲、聪慧伶俐的眼睛我在童年什么时候、在我母亲五斗橱里的那本相册里已经见过似的。

"在纵火案里被起诉的是四个犹太人,被认定是一伙,以我之见,却没有充分的根据。席间我很激动,我心里很沉重,所以也记不清我说了些什么,只记得安娜·阿列克谢耶芙娜一直在摇头,并对丈夫说:

"'德米特里,怎么会这样呢?'

"卢加诺维奇是个温和善良的人,是一种忠厚老实的人。这种人毫不动摇地坚持认为,既然人受到审判,那就是说他有罪过,对判决的正确性表示怀疑只能通过合法程序,写在纸上,说什么也不能在席间、不能在私人聊天时议论。

"'咱们不是纵火犯,'他口气温和地说,'这又不是在审判咱们,又不是让咱们坐牢。'

"两人,丈夫和妻子,使劲让我多吃多喝;根据一些细节,比如他俩一道煮咖啡和他俩一张嘴就互相明白,我可以断定他们日子过得和和美美,而且很喜欢有人来做客。吃过午饭他们在三角钢琴上双人合奏。后来天黑了,我就返回了住处。这是初春的事儿。接着一个夏天我都住在索菲伊纳,没出过门,我连想一想州府的工夫都没有,不过对那袅袅婷婷的浅色头发的女子的记忆成日萦绕在脑际,挥之不去;我没有去想她,可是她那轻盈的身影仿佛留在我的心里。

"晚秋时节,城里举办义演活动。我刚要跨进省长的包厢(我是幕间休息时应邀前去的),抬头一看——省长夫人旁边坐的是安娜·阿列克谢耶芙娜,又是那美貌、可爱、温存的眼睛所产生的极其强烈、令人震撼的印象,又是那种亲近感。

"我们并肩而坐,然后去了休息厅。

"'你瘦了一些,'她说道,'您病过吗?'

"'是的。我肩膀受凉了,一到下雨天就睡不好觉。'

"'您一副萎靡不振的样子。那时候,春天里,您来吃饭的那天,您要年轻些,精神些。您那天很兴奋,说了许多话,很有趣,而且,说实话,我甚至有点爱上了您。也不知为什么一个夏天都常常想起您,就今天来剧场的时候,我还觉得我会见到您呢。'

"说着她笑了起来。

"'可是您今天一副萎靡不振的样子,'她又说了一遍,'这会让您显老的。'

"第二天我是在卢加诺维奇家吃的早点;吃过早点之后,他们去自己的别墅安排在那里过冬的事,我也跟他们一道去了,并且跟着他们回到城里。半夜里,在烧着壁炉的、静悄悄的家庭氛围中喝了茶,而年轻的母亲不断地离去看看他的女儿睡了没有。从这以后,我每次进城必定去卢加诺维奇府上。他们习惯了我,我也习惯了他们。我通常推门就进,也不预先通报,就像自己人一样。

"'谁呀?'从远处的房间里传来一个拖长的嗓音,那嗓音让我觉得十分悦耳。

"'是帕维尔·康斯坦丁内奇,'打扫房间的女工或者保姆回道。

"安娜·阿列克谢耶芙娜满脸忧虑地出来见我,每次都问:

"'您为什么这么长时间没露面哪?出什么事了吗?'

"她那副眼神,朝我伸过来的那只清秀、高雅的手,她那身家常的衣衫,发式、嗓音、脚步每一次都会给我留下新鲜的印象,那感觉不同寻常而又特别重要。我们一聊就是好久,一沉默也是好久,各人想着自己的心事,要不她就给我弹一阵钢琴。要是家里没人,我就留下等着,跟保姆说说话,跟小孩玩玩,或者在书房里躺在土耳其沙发上读读报。当安娜·阿列克谢耶芙娜回来时,我就迎到前厅,接下她所有买的东西,而且不知为什么,每次我提溜着这些东西的时候心里是那么舒畅,那么高兴,活像个小孩儿。

"有个谚语说,娘儿们花钱买麻烦,那么卢加诺维奇跟我结交就是没事儿找事儿了。要是我好长时间没有进城,他俩就非常挂念。他们担心,我,一个懂几种语言的文化人,不搞科学研究或者文学创作,而住在乡下,像松鼠蹬轮子似的忙得团团转,还总是一文不名,他们觉得我在受苦。如果说我在谈笑,在吃喝,那只是为了掩饰自己的痛苦,就连在愉快的时刻,在我觉得很好的时候,我也能感觉到他们那寻根究底的眼神。当我真的遇到难处时,当我受到某个债权人的挤兑或者钱不够紧急支付时,他们特别令人感动;两个人,丈夫和妻子,站在窗口叽咕一阵,然后丈夫走到我跟前,并且面带严肃的神情,说:

"'要是您,帕维尔·康斯坦丁诺维奇,现在需要钱的话,那我和妻子请您不要客气,就从我们这里拿去。'

"而且激动得面红耳赤。有一次,也是这样,站在窗口叽咕了一阵,他走到我跟前,面红耳赤地说:

"'我和妻子恳求您收下我们的这件礼物。'说着,递过几颗领口袖扣、一个烟盒或者一盏灯。

"作为回礼,我从乡下给他们送去打来的野禽、油和花。顺便说一下,他俩都是有钱人。起先我经常借钱,而且也不特别讲究,哪儿能借就在哪儿借,不过任何力量都不可能迫使我去跟卢加诺维奇借。咳,说这干什么呀!"

"我很不幸。无论在家,还是在地里,或是在柴棚里,我都会想到她。我竭力想弄明白这年轻、漂亮、聪慧女子的秘密:她为什么会嫁给一个相貌平平,几乎是个老头儿(丈夫四十多岁了)的人?而且有了他的孩子?我也想弄明白这相貌不济、温和善良、朴素忠厚的人的秘密:为什么他说起事来正确判断力十分有限,舞会或晚会上都呆在上了年纪的人旁边,沉闷、多余、一脸恭顺、冷漠,活像是被带到这里来卖掉似的?为什么他相信自己有权做个幸福之人,有权让她生孩子?我还竭力想弄清楚,为什么她碰上的偏偏是他,而不是我?我们人生中出现这么可怕的错误倒底是为什么。

"我一进城,每次都从她的眼睛里看出,她在等着我;连她自己也承认，打早上起她就有一种特别的感觉，她猜到我要来。我们一聊、一沉默就是老半天，可是我们从来没互相表白过，可掩饰它的时候心里却羞答答、酸溜溜的。我们害怕一切可能为我们自己解释我们秘密的东西。我爱得温情脉脉、痴情深深，却没有足够的力量跟它争斗。我也思量过，自问过，我们的爱情会造成什么结果；我这默默的、凄惨的爱情会突然粗暴地中断她丈夫、孩子和如此爱着我相信我的整个家庭的幸福生活，这厚道吗？就算她跟我走，可是去哪儿呢？我能把她带到哪儿去呢？假如我过的是美好、有趣的生活，假如我是在为祖国的解放而战，或者我是位著名的学者、演员、画家，那就是另一回事了；要不然只能是把她从一个平庸、无聊的环境领入另一个同样的或者更加无聊的环境。我们的幸福怎么才会持续长久呢？假如我病了，死了，或者，假如我们不再相爱了，她又会怎样呢？

"她看来也以同样的方式思考过。她考虑过丈夫、孩子，像爱儿子一样爱着她丈夫的妈妈。假如她顺从了自己的感情，那她就不得不撒谎或者说实话，而处于她的地位，这二者都同样的可怕和不便。她也受着一个问题的折磨：她的爱能不能给我带来幸福，会不会使我本来就很艰难、充满各种不幸的生活复杂化呢？她觉得她对于我已不算那么年轻，要想开始新的生活她也不算勤劳、刚毅，因而她常跟丈夫说，我需要娶个聪明的、能够成为好内助、好帮手的般配的姑娘，接着立刻又补上一句，整个市里未必找得出这样的姑娘。

"说话间岁月渐渐逝去。安娜·阿列克谢耶芙娜已经有了两个孩子。每当我来卢加诺维奇家时，女仆笑脸相迎，孩子们一面喊着帕维尔·康斯坦丁诺维奇叔叔来了，一面扑过来搂住我的脖子，大家都很高兴。他们不知道我心里是什么滋味，还以为我也很高兴呢。大家都认为我是个高尚的人。无论大人孩子，都觉得满房间走动着一个高尚的人，这就给他们对我的态度里加进了一种特别美好的东西，好像有我在场时他们的生活就更纯洁和更美好似的。我和安娜·阿列克谢耶芙娜一起上剧院，每次都是步行；我们并排坐在沙发椅里，肩靠着肩，我默默地从她手里拿过望远镜，这时我感到她对我很亲，她是我的，我们不能互相缺失，可是因为什么奇怪的误解，出了剧院以后，我们每次就像路人一样告别分手。城里已经天知道在议论我们什么了，但是所议论的东西里面没有一句是真的。

"近年来，安娜·阿列克谢耶芙娜常常要不回娘家，要不去姐姐家；她经常心境不佳，感觉生活不满意、不愉快，这时她既不想见丈夫，也不想见孩子。她已经在治疗神经功能紊乱症了。

"我们保持沉默，一直保持沉默，可有外人在时她常常对我有一种奇怪的不满情绪；不管我说什么，她都不同意我的说法，我要是争论什么，那她准站在我的对面。我要是丢了件什么东西，那她总是冷冷地说：

"'祝贺您。'

"要是跟她一道去看戏，我忘了带望远镜，她过后会说：

"'我就知道您会忘记的。'

"有幸或者不幸的是，我们的生活里就没有任何早晚都不会结束的事。分手的时刻来到了，因为卢加诺维奇被任命为西部一个省的省长，需要卖掉家具、马车、别墅。去别墅返回的路上，最后一次回顾花园，大伙儿心里都闷闷不乐，我明白这时要分手的不单单是跟一座别墅而已。八月底我们送安娜·阿列克谢耶芙娜去克里米亚，是医生让她去那儿的，过上几天卢加诺维奇就带孩子们去西部省上任。

"我们送安娜·阿列克谢耶芙娜的时候有一大帮人。当她跟丈夫和孩子们告别以后，在打第三遍铃之前，只剩下了一瞬间，我奔进了她的包厢，把她差点儿忘了的一只筐子放到架子上。这时，在包厢里，当我们的目光相遇时，精神力量离我俩而去，我拥抱了她，她把脸贴到我的胸前，泪水夺眶而出；我一面吻着她的脸颊、肩膀、被泪水弄湿的双手，——啊，我们俩多不行啊！——一面向她表白了我的爱情。我心被尖锐地刺痛了，其实，一直以来，妨碍我们相爱的一切是多么不必要，多么渺小，又是多么虚假呀！我明白了，既然你爱，那么在你对这爱情进行思考时，就应该从最高的美德或更为重要的点上出发，或者根本就不需要思考。

"我吻了最后一次，握了握手，接着我们分手了——永远。火车已经开动了。我坐在隔壁一间包厢里——它空着，——到第一站之前都坐在那里哭。然后下车徒步返回索菲伊诺……"

阿廖欣讲述着的时候，雨已经停了，太阳露出脸来。布尔金和伊万·伊万内奇走到阳台上；从这里望去，花园和河湾间的景致非常美丽；那河湾在阳光下像镜面一样银光闪耀。他们欣赏着，同时又不胜惋惜，这位眼睛善良而又聪明的人，一个如此心胸坦白地给他们讲述这段往事的人，真的在这里，在这诺大的庄园里，像松鼠蹬轮子似的忙得团团转，而不是从事科学研究或者别的什么可以让他的生活变得愉快一些的工作；他们也想到，当阿廖欣跟年轻的太太告别并亲吻她的脸颊和肩膀的时候，太太的面容该是多么的悲痛啊。他们俩在城里都遇见过她，布尔金还跟她认识，也觉得她很漂亮。

1898 年

姚内奇

一

在省城 C 市，每当外来人抱怨这里的生活无聊而又单调的时候，本地的居民好像是替自己辩护似的，都说，恰恰相反，C 市很好，说 C 市里有图书馆、剧院、俱乐部，常常举办舞会，还有一些聪明智慧、兴趣广泛、讨人喜欢的家庭，跟这些人家可以结识一下。于是常常有人提到图尔金一家，说这家人最有教养、最有才华。

这家人住在主要街道上的私宅里，紧挨着省长官邸。图尔金本人，叫伊万·彼得罗维奇，长得富富态态，相貌堂堂，满头黑发，一脸络腮胡子。他常常为慈善募捐而举办业余戏剧演出，自己扮演年老的将军，表演时咳嗽起来非常滑稽。他满肚子的笑料、字谜和俗语，好开玩笑，爱说俏皮话，而且始终都是那么一副表情，让你猜不透他是开玩笑还是说正经话。他妻子薇拉·约瑟福芙娜，身材瘦溜，模样清秀，戴副 pince-nez[①]，常常写些中长篇小说，并且很乐意将它们念给客人听。女儿叶卡捷琳娜·伊万诺芙娜，青春年少，会弹钢琴。总之，这家人个个都有自己的一套本领。图尔金一家待客殷勤，给客人展示本领时，总是那么开心，那么爽快而真诚。他们家那栋石砌的房子，高大宽敞，夏季舒爽荫凉；一半窗户冲着绿荫蔽日的老花园，每逢大

[①] 法文：夹鼻眼镜。

地春回，花园里一派燕舞莺歌。家里一来客人，厨房里只听得砧板咚咚作响，院子里炝锅的葱花味儿扑鼻喷香，这每次都预示着将有一顿丰盛美味的晚餐。

就连大夫斯塔尔采夫，德米特里·姚内奇，刚刚被派到地方自治局医院当医生并落脚离 C 市九俄里的佳利日之后，也常听人说，他，作为一个文化人，必须结识结识图尔金一家才是。冬天，一次在街上，有人把他介绍给了伊万·彼得罗维奇；彼此聊了聊天气、戏剧、霍乱，随之而来的便是邀请。春天，一个节日里，是耶稣升天节[1]，斯塔尔采夫看完病人，便动身进城，为的是散一散心，顺便买些东西。他一路步行，不急不忙（自己的马车他还没有置备），嘴里哼着小调：

那时我还没尝过生活的辛酸[2]……

在城里，他吃过午饭，逛了逛公园，后来不知怎么忽然就想起了伊万·彼得罗维奇的邀请。于是他决定去一趟图尔金家，看看这家都是些什么样的人。

"您请好哇[3]，"伊万·彼得罗维奇一面迎到门前台阶上，一面说。"非常非常高兴见到这么令人愉快的客人。走，我把您介绍给我的贤内助。我说他呀，薇罗琪卡[4]，"他把大夫介绍给妻子以后，接着说道："我跟他说啊，他没有任何罗马权利[5]总蹲在医院里不出来，他应该把自己的业余时间献给伙伴们才是。不对吗，心爱的？"

"您请这里坐，"薇拉·约瑟福芙娜一面邀客人坐到自己身边，一

---

[1] 复活节后第40天。
[2] 源自俄国诗人杰利维格的《悲歌》，著名音乐家雅科夫列夫谱曲。
[3] 俄语的问候语"您好"，用的是"健在、安好"一词的命令式形式。图尔金以耍贫嘴为幽默，因而在"您好"这一命令形式中也加一个"请"字。
[4] 薇拉的昵称。
[5] 诙谐说法，意为：按照法律没有任何权利。

面说。"您尽可向我讨欢心献殷勤,我丈夫可爱吃醋了,是个奥赛罗[1],不过我们会尽量做得让他一点儿也看不出来的,是吧?"

"哎呀,你这小母鸡[2],小淘气儿……"伊万·彼得罗维奇温柔地嘟囔了一句,吻了吻她的额头。"您来得正巧,"他又转身对客人说,"我的贤内助写了一部超前绝后的长篇小说,今天正要朗读一番呢。"

"让奇克[3],"薇拉·约瑟福芙娜对丈夫说,"dites qu'on nous donne du thé[4]。"

主人向斯塔尔采夫介绍了叶卡捷琳娜·伊万诺芙娜,十八岁的姑娘,长得很像母亲,一样的清瘦俊秀。她的神情还带着几分稚气,杨柳细腰,亭亭玉立;她那处女的、已经发育丰满的胸脯——硬挺,结实,体现着青春韶华,真正的妙龄绮年。然后一起喝茶,就着果酱、蜂蜜、糖果和非常香甜、入口即化的饼干。随着暮色的降临,客人陆陆续续到了,对每一位客人,伊万·彼得罗维奇都投去含着笑意的目光,说:"您请好哇。"

然后,大家坐在客厅里,神情非常严肃,于是薇拉·约瑟福芙娜念起了自己写的长篇小说。她是这样开篇的:"寒气更加逼人……"窗户四敞大开,只听得厨房里刀剁砧板咚咚地响,只闻见葱花炝锅扑鼻地香……坐在软软的、深深的沙发里舒舒服服,灯火在客厅的昏暗中十分和蔼地眨巴着眼睛;因而眼下,在这夏日的黄昏,当街上传来行人一阵阵欢声笑语,院子里飘来一股股丁香花味儿的时刻,就很难体验这寒气逼人、残阳那清冷的余辉照耀着白雪皑皑的平原和偶偶独行的赶路人的意境;薇拉·约瑟福芙娜念了一段年轻貌美的伯爵小姐在自己的村子里办学校、开医院、建图书馆和爱上一个流浪画师的

---

[1] 英国作家莎士比亚的同名悲剧《奥赛罗》中的主人公。他因嫉妒而杀死了自己的妻子。
[2] 对妇女、小姑娘的爱称或昵称。
[3] 法国男人名"让"的爱称,相当于俄国人名"伊万"。
[4] 法文:让他们给我们上茶。

故事。虽然念的都是生活中绝不会有的情节,不过听听还是很惬意、很舒服的,因而脑子里不断浮现一些十分美好的、恬静的思绪,简直就不想再站立起来。

"相当的不赖……"伊万·彼得罗维奇低声说道。

而有位客人听着听着,思绪奔向了很远很远的地方,用勉强能听见的声音说道:

"是啊……的确……"

过了一个钟头,又一个钟头。打附近的城市公园里,传来乐队的伴奏和合唱队的歌声。薇拉·约瑟福芙娜合上手中的稿本,客厅里沉默了四五分钟,听着合唱队唱《小松明》,这首歌表现了小说里没有而生活中却很常见的东西。

"您常在杂志上发表自己的作品吗?"斯塔尔采夫问薇拉·约瑟福芙娜。

"不,"她回答,"我在哪儿也不发表。写完就往柜子里一锁。何必发表呢?"她解释说。"我们家又不缺钱。"

于是大家不知为什么都叹了口气。

"现在你,科季克①,来随便弹点什么吧,"伊万·彼得罗维奇对女儿说。

早有人掀起了琴盖,翻开了事先放好的乐谱。叶卡捷琳娜·伊万诺芙娜坐下,双手叮叮咣咣地敲了起来;接着立刻又使足力气砸了下去,一下又一下;她的两肩和胸脯震颤着,她一个劲儿地敲击着同一个地方,好像不把琴键砸进琴里誓不罢休似的。客厅里顿时犹如炮轰雷鸣,一切都在轰响:地板、天花板、家具……叶卡捷琳娜·伊万诺芙娜弹的是一段很难演奏的经过句,这乐曲妙就妙在它的难度,又长又单调,因此斯塔尔采夫一面听着,一面想象着高山之上石块纷纷滑落的情景,落啊落,不停地落,于是他巴望着它们快点儿打住,别再

---

① 叶卡捷琳娜的昵称,意为"小猫咪"。

滑落。这时,叶卡捷琳娜·伊万诺芙娜使劲儿使得满脸绯红,康健有力,生气勃勃,一绺卷发耷拉在额头上,让他越看越喜欢。在佳利日跟病人和庄稼人打了一冬的交道之后,坐在这客厅里,瞅着这年轻、俊秀、也许又很纯洁的造物,听着这喧闹的、令人生厌但毕竟又很高雅的乐曲,心里感觉十分愉快,十分新鲜……

"嗯,科季克,你今天弹得比哪回都好,"女儿刚一弹完,伊万·彼得罗维奇眼里含着泪花,说道。"死去吧,丹尼斯,再好的你也写不出来了①。"

众人团团围住她,向她祝贺,赞叹不已,都说许久没听过这样的演奏了,而她一声不响地听着,唇边挂着一丝微笑,浑身上下一副得意的样子。

"非常好!好极了!"

"非常好!"斯塔尔采夫也随着兴奋不已的众人赞叹道。"您在哪儿学的音乐?"他问叶卡捷琳娜·伊万诺芙娜。"在音乐学院吗?"

"不,进音乐学院我才刚有打算,暂时在家跟扎菲洛芙娜太太学。"

"您是本地中学毕业的吗?"

"哦,不是!"薇拉·约瑟福芙娜替女儿回答道。"我们请老师来家里教,上文科中学或者贵族女子中学,您得承认,怕有不良影响;眼下姑娘正在成长,她只能接受母亲一个人的影响。"

"可音乐学院我还是要上。"叶卡捷琳娜·伊万诺芙娜说。

"不行,科季克爱自己的妈妈。科季克不会让爸爸妈妈伤心的。"

"不嘛,我要上!我要上!"叶卡捷琳娜·伊万诺芙娜把小脚一跺,撒着娇逗妈妈说。

在晚饭桌上,就该伊万·彼得罗维奇展露身手了。他只是眼笑脸不笑地讲着一个又一个笑话,说着一句又一句俏皮话,提出一个又一

---

① 最高赞誉表述法,这句话似乎是格·亚·波将金公爵对俄罗斯剧作家丹尼斯·伊·冯维辛说的,在1782年看完他的喜剧《纨绔子弟》首场演出之后。

个逗笑的问题，接着又自己给以解答，用的全是他自己那种不同寻常的语言，这是在长期修炼说俏皮话的本领中创造出来的语言，显而易见，这种语言在他嘴里已经习惯成自然了：太多太多的，相当的不赖，十二万分地感激……

可这还不算完。当客人酒足饭饱、愿遂兴尽，挤在前厅里辨认各自的大衣和拐杖的时候，忙着伺候他们的是仆人帕夫卢沙，或者照这家人的习惯，叫帕瓦，一个十四五岁的男孩儿，一头短发，一张胖嘟嘟的脸蛋儿。

"欸，帕瓦，来一个！"伊万·彼得罗维奇对他说。

帕瓦把架势一摆，举起一只胳膊，声音凄惨地说道："死去吧，倒霉的娘儿们！"

大家听了，一阵哈哈大笑。

"有意思，"斯塔尔采夫一面往外走，一面暗忖道。

他顺脚又拐进了一家饭馆，喝了一通啤酒，然后才徒步返回佳利日。他一面走，一面哼：

"你的声音在我听来既温存而又冷淡。"[①]

九俄里路走下来，然后上床睡觉时，他并没感到有半点儿倦意，相反，他觉得他愿意再走上二十来俄里。

"相当的不赖……"他正蒙眬欲睡，忽然想起了这句话，不禁笑出声来。

[①] 这是普希金诗作《夜》中的一个诗句，有数位作曲家为这首诗谱过曲。此处引文有改动。普希金的原诗为："我的声音在你听来既温存而又冷淡。"

二

斯塔尔采夫一直想去图尔金家，可是医院里总忙得不可开交，他说什么也抽不出身来。一年多时间就这样在忙碌和孤独中度过了；可是忽然有人从城里捎来一封蓝信皮儿装的书信……

薇拉·约瑟福芙娜早就患有偏头痛的毛病，由于近来科季克天天吓唬她，闹着要上音乐学院，这病反复发作变得越来越频繁。图尔金家把城里的医生请了个遍，最后轮到请地方自治局的医生了。薇拉·约瑟福芙娜给他写了一封感人的书信，信中求他前去一趟，缓解一下她的病痛。斯塔尔科夫应邀前往，从此他跑图尔金家便隔三差五，成了家常便饭……他还确实让薇拉·约瑟福芙娜减轻了病痛，因此家里一有客来，女主人总要念叨，这是一位不同凡响、医术高超的大夫。不过，如今他上图尔金家，已经不是专为医治女主人的偏头痛了……

一个节日。叶卡捷琳娜·伊万诺芙娜弹完自己那冗长乏味的钢琴练习曲，然后久久地坐在餐厅里喝茶，而伊万·彼得罗维奇则在讲着逗乐的故事。可是突然门铃响了起来：得上前厅接待客人了；斯塔尔采夫趁着一时忙乱，十分激动地对叶卡捷琳娜·伊万诺芙娜小声说道：

"看在上帝的份儿上，我求求您，别折磨我，咱们去花园吧！"

姑娘耸了耸肩膀，仿佛心里有些纳闷，不明白小伙子要她去干什么，不过还是站起身来就走了。

"您练琴一练三四个钟头，"斯塔尔采夫跟在她后面，说，"然后就陪妈妈坐着，没有一点儿机会跟您说说话。给我哪怕一刻钟也好哇，求您了。"

秋天快到了，老花园里寂静而又凄凉，林荫道上落满了发乌的树叶儿。天色早早暗了下来。

"我整整一个星期没见您了，"斯塔尔采夫说道，"您可知道，这多么痛苦啊！坐下吧。听我把话说完。"

他俩在花园里有个最喜欢的地方：一棵枝繁叶茂的老槭树下的长椅子。现在也坐到了这张长椅上。

"您有什么事儿？"叶卡捷琳娜·伊万诺芙娜用一本正经的口气干巴巴地问道。

"我整整一个礼拜没见您了，我没听见您说话都这么久了。我非常想，我盼着听到您的声音！说话呀。"

她让斯塔尔采夫心醉的是那少女的清纯，眸子里和脸蛋上那稚气的神情。就连普通的连衣裙穿在她身上，斯塔尔采夫觉得，也因她那朴素清纯的风韵而显得特别可爱，特别动人。同时，尽管她还带着这种稚气，可在斯塔尔采夫看来却是聪明过人，非常成熟。跟她可以谈文学，谈艺术，谈什么都行，可以向她诉说生活，抱怨世人，不过，你说正事儿的时候，她往往会突然无缘无故地"咯咯"发笑，或者急急忙忙地奔回屋里。她跟C市几乎所有的姑娘一样，读过许多书（一般来说，C市的人读书很少，当地图书馆里的人也说，要不是这些姑娘和犹太小伙子，图书馆尽可关门歇业了）；这一点让斯塔尔采夫特别中意，每当他激动地问起姑娘最近读些什么书时，只要姑娘一张口，他就听得着了迷。

"您这礼拜，咱们没见这几天，您都读了些什么书哇？"他此刻问道。"快说啊，求您了。"

"我读了皮谢姆斯基①。"

"哪一本？"

"《一千个农奴》，"科季克回答。"有人叫起皮谢姆斯基来真可笑：阿历克谢·费奥菲拉克特奇②！"

"您这是上哪儿呀？"斯塔尔采夫见她突然起身往屋里走去，吃了一惊。"我必须跟您谈谈，我得说说清楚……跟我哪怕再待五分钟

---

① 俄国批判现实主义作家（1821—1881）。
② 皮谢姆斯基名叫阿历克谢·费奥菲拉克托维奇，口语中常将"费奥菲拉克托维奇"简化为"费奥菲拉克特奇"。

呢！求您了！"

科季克停下脚步，仿佛想说什么，然后不好意思地往他手里塞了张纸条，回到屋里，又坐到钢琴旁边。

"今晚十一点，"斯塔尔采夫念道，"请来杰梅季纪念碑旁的公墓。"

"嘿，这可就非常愚蠢了，"他回过神来，心里暗自琢磨。"关公墓什么事呢？用得着吗？"

显而易见：科季克是在开玩笑。约会轻轻松松就可以安排在街上或者公园里，谁会一本正经想起来把它定在深夜，离城里老远的公墓呢？一位地方自治局医院的医生，一个有头脑、有名望的人，单相思，收字条，逛公墓，做些连如今的中学生都会笑话的蠢事，这合适吗？这场风流韵事会闹出什么结果呢？同事要都知道，会说些什么呢？斯塔尔采夫在俱乐部里一面围着桌子转悠，一面这样寻思。可是到了十点半钟，他又突然决定套车去了公墓。

斯塔尔采夫已经有了自己的双驾马车和一个身穿丝绒坎肩的车夫潘捷列伊蒙。月色融融，夜阑人静。天气和暖，但和暖中又带着一丝秋意。城外的一个小镇上，几个屠宰场附近，几条狗在猎猎狂吠。他把马车留在城边的一条胡同里，只身徒步朝公墓走去。"各人有各人的怪癖，"他心想，"科季克也是个怪人，也许——谁知道呢，她不是闹着玩儿，会来的。"于是他沉浸在这并不强烈的、没有把握的期待之中；就这期待也已让他如醉如痴了。

将近半俄里的路程，他是穿越田野而过的。公墓在远处呈现出一道黑影，像是一片树林，或者一座大公园。显出了石砌的白墙、大门……借着月光，大门上可以看清几个字："时候要到[①]……"斯塔尔采夫走进便门，他首先看到的，是宽阔的林荫道两旁那些白花花的十字架和墓碑，以及它们和白杨树投下的黑影。四周的远处，只能分

---

① 见《圣经·约翰福音》第5章第28节，"时候要到，凡在坟墓里的，都要听见他的声音，就出来，行善的复活得生，作恶的复活定罪"。

出白黑两色，沉睡的树木将自己的枝叶垂于白色之上。看起来，这里要比田野上亮堂些——槭树的落叶，像野兽的爪印，轮廓分明地留在林荫道的黄沙上和墓石上；连墓碑上的题字也清晰可见。起先，斯塔尔采夫为他眼前生平第一次见到的、将来可能再也无缘得见的景物所震惊:一个非常独特的世界——这个世界里，月色十分美妙而柔和，仿佛这里便是它的摇篮；这个世界里，没有生命，什么也没有，但是每一棵黑乎乎的白杨、每一座坟墓里，都能感觉得到有种神秘的诱惑，提示你这里的生活宁静、美好而永恒。一块块墓石和一束束凋谢的花朵，伴着树叶的秋香，散发着宽恕、忧伤和安宁的气息。

四周寂静无声。天上的星星十分安静地俯视着，因而斯塔尔采夫的脚步声显得十分刺耳和不合时宜。直到教堂里敲响钟声和他想象自己已是被永久埋葬在这里的死人时，他才觉得好像有人在注视着他，于是他霎时间想到，这不是安宁，也不是寂静，而是无生界那暗暗的惆怅，隐隐的绝望……

杰梅季的墓碑形似小礼拜堂，顶上立着个小天使；很久以前，C市里曾经顺路来过一个意大利歌剧团，一位女歌手死了，把她安葬后，立了这座碑。城里已经没人还记得她，但是入口上方的长明灯却反射着月光，仿佛还在亮着。

一个人影都没有。再说，谁会深更半夜来这儿呢？可是斯塔尔采夫等待着，仿佛月光在刺激着他心中的欲望，他痴情地等待着，暗自想象着热吻、拥抱。他在墓碑旁坐了半个来钟头，然后顺着侧边的林荫小道走了走，手里拿着礼帽，一面等待，一面寻思：这里，这些坟墓里埋着多少女人和姑娘啊，当年她们美貌、迷人，她们苦苦爱恋，夜夜思春，委身于温存。说实在的，母亲大自然把人捉弄得真不含糊，意识到这一点真叫人懊丧！斯塔尔采夫这么寻思着，同时又想高声大喊，他希望得到爱情，说什么也要等待爱情的到来；他眼前那些泛着白色的已经不再是一块块大理石，而是一条条优美的胴体，他看见的是一个个在树影中羞答答地躲来藏去的身段，他感觉到了温暖，可这一阵缠绵陶醉越来越让人难以忍受了……

好似帷幕落下,月亮躲进了云霞,突然间四周一切全都暗了下来。斯塔尔采夫好容易摸到了大门口——天色已经黑了,就像秋夜里一样。然后转悠了大约一个半钟头,寻找着停放马车的胡同。

"我累坏了,腿都直了。"他对潘捷列伊蒙说。

接着,一面带着舒适无比的感觉坐上马车,一面暗自想道:

"哎哟,真不该发胖哪!"

三

第二天晚上,他动身到图尔金家去求婚。然而事不凑巧,因为叶卡捷琳娜·伊万诺芙娜正在自己的闺房里让理发师给做发型。她准备去俱乐部参加个舞会。

他只好又在餐厅里坐上半天,喝喝茶了。伊万·彼得罗维奇见客人心事重重,闷闷不乐,便从坎肩口袋里掏出几封便函,念了念德国管家寄来的一封可笑的信,信里说庄园里所有的抵赖都坏了,脑胰也剥落了①。

"嫁妆他们或许能给不少,"斯塔尔采夫心不在焉地听着,暗自寻思道。

一夜失眠之后,他头昏脑涨,神智不清,犹如给他灌了一通甜蜜剂或者催眠剂,心里迷迷糊糊,但却欢欢喜喜,热热乎乎,同时脑子里又有一块冷冰冰、沉甸甸的东西在议论:

"打住吧,趁着还不晚!她配得上你吗?她娇生惯养,恣情任性,一觉睡到下午两点,可你却是教堂执事的儿子,地方自治局医院的医生……"

---

① 俄语中,"抵赖"和"门锁、门闩","脑胰"和"墙皮、墙"有同音部分,管家因不精通俄语而把"抵赖"和"脑胰"错当成了"门锁、门闩"和"墙皮、墙"。此处疑为图尔金玩弄幽默,暗喻不满斯塔尔采夫死皮赖脸追求他女儿。

"那又怎样?"他想。"就算是。"

"再说,你要是娶了她,"那块东西接着说,"她的家人就会逼你丢掉地方自治局的差事,住到城里来。"

"那又怎样?"他想。"住城里就住城里。人家送妆奁,我们置家具⋯⋯"

叶卡捷琳娜·伊万诺芙娜终于走出房门:一袭舞会服,坦胸露背,漂漂亮亮,清清爽爽。斯塔尔采夫看着了迷,兴奋得一句话也说不出来,只顾瞅着她一个劲儿地乐。

她开口道别,于是他——在此待下去已经没有意义——也站起身来,说他该回去了:有病人在等着呢。

"也只好如此了,"伊万·彼得罗维奇说,"走吧,正好顺路把科季克捎到俱乐部。"

外面稀稀拉拉地掉着雨点,天黢黑黢黑,只有凭着潘捷列伊蒙那嘶哑的咳嗽声才能估摸出马车所停的地方。他已经给马车扯起了雨蓬。

"我一路上,尽地毯;你一路上,尽扯谈,"伊万·彼得罗维奇一面扶女儿上车,一面说,"他一路上,尽扯淡⋯⋯走吧!请别吧!"

车走了。

"我昨天去公墓了,"斯塔尔采夫开口道。"您可真不厚道,也真够狠心的⋯⋯"

"您去公墓啦?"

"是的,我去啦,等您差不多等到两点钟。我可受了洋罪了⋯⋯"

"那就受吧,既然您不懂开玩笑。"

叶卡捷琳娜·伊万诺芙娜心满意足,她竟如此巧妙地捉弄了一下坠入情网的人,而且有人如此深深地爱着她,想到这里,不禁哈哈大笑起来,笑声刚起,又突然一声惊叫,因为在这当儿马车猛地拐进了俱乐部的大门,车身随之歪向一边。斯塔尔科夫一把搂住叶卡捷琳娜·伊万诺芙娜的腰;她惊慌不已,紧偎在他怀里,于是他情不自禁,热烈地亲吻了她的双唇,下巴,并且搂得更紧了。

"行了,"她冷淡地说道。

转眼间车上就不见了她的人影。灯火通明的俱乐部入口处,一位警士扯着难听的嗓门冲潘捷列伊蒙吼道:

"怎么停下啦,马大哈?往前走哇!"

斯塔尔采夫回家走了,可不久又返了回来。他穿了套借来的晚礼服,打着白色的硬领结,那领结不知怎么总是支棱着,眼看就要从领子上掉下来。他午夜时分坐在俱乐部的客厅里,兴奋不已地对叶卡捷琳娜·伊万诺芙娜说:

"啊,从没恋爱过的人懂得真太少了!我觉得,谁也没能准确地描写过爱情,也未必能够描述出这温柔、愉悦、折磨人的感情,而且谁只要体验它哪怕一次,他就不会再用语言去表达它了。要那些序言、描述干什么?要那种没用的辞令干什么?我的爱是无限的……我求求您,恳求您,"他终于说出口来,"做我的妻子吧!"

"德米特里·姚内奇,"叶卡捷琳娜·伊万诺芙娜想了想,面带非常严肃神情说道。"德米特里·姚内奇,承蒙厚爱,十分感激。我敬重您,但是……"她站起身来,接着说,"但是,请原谅,做您的妻子,我却不能。我们来说正经的吧。德米特里·姚内奇,您知道,在生活中,我最喜爱艺术,我酷爱、崇敬音乐,为它我献出了自己的整个生命。我想当个艺术家,我想得到名望、成功、自由。可您想让我继续住在这个城市里,继续过这种空虚、无益的生活,这种生活我可受不了。成为妻子——啊,不,请原谅!人应当追求崇高的、辉煌的目标,而家庭生活会束缚我一辈子。德米特里·姚内奇(她莞尔一笑,因为嘴上叫着'德米特里·姚内奇'①,心里不禁想起了'阿历克塞·费奥菲拉克特奇'),德米特里·姚内奇,您是个善良、高尚、聪明的人,谁都比不上您……"她的泪水在眼眶里直打转,"我真心实意地同情您,不过……不过您会理解……"

---

① "姚内奇"也是口语体的父称,全称为"伊奥诺维奇"。

她怕哭出声来，一转身，走出了客厅。

斯塔尔采夫的心不再怦怦乱跳。他从俱乐部里走到街上，首先一把揪下硬领结，接着一声长叹。他有些羞愧，自尊心也受到了伤害，他没料到会遭到拒绝，也不敢相信，他所有的理想、渴望和期待给他带来的是这么一种令人尴尬的结果，如同是一幕短剧，一场业余水平的演出。他也为自己的感情、自己的一番爱恋而惋惜，惋惜得看来想立刻大哭一场，或者拿把雨伞照着潘捷列伊蒙那宽阔的后背狠敲几下。

一连两三天，他什么也不想做，他饭不吃，觉不睡，然而当叶卡捷琳娜·伊万诺芙娜去莫斯科上音乐学院的消息传到他的耳朵里以后，他平静了下来，开始像往常一样地生活了。

后来，有时回想起在公墓里徘徊或者坐车满城寻觅晚礼服的情景，他便懒洋洋地一伸懒腰，说：

"惹出多少麻烦哪，真是的！"

四

过了四年。在城里，斯塔尔科夫已经有大量的业务。每天上午他在佳利日本院匆匆忙忙看完病人，然后就驾车前去医治城里的病人，乘坐的已经不是双驾马车，而是挂着小铃铛的三驾马车，回家常常是深更半夜。他胖了，发福了，不愿步行了，因为患有哮喘病。

潘捷列伊蒙也胖了，而且越往横里长，就越悲伤地哀叹和抱怨自己的苦命：赶车的活儿害死人了！

斯塔尔采夫到过各种不同的人家，见过许多人，但是跟谁都走得不近。市民们的谈吐、对生活的看法，甚至他们的模样都让他生气。生活让他慢慢懂得，当你跟一个市民打牌、吃喝的时候，那么此人还算温顺、善良，甚至不算愚笨，可是只要跟他聊起不能吃的东西，比方政治或者科学，他要么张口结舌，要么就发表一通不着边际的空论，愚钝而又刻薄，你只好挥手走人。每当斯塔尔采夫试着跟一个甚至思想开放的居民议论起，比方说，人类，谢天谢地，在不断进步，以后就能不用证件和死刑了，那么这居民一听就会不相信地用眼瞟着他问："就是说，到那时候谁都可以在大街上随便杀人喽？"每当斯塔尔采夫在打伙聚会、茶余饭后说起需要干活，不干活日子没法过，那么人人听了都觉得这是一种指责，于是火冒三丈，争吵不休。正因为如此，居民们什么也不干，一点儿都不干，而且什么也不关心，真想不出跟他们能谈些什么话题。于是，斯塔尔采夫就回避交谈，只顾吃喝和打牌。要是在谁家赶上喜庆节日，请他吃饭，他就往那里一坐，两眼不离盘子，一声不吭只管吃喝；席间的谈话，全都索然无味、有失公允、愚昧鄙陋，他感到气愤，激动，然而从不答腔。因为他总是木鱼似的一言不发，两眼盯着盘子，所以城里人给他起了个外号，叫"傲慢的波兰人"，尽管他从来就不是波兰人。

看戏、听音乐会一类的娱乐活动，他统统躲开，然而文特①却是每晚必打，一打两三个钟头，玩得津津有味。他还有一种消遣，不知不觉养成了习惯，那就是每天晚上掏衣兜儿，清点行医挣来的钞票，而这钞票——黄黄绿绿，有的带香水味儿，有的带酱醋味儿，有的带蜡烛味儿，还有的带鱼肝油味儿——塞得所有的衣兜儿里都是，往往一塞七八十卢布。等攒起几百，他就送到"互贷协会"，存入活期账户。

自从叶卡捷琳娜·伊万诺芙娜走后这四年，他到图尔金家只去过两次，都是应薇拉·约瑟福芙娜之邀，依旧是为她治疗偏头痛。每年夏天，叶卡捷琳娜·伊万诺芙娜都回父母身边小住一阵儿，可是他一次也没见过，不知怎的就是没有机会。

转眼过去了四个年头。一个宁静、和暖的早晨，往医院捎来了一封信。薇拉·约瑟福芙娜在给德米特里·姚内奇的信里写道，她很想念他，请他务必光临，为她减轻点儿痛苦，而且今天凑巧又是她的生

---

① 一种纸牌游戏的名称。

日。信的末尾还附了一行字："对妈妈的请求我也附和。科。"

斯塔尔采夫想了想，晚上动身去了图尔金家。

"啊，您请好哇！"伊万·彼得罗维奇两眼笑笑眯眯地迎接他。"绷如尔杰①！"

薇拉·约瑟福芙娜已经苍老了许多，满头白发。她握了握斯塔尔采夫的手，矫揉造作地叹了口气，说：

"您哪，大夫，不愿向我讨好求欢了，从不登我们家的门了，我配您已经太老啰。可这不来了个年轻的嘛，也许她的运气会好些。"

那么科季克呢？她身材稍稍瘦了一些、面孔稍稍白了一些，出落得更漂亮、更苗条了；只不过这已是长大成人的叶卡捷琳娜·伊万诺芙娜，而不是当年的花季少女科季克了。已经不见了从前那种红润的面色和孩子般的稚气。她的眼神和举止中有了一种新的东西——羞怯和歉疚，仿佛在这里，在图尔金家，她觉得自己已经不再是主人了。

"久违了！"她一面向斯塔尔采夫伸出手，一面说；看得出来，她的心里有些不安；她目不转睛、满怀好奇地瞅着他的面孔，接着说："您真胖了！您晒黑了，成熟了，不过，总的说来，您变化不大。"

就是现在，斯塔尔采夫也喜欢她，很喜欢，不过她已经缺了点儿什么，或者说多了点儿什么，可斯塔尔采夫自己也说不上这缺的或者多的究竟是什么，然而有种东西已经妨碍他像从前那样去感知了。斯塔尔采夫不喜欢她那白皙的脸色、跟过去不同的神情、淡淡的笑容、说话的声音；而没过一会儿，就她穿的那身衣服、她坐的那张沙发，他已经也不喜欢了；还不喜欢过去的，他差点儿没娶她那儿的某种东西。斯塔尔采夫想起了四年前让他激动过的爱恋、理想和期望，想着想着，心里觉得很不是滋味儿。

大家喝着茶，就着甜馅饼儿。然后薇拉·约瑟福芙娜朗读她的长

---

① 在法语"你好"（"绷如尔"）的后面加上俄语的命令式构词后缀"杰"，意为"您好"。

篇小说，念的是生活中从不会有的事，而斯塔尔采夫听着，瞅着她那一头漂亮的银发，盼着她赶快念完。

"平庸者，"他想，"不在于不善写小说，而在于不善写而不露。"

"相当的不赖，"伊万·彼得罗维奇说道。

然后是叶卡捷琳娜·伊万诺芙娜弹琴，叮叮咣咣，没完没了，她一弹完，众人无尽无休地祝贺和赞叹。

"幸亏我没娶了她。"斯塔尔采夫心里想。

叶卡捷琳娜·伊万诺芙娜瞅着他，显然是等着他提议去花园，可是他却一言不发。

"我们还是说会儿话吧，"叶卡捷琳娜·伊万诺芙娜走到他身边，说道。"您近来怎样？您那儿如何？怎么样？我这几天一直在惦念着您，"她心情激动地接着说，"我曾想给您寄封信，也曾想亲自去趟佳利日找您，我都决定去了，可后来又改了主意，——天晓得您现在对我怎么看。我今天是那么激动不安地等着您。看在上帝的份儿上，我们去花园吧。"

他们去了花园，像四年前那样坐到老槭树下那张长椅上。天黑洞洞的。

"您近来到底怎样啊？"叶卡捷琳娜·伊万诺芙娜问道。

"还凑合，马马虎虎。"斯塔尔采夫回答。

别的什么话他也想不出来。两人沉默了片刻。

"我很激动，"叶卡捷琳娜·伊万诺芙娜两只手捂住脸，说。"不过，您别在意。我回到家乡，感觉真爽，见到大伙儿，我真高兴，还真不习惯呢。回忆真多啊！我觉得，我们能一刻不停地聊，聊到天亮。"

这时，斯塔尔采夫在近处看到了她的脸庞，亮闪闪的眼睛。在这里，在黑暗中，她比在房间里显得年轻，甚至好像昔日的那种稚气和表情又回到了她的脸上。确实，她怀着天真的好奇心望着斯塔尔采夫，似乎想凑近一些，观察和了解一下曾经那么热烈、那么温情而又那么不幸地爱过她的人；她的眼神在感激斯塔尔采夫的这种爱。斯塔尔采夫也想起了发生过的一切,所有的枝微末节:他在墓地徜徉,快天亮时疲倦不堪地返回,于是他心里一阵沮丧,同时又为往事而感到惆怅。心里不觉燃起了一星火光。

"还记得我送你去俱乐部参加晚会的情景吗?"斯塔尔采夫说。"当时下着雨,天很黑……"

火星在心中越燃越旺,这时他已经想要说话,想抱怨生活了……

"唉!"斯塔尔采夫叹道。"您刚才问我近来怎样。我们在这儿能怎样呢?不怎样。一天天衰老,发胖,堕落。暮暮又朝朝——三饱加一倒。日子过得枯燥乏味,没有印象,没有念想……白天满世界赚钱,晚上俱乐部消遣,一帮牌迷、酒鬼、兵痞,那帮人我简直受不了。有什么好的呢?"

"可您有工作,有崇高的生活目标哇。您从前那么喜欢谈自己的医院。我当时有点儿令人费解,自以为是个大钢琴家。现在所有的小姐都在弹琴,我也弹过,跟大伙儿一样,我没有任何特别的地方;我这个钢琴家,就跟我妈妈那个作家一样。当然,我那时对您不理解,可是后来,去了莫斯科,我常常惦念您。我只惦念您一个。当个地方自治局的医生,帮助受苦受难的人,为老百姓服务,这是多么幸福啊!多么幸福啊!"叶卡捷琳娜·伊万诺芙娜羡慕不已地重复了一句。"我在莫斯科想念您的时候,您在我心目中是那么的完美、高大……"

斯塔尔采夫想起了每天晚上那么心满意足地从衣兜儿里掏出来的钞票,心中的星火就一下子熄灭了。

他站起身来,想回屋里去。姑娘挽住他的一只胳膊。

"您是我一生所认识的人里最好的一个,"她接着说。"咱们还会见面、聊天的,不是吗?答应我吧。我不是钢琴家,对自己我已经心中有数了,当着您我既不会再弹琴,也不会再谈音乐了。"

他们进了屋。斯塔尔采夫借着灯光看见了她的脸庞和望着他的那双惆怅、感激、审视的眼睛,此刻感到一阵不安,再次想道:

"幸亏当初没娶她。"

他张口告辞了。

"您没有任何罗马权利不吃了晚饭就走,"伊万·彼得罗维奇一面送他出来,一面说。"您这就太不给面儿了。那好吧,来一个!"他在前厅冲着帕瓦说。

帕瓦已经不是小孩儿,而长成了留着髭须的小伙子。他摆好架势,举起一只手,用悲剧式的声音说:

"死去吧,倒霉的娘儿们!"

这一切惹出斯塔尔采夫一肚子火气。一边上车,一边望着曾经是那么可爱而又可贵的黑乎乎的房子和花园,他猛然想起了一切——薇拉·约瑟福芙娜的长篇小说、科季克乱哄哄的演奏、伊万·彼得罗维奇的俏皮话、帕瓦悲剧式的姿势。还想到,这城里最有才华的一家人竟如此平庸,那么这城市该是什么样子呢?

三天以后,帕瓦送来叶卡捷琳娜·伊万诺芙娜的一封信。

"您不来我们家。为什么?"她写道。"我担心您变成我们这样了。我担心,而且一想到这里,我就害怕。您让我把心放下吧。您来一趟,告诉我一切都好。

"我必须跟您谈一谈。您的叶·图。"

他看完这封信,想了一想,对帕瓦说:

"你告诉她,伙计,今天我去不了,我很忙。一定去,就说,真的,过两三天。"

可是过了三天,过了一个星期,他始终没去。有一次,路过图尔金家,他想起应该进去待他哪怕片刻呢,可是想了一想,又……没进去。

从此,他就再也没有登过图尔金家的门。

五

又过了好几年。斯塔尔采夫更加发福了,一身肥膘,呼吸困难,走起路来腆肚仰脖儿的。当他肥肥胖胖、满面红光地坐在铃声叮当响的三驾马车之上,而潘捷列伊蒙也肥肥胖胖、满面红光、后脖颈肉嘟嘟地坐在车夫座上,向前伸着笔直、木头棍似的双臂,冲着迎面过来的行人吆喝"靠右——!"的时候,那情景往往令人肃然起敬,仿佛车上坐的不是人,而是神。他在城里有着庞大的业务,连缓口气的工夫都没有,并且已经有了庄园,在城里置了两处房产,又正相中了第三处,价钱更划算,当他在"互贷协会"里听说有处什么房子要拍卖,他就毫不客气地闯进这所房子,走遍所有的房间,不管没穿衣服的女人和孩子如何惊愕慌张,用手杖捅着一扇扇房门,问:

"这是书房?这是卧室?这是什么?"

一边问,一边喘着粗气,擦着额上的汗水。

他忙得不可开交,可是仍然不肯放弃地方自治局的差事;贪婪成性,想两头兼顾。在佳利日和城里,人们已经直呼他姚内奇①了。"姚内奇这是上哪儿去呀?"或者:"要不要请姚内奇来会诊哪?"

或许是因为嗓子眼里积满了肥油,他的嗓音改变了,变得又尖又细。他的脾气也变了:变得又怪又暴。给病人看病时,动不动就发火,不耐烦地用拐杖敲得地板咚咚直响,还用他那刺耳的嗓音叫嚷:

"问什么您就答什么,甭废话!"

他单身一人。日子过得单调乏味;什么也提不起他的兴趣。

他在佳利日生活的这些年,对科季克的爱恋曾是他唯一的一件快乐事,而且也许是最后的一件。晚上他在俱乐部玩"文特",然后独自坐在一张大餐桌旁吃晚饭。伺候他的是仆人伊万,年纪最大也是最受尊敬的一位,给他上的都是拉斐特十七②。俱乐部所有的人,无论主任、厨师,还是侍者,都知道他爱吃什么,不爱吃什么,千方百计地迎合他,否则,一不小心,他就会突然雷霆大发,抄起拐杖就在地

---

① 俄国人的全名由"名+父名+姓"三部分构成。同辈人或熟人可直呼其名。对长辈或陌生人应称呼"名+父名"。"姚内奇"是主人公的父名。单用"父名"通常是相互很熟、很亲密的人们之间一种亲昵、尊重或者戏谑、玩笑的称呼。

② 法国拉斐特地区产的一种高档红葡萄酒。

310

板上敲个没完。

他吃晚饭的时候，偶尔也扭转身子往别人的谈话里插上两句：

"你们这是在说什么呀？啊？说谁呀？"

有时候，听到邻桌上有人提到图尔金家的事，他就问：

"你们这是在说哪个图尔金家呀？是说闺女会弹钢琴的那一家吗？"

关于他，能说的就是这些。

那么图尔金一家呢？伊万·彼得罗维奇也不见老，一点儿没变，跟过去一样，张口俏皮话，闭口是笑话；薇拉·约瑟福芙娜依然喜欢给客人朗读她的小说，心甘情愿，天真无邪；而科季克还是天天练琴，一练三四个钟头。她明显地见老了，时常闹病，年年秋天带着母亲去克里木。每次伊万·彼得罗维奇都去车站送行，火车一动，他就擦着眼泪，喊道：

"请别吧！"

然后不住地挥动着手绢。

1898 年

带小狗的女士

一

　　人们都在议论，沿岸街上出现了一张新面孔：带小狗的女士。德米特里·德米特里奇·古罗夫在雅尔塔住了已经两个星期，熟悉了这里的环境，也关注起了新来的人。他坐在维尔奈公园的售货亭里，看见沿岸街上走过一位年轻的女士，中等身材的金发女郎，头戴贝雷帽；她的身后跟着一条白毛狮子狗。

　　后来，他常在市区花园和街心花园里碰见她，一天好几回。她散步总是只身一人，总是戴着那顶贝雷帽，带着白毛狮子狗；谁也不知道她是什么人，于是就随便地把她叫作：带小狗的女士。

　　"要是她身边没有丈夫，这里也没有熟人，"古罗夫心想，"那倒也不妨跟她认识认识。"

　　古罗夫还不满四十，但已经有了一个十二岁的女儿和两个上中学的儿子。父母让他成家早，当年他还是大学二年级的学生，而今妻子显得比他年岁大出一半。这是一个身材修长的女人，生着两道浓眉，性格直爽，神态高傲，举止端庄，如她常常自诩，善于独立思考。她读书很多，信函里从来不写ъ（硬音符号），管丈夫不叫德米特里，而叫季米特里①；而丈夫背地里总认为她智商有限、孤陋寡闻、貌不可人，怕她，不喜欢待在家里。他对妻子不忠由来已久，经常不断。想必就是因为这个缘故，他说起女人几乎从来没有好话，每逢有人当着他议论女人，他总把她们叫作："劣等品种！"

他觉得，痛苦的经历让他受足了教训，把她们叫做什么都可以。然而没有"劣等品种"，他依然连两天都活不过去。在男人堆里，他觉得无聊、别扭；跟他们一起，他沉默寡言，冷若冰霜。可是一到女人堆里，便觉得无拘无束，知道该跟她们谈些什么，如何举手投足；就连彼此默然相对，他也觉得轻松愉快。他的外貌、性格、他的全身都有某种诱人的、难以捉摸的东西，能让女性对他产生好感，招引她们；他知道这一点，然而他自己也受着某种力量的驱使而爱慕她们。

多次的经历，确实是痛苦的经历，早已使他懂得，任何接近，尽管起初它能使生活变得舒适而多彩，尽管它让人觉得是件轻松而愉快的事情，但是对于正派人，尤其是对于莫斯科人，优柔寡断而犹豫不决的莫斯科人，必然会发展成非常复杂的一大难题，而且处境最终也会变得非常尴尬。然而，每当新遇见一位漂亮的女子，这经历不知怎的就被忘得净光，对生活的渴望又重新燃起，一切又显得十分简单而有趣味了。

这不，有一天，傍晚时分，他正在花园里用餐，头戴贝雷帽的女士款款走来，想在他身边的餐桌旁坐下。她那神情、步态、服饰、发型都告诉他，她来自上流社会，已婚，雅尔塔是初来乍到且孤身一人，她在这里百无聊赖……关于当地风气不正的故事里有许多失实之词，他不屑一听，并且知道这些故事多半出自那些非不乐为而不善为之辈

---

① 俄文的辅音分硬辅音和软辅音。旧俄文单词中，不与元音相拼的硬辅音后均加硬音符号，因此书写很麻烦。当时已有取消硬辅音后加硬音符号的倾向。妻子信函里从来不写硬音符号，说明她有赶时髦的一面。而丈夫的名字中的软辅音"季"，当时已改发硬音"德"的倾向，而妻子仍然使用旧发音，说明她也有保守的一面。这里是对妻子的讽刺。

的杜撰；可是当女士在离他三步开外的一张相邻的餐桌旁坐下之后，他不禁想起了那些轻易得手、同游山林的故事，于是乎，来一次麻利而短暂的野合、跟不知名姓的女子干一番风流韵事的念头却突然攫住了他。

他亲热地将狮子狗逗引过来。等小狗走到他身边，他伸出一根手指吓唬了它一下。狮子狗呜呜地发起怒来。古罗夫又吓唬了一下。

"它不咬人，"女士说着，飞红了脸。

"可以给它一块骨头儿吗？"等女士点头之后，他又殷勤地问道："您来雅尔塔很久了吧？"

"四五天。"

"可我在这儿已经快熬完第二个星期了。"

沉默了一会儿。

"时间过得很快，其实这里真无聊！"

"通常只能说这里没意思。一个凡夫俗子住在自己那个什么别廖夫或者日兹德拉，他倒不觉得没意思，可一到这儿：'哎呀，寂寞无聊！哎呀，尘土飞扬！'你还以为他是从格林纳达[①]来的呢。"

女士"咯咯"地笑了起来。接着他俩默然不语，继续用餐，一如两个素不相识的路人；可是刚刚用罢晚餐，便并肩而去，开始谈笑风生，俨然一双无牵无挂、情投意合的男女，想去哪里去哪里、想说什么说什么。他们一路逛着、聊着。说大海在月光下被映照得那么奇特；说海水呈现出雪青色，是那么的柔和而温馨；还说月儿映照在水面上，泛起一道鳞波，金光闪闪；说炎热的白天过去还是那么闷热。古罗夫说，他是莫斯科人，大学里学的是语文，但是供职却在银行；有一阵儿曾打算在一家私营歌剧团演唱，但是放弃了；在莫斯科有两处私产房……而古罗夫从女士嘴里得知，她在彼得堡长大，可是嫁到了 C 市，

[①] 西印度群岛中向风群岛最南端的一个岛屿，以盛产香料豆蔻而闻名于世，以海滩、雨林和多姿多彩的文化而成为旅游者钟情的避世田园。

在那儿住了已经两年，她在雅尔塔还要待上个把月，也许她丈夫会来找她，也想休息一下。她怎么也说不清丈夫的供职单位——在省政府还是在省地方自治局，她自己也觉得挺可笑。古罗夫还得知，她叫安娜·谢尔盖耶芙娜。

然后，古罗夫回到自己的房间，心里还在寻思着她。他寻思，明天她大概会跟他见面的。这应该会的。躺下睡觉的时候，古罗夫想起，她不久前还是贵族女子中学的学生，完全跟他女儿现在一样在念书，还想起她跟陌生人在一起的音容笑貌，还那么的胆怯、生硬，或许是平生头一回单独碰到这种情况：有人尾随着她，无论盯着她看，还是跟她搭讪，都暗怀着她不可能猜不出来的同一个目的。他想起了她那娇嫩柔弱的细脖子，那美丽动人的灰眼睛。

"她毕竟还是怪可怜的，"古罗夫想着想着，就慢慢睡着了。

二

相识之后，过去了一个星期。这天是个节日。室内闷热难当，室外旋风卷得尘土滚滚，不时掀掉游人的凉帽。人一天就想喝水，于是古罗夫频繁出入售货亭，请安娜·谢尔盖耶芙娜时而喝糖浆水，时而吃冰激凌。没地儿躲，没处藏。

晚上，等风势稍稍减弱以后，他们前往防波堤，去看看班轮靠岸时的情景。码头上游人如织；有人手捧鲜花，做好了接船的准备。于是，立刻清清楚楚映入眼帘的，是衣着考究的雅尔塔人群的两个特点：上了年纪的女士打扮得像年轻姑娘，将军司令触目皆是、打头碰脸。

太阳已经下山。由于海上风急浪大，班轮到晚了，而且在泊靠防波堤之前，好长时间都在打转转。安娜·谢尔盖耶芙娜用单目眼镜观看着班轮和旅客，好像在寻找着熟人，因此当她扭头跟古罗夫说话时，她的眼睛总在闪闪发光。她的话语不断，而她所提的问题却很不连贯，连她自己也问完就立刻忘问了什么；后来把个单目眼镜也在人群里给挤丢了。

盛装的人群渐渐散去,码头上早已不见人影,风完全停息了,而古罗夫和安娜·谢尔盖耶芙娜依然站在那里,好像在等着,看还有没有人下船。安娜·谢尔盖耶芙娜已经安静下来,闻着鲜花,瞅也不瞅古罗夫一眼。

"天气临晚时好起来了。"古罗夫说,"咱们现在去哪儿呢?咱们要不要雇辆车去转转?"

她一言不发。

于是古罗夫盯着她看了看,突然一把搂住她,吻了吻她的嘴唇,一股鲜花的香味儿和水气扑鼻而来,他立刻战战兢兢地向四下扫了一眼:有没有人看见?

"咱们上您那儿去吧?"古罗夫低声说道。

两人拔腿便走了。

她的房间里闷热,弥漫着她在日本人开的商店里买来的香水味儿。古罗夫这时一边瞅着她,一边心想:"这世上什么人碰不着啊!"从昔日的生活里,古罗夫保留下了对一些无忧无虑、心地善良的女人的记忆,她们因为得到爱而开心,因为得到幸福而感激他,尽管那幸福十分短暂;也保留下了对另一些女人的记忆,比如,他妻子,这些女人爱而不诚,废话连篇,装模作样,歇斯底里,一副那样的表情,好像那不是爱情,不是情欲,而是什么意义更为重大的东西;还保留下了对那么两三个女人的记忆,她们非常秀媚、冷峻,她们的脸上常常突然掠过一种贪婪的神色、固执的愿望,想跟生活索取、抢夺它所无法给予的东西,况且她们并非妙龄女郎,而是些恣意任性、不明事理、专横跋扈、愚昧无知的半老徐娘;每当古罗夫对她们失去兴趣时,她们的美貌就在他心中激起一丝憎恨之情,她们内衣上的花边在他看来仿佛跟一片片的鱼鳞并无两样。

可是眼前始终是涉世未深的少女那种胆怯、笨拙、羞涩的感觉;还有一种手足无措的印象,好像有人突然咚咚咚地敲了几下门似的。

安娜·谢尔盖耶芙娜,这位"带小狗的女士",看待刚才发生的一切似乎有些特别,非常严肃,好像觉得是自己的堕落,——至少看起来是这样;可这奇怪而又不合时宜。她垂头丧气,愁眉苦脸,脸蛋两边忧伤地垂着长发,一副沮丧的模样,陷入了沉思,酷似古画上那个犯戒条的女人①。

"不好,"她说。"您现在可是头一个对我不尊重的人了。"

房间里的桌子上放着西瓜。古罗夫切了一片,不紧不慢地吃了起来。在沉默中过了至少半个钟头。

安娜·谢尔盖耶芙娜俊俏动人,她浑身散发着一个正派的、淳朴的、涉世未深的女人那纯洁的气息。一支孤零零的蜡烛,在桌子上燃点着,几乎照不着她的脸,不过看得出来,她心情可不好。

"我哪能不再尊重你呢?"古罗夫问。"你自己都不知道你在说些什么。"

"让上帝饶恕我吧!"她说,眼睛里充满了泪水。"这太可怕了。"

"你好像在为自己辩解。"

"我能有什么可辩解的呢?我是个道德败坏的贱女人,我自己都看不起自己,辩解根本就没想过。我欺骗的不是丈夫,而是我自己。而且不光是现在,早就在欺骗了。我丈夫,也许是个老实人,好人,可他却是个奴才!我嫁他的时候才二十岁,我一直受着好奇心的折磨,我渴望着一种更美好的东西;因为毕竟还是有,我常对自己说,另一种生活的嘛。一心想活他一活!活他一活,再活他一活……好奇心一直折磨着我……对这您是不会理解的,可是,对天发誓,我已经控制不住自己了,我有点儿变了,我已经没法劝阻了。我对丈夫说,我病了,就来了这儿……在这儿我不停地游荡,像是发了狂,像个疯子……就这样我成了人人都会瞧不起的荡妇、下流女人。"

---

① 指"抹大拉的马利亚"。据《圣经》载,她本是妓女,因受耶稣感化,忏悔了过去的罪过。

古罗夫已经听烦了，这幼稚的腔调，这忏悔，如此出乎意外而又不合时宜的忏悔，让他深受刺激。要不是她泪眼汪汪的，还有可能以为她是在开玩笑或者在演戏呢。

"我不明白，"古罗夫低声说道，"你想要的到底是什么呢？"

安娜·谢尔盖耶芙娜把脸埋进古罗夫的怀里，紧紧依偎着他。

"请相信，请相信我，求您了……"她说。"我爱诚实的、纯洁的生活，而造孽是我所厌恶的。我自己都不知道我在干些什么。老百姓常说：鬼迷了心窍。我现在也可以说自己，我的心窍被鬼迷住了。"

"得了，得了……"他嘟囔道。

古罗夫瞅着她那双一动不动、神色慌张的眼睛，吻着她，说得轻柔而又温存，她渐渐安静下来，恢复了平时的愉快心情；两人又有说有笑了。

然后，他们走出旅馆。这时沿岸街上已空无一人，雅尔塔城连同它的柏树变得死气沉沉，但海水仍在嬉闹着，拍打着堤岸；一艘汽艇在浪尖上颠簸摇晃，艇上睡意蒙眬地闪烁着一星灯光。

他们找来一辆马车，就去了奥列安达。

"我刚才在楼下前厅里知道了你的姓氏：客房牌上写着冯·季杰里茨。"古罗夫说。"你丈夫是德国人哪？"

"不是，好像他爷爷是德国人，而他自己是东正教徒。"

在奥列安达，他们坐在一张长凳上，离教堂不远，眺望着大海，默然不语。眼前，雅尔塔身披晨雾，依稀可见；远处，座座山峰白云缭绕。树上的叶子纹丝不动，知了在吱喇喇地鸣叫，大海那单调而低沉的喧闹从下面传来，昭示着安宁的、等待着我们的那种长眠。大海一直这样喧闹着，这里既没雅尔塔又没奥列安达的时候就这样喧闹着，现在喧闹着，将来等我们不在世上的时候，还会这样冷漠而低沉地喧闹。在这永恒里，在这对我们每个人的生与死所表现出的十足的冷漠态度中，或许正蕴含着我们能得到永恒的解脱、世间生活不断延续和不断完善的保证。跟一位在曙光下显得如此美丽的年轻女子坐在一起，面对大海、群山、白云、苍穹这童话般的美景而心平气静、神迷魂醉的他——古罗夫，不禁暗自琢磨：其实，仔细想想，这世上的一切都是美好的，除了我们在忘记生活的最高目的和人的尊严的时候所思所做的而外。

走过来一个人，应该是守夜的，看了看他们就走开了。这一细节也显得如此的神秘而又同样的美好。从费奥多西亚发来的班轮已经进入视野，沐浴着朝霞，关闭了灯火。

"草上尽是露水。"安娜·谢尔盖耶芙娜打破沉默说。

"是啊。该回去了。"

他们回到了市区。

后来，他们每天中午都相会于沿岸街，一起吃早点，用午餐，遛海边，赏海景。安娜·谢尔盖耶芙娜常常抱怨睡得不好，心神不宁，总是提出一些同样的问题，忽而因嫉妒，忽而又因担心古罗夫不够尊重她而焦虑不安。在街心公园或者花园里，每当近处没人的时候，古罗夫常常突然将她拉到身边，狂热地亲吻。十足的悠闲生活，光天化日之下的这些亲吻——偷偷摸摸，生怕有人看见，炎热，海水的气味，以及眼前不断晃过的那些无所事事、衣着漂亮、吃喝无忧的人们，这一切仿佛使他再世重生了；他常对安娜·谢尔盖耶芙娜说，她如何如何漂亮，如何如何迷人；古罗夫一往情深，寸步不离，而安娜·谢尔盖耶芙娜常常抑郁寡欢，总是要古罗夫承认对她不够尊重，一丁点儿不爱，只把她看作淫荡的女人。几乎每天晚上稍晚的时候，他们都要去城外，去奥列安达或者去瀑布；每次都玩得尽兴，感受每一次必定美好、深刻。

两人都等着她丈夫。可是等来的却是她丈夫的一封书信。信里说，他害了眼病，求妻子赶紧回家。安娜·谢尔盖耶芙娜急急忙忙收拾起了行装。

"这样好，我要走了。"她对古罗夫说。"这就是命运。"

她走时雇了一辆马车，于是古罗夫随车为她送行。马车走了整整

319

一天。当她在特别快车的车厢里坐定,等第二遍铃声响起之时,她说:"让我再看您一眼……再看一眼。就这样吧。"

她没有哭泣,但很忧伤,活像大病了一场,她的嘴唇不住地颤抖着。

"我会想您的……会回忆的。"她说。"上帝保佑您,愿您平安。别记恨我。咱们永别了,这很有必要,因为本来就不该相遇。好吧,主与您同在。"

火车走得很快,车上的灯光很快消失了,片刻之后就已经听不到声响,好像一切是故意串通好的,是要尽快终止这场甜蜜的梦幻,这件要不得的勾当。古罗夫独自一人留在站台上,望着黑乎乎的远方,听着螽斯的嘶鸣和电报线的嗡嗡声,觉得自己好像刚刚睡醒。于是他寻思,他生活中刚又来过一次艳遇或者冒险,而它也已经结束,如今又留下了一段回忆……他颇为动情,闷闷不乐,并且感到一丝懊悔;他再也见不到这位年轻女子跟他在一起并不幸福;他对她殷勤而热心,但在对她的态度上、在他的口吻和温存里,仍然常常流露出幸福的男人那一星轻微的嘲意、些许粗鲁的傲慢,况且这个男人的年龄几乎比她大上一倍。她经常说他善良、不凡、高尚;显然,他给她的印象并非自己的真实面貌,就是说无意中欺骗了她……

这里的车站上已有一丝秋意,晚上已经凉飕飕的了。

"我也该回北方了,"古罗夫一边走下站台,一边暗忖道。"该走了!"

三

莫斯科的家里,满屋已是过冬的气氛,生起了火炉。早上孩子们准备上学和喝早茶的时候,天还黑着,保姆总要点一会儿灯。严冬已经开始。第一场雪落下,头一天坐上雪橇,见到白茫茫的大地、白皑皑的屋顶,心里觉着高兴,呼吸轻柔、舒畅,此刻不禁会回忆起少年时代。老椴树和白杨树银装素裹,神情善良温厚,比柏树和棕榈更让人感到亲切。一到它们的身边,就不愿去想那些高山和大海了。

古罗夫是莫斯科人,他在一个晴朗、寒冷的日子回到了莫斯科。当他穿上皮袄,戴上棉手套,走过彼得罗夫卡,当他星期六晚上听见教堂的钟声,那不久前的旅行和他所去过的地方对他就统统失去了魅力。渐渐地,他就一头扎进了莫斯科的生活,如饥似渴地一天阅读三份报纸,说是出于原则一般不看莫斯科的报刊。他已经想下饭馆,进俱乐部,吃请赴宴,已经为著名律师和演员常常是他的座上客而感到得意,为能在博士俱乐部里同教授们一起玩牌而感到荣光。他已经能够吃掉整整一份小煎锅做的肉焖圆白菜了……

再过上个把月,他觉得,连安娜·谢尔盖耶芙娜在他的脑海里都会遮上一层迷雾,只会偶尔在睡梦中见到那撩人的笑靥,就像曾经梦见过别的女人一样。然而过了一个多月,隆冬来到了,他的记忆里一切还是那样的清晰,仿佛他同安娜·谢尔盖耶芙娜的分手就发生在昨天一样。而且回忆越来越强烈。在寂静的晚间准备功课的孩子们的声音传进他的书房也好,一首抒情歌曲传入他的耳朵也罢,无论是饭店里的管风琴的琴声,还是壁炉里暴风雪的嘶叫,都会突然唤起他记忆中的一切:防波堤上的黄昏,群山烟雾缭绕的清晨,从费奥多西亚来的班轮,一次次的热吻。他久久地在房间里踱来踱去,回忆着,面带笑容。然后回忆慢慢转变成幻想,而过去发生的事情在他的想象之中与将来会发生的事情交织在了一起。安娜·谢尔盖耶芙娜虽没来到他的睡梦中,但却如影随形般地处处跟随着他,监视着他。一合上眼睛,他就能看见她活生生地站在面前,显得比以前更加妩媚,更加年轻,更加温柔;他觉得连他本人也比在雅尔塔的时候更加精神了。每到晚上,她就从书橱里、从壁炉里、从墙角里瞅着他,他能听见她的呼吸、她衣服发出的悦耳的窸窣声。在街上,他常常目送着往来的女子,寻找着,有没有人长得跟她一样……

古罗夫迫切希望跟人说说自己的这段回忆。可是在家里不能谈论自己的婚外恋,而在外面却没有一个可交流的人。跟左邻右舍可不能谈,跟银行的同事也不行。再说,该谈些什么呢?难道他当时爱了吗?

难道在他跟安娜·谢尔盖耶芙娜的关系中有过什么美好的、诗意的，或者是有教益的，或者只不过是觉得有意思的东西吗？于是他只好泛泛地谈些爱情、女人，因此谁也猜不透是怎么回事儿，只有妻子常常皱一皱自己那两道乌黑眉毛，说：

"你呀，季米特里，根本不适合扮演花花公子。"

一天夜里，他同一个当官的牌友刚走出博士俱乐部，就忍不住说道：

"您不知道，我在雅尔塔认识了一个多么迷人的女人！"

那官吏坐上雪橇就走了，可是突然回头叫了一声：

"德米特里·德米特里奇！"

"什么事儿？"

"方才您说得对：那鲟鱼肉是有点腐臭味儿！"

这句话十分平常，可不知为什么却突然惹火了古罗夫。他觉得这话有损尊严，用心不良。多么不开化的风俗，多么愚昧的人哪！多么无聊的夜晚，多么乏味、平庸的日子！狂博滥赌，大吃大喝，翻来覆去那几句空话。没用的事情和翻来覆去那几句空话占用着黄金时段，耗费着最佳精力，到头来只落得个残缺不全、平庸无味的生活，好似乱麻一团，想躲躲不开，想逃逃不脱，如同被关进了疯人院，送入了苦役队！

古罗夫彻夜不眠，怒火难消，接着一整天头痛不止。此后每天夜里他都睡得不好，总坐在床上想他的心思，要不就在房间里来回踱步。孩子让他腻烦，银行让他讨厌，哪儿也不愿去，一句话也不想说。

十二月份，在节假日里，古罗夫收拾好行装，对妻子说，他要去彼得堡，为一个年轻人办点事儿，说完就直奔 C 市而去。去干什么？他自己也不大清楚。他盼望着能跟安娜·谢尔盖耶芙娜见上一面，谈他一谈，安排一次幽会，如果可能的话。

古罗夫到达 C 市的时间是早上，在一家旅馆订了最好的房间。房间的地板满铺了灰色的军大衣呢，桌上有只墨水瓶，落满了灰土，瓶架上雕着个骑马人，一只手拿着凉帽高高举起，可脑袋已被敲掉。看门人给了他一些有用的信息：冯·季杰里茨住在老冈察尔街的私宅里，——这离旅店不远，他日子过得富裕，阔绰，自己有马车，城里的人都认识他。看门人把他的姓总说成：德雷迪里茨。

古罗夫不慌不忙地去了老冈察尔街，找到了那栋房子。房子正对面横着一堵围墙，灰颜色，很长很长，墙头带着棘刺。

"谁见到这种围墙都会被吓跑的，"古罗夫心想，忽而瞅瞅窗户，忽而又瞅瞅围墙。

他心里一直在琢磨：今天机关不办公，丈夫很可能在家里。可是不管怎样，闯进屋去，搅扰人家，那也不够妥当。若是寄封短信，那它说不定会落到丈夫手中，到时候一切都可能毁掉。最好还是碰机会吧。于是他一直在街上和围墙附近徘徊，等待这一机会的到来。他看见院门里进去一个乞丐，几条狗立刻向他扑来。后来，过了个把钟头，他忽然听到了一阵钢琴声，声音传到耳边已经微弱而又模糊。大概是安娜·谢尔盖耶芙娜弹奏的。正门忽然打开了。走出一位老太婆，身后跟着那条熟悉的白毛狮子狗。古罗夫本想招呼一下那小狗，可他的心突然"怦怦"地狂跳起来，这一激动不要紧，小狗的名字怎么也想不起来了。

他来回走着，越走越恨这堵灰不溜丢的围墙。他心里已经在忿忿不平地寻思了：安娜·谢尔盖耶芙娜忘记了他，很可能已跟别的男人在寻欢作乐了。一个青春年少的女子从早到晚不得不面对这堵可恶的围墙，设身处地为她想想，这也是十分自然的。他回到旅店，在长沙发上坐了老半天，不知下一步该怎么办。然后他吃了午饭，饭后睡了一大觉。

"这一切真叫愚蠢和麻烦，"醒来之后，古罗夫心里想，两眼望着黑乎乎的窗户：已经是晚间。"终于美美地睡了一觉，也不知为什么。可是今天夜里我干些什么是好呢？"

他坐在床上，床上铺着像医院里用的那种廉价的灰毛毯。他懊恼地刺激自己说：

"让你勾引带小狗的女士……让你风流好色……你老老实实给我在这儿待着。"

还是早晨,在火车站上,映入他眼帘的是一张用很大的字体写的海报:首次上演《盖伊霞》①。想到这里,他就坐车去了剧院。

"很有可能,她会光顾首次演出。"他自忖道。

剧场客满。这里,也像所有省城剧院一样,吊灯上方烟雾弥漫,顶层楼座里乱哄哄的;开演之前,头排座位旁一溜儿站着当地的公子哥儿们,倒背着双手;而这时,省长的包厢里,一号位上坐着省长的千金,肩上披着狐皮围脖,而省长本人则谦逊地隐于门帘之后,只能看见他的两条胳膊。幕布在晃动,乐队在不停地校音。就在观众入场寻找座位的这整个一段时间里,古罗夫都在用两眼急切地搜寻着。

安娜·谢尔盖耶芙娜也走了进来。她落座在第三排。古罗夫朝她一看,他的心立时抽紧了。于是他彻底明白:对于他,现在世上再没有一个更亲近、更珍贵、更重要的人了;她,这位隐没在外省人中间的女子,这位手拿粗劣的单目眼镜、一点儿也不出众的娇小的女人,现在占有了他的整个生命,成为他的痛苦、欢乐和他眼下所希望得到的唯一幸福。在乐队蹩脚的伴奏下,在吱吱呀呀刺耳的小提琴声中,他心里暗暗念叨:她真美。他寻思着,幻想着。

同安娜·谢尔盖耶芙娜一起进来并在她身边坐下的,是一位年轻人,留着不大的络腮胡子,个头很高,有些驼背;他一步一晃脑袋,仿佛在不停地点头致意。大概此人就是她的丈夫,她当初在雅尔塔因一时痛苦而斥之为奴才的丈夫。果然,他那细长的体形、不大的络腮胡子、轻微的秃顶,无不显露出某种奴性和谦恭。他笑起来甜蜜蜜的,西服襟儿孔上别着一只亮闪闪的某学会徽章,活像仆人的号牌。

第一次幕间休息的时候,丈夫离座出去吸烟,她留在了座位上。同样坐在池座里的古罗夫,走到她身边,强作欢颜、声音颤抖地说:

---

① 英国作曲家琼斯(1861—1946)所作的轻歌剧。

"您好。"

安娜·谢尔盖耶芙娜看了他一眼,面孔刷地变得煞白,接着像不相信自己眼睛似的,又惊恐不已地看了一眼,两手一起紧紧地攥着扇子和眼镜,显然在努力控制自己不至晕倒。两人相对无言。安娜·谢尔盖耶芙娜坐着,古罗夫站着,被她的惊慌吓得不知所措,没有勇气坐到她的身旁。响起的小提琴的校音声和长笛声,突然让人觉得很可怕,似乎所有包厢里的人都在看着他们。可是只见她站起身来,快步走向出口;古罗夫紧随其后,两人漫无目的地走着,沿着一条条走廊,一节节楼梯,一会儿上,一会儿下,他们的眼前晃过一些身着法官制服、教师礼服和皇室领地管理人员服饰的人,个个都佩带着徽章;晃过一些女士、衣帽架上的皮大衣,吹着穿堂风,迎面刮来一股烟头的气味儿。古罗夫心"怦怦"直跳,寻思道:"啊,上帝呀!要这些人,这个乐队干什么呀……"

这时,古罗夫突然想起,那天晚上,送走安娜·谢尔盖耶芙娜之后,对自己说过,一切都结束了,他们再也不会见面了。可是离结束还远着呢!

在一节标着"后排席入口"的狭窄、黑暗的楼梯上,安娜·谢尔盖耶芙娜停下了脚步:

"您真把我吓坏了!"她气喘吁吁地说,依然脸色煞白,惊诧不已。"哎呀,您真把我吓坏了!我差点吓死过去。您为什么跑来呀?为什么呀?"

"不过请您理解,安娜,请您理解……"他急急忙忙地小声说道。"求您了,请您理解……"

安娜·谢尔盖耶芙娜带着恐惧、哀求、疼爱的复杂心情看着他,凝视着他,要把他的容貌更牢固地留在自己的记忆里。

"我痛苦极了!"安娜·谢尔盖耶芙娜不听他的,继续说道,"我时时刻刻想着的就是您,我一直在对您的思念中打发时光。我也一直想忘掉,忘掉,可您为什么,为什么跑来呀?

再高处,楼梯口,两个中学生在一边抽烟,一边往下看,可是古罗夫什么也顾不上了,他将安娜·谢尔盖耶芙娜一把拉到身边,照着她的额头、脸颊、双手就一个劲儿地吻了起来。

"您干什么呀,您干什么呀!"她一边将他推开,一边惊慌地说。"我们两个都疯了。您今天就走,现在就走……我以所有神圣的名分恳求您,央告您……有人来了!"

楼梯上有人从下往上走。

"您应该走……"安娜·谢尔盖耶芙娜接着说。"听见吗,德米特里·德米特里奇?我会来莫斯科找您的。我从来没有幸福过,我现在不幸福,将来也绝不会,绝不会幸福,绝不会!可别让我受更多的折磨了。我发誓,我一定来莫斯科。那现在就分手吧!我心爱的,好心的,我亲爱的,分手吧!"

安娜·谢尔盖耶芙娜握了握他的手,便快步朝楼下跑去,一面跑,一面不住地回头,从她的眼神里可以看出,她的确没有幸福过。古罗夫站了一会儿,仔细听了听,然后,等一切都平静下来,找到自己的衣帽架,走出了剧院。

四

于是乎,安娜·谢尔盖耶芙娜就常来莫斯科找他了。每隔两三个月她离开一次C市,对丈夫说,去找教授商量一下有关她妇科病的事儿,而丈夫一直将信将疑。她到了莫斯科,在"斯拉夫市场"一住下,就立刻打发旅馆的红帽子[①]去找古罗夫。古罗夫常来与她幽会,而莫斯科却没有一个人知道这件事儿。

有一次,古罗夫就这样去跟她幽会,那是一个冬天的早晨(传信人头天晚上找过他,但没碰着)。同道走的是他女儿,他想把她送到

[①] 旅馆里帮客人搬运行李的工人,他们干活时头戴红帽子。

学校，这正好是顺路。下着湿漉漉的鹅毛大雪。

"现在零上三度，然而还下雪，"古罗夫对女儿说。"可要知道，这只是地表温度，而大气上层就完全是另一种温度了。"

"爸爸，那为什么冬天不打雷呢？"

对这个问题他也给了解释。他一边说，一边想，他这是去幽会，而且没一个活人知道这件事，或许永远也不会知道。他有两种生活：一种是公开的，这人人都看得见，都知道，只要他们觉得有必要，这种生活充满着相对的真实和相对的欺骗，跟他的熟人和朋友的生活完全相似；而另一种是瞒着别人秘密进行的。因为各种情况的一种奇怪的巧合，可能是偶然的巧合，凡是他觉得重要的、有趣的、必要的事，凡是他真心去干而没欺骗自己的事，凡是构成他生活内核的事，都是瞒着别人秘密进行的；而凡是他的伪装，他赖以隐身、掩盖真相的外壳，比如，在银行里的工作、在俱乐部里的争论、他挂在嘴边的"劣等品种"、带着妻子参加庆祝活动，这一切都是公开的。他一向以己度人，从不相信眼睛看到的东西，始终认为每个人都在秘密的掩盖下，如同在夜幕的掩盖下一样，过着他真正的、极其有趣的生活。每一种私生活都处于秘密之中，也许，或多或少是这个缘故，文化人才那么风风火火地奔走呼号，要让个人隐私受到尊重吧。

把女儿送到学校以后，古罗夫就直奔"斯拉夫市场"。他在楼下脱下皮袄，爬上楼来轻轻敲了敲门。安娜·谢尔盖耶芙娜身穿他心爱的灰色连衣裙，带着一副旅途和相思的倦态，从头天晚上一直等他到现在；安娜·谢尔盖耶芙娜脸色苍白，望着他，没有一丝笑容。安娜·谢尔盖耶芙娜刚跨进房门，她就一头扑进他的怀里。好像他们已有两年没见似的，他们的亲吻持久、漫长。

"欸，在那边还好吧？"古罗夫问道。"有什么新闻吗？"

"等等，马上跟你说……我受不了。"

安娜·谢尔盖耶芙娜说不出话来，因为她哭了。她转过脸去，用手绢捂住了眼睛。

327

"好吧,让她哭一哭,我先坐一会儿。"古罗夫想了想,便坐到了沙发里。

然后古罗夫打了个电话,让给他送点儿茶水;后来,在他喝茶的工夫,她一直站在那儿,脸冲着窗户……她哭是因为着急,是因为悲哀地意识到他们的生活如此不幸;他们见面只能偷偷摸摸,背着别人,像两个小偷!难道他们的生活就这样毁了吗?

"得了,别哭了!"古罗夫说。

古罗夫心里很清楚,他们的这场恋情还不会很快结束,还不知是何年何月。安娜·谢尔盖耶芙娜对他的眷恋越来越强烈,对他很崇拜,要对她说这一切什么时候总该有个了结,这是难以想象的;再说,她也不会相信。

古罗夫走到她跟前,扶着她的两肩,想亲热亲热,开开玩笑,就在这当儿,他在镜子里看到了自己。

他的头发已经开始花白了。他不禁一阵惊诧,几年来他竟然老了这么许多,瘦了这么许多。他两手搭着的肩膀热乎乎的,不时在颤抖。他对这个生命产生了怜悯之心,它还如此温暖,如此美丽,可是大概距离像他的生命一样开始枯萎和凋谢的那天已经不远了。她这么爱他是为了什么呢?他一向让女人感觉到的并不是他的本人,所以她们所爱的也不是他的本人,而是她们的想象所塑造出来的和她们在生活中刻意寻觅的人;事后,即使她们发现了自己的错误,也依然爱着他。没有一个女人因为跟他相爱而幸福。岁月流逝,他结识、相处、分手,但是一次没爱过;什么都曾有过,唯独没有爱情。

直到如今,两鬓染霜之年,他才平生第一次严肃地、认真地爱上了。

安娜·谢尔盖耶芙娜和他互相爱慕着,像密友,像亲属,像夫妻,像情人;他们觉得,是命中注定他们为对方而存在,可令人不解的是,他古罗夫为什么娶了妻室,她安娜·谢尔盖耶芙娜又为什么嫁了男人;这真好似两只比翼双飞的候鸟,一雄一雌,被人捉住,又被分别关进了两个笼子。他们互相原谅了各自所做的羞于回首的往事,也在原谅眼前的一切，觉得他们这一次的爱恋一下改变了他们俩。

从前，每当忧伤之时，他总以所能想出的各种理由来安慰自己，而现在，他已经无心寻找什么理由，他体验到了深深的同情，一心希望做个真诚的、温情的人……

"别哭了，我亲爱的，"古罗夫说。"哭过一阵儿也就行了……现在咱们来商量商量，想想办法吧。"

接着，他们商量了很久，说到如何摆脱这种躲躲藏藏、瞒天过海、两地分居、难得相聚的困境。可如何才能挣脱这些不堪忍受的枷锁呢？

"如何？如何？"他抱着脑袋一遍又一遍地问，"如何？"

看起来倒像是，再过片刻，答案就会找到，到那时，必将出现一种崭新的、美好的生活；两人心里都很清楚，离结束还很远很远，最复杂而又最难办的事儿才刚刚开始呢。

1899 年

新　娘

一

已是晚上十点来钟，花园上空高悬着一轮明月。舒明家刚刚做完祖母玛尔法·米哈伊洛芙娜吩咐做的晚祷，现在娜佳来到花园歇息片刻，看到大厅里在摆桌子吃冷餐，祖母穿着华丽的丝绸连衣裙忙个不停，安德烈神父、教堂大祭司跟母亲尼娜·伊万诺芙娜在说着什么，此刻母亲在灯光下隔着窗户不知怎么显得非常年轻；旁边站着的是安德烈神父的儿子安德烈·安德烈伊奇，他在侧耳恭听着。

花园里悄然无声，凉爽怡人，一片片黑影静静地卧于地面之上。很远的地方，大概是城外，传来一阵阵蛙声。感觉得出已是五月份，可爱的五月份！呼吸轻松畅快，让人不禁会想，不是这里，而是世间的什么地方，在一棵棵大树之下，在远离城市的地方，在田地上和树林里，现在已经展现出一派春天的气象，神秘，美好，富丽而又圣洁。

她，娜佳，已经二十三岁；从十六岁起，就一心盼着出嫁，而现在她终于许婚安德烈·安德烈伊奇，就是站在窗户后面的那个小伙子；小伙子讨她喜欢，婚期已经选定七月七日，然而她却高兴不起来，整宿整宿地睡不好觉，欢乐心情消失了……地下室的厨房敞着窗户，可以清楚地听见人们在赶活儿，菜刀剁得咚咚有声，装着滑轮的门碰得砰砰山响；一股股烤火鸡和渍樱桃的香味不断飘来。也不知为什么总让人觉得，现在将会就这样过一辈子，没有变化，没有尽头！

只见有个人走出屋门,站在门廊上,是亚历山大·季莫费伊奇,或者干脆叫萨沙,十来天前从莫斯科来的客人。很久以前,常来找祖母寻求周济的有个远房亲戚,叫玛利亚·彼得罗芙娜,落魄的贵族寡妇,人矮矮瘦瘦,病怏怏的。她有个儿子叫萨沙,每每提起他,人们都说他是个出色的画家。他母亲过世以后,祖母为了拯救灵魂,将他送进了莫斯科警官学校;大约两年后他转入了美术学校,在那里待了差不多十五年,凑凑合合毕业于建筑专业。不过,建筑这一行他到底还是没干,而是进了莫斯科一家石印厂。几乎每年夏天,他都病得很厉害,都来祖母这儿休息休息和调养调养。

他身上现在穿的是系上扣子的常礼服和一条旧帆布裤子,裤筒下端已经磨破。偏领衬衫也没熨过,浑身上下一副无精打采的样子。人干瘦干瘦的,眼睛大大的,手指又长又细,蓄着胡须,皮肤黝黑,不过相貌还算英俊。跟舒明一家人他已处熟,就跟亲人似的,在他们这里觉得就跟在自己家里一样。就是他住的那个房间也早就叫萨沙的房间了。

他站在门廊上,看见娜佳,就向她走了过来。

"你们这里真好。"他说。

"当然好了。您最好在这儿住到秋天再走。"

"是啊,想必只好如此。九月份以前大概都要在你们这儿住呢。"

他无缘无故地笑了起来,坐到娜佳身边。

"我就这么坐着,从这儿望着妈妈,"娜佳说道,"从这儿望去,她显得真年轻!我妈妈当然也有弱点,"她沉默了一会儿,补充说,"不过她终究是个不可多见的女人。"

"是啊,好人……"萨沙同意道。"您妈妈就其本身说,当然,既是个很善良的,又是个可爱的女人。不过……怎么跟您说呢,今天一大早我顺便进你们家厨房看了看,那儿有四个女仆就睡在地板上,床铺没有,被褥也没有,垫的盖的全是破布烂棉花,臭气、臭虫、蟑螂……跟二十年前完全一样,没有任何变化。好吧,奶奶呢,就别说他了,要不怎么是奶奶呢;可是妈妈呢,不要紧的,会说法语,还参加演戏呢。似乎也可以理解。"

萨沙说起话来,总喜欢在听者面前伸出两根长长的、细细的手指头。

"我总觉得这里有点怪怪的,因为不习惯,"他接着说道。"天晓得,谁都任事不干。伯母成天只知道来回逛荡,像个公爵夫人,祖母也什么事不干,您也一样。就连未婚夫安德烈·安德烈伊奇也任事不干。"

这话娜佳去年就听过,前年好像也听过,而且知道萨沙别的话不会说,所以这话过去听来让她觉得好笑,可现在听来却让她觉得懊丧。

"这些都是陈年老话,早就听腻了,"她说着站起身来。"您还是想些新鲜点儿的话说说吧。"

萨沙笑了,也站起身来,接着两人往家里走去。娜佳身材修长、体态轻盈、眉眼俊秀,此刻跟他走在一起,显得身体健康而又衣着华美;娜佳觉察到了这一点,因而对他不禁心生怜悯,不知怎么觉得挺不自在。

"您刚才说到我的安德烈,其实您对他并不了解。"

"'我的安德烈'……去他的,去您的安德烈吧!我真为您的青春感到惋惜!"

他们走进大厅的时候,那里已在入席用餐了。祖母,或者按家里人的叫法,奶奶,人很胖,相貌生得不好看,浓眉毛,带唇髭,大嗓门,光凭她说话的声音和口气便能听出,她在这里是一家之主。她拥有集市上的几排货摊和一栋带圆柱和花园的老楼房,可她却每天早晨都要祈祷上帝别让她破产,而且一面祈祷,一面哭泣。她的儿媳妇,娜佳的母亲尼娜·伊万诺芙娜,披着浅色头发,穿着紧身衣裳,架着夹鼻眼镜,每个手指上都戴着钻戒。安德烈神父,一个老头儿,脸庞瘦削,瘪嘴没牙,脸上一副似乎想说件非常可笑事情的表情。他的儿子安德烈·安德烈伊奇,娜佳的未婚夫,丰满而又英俊,满头卷发,像是演员或者艺术家,——这三人在谈论催眠术。

"你在我这儿再住上一个礼拜就能复原,"祖母转脸对萨沙说,"只不过要多吃点儿。瞧你都成啥样了!"她叹道,"吓人了你变得!真正一个回头的浪子。"

"挥霍光父亲给的资财,"安德烈神父慢慢悠悠、喜眉笑眼地说道,"该死的跟一些不懂事的去放猪……[①]"

"我喜欢我爹,"安德烈·安德烈伊奇说着拍了拍父亲的肩膀。"可爱的老人。善良的老人。"

众人沉默了片刻。萨沙突然笑出声来,立刻用餐巾捂住了嘴巴。

"这么说,您相信催眠术喽?"安德烈神父问尼娜·伊万诺芙娜。

"我当然不敢肯定说我相信,"尼娜·伊万诺芙娜有意带着非常严肃甚至严厉的神情回答道,"不过应该承认,自然界有许多神秘而又费解的东西。"

"完全同意你的看法,不过应该补充一点,信仰可为我们大大缩小神秘的范围。"

端上来一只又大又肥的火鸡。安德烈神父和尼娜·伊万诺芙娜继续他们的谈话。尼娜·伊万诺芙娜手指上的钻戒闪闪发光,后来她的两眼闪耀起泪花,激动了起来。

"虽然我也不敢跟您争论,"她说,"但是,您得承认,生活中有非常多的不解之谜!"

"一个也没有,我敢担保。"

晚饭后,安德烈·安德烈伊奇小提琴独奏,尼娜·伊万诺芙娜钢琴伴奏。安德烈·安德烈伊奇十年前大学语文系毕业,可是什么事情也没做过,固定的工作没有,只是间或参加个带慈善目的的音乐会;因而城里人都管他叫演员。

安德烈·安德烈伊奇拉着琴,众人默默地听着。桌上的茶炊咕嘟咕嘟地烧着,只有萨沙一人在喝茶。后来,时钟敲过十二点,提琴的

[①] 参见《圣经·新约·路加福音》第15章。

一根弦突然咚的一声崩断了;众人哈哈一乐,忙乱起来,纷纷告辞了。

送走未婚夫,娜佳上楼去了自己的房间。楼上住着她和母亲,楼下住着祖母。楼下大厅里熄灯了,可萨沙依然坐在那里喝茶。每次喝茶,他总是一喝老半天,按莫斯科人的习惯,一喝就是七八杯。娜佳脱衣上床以后,还听见女仆在楼下收拾了老半天,听到奶奶在发脾气。一切终于安静下来,只是偶尔听到楼下萨沙的房间里传来他那低沉的咳嗽声。

二

娜佳一觉醒来,已是两点光景,天已麻麻亮。远处有更夫敲着梆子。人已不想再睡,躺着又很不不舒服。娜佳像在刚过去的所有五月之夜一样,爬起来坐在被窝里,想起了心事。而所想的全都是前一夜想过的那些东西,单调乏味,毫无用处,令人心烦,想到安德烈·安德烈伊奇如何向她讨好和求婚,想到她如何应许了婚事和后来如何渐渐地看上了这个心地善良、头脑清楚的人。可是不知为什么现在,离婚期不到一个月的时候,她却害怕、不安起来,仿佛等待着她的是一桩说不清楚、非常棘手的事。

"嘀—笃,嘀—笃……"更夫懒洋洋地敲着梆子。"嘀—笃……"从老旧的大窗户里朝外望去,可以看见花园,往下是一丛丛盛开的丁香花,那一朵朵花儿被冻得昏昏欲睡,蔫头耷脑;还可以看见一股雾气,白茫茫的一片,朝着丁香花丛缓缓飘过来,想笼罩住它。远处的树上有一些睡意蒙眬的白嘴鸦在哇哇地聒噪。

"天哪,我心里怎么这样难受呢?"

或许,这种感受在结婚之前是每个新娘都有的。谁知道呢!难道这是受了萨沙的影响?其实萨沙已经一连好几年说的都是同样的话,就像念稿子一样,而且说的时候,显得天真而又奇怪。可是为什么萨沙总是在脑子里萦绕不去呢?为什么?

更夫的梆子早已不敲了。窗下和花园里小鸟叽叽喳喳地叫了起来。雾气已经从花园里退走，周围的一切都闪耀起三春之光，仿佛绽出了笑容。很快整个花园被太阳晒得暖洋洋的，复苏了。一颗颗露珠，宛若一粒粒钻石，在树叶上闪起光来；早已荒芜的老花园在这清晨竟显得如此年轻、妖娆。

奶奶已经醒了。萨沙粗声粗气地咳了起来。楼下已经端上茶炊，挪得椅子吱嘎作响。

时钟走得慢慢腾腾。娜佳早已起了床，而且早已在花园里遛过弯儿，可早晨还在不紧不慢地拖延着时间。

尼娜·伊万诺芙娜出了房门，泪痕满面，捧着一杯矿泉水。她常做关亡①和顺势治疗②，读过许多书，喜欢谈谈所遭遇的困惑，这一切，娜佳觉得，都有着深刻而奥妙的含义。现在，娜佳吻了吻母亲，跟她并肩朝楼下走来。

"你哭什么，妈妈？"她问道。

"昨夜临睡前我读起了一本中篇小说，书里描写的是一个老人和他的女儿。老人在一个地方做事儿，嘿，女儿也被上司爱上了。我还没读完，可是书里有这么一个地方读了让人忍不住流泪。"尼娜·伊万诺芙娜说着喝了一口水，"今天早上想了起来，就又哭了一阵。"

"我这些日子心里苦闷得很，"娜佳沉默了片刻，说道，"我为什么夜里总睡不着呢？"

"不知道，亲爱的。我要是夜里睡不着，就把眼睛闭得紧紧的。瞧，就这样，想象安娜·卡列宁娜③，想象她走路的步态，说话的腔调，或者想象某个历史事件，古代世界的……"

娜佳感觉到，母亲不理解她，也不可能理解。感觉到这点还是

---

① 即招魂术，术士与鬼魂交往的一种方式。
② 一种以毒攻毒、利用和激发人体自愈能力根除疾病的治疗方法，是塞缪尔·哈尼曼于18世纪创立的。
③ 列·托尔斯泰同名小说中的主人公。

有生以来头一次，她甚至害怕起来，想起躲开；于是她就回自己房间去了。

下午两点，一家人坐下吃午饭。今天星期三，是斋戒日，因此给祖母上的是素红甜菜汤和鳊鱼饭。

为了逗弄祖母，萨沙既喝了自己的荤汤，又喝了素红甜菜汤。吃饭的时候，他一直在逗乐儿，不过他的笑话总说得非常累赘，必带道德训诫，结果叫人一点也笑不起来；每次要说俏皮话时，他都先举起他那几根又长又细、活像死人的手指。

吃过午饭，祖母回她的房间休息。尼娜·伊万诺芙娜弹了不大一会儿钢琴，然后也走了。

"哎呀，亲爱的娜佳，"萨沙开始了他那通常的午间闲谈，"要是您能听我一句劝该多好啊！要是能听该多好啊！"

娜佳坐在老式的圈椅里，靠着椅背，闭着眼睛，而萨沙则满房间地踱来踱去，从一个角落到另一个角落。

"您要是出去学习该多好哇！"他说道。"只有学识渊博、品德高尚的人才是有趣味的人，也只有他们才是不可缺少的人。因为这种人越多，人间的天国来得才越快。你们城市到那时就会被彻底摧毁，一切都会翻个底朝天，一切都会变样，就像施了魔法一般。到那时，这里将是一栋栋宏伟的大厦、美丽的花园、奇异的喷泉、优秀的人物……但主要的不是这些。主要的是，我们心里的一堆烦恼，它就像现在这种样子，这烦恼到那时就没有了，因为每个人都将有信仰，每个人都会知道他为什么而活着，没有一个人会到一堆烦恼中去寻找依靠力量。心爱的，亲爱的，去吧！让大伙儿看看，这静止的、单调的、罪孽的生活让您受够了。哪怕让您自己看一看也好哇！"

"不行，萨沙。我就要出嫁了。"

"欸，得了吧！谁稀罕这个？"

两人来到花园，溜达了一会儿。

"无论怎样，我亲爱的，应当好好想一想，应当明白，你们这种游手好闲的生活是多么的不正当，不道德。"萨沙继续说道，"您可要明白，如果说，您和您母亲，还有您奶奶任事不干，那就意味着，有某个人在替你们干着活，你们在坑害别人，难道这干净吗？不肮脏吗？"

娜佳想说，是的，这倒是实话，她想说她明白，可是泪水涌上了她的眼眶。她突然一声不响了，全身一缩，回自己房间去了。

傍晚时分，安德烈·安德烈伊奇来了，照例拉了半天小提琴。总的来说，他不善言谈，爱拉小提琴，可能是因为拉琴的时候可以不说话吧。十点多钟，临走的时候，已经穿好大衣的他，一把抱住娜佳，接着急不可耐地吻起她的脸颊、肩膀、手臂。

"亲爱的，我心爱的，美人儿！……"他不停地叽咕道，"啊，我多么幸福！我高兴得要发疯啦！"

可娜佳觉得，这话她早已听过，老早以前，或是在哪儿读过……在长篇小说里，在一本破旧的、早已扔掉的长篇小说里。

大厅里，萨沙坐在桌旁，把小茶碟放在自己五根长长的手指上一放，喝着茶；奶奶在摆纸牌卦，尼娜·伊万诺芙娜在读书。长明灯的小火苗不时地劈啪作响，一切都显得宁静而顺当。娜佳道过晚安，去了楼上房间，躺下便立刻睡着了。然而，跟昨天夜里一样，天刚麻麻亮，她就醒来了，睡意全无，心绪不宁，痛苦不堪。她坐着，把脑袋靠到膝盖上，想着未婚夫，想着婚礼……她不知怎么想起了母亲并不爱她过世的丈夫，现在她一无所有，生活完全依赖婆婆，也就是奶奶。娜佳左思右想，怎么也闹不明白，她怎么至今还认为自己的母亲有些特别，怎么就没看出她是个普通的、平凡的、不幸的女人呢。

萨沙在楼下也没睡着，——听得见他在不停地咳嗽。这是个古怪的、天真的人，娜佳想，就连他的那些梦想、所有那些美丽的花园、不同寻常的喷泉，都让人觉得有点荒唐；可是不知为什么就是在他那天真里，甚至在那荒唐里，竟也有那么多美好的东西，使娜佳刚一想到她是否该去学习，她的整个心脏、整个胸膛便掠过一阵凉意，充满愉快、兴奋之感。

"不过最好别想，最好别想……"她喃喃道，"不该想这些。"

"嘀—笃……"更夫在远处敲着梆子。"嘀—笃……嘀—笃……"

三

萨沙在六月中旬突然觉得寂寞无聊，收拾起行装，准备回莫斯科了。

"我在这城里住不下去了，"他闷闷不乐地说，"既没自来水，也没下水道！我一吃饭就恶心：厨房里脏得简直难以想象……"

"就等一等吧，浪子！"祖母不知为什么小声劝解道："七号办喜事呢！"

"不想等了。"

"不是想在我们家住到九月份的吗？"

"可现在不想了。我要上班了！"

夏天又潮又冷，树木湿漉漉的，花园里的一切看上去阴沉而又凄凉，人真的想工作了。楼上楼下，所有的房间里传来的都是陌生女人的声音，祖母的房间里缝纫机哒哒哒地响个不停，这是在赶做嫁衣裳。光是皮袄就要给娜佳做六件，而其中最便宜的，据祖母说，一件也得三百卢布呢！忙乱让萨沙很受刺激。他坐在自己的房间里生闷气，不过还是听人劝说留了下来，答应七月一号走，不会提前。

时间过得很快。圣彼得节①那天，吃过午饭，安德烈·安德烈伊奇领着娜佳去了莫斯科街，再看一看早已租下为结婚准备好的房子。房子上下两层，不过暂时只收拾了上面一层。大厅里，油漆一新的镶木地板、维也纳式的椅子、三角钢琴、小提琴乐谱架。散发着一股油漆气味儿。墙壁上，金色镜框里镶着一大幅油画：一个裸体女人和一

---

① 东正教会节日，俄历6月29日。

只打掉了耳的雪青花瓶。

"美妙的图画,"安德烈·安德烈伊奇脱口而出并出于尊敬而感叹道。"这是画家希什马切夫斯基的作品。"

往前是客厅,里面放着一张圆桌、一张长沙发和几张包着艳蓝色布面的单人沙发。长沙发上方挂着安德烈神父头戴法冠、胸佩勋章的大幅照片。然后进入带酒吧的餐厅,接着去了卧室;在这里,昏暗的灯光下,并排摆放着两张床,好像是人们在布置洞房时就考虑到,这里永远将非常美满,非此不可能。安德烈·安德烈伊奇领着娜佳走遍了各个房间,而且一直搂着她的腰;娜佳却感到自己软弱、有愧,痛恨所有这些房间、床铺、沙发,看着那裸体女人觉得恶心。她心里已经清楚,她不再爱安德烈·安德烈伊奇,或者,也许从来就没爱过他;可是这话该怎么说,对谁说,为什么说,她不明白也不可能明白,尽管这事儿近来在她脑海里转个不停,日日夜夜……安德烈·安德烈伊奇搂着她的腰,话说得那么温存、谦恭,人那么喜气洋洋,在这住宅里走来走去;而在娜佳看来,这一切只不过是庸俗、愚蠢的、幼稚的、令人无法忍受的庸俗,而搂着她腰的那只手臂让她觉得硬邦邦、冷冰冰,像只铁箍。她时刻准备逃走,号啕大哭,从窗户里跳下楼去。安德烈·安德烈伊奇把她领进浴室,在这里伸手触及嵌在墙里的水龙头,水突然哗哗地流了出来。

"怎么样?"他说着哈哈大笑起来。"我吩咐在阁楼上做个能装一百桶水的水箱,这样咱俩就会有水用了。"

穿过院子,然后来到街上,要了一辆马车。马车过处,尘土飞扬,遮天蔽日,仿佛眼看就要下雨似的。

"你冷不冷?"安德烈·安德烈伊奇因怕灰尘而眯缝着眼睛问道。

娜佳避而不答。

"昨天,你记得吗,萨沙责备我,说我任事不干。"安德烈·安德烈伊奇沉默了一会,说道:"怎么啦,他说的对呀!非常对!我任事不干,也不会干。我亲爱的,这是为什么呢?为什么我一想起什么时候我也要脑门儿上顶着个帽徽去上班心里就反感呢？为什么我一见律师，或者拉丁语老师，或者管理局委员就那么不自在呢？啊，母亲俄罗斯呀！啊，母亲俄罗斯，你还背负着多少游手好闲和毫无作为的人哪！你背负着多少像我这样人哪，苦难深重的母亲啊！"

于是他把自己无所事事总结了一番，把这归结为时代的特征。

"等结了婚，"他继续说道，"我们就一起去乡下，我亲爱的，就在那儿干活！我们买他一块不太大的土地，有花园，有小河，我们一边劳动，一边观察生活……啊，这该多好啊！"

他摘下帽子，头发被风吹得飘散开来，而娜佳听着他说话，心里在想："天哪，我要回家！天哪！"几乎快到家的时候，他们赶过了安德烈神父。

"瞧，父亲也来了！"安德烈·安德烈伊奇高兴得挥起了帽子。"我爱我的老爹，真的，"他一面跟车夫结账，一面说，"可爱的老人，善良的老人。"

娜佳进了家门，气呼呼病恹恹的，因为想到整个晚上都会有客人，得接待他们，笑脸相迎，听小提琴演奏，听胡言乱语，而且言必婚礼。祖母身穿华丽的丝绸连衣裙，坐在茶炊旁边，神态威严而傲慢，在客人面前她总是表现得这样。安德烈神父进门时面带着他那狡黠的微笑。

"目睹您老贵体安康，欣慰之至，"他对祖母说道，很难弄清，他这是找乐儿，还是说的正经话。

四

风不停地拍打着窗户、屋顶；耳边只听得一阵阵呼啸声，连炉子里的家神也在悲伤而忧郁地哼唱着自己的小曲。已是午夜十二点多。家里人都已睡下，可是谁也没有睡着，娜佳总觉得有人在拉小提琴。猛听得砰的一声，大概是百叶窗掉了下来。不一会儿，尼娜·伊万诺芙娜就走了进来，身上只穿着一件绣花衬衫，手里拿着蜡烛。

"这是什么响啊,娜佳?"她问道。

母亲把头发编成一条辫子,面带怯生生的微笑,在这风雨之夜显得老了些,难看了些,个头儿矮了些。娜佳回想起,不久以前,她还认为母亲不同凡俗,满怀骄傲之情聆听着她说话呢,而现在怎么也想不起那些话了,想起来的全都十分模糊、多余。

火炉里响起了几个男低音的歌喉,甚至于传出一阵叹息:"哎呀呀,我的天——哪!"娜佳一骨碌爬起来坐在床上,忽然紧紧地揪住头发,哇哇大哭起来。

"妈妈呀,妈妈,"她连声喊道,"我的亲妈呀,你要是知道我的心事该多好啊!我请你,求你,让我走吧!求你啦!"

"上哪儿呀?"尼娜·伊万诺芙娜疑惑不解地问道,说着坐到床边,"上哪儿呀?"

娜佳哭了半天,说不出一句话来。

"让我离开这城市吧!"她终于说道,"婚礼不该办,也不会办,——你要明白!我不爱这个人……就连提都不想提他。"

"不,我亲爱的,不,"尼娜·伊万诺芙娜急忙说道,她被吓坏了。"你安静一下,你这是因为心情不好。这会过去的。这是常有的事。大概你跟安德烈拌嘴了;爱人拌嘴儿,不过是闹着玩。"

"得了,你走吧,妈妈,走呀!"娜佳说着又大哭起来。

"是呀,"尼娜·伊万诺芙娜沉默了片刻,说,"不久前你还是个毛孩子,小丫头,可现在已经是新娘了。自然界新陈代谢是永恒的。不知不觉你就会变成母亲和老太婆了,你也会跟我一样有这么个固执而任性的女儿的。"

"亲爱的、好心的妈妈呀,你很聪明,你很不幸,"娜佳说道,"你很不幸,可你说些无聊的话干什么呀?看在上帝的份上,干什么呀?"

尼娜·伊万诺芙娜本想说些什么,可是一个字也没说出来,呜咽了一声,便回房去了。火炉里的男低音又聒噪起来,忽然变得非常可怕。娜佳霍地跳下床来,连忙去了母亲的房间。尼娜·伊万诺芙娜哭成了泪人,躺在床上,盖着一条浅蓝色的毯子,两手捧着一本书。

"妈妈,听我把话说完嘛!"娜佳说道。"我求你了,你仔细想想,想通了吧!你可要明白,我们的生活卑微屈辱到什么程度了。我的眼睛可是打开了,我现在什么都看清楚了。你那个安德烈·安德烈伊奇是个什么东西?要知道他可没头脑啊,妈妈!我的上帝啊!你要知道,妈妈,他很愚蠢哪!"

尼娜·伊万诺芙娜一骨碌坐了起来。

"你和你奶奶在折磨我!"她抽噎了一声,说道,"我要生活!生活!"她连声说着,举起一只拳头捶了两下胸口。"给我自由吧!……我还不老,我要生活,可你们把我折磨成了老太婆啦!……"

她伤心地哭了起来,躺下,在毯子下面缩成一团,显得那么瘦小,那么可怜,那么傻乎乎的。娜佳回了自己的房间,穿好衣服,坐到窗前,等着天亮。她通宵达旦地坐着,思考着,而窗外不知是谁一直在敲着百叶窗,打着呼哨。

早上,祖母抱怨说,这一夜花园里大风刮掉了所有的苹果,刮断了一棵老李子树。天色阴沉,灰暗,凄凉,哪怕生上火都行。人人都喊冷,还有雨在敲打着窗户。喝完茶,娜佳去找萨沙,一句话没说,就跪倒在角落里的圈椅旁边,双手捂住了脸。

"怎么啦?"萨沙问道。

"我没法……"她说,"我以前怎么能在这儿生活的,不知道,不理解!未婚夫我瞧不起,自己我瞧不起,瞧不起整个这游手好闲、毫无意义的生活……"

"欸,欸……"萨沙还没明白怎么回事儿,说,"这没什么……这很好嘛。"

"这生活让我厌烦,"娜佳接着说道,"我在这儿一天也待不下去了。明天我就离开这里。你捎上我吧,看在上帝的份上。"

萨沙惊奇地望了她片刻;等他终于明白过来,高兴得像个孩子似的。他挥起了两手,双脚踏起了拍子,像是高兴得手舞足蹈起来。

"好极了!"他搓着手说,"天哪,这太好了!"

而娜佳睁着两只钟情的大眼睛一眨不眨地望着对方,像是中了魔似的,等着对方立刻对她说句具有重大意义的、无限重要的话;对方还什么话也没对她说,可是她已经觉得,她的面前正展现着某种她从前所不知道的、崭新而又广阔的东西,而且她已经勇敢面对,充满期待,干什么都情愿,哪怕去死。

"明天我就走,"萨沙想了想,说,"您也去车站送我……您的行李我装到自己的箱子里带着,车票我也给您买一张;响第三遍铃的时候您再进车厢,——咱们就走人。您送我到莫斯科,从那儿您独自一人上彼得堡。证件您有吗?"

"有。"

"我向您保证,您不会遗憾,也不会后悔。"萨沙兴致勃勃地说道,"您这一去,可以学习,到时候就听命运安排吧。等您彻底改变了您生活,那么一切就会改变了。主要的是改变生活,其他一切都不需要。这么说,明天就走?"

"哦,对呀!看在上帝的份上!"

娜佳觉得,她非常激动,心里从来没有这么沉重,直到离开之前她都得经受折磨,苦苦思索;可是她刚一来到楼上自己的房间,躺到床上,便立刻睡去,而且睡得很香,脸上带着泪痕,带着微笑,一直睡到天黑。

五

派了人去叫出租马车。娜佳已经戴上帽子,穿好大衣,上楼去再看一眼妈妈,再看一眼自己的东西;她在自己那余温尚存的床铺旁边站立了片刻,看了看四周,然后蹑手蹑脚地走向母亲的房间。尼娜·伊万诺芙娜还没醒来,房间里静悄悄的。娜佳吻了吻母亲,理了理她的头发,站了两三分钟……然后不急不忙地回到楼下。

外面哗哗地下着大雨。带顶棚的马车上下湿淋淋的，停在大门口。

"你跟他去，车上坐不下，娜佳。"仆人往车上放箱子的时候，祖母说，"这种天气何苦去送呢！还是留在家好。瞧这雨下得多大呀！"

娜佳想说点什么，可却说不出来。这时萨沙扶娜佳坐上马车，拿毯子盖住她的两腿。然后坐到了旁边。

"一路平安！上帝保佑！"祖母站在门廊上喊道，"你，萨沙，可得从莫斯科常给我们写信哪！"

"好嘞，再见了，奶奶！"

"咳，这鬼天！"萨沙说。

娜佳现在才哭了起来。现在她心里明白，她必须走了，刚才跟祖母道别的时候，去看母亲的时候，她还不怎么相信呢。再见了，故城！突然间她想起来了一切：安德烈、他的父亲、新居、花瓶旁的裸体女人，所有这一切已不再让她害怕，不再让她苦恼，而让她觉得幼稚、庸俗，而且全都成了往事。等他们进了车厢和火车开动的时候，这所有的往事，如此大量而又重要的往事，则缩成了小小的一团，而展开的却是宏伟、广阔的未来，它在此之前却一直很不起眼。雨点不停地敲打着车窗，放眼望去，能见到的只是绿油油的田地，闪过的电线杆和电线上的鸟儿，看着看着，一阵喜悦之情涌上心头，让她喘不过气来：她想起，她这是去见世面，去求学，这完全就像很久以前人们所说的离家出走去当自由哥萨克一个样。她又是笑，又是哭，又是祷告。

"没关系！"萨沙得意地微笑着说。"没关系！"

六

秋天过去了，接着冬天也过去了。娜佳已经十分思念家乡，天天思念母亲和祖母，思念萨沙。一封封家书平和而友善，似乎一切已得到宽恕并已被遗忘。五月份考完试以后，她，身心康健，喜气洋洋，踏上回乡之路，途中在莫斯科稍事停留，去见了见萨沙。他一如去年夏天：胡子拉碴，披头散发，依旧穿着那件常礼服和帆布裤，还是那一双非常漂亮的大眼睛；可是看起来病恹恹的，也显得老了一些，瘦了一些，还不停地咳嗽。而且不知为什么他让娜佳觉得平庸、土气了。

"我的天哪，娜佳来啦！"他说着，哈哈大笑起来。

他们在石印厂坐了坐，那里吸烟吸得烟雾腾腾，油墨和颜料气味浓重，让人透不过气来；然后去了他的房间，那里满屋烟雾，遍地痰迹；桌上一把冰凉的茶炊旁边放着一个铺着深色纸片的碎碟子，桌子上和地板上散落着许许多多的死苍蝇。从这里的整个情况看来，萨沙把自己的个人生活安排得很邋遢，得过且过，根本不顾舒服不舒服，要是有人跟他谈起他的个人幸福、他的个人生活、别人对他的爱慕，他会一概听不明白，只会一笑置之。

"还好，一切顺利，"娜佳急急忙忙地说道，"妈妈秋天来过彼得堡，说祖母气消了，只是老去我的房间，在墙上画十字。"

萨沙看起来很高兴，但不时咳嗽两下，说话声音发颤，娜佳一直盯着他看，不知他真的是病得厉害，还是这仅仅是她的感觉。

"萨沙，我亲爱的，"她说，"您可是有病哪！"

"不，没事儿。病是有，不过不很重……"

"哎呀，我的天哪，"娜佳焦急起来，"您怎么不看病呢，怎么不爱惜自己的身体呀？我亲爱的，好萨沙，"她说着，泪水涌上了眼眶，也不知为什么她的脑海里突然出现了安德烈·安德烈伊奇、花瓶旁边的裸体女人、现在觉得已像童年时代一样遥远的全部往事；于是她哭了起来，因为萨沙在她看来已不像去年那样新潮、有知识、有趣味了。"亲爱的萨沙，您病得非常非常厉害。我真不知道做些什么才能让您不这么苍白消瘦。我对您感激不尽！您甚至无法想象，您为我做了多少事情，我的好萨沙！实际上，您现在是我最近、最亲的人。"

他们坐了一会儿，说了会儿话；现在，当娜佳在彼得堡过了一冬之后，萨沙、他的音容笑貌和他的这个身影，无不散发着某种过时、老式、早已陈腐的、或许已经进入坟墓的气息。

"我后天去伏尔加河，"萨沙说，"嗯，然后去喝马乳酒。想来点儿马乳酒喝喝了。跟我同去的是一个朋友和他的妻子。妻子是个极好的人；我一直在撺掇她，劝她去学习。我想让她把自己的生活翻个个儿。"

他们说了会儿话，就去了车站。萨沙请她喝了茶，吃了苹果；当火车开动，他面带笑容挥了挥手绢时，看他的两腿就能明白，他病得很重，而且未必能活得长久了。

娜佳到达故城的时间是中午时分。在从车站回家的一路上，她觉得街道很宽，而房屋很小，很矮；行人没有，只碰见一个身穿火红色大衣的德国调琴师。所有的房屋就像蒙着一层灰土。祖母已经完全老了，依然肥胖而难看，她一把抱住娜佳，哭了半天，脸贴着她的肩膀，不肯放开。尼娜·伊万诺芙娜也苍老和变丑了很多，不知怎么整个人都消瘦了，不过仍然像从前一样腰身束得很紧，钻戒依然在她的手上熠熠闪光。

"我亲爱的！"她浑身颤抖着说道，"我亲爱的！"

然后祖孙三人静静地坐着，默默地流泪。看得出来，祖母和母亲都感觉到，从前的日子已永远逝去，一去不返：既没了社会地位，也没了往昔的荣耀，又没了请客的权利；此种情况并不少见，就像一家人过着轻松愉快、无忧无虑的生活，可突然间，夜里闯来一帮警察，一通搜查，原来一家之主挥霍公款，伪造证件，——从此轻松愉快、无忧无虑的生活就永别了！

娜佳上了楼，见到的还是那张床铺，还是那些窗户，挂着白色的、素朴的布帘，而窗外还是那个花园，阳光明媚、草木葱茏、鸟语花香。她伸手摸了摸自己的桌子，坐了一会儿，沉思了片刻。吃了顿丰盛的午餐，又喝了杯加了香喷喷、油滋滋奶皮儿的热茶，不过已经少了点儿什么，觉得各个房间里空空荡荡，连各处的天花板也变低了。晚上她躺下睡觉，盖上毯子，可不知为什么觉得躺在这温暖的、非常柔软的床上不免有点儿可笑。

尼娜·伊万诺芙娜过来瞧瞧，她坐下的时候，就像个有错的人，怯生生的，偷看着女儿的脸色。

"欸，怎么样，娜佳？"她沉默了一会，开口问道，"你满意吗？很满意吗？"

"满意，妈妈。"

尼娜·伊万诺芙娜站起身来，给娜佳和窗户画了十字。

"我呢，就像你看到的，信起教来了。"她说，"知道吗，现在我在学哲学，而且一直在想，想……对我来说，现在许多东西都清楚了，就像大白天一样。首先应该，我觉得，要让整个生活过得像是穿过三棱镜似的。"

"你说说，妈妈，奶奶的身体怎样？"

"好像还行。当初你跟萨沙出走刚来第一封电报那会儿，奶奶读完就晕倒了；躺了三天没动。后来一个劲儿地向上帝祈祷，哭哭啼啼。现在没事了。"

她站起身来，在房间里走了一圈儿。

"嘀一笃……"更夫敲着梆子。"嘀一笃，嘀一笃……"

"首先应该让生活过得像是穿过三棱镜一样，"她说，"也就是，换句话说，应当让生活在意识中分解成最简单的成分，就像分解成七种基色一样，对每一种基色都应当进行单独研究。"

尼娜·伊万诺芙娜还说了些什么，以及她是什么时候走开的，娜佳没有听见，因为很快就睡着了。

五月过去，六月来到了。娜佳已经习惯了家里的生活。祖母成天一面侍弄茶炊，一面长吁短叹。尼娜·伊万诺芙娜整晚整晚地讲她的哲学。她依旧像个食客似的住在家里，花几个小钱儿也得向祖母伸手讨要。家里苍蝇很多，房间里的天花板似乎变得越来越低。奶奶和尼娜·伊万诺芙娜一直不敢出门，生怕遇到安德烈神父和安德烈·安德烈伊奇。娜佳走在花园里，走在大街上，望着房屋、灰色的栅栏，她仿佛觉得，城里的一切早已衰老，早已活到了头，一切都在等待着不知是末日，还是什么新生活和新事物的开始。啊，但愿这宁静的新生活快些到来吧，到那时就可以勇敢面对自己的命运，就能意识到自己是无辜的人，就能做个快活、自由的人啦！而这样的生活迟早会来到的！总有一天，祖母的房子会片瓦无存，被人遗忘，谁也记不得它，别看这房子里面一直安排得很妥当，似乎四个女佣别样住法不可能，只能挤一间房，窝地下室，睡脏地方。而让娜佳开心的只是邻院的几个小男孩儿；每当她在花园散步的时候，他们总敲打着篱笆，哄笑着逗她：

"新娘子！新娘子！"

从萨拉托夫来了一封萨沙的信。他那龙飞凤舞的笔迹写道，沿伏尔加河的旅行十分顺利，不过在萨拉托夫他得了点儿小病，嗓子哑了，已在医院躺了两周。娜佳明白了这话的意思，一种犹如确信的预感攫住了她。可让她不快的是，这一预感和对萨沙的思念已不再像从前那样让她焦急了。她一心想生活，想回彼得堡，同萨沙的相识已经成了令人愉快但远而又远的过去！她彻夜未眠，早晨坐在窗前，倾听着动静。果然，从楼下传来了说话声；惊慌不已的祖母急切地问起了什么。然后有人哭了起来⋯⋯娜佳走下楼来，只见祖母正站在角落里祈祷，她的脸上老泪纵横。桌上放着一封电报。

娜佳在房间里踱了老半天，听着奶奶在哭泣，然后拿起电报，读了一遍。电报上说，昨日早晨亚历山大·季莫费伊奇，或直接叫萨沙，在萨拉托夫因肺结核病故。

祖母和尼娜·伊万诺芙娜前去教堂预定安魂弥撒，而娜佳在各个房间里又来回走了许久，想了很多。她清楚地意识到她的生活翻了个个儿，正如萨沙所希望的那样，她在这里孤单、异己、多余，意识到这里的一切她都不需要，过去的一切都已离她而去并已消失，仿佛烧得精光，连灰烬都已随风飘散。她走进萨沙的房间，在那儿站了一会儿。

"永别了，可爱的萨沙！"她自忖道，于是在她的面前展现出一幅新生活的图景，广阔、舒畅，可这生活还不很明朗，充满秘密，吸引着她，诱惑着她。

她上楼去自己的房间收拾行装，第二天一早告别了亲人，蹦蹦跳跳，高高兴兴地离开了故城——如她所打算的，一直到永远。

1903 年

译后记

安东·巴甫洛维奇·契诃夫的创作对20世纪的小说创作艺术产生了巨大的影响。据报载，近期俄罗斯所做的问卷调查结果显示，契诃夫在俄国读者最喜爱的作家中名列第二，紧随托尔斯泰之后。

契诃夫在中国同样拥有极其广泛的读者群体。契诃夫作品的中译本已成洋洋大观，如百花争奇斗艳。本人在中国书籍出版社和安玉霞同志的鼓励和支持下，不揣浅陋，向读者提供一部依据个人理解的契诃夫译本。

契诃夫是一位"具有幽默天性的大师"，他的幽默与讽刺手法五色缤纷，十分引人注目的是他继承了俄国古典主义的传统，采用姓氏来表现人物特性的手法。译者在翻译幽默大师的相关作品时，试图让我国读者也能像俄国读者一样，读到主人公的姓氏就能了解人物的特性。过去的译本里主人公的名字都是按照译音表规定的用字译出，然后再做脚注，说明名姓的含义。这样做的不足之处是中译本读者不能与原文读者一样同步得到相关信息。比如将《小官吏之死》一文里的"切尔维亚科夫"译成"怯尔威压科夫"，其读音没有大的变化，能让读者听其音、见其字便能悟出人物害怕权势的特性。译者将《变色龙》里的警督"奥丘梅洛夫"稍作变化，译成"窝囚没脑夫"，而将"赫留金"译成"哼噜精"，这里为表达主人公名姓的含义而其中的字母发音作了个别调整。译者曾担心读者能否接受译名用字本身带有相关意义的译法，故而在翻译过程中又将主人公名姓的这种译法改成了按译音表规定用字的译法。然而后来特罗普金娜教授为本集子所写的前言中特别提到了契诃夫前期作品中主人公名姓的问题，由于有了俄国学者不谋而合的支持，译者将改过的名姓又恢复了原来的译法。然而这只是一种尝试，并非所有的主人公名姓都可以译出这种效果。

契诃夫幽默讽刺手法的谱系非常宽广，还表现在《假面》里让地方工厂主在女士面前故作高雅生造法语，而且让鄙视工厂主的知识分子对其使用儿语"回家家"，还让《姚内奇》里把庸俗当俏皮的主人公图尔金张口就是与众不同的语言，甚至问个好也得是"您请好！"因为俄语里的问候语"您好"是"安好"一词的命令式形式。我们在翻译时都注意保留原文塑造人物形象的艺术手法，而不是简单地照顾一般的习惯表达。

契诃夫是位刻画艺术细节的大师。如果说《小官吏之死》和《变色龙》里两位主人公的制服和新大衣表现出作家的匠心独具，那么《万卡》里主人公给爷爷的信更体现了作家如椽大笔的功力。为塑造没上过学的九岁的男孩儿万卡的形象，作家在他给爷爷写的那封信里调用了词汇、语法、修辞等手段，恰如其分地凸显了主人公文化水平有限。小说《万卡》被选入我国中小学课本时删掉了作者交代万卡未曾上过学的那段文字，因此造成了译本读者的困惑：为什么万卡能把信写得通顺流畅，却最后不会写爷爷的地址？为了给读者提供一个有些新意的译本，译者曾与数位俄国学者多次讨论过《万卡》的翻译问题。译者与俄国学者达成共识，万卡在信里用了许多方言土语、俗语粗话。由于俄语和汉语的各自特点不同，原文中的有些手法在中文中很难一一对应表现出来。比如，"老板揪着头发把我拖到外面"中"头发"一字的格是最不常用、最土的第三种形式；"往我嘴脸上捅"中的"嘴脸"二字显然是修辞错误；"有一回我见过一家小店里窗子上有鱼钩卖"中的"窗子上"一般都译为"在橱窗里"，译者和俄国学者的共识是，照原文译成"窗子上"或"窗台上"为好；"有的小店里卖的什么火枪都是仿老爷家的"，应该是作者有意表现万卡儿童思维的手法，故而没意译为"像老爷家的"。中文能够表现文化水平不高的简单手法就是错别字，为求得原文和译文总体上的平衡，译者也适当使用了"错别字"的表现方法。需要说明的是，译文使用错别字的地方并不说明那个地方原文就是错误。比如，上面所说"老板揪着头发把我拖到外面"一句里，原文里"头发"用的是土话里的变格形式，译文则把"发"字换成"法"，因中文繁体字的"髪"很难写，过去我国小学生也会常常犯错。又如"可怜可怜我这苦命的孤儿吧"一句中，原文"孤儿"用的是阴性，对于九岁的男孩还无所谓区别阴阳。译者将"孤"换成"姑"字，也算译者表现万卡文化水平有限的一种尝试。

"契诃夫走向艺术成熟的过程……是漫长而耐心的。"作家"开始走向创作道路时尚未完全脱离外省气息"，一些作品带有浓郁的乡土特色，常常使用方言、俗语、粗话甚至偶尔使用儿语。译者曾就作家早期作品"外省气息"与俄国学者多次探讨过翻译时使用地方语言的问题，学者们的建议是"或许使用现代标准语翻译是最为保守之法，不过如果有很贴切的方言土话而不带很强烈的地方色彩，当然比使用现代标准语翻译要好得多"。为表现作家作品的乡土特色，译者采用了东北方言里的一些词语，因为东北方言最接近普通话而不带过分强烈的地方色彩，加之近30年来东北方言小品在电视台的热播，已使得东北方言为全国观众和听众所熟悉。

"世所公认的大师契诃夫善于'长事短叙'"，一语双关。我们在翻译时尽量保持原文的句式、用字等特色。如，《套中人》的末尾，兽医伊万·伊万内奇也想给布尔金讲个故事（即随后的《醋栗》），布尔金回答说："不，该睡了。明儿见！"这"明儿见！"便是典型的"一语双关"。这是一句道别用语。原文是由两个词（一个介词加一个名词——"到明天"）构成的，它首先应理解为道别，却又暗含着"明天再讲吧"的意思。许多译者舍弃用语的原义，主观地将"留到明天再讲吧"，或"明天再讲吧"的隐含意义直白地告诉中文读者，从而失去了原作"一语双关"的艺术性。

本集中，将有些作品的题目作了变动。例如，将过去译本里所译的《捉弄》按原文该译成《小玩笑》，因为"捉弄"一词过于贬义；将《跳来跳去的女人》改译成《风骚女人》，因为原文题目的字面意义是"坐不住的女人"，而以俄语为母语者所理解的深层意义是"风骚女人"或"轻佻的女人"。

本集中，有些地方的译法与他人的理解有所不同，提请读者留意。例如，《姚内奇》第五章里卡捷琳娜·伊万诺芙娜给斯塔尔采夫的信里写道："您不来我们家。为什么？我担心您变成我们这样了。我担心，而且一想到这里，我就害怕……"有人把"我担心您变成我们这样了"这一句理解成"我担心你别是对我们变心了吧"或"我担心您对我们的态度已经变了"，从而使这封信失去了画龙点睛的意义。本文的主题就是通过对主人公数年生活的描述，批评一个原本朝气蓬勃的知识青年受所处环境的熏染，变成了只会晚间掏口袋数钱的庸人。而原本深受庸俗环境影响的姑娘卡捷琳娜·伊万诺芙娜，前往莫斯科学习几年后，改变了几年前对追求过她的那个斯塔尔采夫的看法并主动向其示爱，因多日不见斯塔尔采夫上门，故而担心他变成了像当地居民一样的庸人，而不是害怕他对他们家变心了。

总之，我们是想尽量准确地再现契诃夫作品的原貌，然而结果不一定完全如愿，敬请学者和读者批评指正。

一本选集很难表现作家创作的全貌。由于时间和篇幅所限，集子里缺少了契诃夫对农民等问题的思考，只好等有机会增补了。

伏尔加格勒国立社会师范大学娜·叶·特罗普金娜教授拨冗为本集写了意境新颖的导读，天津外国语大学荆学义教授在本集定稿时给了许多宝贵建议，在此一并表示由衷的感谢。

译　者
于天津华苑
2016年9月

图书在版编目（CIP）数据

契诃夫中短篇小说选集 /（俄罗斯）安东·巴甫洛维奇·契诃夫著；傅文宝译. —北京：中国书籍出版社，2017.4

ISBN 978-7-5068-6014-7

Ⅰ.①契… Ⅱ.①安… ②傅… Ⅲ.①中篇小说—小说集—俄罗斯—近代 ②短篇小说—小说集—俄罗斯—近代 Ⅳ.①I512.44

中国版本图书馆CIP数据核字（2017）第009832号

契诃夫中短篇小说选集

（俄罗斯）安东·巴甫洛维奇·契诃夫著；傅文宝译

策划编辑	安玉霞
责任编辑	安玉霞
责任印制	孙马飞　马　芝
版式设计	中尚图
出版发行	中国书籍出版社
地　　址	北京市丰台区三路居路97号（邮编：100073）
电　　话	（010）52257143（总编室）（010）52257140（发行部）
电子邮箱	chinabp@vip.sina.com
经　　销	全国新华书店
印　　刷	河北省三河市顺兴印务有限公司
开　　本	880毫米×1230毫米　1/32
字　　数	320千字
印　　张	11.5
版　　次	2017年8月第1版　2017年8月第1次印刷
书　　号	ISBN 978-7-5068-6014-7
定　　价	36.00元

版权所有　翻印必究